Kriminalität als Risiko

Henning Schmidt-Semisch

Kriminalität als Risiko

Schadenmanagement zwischen Strafrecht und Versicherung

Gerling Akademie Verlag

Die Deutsche Bibliothek – CIP Einheitsaufnahme
Ein Titeldatensatz für diese Publikation
ist bei der Deutschen Bibliothek erhältlich.

Umschlaggestaltung: Claus Seitz, München
Titelabbildung: George Grosz: »Metropolis«, 1916/17
© VG Bild-Kunst, Bonn 2001, Foto: AKG, Berlin
Satz: Fotosatz Reinhard Amann, Aichstetten
Druck und Bindung: Clausen & Bosse, Leck
ISBN 3-932425-45-6

www.gerling-academy-press.com

Inhalt

Einleitung

»Kriminalität« fällt nicht vom Himmel. Sie ist nicht »real« wie der Regen. Gleichwohl ist sie in der Welt, entsteht und vergeht, wird produziert und reproduziert im regulären Zusammenspiel der gesellschaftlichen Kräfte. Als soziale und auch moralische Kategorie wird sie von sozialen Akteuren benutzt, um sich abzugrenzen oder andere auszugrenzen, um Verantwortlichkeiten zuzurechnen oder abzurechnen, um Macht abzusichern oder zu begrenzen, um sich zu empören oder zu solidarisieren usw. Sie kann herrschaftlich gesetzt und kanonisiert sein, aber auch moralunternehmerisch lediglich zur Herrschaft drängen. Sie kann den finalen Todesschuß legitimieren, aber auch spontane Empörung über die »Mächtigen« zum Ausdruck bringen: »Das ist ja kriminell!« Insofern ist sie eine Kategorie der Herrschenden, aber auch der Unterdrückten, der »Täter« gleichermaßen wie der »Opfer« und auch der Zuschauer. Auch wenn Kriminalität als Konstrukt bezeichnet werden kann, so ist sie doch zugleich handlungsrelevant und hat überdies handfeste soziale Folgen – und dies noch einmal unabhängig davon, ob sie als subjektive oder objektive Bedrohung erlebt, bearbeitet oder verhandelt wird. Kriminalität ist eine »Sinnprovinz« (Schütz), eine spezifische Form »der Aufmerksamkeit, des Zweifels, der Spontaneität, der Selbsterfahrung, der Sozialität und der Zeitlichkeit«.[1] Sie unterliegt historischen Wandlungen und kann mehr oder weniger situativ oder strukturell sowie interessengeleitet eingesetzt werden, um beim »Kriminellen«, beim »Opfer«, beim Publikum oder bei den Agenten der sozialen Kontrolle bestimmte Wirkungen und Reaktionen auszulösen oder zu legitimieren. Vor allem aber ist Kriminalität ein (interessierter) Zurechnungsmechanismus von bestimmten materiellen oder immateriellen Schäden und anderen Unerwünschtheiten auf bestimmte Personen oder Gruppen. Von anderen Zurechnungsmechanismen (Schicksal, Krankheit, Strafe Gottes, Risiko, Unglück, Unfall, Zufall usw.) unterscheidet sie die Vorstellung, daß ihrer erfolgreichen Zurechnung in der Regel ein staatlich organisiertes Übel zu folgen habe: die Kriminalstrafe.

Diese Vorstellung, daß auf bestimmte individuelle Handlungen bestimmte staatliche strafende Reaktionen zu folgen hätten, hat sich so tief in unser Bewußtsein eingeschrieben, daß uns eine Gesellschaft ohne Strafrecht kaum vorstellbar ist. Zwar scheint hinter der hartnäckigen Bekämpfung sogenannter krimineller Handlungen gelegentlich so etwas wie die Vision einer Gesellschaft ohne Kriminalität auf, aber für die Strafe gilt, was Viktor Achter als die »zwingende Natur des Strafrechts« bezeichnete: »Ohne Strafe erscheint uns das Recht undenkbar. Sie ist für unser Denken unentbehrlich. Daß Verbrechen und Vergehen bestraft werden müssen, ist uns eine Selbstverständlichkeit.«[2]

Gleichwohl aber, so der niederländische Kriminologe Herman Bianchi, gehört das Strafrecht (wie etwa auch das Militär) zu jenen Institutionen unserer Kultur, die zwar am wenigsten bedroht sind, zugleich aber auch am meisten angezweifelt werden.[3] In der jüngeren Vergangenheit haben sich diese Zweifel an der Selbstverständlichkeit staatlichen Strafens vor allem unter dem Begriff des Abolitionismus (von lat. abolere: abschaffen)[4] formiert: Nachdem Thomas Mathiesen 1979 »Überwindet die Mauern!« gefordert hatte, suchten einige die »Wege in eine gefängnislose Gesellschaft« (Stangl) bzw. in eine »Gesellschaft ohne Gitter« (Papendorf) zu benennen. Unter dem Motto »Freiheit statt Strafe« (Ortner) hoffte man, der staatlichen Kriminalpolitik »Alternativen zur Strafjustiz« (Bianchi) und damit ein Plädoyer für »Grenzen des Leids« (Christie) näherbringen zu können. Von der Emphase dieser »abolitionistischen Perspektive« (Scheerer), die schließlich fast schon beschwörend »Vom Ende des Strafvollzugs« (Schumann/Steinert/Voß) sprach, ist heute allerdings nur noch wenig zu spüren – zu deutlich sind die strafrechtlichen Verschärfungen der letzten Jahre, eine gewisse »Straflüsternheit«[5], zu deutlich auch der immense Aus- und Neubau von Gefängnissen und der Anstieg der Gefangenenzahlen in vielen Teilen der Welt, insbesondere in den USA.[6]

Aber auch wenn die radikale Gefängnis- und Strafrechtskritik kriminalpolitisch an Kraft verloren hat und von der wissenschaftlichen Agenda weitgehend verschwunden ist, so will ich die »abolitionistische Perspektive« – die Scheerer ja vor allem auch als eine »sensitivierende Theorie« bezeichnet hat, der es um eine Dynamisierung der Diskussion und eine »Skizzierung neuere Probleme und Bezugsrahmen« gehe – noch einmal zu »beleben« suchen, indem ich *Kriminalität* in den Bezugsrahmen des *Risikos* und schließlich der Versicherung stelle.[7]

Meine Ausgangsüberlegung ist dabei folgende: Betrachtet man *Kriminalität* als einen Zurechnungsmechanismus, so kann man sie zugleich als einen der beiden großen Bearbeitungsmodi von Schäden in der Moderne ansehen, der sich parallel zu einem zweiten entwickelt, nämlich dem Bearbeitungsmodus des *Risikos*, verstanden als die zentrale Kategorie der sich seit Beginn des 19. Jahrhunderts vermehrt ausweitenden *Versicherung*. Diese beiden Verarbeitungsmechanismen sind – wenn auch idealtypisch und deswegen sich keineswegs gegenseitig ausschließend – mit je spezifischen Rationalitäten verbunden, deren eine man als *juridische* und deren andere man als *insurationistische* Rationalität bezeichnen kann, wobei sich beide Rationalitäten in unterschiedlicher Weise auf die entstandenen Schäden beziehen. Der Unterschied besteht darin, daß die *juridische Rationalität*[8] sich auf den Schaden bezieht, um auf dessen Ursache schließen und ein schuldhaftes Verhalten feststellen zu können. Sie setzt ein auf die Verantwortung zentriertes Kalkül voraus: »Der Richter unterstellt, daß es zu keinem Unfall gekommen wäre, wenn die Beteiligten nicht so gehandelt hätten, wie sie es getan haben, daß die Welt harmonisch wäre, wenn die Menschen sich so verhielten, wie sie sollten.« Im Gegensatz dazu konzentriert sich die *insurationistische Vernunft* auf das Feststellen: Sie geht von der Faktizität der Ereignisse aus und bezieht sich nicht auf den subjektiven Willen, sondern auf (objektive) Wahrscheinlichkeiten: »Man mag wünschen, was man will, Tatsache ist, daß es eine genau kalkulierte Zahl von Arbeits- und Verkehrsunfällen, Todesursachen und Krankheiten pro Jahr gibt und daß sich diese Zahlen mit bemerkenswerter Regelmäßigkeit Jahr für Jahr wiederholen.«[9]

Die juridische und die insurationistische Vernunft sind also als zwei Möglichkeiten zu verstehen, sich auf Schadensphänomene zu beziehen, oder besser: auf Phänomene der Ordnung und Unordnung in Natur und Gesellschaft. Abstrakter formuliert, handelt es sich hierbei um das Problem der *Kontingenz*, verstanden in ihrer Ambivalenz von Unsicherheit und Handlungsoffenheit – eine Ambivalenz, die sich darin ausdrückt, daß Kontingenz »Unverfügbares« und »Verfügbares« zugleich bezeichnet. Kontingent ist dabei allgemein gesprochen zunächst einmal das, was auch anders möglich ist. Kontingenz umschließt daher einerseits das Zufällige, den *Zufall*, der sich der Planung entzieht, aber auch erst mit Planung als unplanbar, als Unverfügbares erkennbar wird. Es kann immer auch anders kommen: Das ist der Unsicherheitsbereich der Kontingenz. Andererseits ist aber auch alles das kontingent, was Produkt menschlichen Handelns ist. Denn *Handeln* bedeutet immer auch sich zu entscheiden, eine Wahl aus verschiedenen Möglichkeiten zu treffen.[10] In diesem Sinne bedeutet die Kontingenz des Handelns die Möglichkeit, stets auch anders handeln zu können bzw. über eine andere Handlungsoption zu verfügen. Diese Handlungsoffenheit, sich stets auch für eine andere Option entscheiden zu können, konturiert den Handlungsbereich der Kontingenz.

Zusammenfassend kann man also sagen: Das Kontingente umschließt sowohl das Unverfügbare des Zufalls wie das Verfügbare der Handlung.[11] Diese Ambivalenz des Kontingenten, Unsicherheitsbereich und Handlungsbereich zugleich zu sein, spiegelt sich auch in den beiden »strategischen Konzepten«, die zu seiner gesellschaftlichen Steuerung herangezogen werden: Kontingenz-*Bewältigung* und Kontingenz-*Management*.[12] Der wesentliche Unterschied zwischen »Bewältigen« und »Managen« besteht darin, daß Kontingenz-Bewältigung ihren Gegenstand abschaffen will (also eher den Unsicherheitsbereich des Kontingenten akzentuiert), während Kontingenz-Management versucht, ihn produktiv zu nutzen (also eher den Handlungsbereich des Kontingenten betont). Die Strategie der Bewältigung ist dabei eher der juridischen, die des Managements eher der insurationistischen Rationalität zuzuordnen: Während (idealtypisch betrachtet) also Unfall oder Abweichung für die juridische Vernunft eine *Ausnahme* sind, die bewältigt und über das Schema von Verantwortung und Schuld isoliert bzw. individualisiert werden muß, verarbeitet die insurationistische Rationalität (bzw. die Versicherung) diese »Ausnahme« als Bestandteil einer berechenbaren *Regelmäßigkeit*, die es zu managen und deren Kosten es zu sozialisieren gilt.

Der Unterschied wird schnell plausibel, wenn man zum Beispiel die unterschiedlichen Interpretations- und Bearbeitungsweisen betrachtet und nebeneinanderstellt, die unsere Gesellschaft an Schäden aus kriminellen Handlungen einerseits und an Schäden, die etwa im Straßenverkehr entstehen, andererseits heranträgt: Während man Schäden aus Kriminalität mit erheblicher moralischer Empörung und der *juridischen Frage* nach der Schuld eines (individuellen) »Täters« begegnet, diesen sodann staatlicherseits bestraft und die Kompensation des Schadens (trotz der Empörung) in aller Regel dem Opfer selbst überläßt (was zugleich bedeutet, Gerechtigkeit vor allem über die Bestrafung des Schädigers herzustellen), steht bei Verkehrsunfällen gerade die Kompensation im Vordergrund einer *insurationistischen Verarbeitung*. Diese kompensiert im Rahmen der Kfz-Haftpflichtversicherung nicht nur den Schaden des Unfallopfers nahezu lückenlos, sondern sozialisiert überdies zugleich auch das Haftungsrisiko des Schädigers: Seine ›Haftung‹, so etwa Eike von Hippel, sei »zu einem Deckmantel geworden, unter dem über die Leistungspflicht des Versicherers – und damit indirekt des Kollektivs der prämienzahlenden Versicherungsnehmer – entschieden wird. Die Schadensverteilung zwischen Individuen ist also durch eine kollektive Risikoverteilung verdrängt worden.«[13]

Meine zentrale Frage ist nun, ob nicht auch »Kriminalität« grundsätzlich mit einer insurationistischen Vernunft »gemanagt« werden kann. Das heißt: Inwieweit ist eine *insurationistische Kriminalpolitik* denkbar, die nicht mehr primär nach individueller Schuld und ihrer Bestrafung fragt, sondern für die – ähnlich wie im Bereich der Kfz-Haftpflichtversicherung – die umfassende Kompensation der Opfer im Vordergrund steht?

Um diese Frage fundiert diskutieren zu können, werde ich mich in *Teil I: Risiko und Kriminalität* zunächst der jüngeren historischen Entwicklung der beiden Zurechnungsmechanismen »Risiko« und »Kriminalität« zuwenden, einerseits, um zu zeigen, daß diese beiden Zurechnungsmechanismen nicht immer so weit auseinandergelegen haben, wie es heute den Anschein haben mag, und andererseits, um ihre jeweiligen Implikationen hinreichend zu veranschaulichen. Dies ist vor allen auch deshalb notwendig, weil sich das auf die Versicherung bezogene

Risiko deutlich von jenen Risikobegriffen unterscheidet, die soziologischen Arbeiten in der Regel zugrunde liegen.

So spielt die versicherungsstatistische Begrifflichkeit zum Beispiel in der Risikogesellschaft Ulrich Becks gerade keine Rolle. Vielmehr geht es Beck in erster Linie um die Thematisierung technischer Großrisiken bzw. -gefahren, die er als Indikator für die Probleme industrieller Produktion vorstellt, womit die menschlichen Gesellschaften erstmalig mit einem von ihr selbst erzeugten Vernichtungsrisiko konfrontiert seien. In der Beckschen Risikogesellschaft steht das Risiko also vornehmlich für den Prozeß der Entgrenzung industrieller Produktion (»Modernisierungsrisiken«), deren Folgen weder örtlich noch zeitlich noch sozial eingrenzbar, weder zurechnungsfähig noch kompensierbar und nicht einmal versicherungsfähig sind. Es steht aber auch für einen Prozeß, der mit einem weiteren Charakteristikum der Moderne verbunden ist: Individualisierung. Individualisierung versteht Beck dabei grundsätzlich in ihrer Ambivalenz von Befreiung aus vorgegebenen Formen der Existenz und dem sich zugleich einstellenden Zwang zur Autonomie und damit zur »riskanten« Entscheidung: »Der Mensch wird (...) zur Wahl seiner Möglichkeiten, zum homo optionis. Leben, Tod, Geschlecht, Körperlichkeit, Identität, Religion, Ehe, Elternschaft, soziale Bindungen – alles wird sozusagen bis ins Kleingedruckte hinein entscheidbar, muß, einmal zu Optionen zerschellt, entschieden werden«.[14]

Genau an diesem Punkt setzt (deutlicher als bei Beck) der Risikobegriff Niklas Luhmanns an, wenn er den Zurechnungsmechanismus des Risikos (in Abgrenzung zur »Gefahr« und) vor allem über Entscheidung zu definieren sucht: »Von Gefahr kann man sprechen, wenn der etwaige Schaden durch die Umwelt verursacht werden wird, zum Beispiel als Naturkatastrophe oder als Angriff böser Feinde, von Risiko dagegen, wenn er auf eigenes vorheriges Verhalten (einschließlich: Unterlassen) zurückgeführt werden kann«.[15] Pointierter: »Risiken werden auf Entscheidungen zugerechnet, Gefahren werden extern zugerechnet.«[16] Dies bedeutet zugleich, daß in der gegenwärtigen Gesellschaft immer mehr Gefahren allein deshalb zu Risiken werden, weil sich die Menge verfügbarer Informationen, aber auch der Entscheidungs- und Gefahrenabwendungsmöglichkeiten permanent erhöht oder neue Entscheidungsmöglichkeiten überhaupt erst geschaffen werden: »Wenn es Regenschirme gibt, kann man nicht mehr risikofrei leben: Die Gefahr, daß man durch Regen naß wird, wird zum Risiko, das man eingeht, wenn man den Regenschirm nicht mitnimmt. Aber wenn man ihn mitnimmt, läuft man das Risiko, ihn irgendwo liegen zu lassen.«[17] Die Wahrnehmungsform des Risikos ist so gesehen auch keine grundsätzlich neue (Bewältigungs-) Form heutiger Gesellschaften, sondern »das Neue liegt einzig und allein in der Ausdehnung der Entscheidungspotentiale, in ihrer stärkeren Verzweigtheit, in ihrem größeren Alternativenreichtum«.[18] In diesem Sinne werde das Risiko allerdings durchaus zu einem konstitutiven Merkmal sowohl der gesellschaftlichen Makro-, als auch der Mikro- und Mesoebene, d. h. die Risikosemantik durchdringe gerade auch die Lebenswelten und damit die Lebens-, Befindlichkeits- und Bewußtseinslagen der Individuen. Da Entscheidungen als riskante Entscheidungen die konkreten Folgen ihrer Kalkulation aber erst in der Zukunft erkennen könnten, werde mit dem Begriff des Risikos eine Form des Problematisierens von Zukunft bezeichnet. Dies bedeute zugleich, »daß die Zukunft nur noch im Medium der Wahrscheinlichkeit, also in all ihren Merkmalen als mehr oder weniger wahrscheinlich oder mehr oder weniger unwahrscheinlich, wahrgenommen werden kann«.[19] Kurz: Es gibt kein risikofreies Verhalten, weil es nur riskante Entscheidungen gibt, und daher: Es gibt keine absolute Sicherheit.

Mit dieser Risikodefinition knüpft Luhmann an jene frühe Form des Risikobegriffs an, die in Abgrenzung gegenüber anderen Verarbeitungsmustern von Unsicherheit (Gefahr, Unglück) im Kontext des entstehenden Fern- und Seehandels in den italienischen Städten und Stadtstaaten des 12. und 13. Jahrhunderts auftaucht: Risiko bezeichnet hier die Unternehmung eines Kaufmannes, der sich den Unsicherheiten ferner und fremder Gegenden nicht mehr unterwarf, sondern der diese kalkulierend herausforderte. »Zwar wußte er nicht, ob die Kalkulation richtig und das Glück ihm hold sein würde. Aber im Erfolgsfall konnte er sich mit Reichtümern schmücken; bei einem Mißerfolg hingegen ging er pleite.«[20]

Für meine Arbeit ist allerdings ein zweiter historischer Ansatzpunkt wichtiger, denn weiterreichende Bedeutung erlangte der Begriff des Risikos erst in dem Moment, als man begann – zunächst noch in Form der Wette und des Glückspiels, später in Form von Versicherungen –, sich gegen einen möglichen Mißerfolg abzusichern. Denn erst damit wird der Begriff des Risikos für die Versicherungen zentral, zu einem Begriff, der nicht mehr ein individuelles Abwägen und Kalkulieren beinhaltet, sondern die Kalkulation bzw. die Berechenbarkeit[21] (des Risikos), bezogen auf ein Kollektiv. Es ist unter anderem diese (immer differenziertere) *Berechenbarkeit*, die etwa Adalbert Evers und Helga Nowotny 1987 vom Risiko als einem (neuen) Modus des Umgangs mit Unsicherheit und in diesem Zusammenhang von der »Entdeckung der Gestaltbarkeit von Gesellschaft« sprechen läßt. Gesellschaften, so ihre These, erzeugen in Umbruchphasen (etwa von der Agrar- zur Industriegesellschaft oder heute zur »postindustriellen« Gesellschaft) Unsicherheiten, wodurch sie gewissermaßen zur Entwicklung neuer institutioneller Regeln und Systeme gezwungen werden, um die eigene erzeugte Unsicherheit aufzufangen. »Risiko«, so Evers, »ist eine bestimmte Form der Praxis des Umgangs mit Gefahren, und zwar jene, die über Handlungstechniken, Methoden und Institutionen versucht, Gefahren abgrenzbar, berechenbar oder auch zurechenbar zu machen«.[22]

Dieses Verständnis des Risikobegriffs ist auch der Ausgangspunkt für François Ewald, für den »Risiko« eine sich im 19. Jahrhundert immer deutlicher durchsetzende Denk- und Betrachtungsweise von »Unfällen« der unterschiedlichsten Art bezeichnet.[23] Diese Betrachtungsweise eines Unfalls bzw. eines Schadens als Risiko bedeutet zugleich, seine soziale Regelhaftigkeit zu akzeptieren, und ermöglicht es (der Versicherung), Unfälle als grundsätzlich zwar unvermeidbare, aber gleichwohl in Häufigkeit und Ausmaß kalkulierbare Tatsachen zu betrachten und – was entscheidender ist – die aus ihnen entstehenden Schäden nicht individuell, sondern auf das (Versicherten-)Kollektiv zuzurechnen.[24]

Diese Entwicklung des versicherungsmäßigen Risikobegriffs wird in *Kapitel 1: Vom Schicksal zum Risiko* (vor allem unter Bezugnahme auf die Arbeiten von François Ewald) im Detail nachgezeichnet. Dabei wird deutlich werden, daß es insbesondere die expandierende numerische Erfassung der Welt ist, die der Versicherung seit der Mitte des 19. Jahrhunderts die nötige Infrastruktur bietet, um sie zu einer immer dominanteren gesellschaftlichen Institution werden zu lassen.[25] Eine Dominanz, die die Kraft hat, die Techniken des Risikos zu einer politischen Technologie und den Staat selbst zum Versicherer werden zu lassen, die es vermag, Armut, Krankheit, Alter und einiges mehr von individuell zu tragenden Schicksalsschlägen in *soziale Risiken* zu transformieren. In *Kapitel 2: Vom Verbrecher zur Kriminalität* versuche ich im Anschluß daran zu verdeutlichen, wie parallel zur Entwicklung der Versicherung und aufgrund ähnlicher Voraussetzungen auch der Begriff der »Kriminalität« als eine numerische Kategorie entsteht, wie sie als ein regelhafter Faktor der Gesellschaft erkannt und wie es in diesem Prozeß immer schwieriger wird, kriminelle Handlungen dem »bösen« Willen eines Individuums zuzurechnen. Für einen historischen Augenblick scheint sich, zumindest von den philosophischen Grundlagen her, die Frage zu stellen, auf welche der beiden Strategien man sich bei der Bearbeitung »krimineller« Handlungen stützen soll: Bewältigen oder Managen. Eine Frage, die sich allerdings in der Praxis schnell und eindeutig beantwortet hat: *Kapitel 3: Kriminalität bewältigen* zeigt, daß Kriminalität – von der »positiven Schule in der Kriminologie« über die »Défense Sociale« bis hin zu großen Teilen zeitgenössischer Kriminologie und Kriminalpolitik – nahezu vollständig im Modus der Bewältigung gedacht und bearbeitet wird. Erst die Krimin(alsozi)ologie seit Beginn der 60er Jahre des 20. Jahrhunderts bringt (im Anschluß an Émile Durkheim) die (Wieder-) Entdeckung der »kriminellen Regelhaftigkeit« und damit der *Kriminalität als soziale Normalität (Kapitel 4).* Auf dieser Basis formiert sich das Forschungsprogramm und das Wissen der sogenannten kritischen Kriminologie, ein Wissen, das aber zugleich auch die Institutionen der sozialen Kontrolle in ihren Zusammenhängen und zugunsten eines Kriminalität managenden Modus verarbeitet haben: Dieser Modus bedient sich zwar versicherungsmathematischer Techniken, entspricht allerdings keineswegs dem des oben skizzierten »Kontingenzmanagements«. Eher arbeitet er – vor dem Hintergrund eines generalisierten Verdachts – mit einer Strategie des Feststellens und Zuordnens von Gefährlichkeits- bzw. Risikomerkmalen, als deren Ziel man zunächst (und grob vereinfachend) vor allem die gerechtfertigte Ausschließung bestimmter gefährlicher Personen angeben kann. Dies wiederum ist eine Zielrichtung, die keineswegs nur im Bereich der Kriminalpolitik erkennbar ist, sondern die sich auch in anderen Politikfeldern abzuzeichnen beginnt.

In *Teil II. Kriminalität in der Gegenwartsgesellschaft* werde ich daher zunächst auf die gesellschaftliche Einbettung dieses neuen Kontrollmodus eingehen, d.h. zum einen auf die sich wandelnde Bedeutung von »Kriminalität« im Kontext einer durch Individualisierung und Ökonomisierung sowie die Erstarkung neoliberaler Rationalität konturierten »Risikogesellschaft« *(Kapitel 5)* und zum anderen auf die in diesen Entwicklungen wurzelnde Reduzierung von sozialer auf persönliche Sicherheit bzw. Gerechtigkeit. Die soziale Gerechtigkeit des auf Integration angelegten Wohlfahrtsstaates verschiebt sich in der neoliberalen Gesellschaft zu einer auf Exklusion gründenden *versicherungsmathematischen Gerechtigkeit (Kapitel 6)*, die ihre Kompensationsleistungen nicht mehr an der Bedürftigkeit, sondern am Risikoprofil und der getätigten Vorsorge des einzelnen entscheidet. Welchen Einfluß dieses Wegfallen des wohlfahrtsstaatlichen Konsenses auf den Umgang mit Kriminalität ausübt, wird in *Kapitel 7: Kriminalität managen* erläutert: Diese managenden – und zunehmend auch von kommerziellen Sicherheitsdienstleistern zur Anwendung gebrachten – Kontrollstrategien betrachten Kriminalität als normalen Bestandteil der Gesellschaft. Sie wollen Individuen nicht mehr verändern oder bessern, um sie zu re-integrieren, sondern zielen darauf, Räume und Systeme gegen bestimmte Personen zu sichern, im Zweifel also Personen mit entsprechenden Risikoprofilen auszuschließen. Da der Staat – wie in vielen anderen Bereichen sozialer Sicherheit – auch im Feld der Sicherheit vor »Kriminalität« immer mehr Aufgaben kontrolliert abtritt, wird gerade auch diese Form der Sicherheit zu einem zu kaufenden Produkt und damit abhängig von der Kaufkraft des einzelnen. Das legt die Frage nahe, inwieweit auch das (potentielle) »Opfer« (von »Kriminalität«) bereits durch den neuen Kontrollmodus tangiert wird: *Kapitel 8: Vom Opfer zum Viktimisierungsrisiko* zeigt, daß auch die »Opfer« zunehmend in die (Eigen-)Verantwortung genommen werden und gefordert sind zu entscheiden, wieviel Sicherheit sie sich leisten wollen und können und in der Konsequenz: wie sich ihre jeweiligen Viktimisierungsrisiken gestalten.

Vor diesem Hintergrund wende ich mich in *Teil III: Kriminalität als Risiko* den beiden, oben bereits skizzierten, zentralen Fragen dieser Arbeit zu: Erstens ist zu klären, inwieweit »Kriminalität« als ein systemisches, regelhaftes, gesellschaftliches Phänomen grundsätzlich als »Risiko« (im definierten Sinne und aktuell vergleichbar etwa mit den Risiken des Straßenverkehrs) verstanden werden kann – inwiefern also die Rede vom *Risiko Kriminalität (Kapitel 9)* plausibel erscheint. Zweitens stellt sich die Frage, ob und wie der Zurechnungsmodus »Kriminalität« in den des (versicherbaren) »Risikos« überführt werden kann. Als Ausgangspunkt der Beantwortung dieser Frage werden in *Kapitel 10: Kriminalitätsversicherung* zunächst fünf Vorschläge diskutiert, die »Kriminalität« explizit mit einem sozialisierenden bzw. Versicherungsmodus verbunden haben: Es handelt sich hierbei um Vorschläge von Moussa Prince (1964), Randy Barnett (1977), dem Weißen Ring (1990), der Frauenliste Basel (1997/1998) und Hugo Herz (1908). In *Kapitel 11: Die Versicherung von Kriminalitätsschäden in der Gegenwartsgesellschaft* wird dann erläutert, in welchem Umfang und unter welchen Bedingungen die gegenwärtige Versicherungswirtschaft Schäden aus Kriminalität versichert und kompensiert. Das dabei zu Tage tretende immense Ausmaß versicherter Schäden aus kriminellen Handlungen führt zu der Frage, ob es gerechtfertigt sein könnte, die in die unterschiedlichsten Versicherungssparten zerfallenden versicherten Kriminalitätsrisiken in einer allgemeinen Kriminalitätsversicherung zu bündeln, die überdies aus Gründen der Kompensationsgerechtigkeit hinsichtlich der Opfer solcher Schädigungen als *Pflichtversicherung gegen Kriminalitätsrisiken (Kapitel 13)* zu konzeptualisieren wäre. Läßt man sich auf diesen Gedanken einer Pflichtversicherung gegen Kriminalitätsrisiken, den man zugleich ja auch als einen Wechsel zu einem gänzlich anderen Zurechnungsmodus (bislang kriminalisierter Handlungen) verstehen kann, ein, so kann man in einem weiteren Schritt fragen, inwieweit eine Kriminalitätsversicherung nicht auch die Grundlage einer anderen Kriminalpolitik liefern kann. Eine solche *Insurationistische Kriminalpolitik (Kapitel 14)* könnte dann möglicherweise die herkömmlichen auf »Bewältigung« zielenden Mechanismen der staatlichen Bestrafung hinter sich lassen und sich weitgehend auf nicht-strafende, managende Bearbeitungsformen zurückziehen. Konkret gesprochen, stelle ich also die Frage: Ist, und wenn ja in welchem Ausmaß, der Zurechnungsmechanismus Kriminalität durch den Zurechnungsmechanismus Risiko zu ersetzen? Oder anders formuliert: Ist es möglich, die strafrechtliche Bearbeitung bestimmter Konflikte in versicherungsmäßige Verarbeitungen zu transformieren – und zwar auf eine Weise, die sowohl den »Opfern« (im Sinne von Kompensation) als auch den »Tätern« (in Form von Entpönalisierung) zu Gute kommt?

I Risiko und Kriminalität

1. Vom Schicksal zum Risiko

Begreift man Kontingenz als die Ambivalenz von Unsicherheit und Handlungsoffenheit, dann geht es im hier interessierenden Zusammenhang von Kriminalität und Risiko vor allem um die Frage, wie über Probleme von Ordnung und Unordnung in Natur und Gesellschaft nachgedacht wird. Und freilich geht es auch darum, wie man die Abwesenheit von Sicherheit verarbeitet und mit der Existenz des Bösen verfährt. François Ewald hat diese Fragen historisch genauer verortet: »Die Welt, in der man in der ersten Hälfte des 19. Jahrhunderts gelebt hat, war nicht die gleiche wie unsere. Die Frage nach dem Ursprung des Bösen hatte in ihr einen Sinn und bedurfte dringlicher Beantwortung. Und zwar deshalb, weil sich die Erfahrung des Bösen durch eine dreifache Beziehung hindurch vermittelte: von Mensch, Welt und Gott. Wie hatte Gott das Böse wollen können? Wie hatte er zulassen können, daß es Unordnung in der Ordnung und in der Vollkommenheit Unvollkommenes gibt? Diese Ausgangsfragen wiederholen sich als Problem der Gerechtigkeit: Werden die Bösen bestraft und die Guten proportional zu ihren Verdiensten belohnt? Korrespondiert die Zuteilung von Glück und Unglück mit der moralischen Lebensführung des Einzelnen?«[1]

Diese Fragen stellten sich um so dringlicher, je weiter die Industrialisierung voranschritt. Waren die Seuchen und Naturkatastrophen, die bis dahin die meisten Menschenleben gefordert hatten, und schließlich die Katastrophe von Lissabon im Jahre 1755, noch mehr oder weniger als gottgegebene Schicksalsschläge und »Strafe Gottes« betrachtbar gewesen, so mußte sich diese Sichtweise mit den neuen Maschinen und Industrieanlagen grundlegend ändern. Die naturhaften Katastrophen existieren zwar weiter, aber sie werden zunehmend ergänzt und überlagert von industriellen, und d.h. von »menschengemachten« Katastrophen. In diesem Zusammenhang muß das Übel eine Form annehmen, die der neuen Beziehung zwischen dem Menschen und der Welt entspricht. Ein Eisenbahnunglück oder ein explodierender Dampfkessel sind nur noch bedingt auf Gott zuzurechnen, und es ist nun der »Unfall«, der der neuen Beziehung von Mensch und Welt gerecht wird – »eine laizistische und säkularisierte Form des Übels«.[2] Wenn aber das Übel die Form des säkularen Unfalls annimmt, dann muß auch die Zurechnung des Unfallschadens auf Erden erfolgen.[3] Und diese Schadenszuweisung führt im Laufe des 18. und 19. Jahrhunderts zunächst zum Begriff der Haftung, dessen zunehmende Dominanz für François Ewald eng mit dem Aufkommen des Liberalismus verbunden ist: Das Übel ist für die liberale Philosophie Bestandteil der Ordnung, seine Möglichkeit die inhärente Bedingung der Freiheit – seine Existenz, seine Eventualität und seine Bedrohung gehören zu der grundlegenden Beziehung des Menschen zur Natur und bezeugen in diesem Sinne die »Gleichheit aller vor dem Schicksal«.[4] Indem aber Unsicherheit als natürliche Existenzbedingung konzipiert ist, kann es ein Recht auf Sicherheit nicht geben, sondern nur die Pflicht, sich abzusichern: Die *Vorsorge* wird zur liberalen Tugend schlechthin und das Übel zu einer Art Lektion, das die Konsequenz mangelnder Vorsorge demonstriert. Entsprechend bedeutet das Haftungsprinzip dem liberalen Denken im 19. Jahrhundert nicht ein allgemeines Prinzip einer Abwälzung der durch Unglücksfälle entstandenen Kosten auf andere (wie heute häufig die Haftpflichtversicherung interpretiert wird), sondern im Gegenteil, daß niemand die Lasten, die ihm widerfahren, auf jemand anderen abwälzen kann: »Verantwortlich für mich selbst, kann ich die Gründe meiner Mißerfolge auf niemanden anderen als mich selbst zurechnen (...) Es ist meine Schuld. Was immer mir widerfährt, es ist einzig und allein mir anzulasten. ›Irren ist menschlich‹, behauptet das Sprichwort; das Haftungsprinzip aber verwandelt letztlich jeden Irrtum in Verschulden«, weil man vernachlässigt hat, was man hätte wissen können.[5] Und dieses Prinzip gilt für die Reichen und die Armen gleichermaßen: Die Armen unterscheiden sich von den Reichen, indem sie ihr Ungück nicht zu verhindern wußten – weil sie nicht vorgesorgt hatten. In diesem Sinne gibt es keine Ausflucht für die Armen, auch sie sind die freien Gestalter ihres

Schicksals, weshalb der Liberalismus darauf beharrt, daß es kein Recht der Armen auf Almosen geben könne, wohl aber eine gesellschaftliche Pflicht zur Hilfeleistung gegenüber den Armen[6].

Das Verschulden, die Schuld, bemißt sich in diesem Denkhorizont an der Vorsorge und Voraussicht des Individuums, d. h. es kann nur das zur Last gelegt werden, was man hätte wissen können, auf das hin man hätte Vorsorge treffen können. Gleichzeitig aber lebten die Mitglieder dieser Welt der Vorsorge und Voraussicht im Bewußtsein, diese Tugenden nie vollständig erfüllen zu können, weil das vorausschauende Wissen begrenzt ist. In diese Lücke, die sich zwischen der notwendigen Voraussicht und ihrem gleichzeitigen Scheitern auftut, schiebt sich die Institution der Versicherung als die Fähigkeit, sich mit anderen zusammenzutun, um die Schläge des Schicksals zu kompensieren. Aber zunächst eben nur die Schläge des Schicksals; für »verschuldete« Schäden aufgrund versäumter Vorsicht oder gar vorsätzlich herbeigeführte Schadensfälle wird sie abgelehnt: »Daher schließt diese Philosophie die Vorstellung einer Haftpflicht-, ja selbst einer Schadenversicherung prinzipiell aus (beide galten lange als unmoralisch, weil als Ermunterung zum Verbrechen, und wurden eben darum verboten), während sie den Gedanken einer Personenversicherung, freilich auf strikt freiwilliger Basis, geradezu erzwingt.«[7] Obwohl also eine (Sozial-) Versicherung heutiger Prägung dem Liberalismus des 19. Jahrhunderts undenkbar erschien, so war diese Zeit doch gleichzeitig jene des unaufhaltsamen Aufstiegs der Versicherung als Institution rationaler Voraussicht.[8]

Diese liberale Vorstellung der Haftung (und einer strikt begrenzten Versicherungswürdigkeit) geriet allerdings gegen Mitte des 19. Jahrhunderts zunehmend in eine Krise, als man zu erkennen begann, daß immer mehr Unglücksfälle und vor allem auch das kollektive Elend des Pauperismus immer weniger auf einen individuellen Willen bzw. ein individuelles Verschulden zurückgeführt werden konnten, »daß es die Gleichheit aller vor dem Schicksal nicht mehr gab, daß mit einer Ungleichheit der Verantwortlichkeiten gerechnet werden mußte«.[9] Es wurde immer deutlicher, daß das Übel aus dem normalen und regulären Zusammenspiel der Aktivitäten des gesellschaftlichen Lebens erwuchs. Ewald macht den daraus folgenden Wandel am Beispiel der Arbeitsunfälle explizit: War man bis weit ins 19. Jahrhundert der Auffassung, daß der Arbeiter vom Unternehmer keinerlei Sicherheit verlangen könne, daß vielmehr alle mit der Arbeit verbundenen Gefahren vom Arbeiter zu tragen und dieses Risiko Teil seiner Arbeitsleistung sei, so lässt sich zur Mitte des 19. Jahrhunderts eine Verschiebung in der Betrachtung und Analyse der Arbeitsunfälle feststellen, als man in zunehmendem Maße beginnt, Zahlen zu erheben und Tabellen aufzustellen.[10] Man beginnt, diese Unfälle, aber auch andere Übel, mathematisch zu durchdringen, sie zu gruppieren und zu aggregieren, Regelmäßigkeiten festzustellen und Durchschnittswerte zu errechnen; und in diesem Prozeß, der um die Mitte des 19. Jahrhunderts immer offensichtlicher wird und in dem die Methoden der Mathematik – inbesondere der Statistik und Wahrscheinlichkeitsrechnung – eine herausragende Stellung einnehmen, entwickelt sich ein neues (Nach-)Denken und ein neues Bewußtsein der Kausalität bzw. der Ursachen von Unfällen. Man beginnt, Kausalitäten immer weniger auf die Individuen, sondern stattdessen auf die Masse zu beziehen: Diese wird zum Bezugspunkt der Erklärungen. Über viele Seiten entwickelt Ewald, wie sich aus der Flut an Zahlen, die sich in der ersten Häfte des 19. Jahrhunderts in den Forschungs- und Amtsstuben auftürmt, mit Hilfe und unter Berufung auf die u.a. von Quételet propagierten statistischen Verfahren ein neues Verständnis des Individuums und seiner Identität herausbildet.[11] Die auf Zahlen, Wahrscheinlichkeiten und Mittelwerte gestützte Betrachtung und Interpretation gesellschaftlicher Phänomene lässt metaphysische Erklärungsversuche für Abweichungen in den Hintergrund treten und bezieht Ursachen – im Sinne von Wahrscheinlichkeiten – auf Kollektive. Die zu befolgende Norm ist immer weniger eine metaphysisch gesetzte oder legitimierte Regel oder ein dem Menschen äußerlicher Maßstab, sondern die Nähe zum Mittelwert des Kollektivs: »Die Klassifizierung geschieht unter Bezugnahme auf deren Normalität: nicht mehr in einer hierarchischen Abstufung von 0 bis 10, sondern anhand der Abweichungen von einem Mittelwert, der nicht das zu erreichende Minimum, sondern den gruppenspezifischen Typus bezeichnet.«[12] Es ist der Versuch, Ungleichheiten von den »wirklichen« Ungleichheiten (des Kollektivs) bzw. vom Durchschnittsmenschen her zu denken; und mit dieser Theorie des Durchschnittsmenschen »gehen wir vom Register moralischer oder metaphysischer Identitäten zu einem Register soziologischer Identitäten über«.[13] Es kommt zum Zusammenfallen der Vollkommenheit mit Normalität – die Vollkommenheit liegt darin, daß man im Durchschnitt bleibt, die Norm besteht im jeweils aktuellen Verhältnis eines jeden zu den anderen.

Mit diesem Blick auf das Kollektiv entwickelt sich notwendig ein neues Verhältnis des Ganzen zu seinen Teilen. Wie bereits erwähnt, wird es immer schwerer, Unfälle dem Willen von Individuen zuzurechnen, da sie immer öfter und immer deutlicher aus dem regulären Zusammenspiel der gesellschaftlichen Kräfte resultieren: Die Statistik erlaubt es, diesen Unfällen eine kollektive Gestalt zu verleihen, sie unter das Gesetz der Wahrscheinlichkeit zu fassen: »Der Unfall, der individuell genommen zugleich als zufällig und als durch etwas Umsicht vermeidbar erscheint, stellt sich, auf eine Population bezogen, als kalkulierbar und vorhersehbar dar. Man kann vorhersagen, daß es im kommenden Jahr so und so viele Unfälle geben wird; die einzige verbleibende Unbekannte ist die: Wer wird verunglücken? Wen wird dieser unglückliche Zufall treffen?«[14]

Der Begriff, der diese grundsätzlich unvermeidbare, gleichwohl aber – auf ein Kollektiv bezogen – in Häufigkeit und Ausmaß kalkulierbare Tatsache des Unfalls einfängt, ist der des Risikos. Es geht bei diesem Begriff nicht in erster Linie um Gefahren und auch nicht um den einzelnen, dem ein Unglück passiert, sondern um die Berechenbarkeit, um die Kalkulation, die Verteilung von Schäden bezogen auf ein Kollektiv, kurz: um einen neuen Modus der Verarbeitung von Unsicherheit und Unglück. In diesem Sinne ist nichts von sich aus ein Risiko, aber alles kann ein Risiko werden. Alles hängt davon ab, wie man mit bestimmten Ereignissen umgeht, wie man sie verarbeitet. Strenggenommen kann ein einzelner kein Risiko eingehen, sondern das Risiko ist eine Verarbeitungsweise von Ereignissen, die sich gegenüber den Werten oder Kapitalien ereignen, die eine Gruppe von einzelnen – ein Kollektiv – besitzt oder repräsentiert. In diesem Sinne ist der Begriff des Risikos untrennbar verbunden mit der Institutionalisierung der Versicherung. Für François Ewald fokussiert die Perspektive der Versicherung drei zentrale Merkmale der Bewältigungsform »Risiko«:

a) *Das Risiko muß kalkulierbar sein*: Diese Kalkulierbarkeit steht auf zwei Beinen: Erstens die Statistik, mit der Regelmäßigkeiten von Ereignissen verzeichnet werden können, und zweitens die auf die Statistiken angewandte Wahrscheinlichkeitsrechnung, mit der die Wahrscheinlichkeit des erneuten Auftretens dieser Ereignisse eingeschätzt werden kann. Deshalb resultiert ein Risiko auch nicht aus dem Vorhandensein einer Gefahr, sondern es ergibt sich daraus, daß abstrakte Daten oder Faktoren, die das Auftreten unerwünschter Verhaltensweisen mehr oder weniger wahrscheinlich machen, zueinander in Beziehung gesetzt werden.[15]

b) *Das Risiko muß kollektiv sein*: Da die Versicherung sich stets auf Gruppen bezieht und Schäden sozialisiert, ist das Risiko nur im Maßstab einer Population kalkulierbar. »Die Versicherung macht aus jedem den Teil eines Ganzen. Das Risiko selbst existiert als Einheit – als Gewissheit – nur im Ganzen, wobei jeder Versicherte nur eines seiner Bruchstücke verkörpert.«[16]

c) *Das Risiko muß ein Kapital sein*: Die Versicherung ist nicht in der Lage, das Leiden der Verunfallten oder ihrer Angehörigen zu ersetzen, sondern der Schaden kann nur finanziell kompensiert und dadurch erträglicher gemacht werden. In gewissem Sinne muß daher die Entschädigung immer willkürlich bleiben – was allerdings nicht besagt, »daß sie ungerechtfertigt wäre oder nicht doch einer gewissen Regel gehorchte«.[17]

Mit ihrem Begriff des Risikos schafft die Versicherung eine Kategorie, die potentiell jedes Ereignis in einen Unfall verwandelt, der grundsätzlich einer Berechenbarkeit zugeführt werden kann, und dadurch einen bestimmten Rationalitätstyp, der durch das Wahrscheinlichkeitskalkül formalisiert wird. Dieser Rationalitätstyp hat die Macht, das Leben der Individuen und einer ganzen Bevölkerung radikal zu ändern. Der Versicherung gelingt es, vertrauten Ereignissen eine neue Objektivität zu verleihen, die deren Natur verändert: »Indem die Versicherung bestimmte Ereignisse als Risiken objektiviert, kehrt sie die Vorzeichen um: sie macht aus dem, was bislang ein Hindernis war, eine Möglichkeit.«[18] Den Prozessen der Industrialisierung und Rationalisierung, aber auch der Individualisierung folgend, beginnt sie zunehmend die alten Formen nachbarschaftlicher Solidaritäten und genossenschaftlicher Unterstützung zu ersetzen, indem sie die unmittelbaren Beziehungen brüderlicher Hilfe in dauerhafte vertragsrechtliche Beziehungen umwandelt: »Das für die Versicherung charakteristische Merkmal ist nicht die Tatsache, daß sie die Lasten individueller Schäden auf eine Gruppe umverteilt, sondern daß sie es gestattet, diese Umverteilung nicht mehr in Form einer Hilfeleistung oder einer Wohltat vorzunehmen, sondern gemäß einer Regel, die eine Regel der Gerechtigkeit ist, eine Rechtsnorm.«[19]

Entscheidend ist nun, daß sich mit dem versicherungsmäßigen Risikobegriff nicht nur eine neue Betrachtung bzw. eine Objektivierung von Unfällen einstellt, sondern daß dies aufs engste verbunden ist mit einer allmählichen Wandlung der Vorstellungen von Haftung und Verschulden. Während das Haftungsrecht des 19. Jahrhunderts den Unfall als eine Ausnahme begreift und über das Denken in Moralkategorien aus ihm ein Unterscheidungsprinzip macht, operiert die Versicherung mit einem ganz anderen Typus der Individualisierung: »Die Versicherung individualisiert, definiert einen jeden als Risiko, wobei es sich allerdings um eine Individualität handelt, die sich nicht mehr auf eine abstrakte Norm, sondern auf die anderen Mitglieder der versicherten Population bezieht, also eine soziologische oder Durchschnittsindividualität.«[20] Sie bietet Sicherheit für die Wechselfälle des Lebens, indem sie die notwendig aus dem regulären Zusammenwirken der gesellschaftlichen Kräfte entstehenden Schäden auf eben diese Gesellschaft umlegt und so kompensiert bzw. kompensieren kann. Daher sei die Versicherung, so Ewald, eine Assoziierung, die ein Maximum an Sozialisierung mit einem Maximum an Individualisierung verknüpfe und die beiden antagonistischen Begriffe der *Gesellschaft* und der *individuellen Freiheit* miteinander zu versöhnen scheine. Am Ende des 19. Jahrhunderts wird das

Haftungsdispositiv durch ein Solidaritätsdispositiv abgelöst: Das individuelle Verschulden tritt zunehmend in den Hintergrund, und wiederum ist es das (zur damaligen Zeit brennende) Problem der Arbeitsunfälle, an dem sich das neue Denken exemplarisch verdeutlicht. Denn am Ende des 19. Jahrhunderts wird die alte liberale Haftung, die dem Arbeiter die Risiken seiner Arbeit zurechnete, durch das »Unternehmerrisiko« – eine Gefährdungshaftung im modernen Sinne – ersetzt: »Dem Prinzip des Unternehmerrisikos zufolge gehen Arbeitsunfälle zu Lasten des Unternehmers, was immer ihre Ursache sein mag und ganz gleich, ob sie von Rechts wegen auf einen Zufall oder auf ein sei es auch grobes Verschulden des Arbeiters zurückzuführen sind (...) daß der Unternehmer für die Unfälle, die auf fahrlässiges Verhalten oder persönliche Unachtsamkeit zurückgehen ebenso haftet wie für jene, die trotz aller Vorsichtsmaßnahmen eingetreten sind oder deren Ursache der Arbeiter selbst ist (außer im Fall eines mutwilligen Verschuldens).«[21]

Es kommt zu einer Veränderung der Schadenszurechnung, die sich nun tendenziell von den Ursachen trennt. Die Zurechnung bezieht sich auf das Unternehmen, also auf das Ganze bzw. eine soziale Beziehung. Dies kann nur geschehen, weil man die Regelmäßigkeit des Unfalls, das Risiko, nun unabhängig vom individuellen Verhalten denken konnte. Für den statistischen und probabilistischen Typ der Zurechnung sind Fehler von Individuen lediglich Risikofaktoren, von denen das statistische Vorkommen des Unfalls unberührt bleibt. »Darin liegt ein entscheidender Fortschritt des Begriffs (des Risikos, H.S.-S.): Er ermöglicht es, Schadensansprüche auf die Tatsache des Unfalls, des erlittenen Schadens selbst zu gründen – wo immer dessen Ursachen auch liegen. Ein Haftungsprinzip, das auf der Vorstellung der Ursache beruht, impliziert eine selektive Verteilung der Lasten. Das Unternehmerrisiko dagegen fördert die ›Solidarität‹.«[22] Eine Solidarität, die zunächst noch die innerbetriebliche zwischen Arbeitgeber und Arbeiter meinte, die aber nun rasch zu einem umfassenderen Modell werden sollte. Diese Entwicklung manifestiert sich zum einen in der sich beschleunigenden Expansion privater Sach- und Personenversicherungen[23], zum anderen aber freilich auch in der sukzessiven Einführung der Sozialversicherung. Dieser Expansionsprozeß bereitet im letzten Viertel des 19. Jahrhunderts also auch das vor, was wir heute unter Wohlfahrts- oder Sozialstaat verstehen. Im Verlauf dieses Prozesses werden nicht nur immer mehr Schäden versicher- und damit sozialisierbar, sondern auch sozial: Sie werden als *soziale Risiken* Gegenstand der Sozialversicherung.

Auch die Sozialversicherung ist ein Kind der numerischen Erfassung der Welt: Die Entdeckung der Regelhaftigkeiten des »Übels« und die damit erfahrbar gewordene Ungleichheit der individuellen Verantwortlichkeiten erfaßte zum Ende des 19. Jahrhunderts auch das Problem der Armut: »Armut wird nicht mehr als schicksalhafter Ausfluß ökonomischer Gesetzlichkeiten und/oder individueller Schuld begriffen, sondern als ›soziales Übel‹, das kollektiven gesellschaftlichen Interventionen zugänglich ist.«[24] Der »Armuts-Empirismus« jener Jahre weichte aber nicht nur die Vorstellung der »selbstverschuldeten Armut« auf, sondern schärfte durch den zutage geförderten Umfang und das Gewicht der Massenarmut auch die Sensibilität gegenüber sozialpolitischen Fragen, die allerdings zugleich als sicherheitspolitische Fragen wahrgenommen wurden. Adalbert Evers und Helga Nowotny[25] beschreiben vier Aspekte, welche die Beziehung zwischen Sicherheit, Risiko und Armut in dieser Situation verändern sollten: *Erstens* gewann durch die Aufweichung der individualisierenden Identifikation von Armutsursachen auch die Idee einer staatlichen Verpflichtung gegenüber Armutsschicksalen an Boden. *Zweitens* wurden statt der die Armutsgefahren ausgrenzenden Maßnahmen (Armenhausgesetzgebung) nun zunehmend positive Maßnahmen zur Wiederherstellung und Kräftigung der durch Armut und Pauperismus bedrohten nationalen Sicherheit verlangt. *Drittens* bildete sich ein steigendes Vertrauen in die relative Stabilität des industriellen Marktsystems und seiner Reproduktionsmechanismen heraus sowie ein Bewußtsein dafür, »welch enorme Reichtümer, Fähigkeiten und Ressourcen herangereift waren. Warum sollten sie nicht hinreichen, auch das Armutsproblem unter Kontrolle zu bringen?« Und *viertens* wuchs schließlich auch das Vertrauen in die Möglichkeiten des wissenschaftlichen und sozialen Fortschritts. Dieser Fortschrittsoptimismus, der sich aus der Verknotung der weiter entwickelten ökonomischen Potenzen, sozialer Organisationsformen, empirischen Wissens und sozialer Technologien ergeben habe, habe *alle* in der Öffentlichkeit vertretenen Optionen erfaßt.

Das Entscheidende an der Entwicklung dieses »solidarischen Konsenses« war, daß er zunehmend auch vom ökonomischen Denken mitgetragen wurde. Ökonomische Effizienz und moralischer Fortschritt sollten sich nicht länger widersprechen, sondern vielmehr aussöhnbar werden. Man war sich der Möglichkeit gewiß, daß Armut, die man nun mehr und mehr nicht nur als systemgefährdend, sondern auch als systembedingt interpretierte, durch entsprechende Sozialpolitiken bearbeitbar war. Man glaubte, sie regulieren, eindämmen und letztlich normalisieren zu können, indem man die (einst) individuellen bzw. individuell zu verantwortenden Schicksalsschläge in ein soziales Problem transformierte. Die Technologie, die diese Transformation bewerkstelligte, war die des Risikos und schließlich die Sozialversicherung. Die naturalistische Sicht konnte das Ausmaß und das Elend des Pauperismus nicht mehr plausibel erklären, und die vom Liberalismus geforderte individuelle Vorsorge entpuppte sich allein vor dem Hintergrund der materiellen Situation der Armen als politische Illusion: »Man mußte sich mit der Tatsache abfinden, daß die Arbeiter von sich aus keine Vorsorge trafen. Die Erfahrung hatte bewiesen, daß man sich, was die materielle Sicherheit betraf, nicht auf die Freiheit verlassen durfte! Die freiwillige Vorsorge half nicht dem Arbeiter, sondern blähte lediglich das Budget der Fürsorgeeinrichtungen auf. Sie entlastete den Staat keineswegs, sondern erhöhte seine Verbindlichkeiten. Mit dieser Desillusion war das Ende dessen gekommen, worin die Liberalen all ihre Hoffnungen gesetzt hatten: das Ende der Idee einer Regierung in Freiheit.«[26]

Mit der Sozialversicherung waren die Risiken des Lebens selbst bzw. der Lebensunterhalt versicherbar geworden, sie versprach nicht mehr Barmherzigkeit, sondern das Recht auf Versorgung im Alter, im Krankheits- und Invaliditätsfall. Aber diese idealisierende Sicht greift zu kurz, auch wenn sich die existentiellen Unsicherheiten des materiellen Alltags für viele durchaus abmildern sollten. Der Preis dieser Abmilderung bestand im Fortbestehen sozialer Ungleichheit, denn den sozialen Status quo selbst stellte der »solidarische Konsens« nicht in Frage. Evers/Nowotny sehen gerade hierin den Grund dafür, daß das Versicherungsprinzip schließlich eine solch einmütige Anerkennung fand: »Im Unterschied zu anderen sozialen Auseinandersetzungen und Reformen ging es hier nicht darum, die sozialen Beziehungen in Frage zu stellen, von denen die Risiken strukturiert waren.«[27]

In diesem Sinne war die Einführung der Sozialversicherung zwar durchaus auch ein humanitär-solidarisches Projekt, das aber zugleich vor allem einer machtpolitischen bzw. -stabilisierenden Intention Rechnung trug. Die Sozialversicherung, die Versicherung sozialer Risiken, war damit zugleich eine Versicherung der Herrschenden, die sich des Sozialen versicherten, die die Versicherung als Mittel sozialer und politischer Kontrolle zu etablieren suchten. Dieser Sachverhalt wird bereits bei ihrer Einführung in Deutschland durch Bismarck überdeutlich: »Ich habe lange genug in Frankreich gelebt«, so sagte er, »um zu wissen, daß die Anhänglichkeit der meisten Franzosen an die Regierung (...) aber doch schließlich auch an das Land wesentlich damit in Verbindung steht, daß die meisten Franzosen Rentenempfänger vom Staat sind (...) Die Leute sagen: wenn der Staat zu Schaden geht, dann verliere ich meine Rente.«[28] Dies wiederum ist ein Umstand, dessen sich etwa die Sozialisten der damaligen Zeit durchaus bewußt waren: Während die Liberalen gegen die Sozialversicherung opponierten, indem sie weiterhin an ihrem Motto »Selbsthilfe statt Staatshilfe« festhielten, und die Konservativen eher kooperative Lösungen in Form von (von Arbeitern und Unternehmern) gemeinsam verwalteten Kassen favorisierten, lehnten die Sozialisten die Sozialversicherungen Bismarcks zunächst rundweg ab, denn »sie würden den Arbeiter an die ›staatliche Wohlfahrtskette‹ legen und ihn zum ›Staatssklaven‹ machen«.[29]

Es ist hier nicht der Ort, die Auseinandersetzungen der damaligen Zeit detailliert nachzuzeichnen,[30] wichtiger erscheint es mir, das Konzept der Sozialversicherung[31] herauszustellen, das als Grundlage eines neuen Gesellschaftsvertrages fungieren sollte. Denn unter dem Vorzeichen der Sozialversicherung und ihrer steten Ausweitung wurde der Staat selbst ausgehend vom

Versicherungsgedanken konzipiert, wurde zum Versicherer, der allerdings einer von den klassischen privaten (Erwerbs-)Versicherungen abweichenden Struktur und Gerechtigkeitsregel folgte. War dem Liberalismus die Versicherung Ausdruck einer freiwilligen Vorsorge, wobei zudem die »gerechte« Prämie dem objektiv berechneten Risiko zu folgen hatte, so steht die Sozialversicherung diesem Gedanken diametral entgegen: Sie verschafft dem Versicherten ein Anrecht, zu dem er gegebenenfalls nur einen sehr geringen Anteil beiträgt. Die Sozialversicherungen »ersetzen sozusagen eine passive, auf der Feststellung der Risiken basierende Aufteilung durch eine aktive Aufteilung per Umverteilung und Übertragung«.[32] In diesem Sinne wird die Versicherung zu etwas Sozialem, aber dies nicht deshalb, weil neue Risiken versicherungsfähig werden, sondern weil die Gesellschaften nun sich und ihre Probleme im Sinne der Grundsätze einer verallgemeinerten Risikotechnologie analysieren. Der diesem Konzept entsprechende Gesellschaftsvertrag ist nicht mehr die liberale Vorstellung einer freiwilligen Beziehung von Individuum zu Individuum, sondern ein neues Verhältnis des Ganzen zu seinen Teilen. Dieses Ganze folgt eigenen Gesetzen und es ist dementsprechend auch mehr als die Summe seiner Teile: »Von nun an werden in der Zivilgesellschaft die Beziehungen der Individuen untereinander über ein Totalisierungsprinzip vermittelt und beurteilt werden, über die globale Menge der gemeinsam produzierten Güter, die nicht der Staat ist, sondern eine bestimmte, von der Gesellschaft selbst vorgenommene Objektivierung ihrer selbst als gemeinschaftliches Vermögen.«[33] Diese Kollektivgüter können nicht ohne das Eingehen von Risiken privater Schäden geschaffen werden, und deren Kosten müssen aufgeteilt, sozialisiert und kollektiv kompensiert werden.

Zudem hatte die Sozialversicherung, wie bereits ausgeführt, (das Recht auf) die Absicherung des Lebens(unterhalts) zum Gegenstand. Das bedeutete zunächst für wenige, später für (fast) alle Gesellschaftsmitglieder, daß man nun bereits aufgrund der simplen Tatsache, daß man lebte, zum »Gläubiger« des Kollektivs wurde – zugleich aber auch zu seinem »Schuldner«. Denn die Sozialversicherung versprach nicht nur ein Recht, sondern verwandelte zugleich auch die liberale Tugend der (freiwilligen) Vorsorge in eine (obligatorische) Pflicht, wobei sich diese Pflicht keineswegs in der Beitragszahlung erschöpfte: Diese Pflicht richtet sich nicht mehr nur auf das Individuum selbst, sondern vielmehr verpflichtet sie neben der Verfolgung des eigenen Wohls zugleich dazu, das Wohl der anderen zu wollen. Denn wenn das soziale Übel nicht auf einen individuellen Willen, sondern auf eine Unzahl miteinander zusammenhängender Ursachen verweist, wenn es dem regulären Zusammenspiel der gesellschaftlichen Kräfte erwächst, ist der Einzelkämpfer verloren.

Es war also eine neue Sozialmoral notwendig, und zwar die Sozialmoral einer Gesellschaft, die das Ende äußerer (metaphysischer oder naturalistischer) Bezugspunkte ihrer selbst reflektierte, die sich also nirgendwo auffinden ließ – außer in den sozialen Beziehungen selbst. Diese sozialen Beziehungen werden unter dem Vorzeichen der (Sozial-)Versicherung zu einer Beziehung des »gegenseitigen Risikos« und schließlich zu sozialen Risiken. Eine derartige »Objektivierung des Übels«, so Ewald, läßt »den mit den anderen gemeinsam unternommenen Kampf« gegen die objektiven Bedingungen des Übels als den einzig richtigen Weg erscheinen. Und dieser (solidarische) Kampf erfordert und verlangt vom Individuum, daß es sich, um sein eigenes Wohl zu realisieren, (ganz egoistisch) auch um das der anderen kümmern muß: »der Solidarismus geht nicht so weit, von uns die Aufgabe unserer Egoismen zu fordern: Nur weil der andere ein potentieller Träger jenes Übels ist, das mich treffen kann, kommt es mir selbst zugute, wenn ich ihn überwache, korrigiere, für seine Weiterentwicklung, seine Hygiene und seine Sterilisierung sorge.«[34]

Als Modell dieses Denkens der sozialen Beziehungen als »gegenseitiges Risiko« diente die ansteckende Krankheit: Der Bazillus kommt aus der Gesellschaft, aus der Umgebung, den sozialen Milieus; und ebenso entsteht die Disposition des Individuums aus seinen gesellschaftlichen, aus seinen Arbeits-, Wohn- und Ernährungsverhältnissen. Damit ist der Kranke zwar einerseits das Produkt des gesellschaftlichen Lebens, andererseits aber zugleich eine Gefahr für alle anderen, und im gleichen Maße trägt die Gesellschaft die Verantwortung *für* ihn und ist zugleich *durch* ihn gefährdet. Diese Vorstellung läßt es notwendig erscheinen, sich der Art und Weise anzunehmen, wie der einzelne sein Leben führt, wie er wo, wann und unter welchen Bedingungen arbeitet, lebt, seine Freizeit verbringt, seine Kinder erzieht usw. Jedermann ist ein Risikofaktor für alle anderen – das Risiko ist überall, seine Aktualität liegt in seiner Eventualität. Zum zentralen Begriff wird die Prävention.

In der sich formierenden Welt der Zahlen, Tabellen und Wahrscheinlichkeiten bezeichnet Prävention einerseits die im 19. Jahrhundert obligatorisch gewordene Voraussicht, andererseits aber auch Maßnahmen, die die Wahrscheinlichkeit von Schäden verringern sollen. In diesem Sinne wird die Prävention zur Begleiterin des Risikos, indem sie Risiken, wenn schon nicht vermeiden, so doch zumindest mindern kann (bzw. soll). Im Prozeß der Weiterentwicklung der Wissenschaften und der (vermeintlichen) technischen Beherrschbarkeit zehrt sie von der Vorstellung, daß Risiken sich absehen und objektiv berechnen lassen: »Der Sicherheitstraum des 20. Jahrhunderts ist an diese Utopie einer Wissenschaft gebunden, die Risiken zusehends in den Griff bekommen soll (...) Prävention ist eine Haltung, die sich prinzipiell auf das Vertrauen in die Wissenschaft und ihre Gutachten stützt.«[35] Mit Blick auf die sozialen Risiken wird sie zugleich zunehmend paternalistisch konzipiert: Dafür zu sorgen, daß sich ein jeder prophylaktisch verhält und auf diese Weise der Gesamtheit dient, das ist die Aufgabe, die dem Staat nun zukommt. Die Sozialversicherung ist ihm die Technologie, die Bevölkerung verwalten zu können, um sie vor sich selbst zu bewahren und gleichzeitig die Entfaltung ihrer Potentiale zu ermöglichen. Eine Technologie, die expandieren und nach und nach alle Lebensbereiche durchdringen sollte. Der Kampf gegen das soziale Übel, so Ewald, wird zu einem Kampf aller gegen alle und zugleich aller für alle: »Zeitlich gesehen wird er die gesamte Existenz der Individuen von vor ihrer Geburt bis nach ihrem Tod betreffen: Von der Mutterbrust auf muß man sie behüten, für ihre Ausbildung sorgen, sie zur Hygiene erziehen, ihre Ernährung, ihr Alkoholkonsum, ihr Umgang, ihr ›persönliches Milieu‹ müssen überwacht werden. Und räumlich gesehen muß eine Umwandlung ihres ›Milieus‹ gemäß den Gesetzen der Hygiene in Angriff genommen werden, um eine Chance zu haben, das Übel zu besiegen:

Arbeitsbedingungen, gesundheitliche Zuträglichkeit der Werkstätten, Dauer des Arbeitstages, Architektur von Kasernen, Gefängnissen, Asylen, Stadtplanung, Verteilung der Wohngebiete, alles gehört dazu.«[36]

Dies ist grob umrissen das Programm einer Sozialversicherung, die als alles umfassende Technologie des Staates im Begriff des *Vorsorgestaates* oder auch der *Versicherungsgesellschaft* aufgeht. Zusammenfassend lassen sich drei zentrale Aspekte dieses Vorsorgestaates benennen:

Erstens ermöglicht es die Sozialversicherung, die negativen Auswirkungen der Industrialisierung durch Sozialisierung und Kompensation abzufedern und auf diese Weise der industriellen Weiterentwicklung einen Raum zu eröffnen. So gelingt es ihr, zwischen Arbeiter und Unternehmer zu vermitteln und auf diese Weise die Integration der Industrie in die Gesellschaft zu bewerkstelligen. Das ist ihre befriedende Potenz, über die Gleichheit vor dem (Sozial-)Recht Loyalität trotz Fortbestehen materieller Ungleichheit herzustellen – denn die Ungleichheit stellte die Sozialversicherung zu keinem Zeitpunkt infrage.

Zweitens verliert mit der Einführung und Ausweitung der Sozialversicherung die Fürsorge ihre religiöse, aber auch moralische Dimension und wird in ein Recht auf Leben(sunterhalt) transformiert. Dieses Recht ist der Gegenstand eines neuen Gesellschaftsvertrages, des Solidarvertrages. »Praktische Nächstenliebe oder Akte der Wohltätigkeit sind zu veralteten und dem Untergang geweihten Praktiken geworden. Wer würde es noch wagen, ein Loblied auf Mitleid und Barmherzigkeit als die ureigensten menschlichen Tugenden zu singen? Nur das, was in seiner rechtlichen Form anerkannt und abgestempelt ist, ist von Bedeutung. Nur das Recht verträgt sich mit der Würde des Menschen.«[37]

Im Rahmen dieser fortschreitenden Transformation von »Schicksalsschlägen« in soziale Risiken und ihrer Eingliederung in die Sozialversicherung wird der Staat, *drittens*, zu einem Vorsorgestaat, dessen Aufgaben nicht mehr in erster Linie in der Bewahrung der Freiheit des einzelnen bestehen, sondern der diesen einzelnen vor allem als Risikofaktor konzipiert und daher dafür zu sorgen hat und den einzelnen auch dazu verpflichtet, daß dieser sich möglichst prophylaktisch verhält.

Die Sozialversicherung wird somit zum Symbol einer Gesellschaft, der es gelingt, das (unabwendbare) Armutsschicksal in ein (versicherbares) Armutsrisiko zu transformieren; und sie wird zugleich zum Signum eines (in Deutschland) insbesondere seit der Nachkriegszeit stetig expandierenden »korporatistischen« Wohlfahrtsstaates.[38] Dieser Wohlfahrtsstaat hat seither sowohl seinen Adressatenkreis (u.a. mittels einer immer umfassenderen Versicherungspflicht) als auch seinen Zuständigkeitsbereich (hinsichtlich der erfaßten Risiken, aber auch des Leistungsspektrums) sukzessive ausgeweitet, »immer mehr Menschen von der Last der individuellen Verantwortung für immer weiter und zunehmend sozial definierte Existenzrisiken befreit und zu immer größeren Risikogemeinschaften« zusammengefaßt.[39] Nach Esping-Andersen ist eines der zentralen Kennzeichen des Wohlfahrtsstaates, daß er das Verhältnis zwischen Individuum und Markt de-kommodifiziert, d.h. vom Markt- und Konkurrenzdruck befreit, indem er das Armutsrisiko vom Markt abkoppelt und in einem bestimmten Umfang sowie für eine bestimmte Zeitspanne kompensatorische Leistungen (der unterschiedlichsten Art) für jene Bürgerinnen und Bürger (sowie die von ihnen abhängigen Angehörigen) bereitstellt, die aus den unterschiedlichsten (gesundheitlichen, ökonomischen, familiären etc.) Gründen aus ihren Beschäftigungsverhältnissen ausscheiden (müssen oder wollen). Das Produkt dieses Wohlfahrtsstaates ist *soziale Sicherheit*: »ein ausgebautes System (...), welches darauf abzielt, das Auftreten sozialer Risiken zu verhüten und bei Eintritt derartiger Schäden kompensierend tätig zu werden«.[40] Das ist ein komplexes Anliegen, dem es nicht (nur) um eine nach individuellem Vermögen herzustellende persönliche Sicherheit (etwa entsprechend der jeweiligen Stellung in einer stratifizierten Gesellschaft) geht, sondern um eine gesellschaftlich verfaßte, allen mehr oder weniger gleichermaßen zustehende und garantierte (soziale) Sicherheit. Zwar werden die »Schäden« selbst (weiterhin) individuell erlebt, die Zuweisung ihrer Kosten aber ist eine kollektive bzw. soziale Frage. Es kommt gleichsam zu einem Austausch des Trägers der Verantwortung, sie ist nicht länger die Eigenschaft der menschlichen Natur oder des Subjekts, sondern die Konsequenz einer sozialen Tatsache. Verantwortung werde, so Ewald, zu einer selbsttragenden Beziehung; das Haftungsrecht verwandele sich im 20. Jahrhundert sukzessive in ein Entschädigungsrecht, das sich auf Risikokalkulation und damit auf Versicherungen gründet.[41]

Festzuhalten bleibt, daß der Siegeszug der Versicherung mit der Wende zum 20. Jahrhundert in die Sozialversicherung mündet, jener zu Beginn des 19. Jahrhunderts undenkbaren Einrichtung, die spätestens seit der Nachkriegszeit die sozialen Risiken umfassend auf die Gesamtgesellschaft verteilen sollte und damit die Versicherung zur Technik des Gesellschaftsvertrages erhebt. Interessant ist nun, daß die Be- und Verarbeitung von »Verbrechen« und »Kriminalität« an dieser Entwicklung zwar durchaus partizipiert, daß um die Mitte des 19. Jahrhunderts eine Situation entsteht, die »Kriminalität« in die diskursive Nähe des (sozialen) Risikos und damit auch seiner (Bearbeitungs-)Technologien rückt, daß aber diese Option nicht wirkmächtig wurde, sondern sich in eine völlig andere Richtung entwickelte. Dieser Prozeß soll im folgenden nachgezeichnet werden.

2. Vom Verbrecher zur Kriminalität

In der Einleitung habe ich »Kriminalität« als Zurechnungsmechanismus von bestimmten materiellen oder immateriellen Schäden und anderen Unerwünschtheiten auf bestimmte Personen bezeichnet. Von anderen Zurechnungsmechanismen unterscheide die »Kriminalität« dabei vor allem die Vorstellung, daß dieser Zurechnung in der Regel ein staatlich organisiertes Übel zu folgen habe: die Kriminalstrafe. Diese grobe Definition dürfte hinreichend offen sein, um nicht sofort verworfen zu werden. Es ist allerdings eine weitere Konnotation des Begriffes bedeutsam, die in der aktuellen Literatur (sowie bei den immer wieder stattfindenden und zum Teil heftigen Auseinandersetzungen um den Kriminalitätsbegriff) kaum präsent ist – bei einem flüchtigen Blick in verschiedene Lexika aber rasch evident wird. So definiert Wahrigs Deutsches Wörterbuch »Kriminalität« folgendermaßen: »Umfang, in dem Menschen eines Volkes, Standes, einer Gruppe straffällig werden«, und der Brockhaus: »Art und Häufigkeit von Straftaten, die innerhalb eines Volkes, einer Berufsgruppe oder von einzelnen begangen werden«. Einschlägig erscheint auch die Definition in der Brockhaus-Enzyklopädie: »die strafrechtlich mißbilligten Handlungen (Verbrechen) als Sozialerscheinung, die der Beschreibung nach Umfang, Raum, Zeit, Struktur (Art und Schwere) sowie Entwicklung zugänglich sind. In Abgrenzung zur K. als einem Gegenstand des Kollektiven ist das Verbrechen die von der Rechtsordnung verworfene Handlung des einzelnen.« Mit Günther Kaiser könnte man zusammenfassen, Kriminalität bezeichne das Verbrechen als Sozialerscheinung, die »Summe der strafrechtlich mißbilligten Handlungen: Sie werden gewöhnlich nach Raum (national, regional, lokal) und Zeit sowie Umfang (Zahl der Delikte), Struktur (Art und Schwere der Delikte) und Entwicklung beschrieben.«[42]

Kriminalität ist also, so kann man diesen Definitionen entnehmen, ein durch und durch statistischer, auf ein »Kollektiv« bezogener Begriff, es geht um den Umfang, die Art, die Häufigkeiten von Straftaten in Gruppen – sie ist eine Listung, Tabellierung, eine Abstraktion der konkreten einzelnen Straftaten, der Verbrechen. Insofern waren das Verbrechen ebenso wie die Kriminalstrafe (die Bestrafung eines »crimen«) lange vor der Kriminalität in der Welt. Die »Kriminalität« selbst ist eine Erfindung des 19. Jahrhunderts, sie folgt der »ursprünglichen Erfindung des Verbrechens« (Hess/Stehr) mit einigen Jahrhunderten Verspätung, denn sie ist ein Kind der zu jener Zeit aufsteigenden numerischen Erfassung der sozialen Welt.

Will man diese These an einem groben Aufriß der Geschichte nachvollziehen, so muß man zunächst noch einmal die Strafe von der Kriminalstrafe trennen. »Daß Verbrechen und Vergehen bestraft werden müssen, ist uns eine Selbstverständlichkeit«, so hatte ich Viktor Achter oben zitiert. Und diese These von der Selbstverständlichkeit der Strafe besitzt durchaus eine gewisse Plausibilität. Denn natürlich erfahren wir Strafe von den ersten Lebensjahren an nicht unbedingt als eine abgeschlossene Tür oder Schläge auf den Po, aber immerhin doch als negative Reaktionen oder Sanktionen unserer Umwelt. Und selbst das 1 1/2jährige Kleinkind ist keineswegs frei davon, andere Kinder etwa für die »Entwendung« oder besser: Entwindung einer Sandschaufel negativ zu sanktionieren, wenn vielleicht auch noch in der Art jener unbewußt-repulsiven Reaktion, als die Franz v. Liszt die »primitive Strafe« beschrieb und die er selbst den Tieren zugestand: »Wie das Tier, so reagiert der primitive Mensch gegen äußere Störungen, mögen sie von einem belebten, sei es vernunftsbegabten, sei es vernunftslosen, Wesen ausgehen, mögen sie in dem Walten der Naturkräfte ihren Grund haben; wie bei jenem, so erfolgt bei diesem die Reaktion als Selbstbehauptung durch Vernichtung oder Verletzung des sinnlichen Urhebers der Störungen.«[43] Die Plausibilität dieser These kann jeder in seinem Alltag beobachten, sei es im zeitweisen Liebesentzug für den Lebenspartner, der einen auf irgendeine Weise gekränkt hat, sei es in einem mehr oder weniger ausgeklügelten System von Fernsehverboten, Hausarresten und Taschengeldkürzungen für die mitunter als mißraten erachteten Kinder, oder auch nur im spontanen »Verhauen« eines Tischbeins, an dem man sich zum x-ten Male den kleinen Zeh gestoßen hat. Überall ist uns die spontan-emotionale oder auch die mehr oder weniger durchdachte oder rational angewendete, negative Sanktion geläufig. Diese Tatsache veranlaßte Sebastian Scheerer zu der Aussage, daß die Strafe vom Anfang der Menschheitsgeschichte an existiere, daß sie so ewig sei »wie das Glück und das Unglück der Menschen, wie ihre Triebe ewig sind und ihr Zwang zur Reflexion. Sie ist so ewig wie die normative Ordnung der Gesellschaft und wie jeder andere Teil der *conditio humana*.«[44] Auf den ersten Blick scheint Scheerers These einer anderen Behauptung von Achter zu widersprechen, wonach vor dem Ausgang des 12. Jahrhunderts Strafe nicht vorhanden gewesen sei, so daß man für sie nicht einmal ein Wort gehabt habe. Aber Achter meint mit seiner Bemerkung freilich nicht die oben geschilderten negativen Alltagssanktionen, sondern die staatlichen, also die von einem Souverän oder seinen Stäben aufgrund von Recht verhängten und vollstreckten Kriminalstrafen: das Strafrecht.[45]

Diese These, daß es gewissermaßen ein Leben vor dem Strafrecht gebe bzw. gegeben habe, ist mittlerweile von zahlreichen Autoren bestätigt worden. Erinnert sei neben Achters *Geburt der Strafe* etwa an Uwe Wesels Ausführungen über *Die*

Frühformen des Rechts, an Simon Roberts *Einführung in die Rechtsethnologie* oder die Studie von Henner Hess und Johannes Stehr über *Die ursprüngliche Erfindung des Verbrechens*. In allen diesen Abhandlungen wird deutlich, daß es nicht legitim ist, aus der vermuteten historischen und geographischen Ubiquität der Strafe eine Ubiquität oder gar Ewigkeit des Strafrechts abzuleiten. Vielmehr ist davon auszugehen, daß für die längste Zeit der Menschheitsgeschichte ein Leben in herrschafts- und damit strafrechtsfreien Gesellschaften charakteristisch war. Soziale Kontrolle, so Henner Hess und Johannes Stehr, sei in diesen Zeiten gerade nicht strafrechtlich und repressiv organisiert gewesen, sondern habe im Gegenteil auf Reintegration des Abweichenden, Wiedergutmachung eventueller Schäden und die Wiederherstellung des Status quo gezielt, mithin also auf Pazifizierung und Konfliktbegrenzung. Dementsprechend wurde eine »Übeltat« auch nicht als individuell zurechenbare Straftat im heutigen Sinne empfunden, sondern, so Achter, eher als Störung des sozialen Gruppenfriedens: »Der Täter, das Individuum spielt noch keine Rolle; daher gibt es auch keine Beurteilung des subjektiven Tatbestandes. Es kommt nicht darauf an, ob und daß der Täter diesen Erfolg als einen bösen, d.h. verbrecherischen gewollt habe, sondern nur darauf, daß jener Erfolg eingetreten ist. Die Übeltat bedeutet weniger, daß ein Mensch bösen oder üblen Willens gehandelt hat, als vielmehr, daß eine Störung, eine Entordnung, also etwas ganz Objektives eingetreten ist. Und weil diese Entordnung eingetreten ist, gilt es, sie schnellstens zu beseitigen. Das ist der Sinn der Unrechtsfolge, die man füglich noch nicht Strafe nennen darf.« Die Unrechtsfolge ist noch eine magische Handlung, sie ist Ausdruck und Reaktion einer kollektiven Lebensordnung.[46]

Dieser Zustand ändert sich, als es einzelnen Personen oder Personengruppen gelingt, die Mechanismen der Beseitigung der Unrechtsfolgen zu einer auf Macht beruhenden »Gerichtsbarkeit« zu entwickeln. In diesem Moment, so Achter, werde klar, daß es möglich ist, die Unveränderlichkeit der traditionellen, magisch brauchartigen Normen und Sanktionen zu zerbrechen: »Das Recht ist entzaubert, es hat seine magische Gewalt verloren. Das Recht ist nicht mehr synonym mit Lebensordnung, es ist als Objekt des menschlichen Denkens, der menschlichen *ratio* im Begriff, eine gesonderte Disziplin zu werden (...). Der Mensch hat erfahren, daß er mit dem Recht etwas anfangen kann, daß es ein brauchbares Mittel für seine rationale Daseinsgestaltung ist.«[47]

Das Recht wird Gegenstand eines zielstrebigen, rationalen Denkens – und mit dem Recht auch die Rechtsfolgen: die Strafen. Für Hess/Stehr erfolgt dieser Umbruch zeitgleich mit der Entstehung von Herrschaft, sozialen Klassen und der staatlichen Organisation der Gesellschaft. Die Folge dieser Prozesse sind »antagonistische Konflikte, die nicht mehr im Interesse der Mehrheit der Gesellschaftsmitglieder oder gar des ganzen Kollektivs gelöst werden können. Bestimmte Vorzugslagen müssen deshalb durch zwangsstabsgestützte, d.h. rechtliche Normen geschützt werden, und die Sanktionen gegen Handlungen, die den so geschützten partikularen Interessen widersprechen, nehmen den Charakter von repressiven Kriminalstrafen an.«[48] Die Normen und Sanktionen beziehen sich nun nicht mehr auf kollektiv geteilte Interessen, sondern sind zu Rechtsgütern geworden, deren Schutzwürdigkeit sich an der Macht der Interessenten entscheidet. Und diese Rechtsgüter bringen natürlich vor allem die partikularen Privilegien der Herrschenden zum Ausdruck, verwandeln also subjektive Interessen in rechtlich geschützte Interessen, »denen da, wo der faktische Schutz durch staatliche, öffentliche Organe geboten wird, durch diese spezifische Sanktion auch noch eine besondere Legitimität zuwächst, gewissermaßen anstelle der früheren, von allen empfundenen Legitimität des Interesses, die ihnen gerade fehlt. Es ist sozusagen eine mittelbare Legitimität, die sich speist aus der Legitimität des Staatsapparates als (scheinbar) öffentlichem, über allen Partikularinteressen stehendem Organ.«[49]

Die Übeltat ist fortan nicht mehr eine Störung der Ordnung, die sich durch eine kollektive magische Heilung aus der Welt schaffen lässt. Jetzt hat ein Übeltäter gegen ein Gesetz verstoßen, er muß sich vor seinem Richter verantworten und wird mit einem Übel belegt. Wo zuvor nur die Tat und ihre Folgen im Zentrum des Interesses standen, gerät nun der Täter in den Blick. Die Tat ist nicht mehr ein zu lösendes Problem aller, sondern der Ausfluß eines bösen Willens eines Individuums. »In dem Augenblick (...), in dem der Mensch angesichts einer

Missetat nicht mehr die Störung des Kosmos sah, sondern nur den Täter, seinen Willen, war diese Weltanschauung, diese ›Anschauung der Welt‹ verloren; mußte sie verloren sein. Die Missetat ist jetzt ein gewolltes Tun und wird sittlich beurteilt. Die Strafe ist geboren.«[50]

Von nun an steht der Täter, der »Verbrecher«, im Mittelpunkt. Zunächst richtet sich die Strafe auf den Körper des Täters: Er wird an Pranger gestellt, er wird mit heißen Eisen und heißem Öl malträtiert, mit Zangen zerquetscht, mit Stangen zerschlagen, er wird auf Räder gespannt, lebendig begraben, zerhackt und zerstückelt: zerstört. Zwar sollte durch diese Strafpraxis weiterhin eine gestörte Ordnung wiederhergestellt werden, aber eine Ordnung ganz anderer Art: Es war nun eine herrschaftliche Ordnung, und der Akt der Wiederherstellung, durch den das Vergehen regelrecht ausgelöscht wurde, war in allererster Linie eine Demonstration und Wiederherstellung der Macht des Souveräns. Die peinlichen Strafen, die Martern, sie alle sollten nicht wiederherstellen im Sinne eines Gleichgewichts, sondern vielmehr »die Asymmetrie zwischen dem Subjekt, welches das Gesetz zu verletzen gewagt hat, und dem allmächtigen Souverän, der das Gesetz zur Geltung bringt, bis zum Äußersten ausspielen«.[51]

Doch spätestens seit dem 18. Jahrhundert regte sich energische Kritik an den grausamen Strafen. Diese Kritik artikuliert sich, so Foucault, als ein Diskurs des Herzens, »als ein Aufschrei des Körpers, der sich gegen den Anblick oder die Vorstellung allzu großer Grausamkeiten empört«.[52] Die grausamen Strafen der vergangenen Jahrhunderte werden als unmäßig, willkürlich und vor allem auch als unökonomisch kritisiert. Denn zunehmend geht es auch darum, die Strafen am meisten bei jenen wirksam werden zu lassen, die eine Untat nicht begangen haben: dem Publikum. Und diese Wirkung, so begann man zu erkennen, verliert sich bei der Marter oder auch bei der einfachen Hinrichtung in einem einzigen Augenblick. Als menschlicher, aber dauerhafter und damit effektiver begann man nun den Entzug der Freiheit zu erachten, der zudem den Vorteil bot, eine genaue Taxierung, eine spezielle und letztlich gerechtere Relation zwischen Untat und Strafe herstellen zu können. Es entstand eine neue Ökonomie der Strafe, die blutige Grausamkeiten und unmäßige Machtdemonstrationen durch mutmaßliche Rationalität und Humanität ersetzte und dadurch die Legitimität und Effektivität staatlichen Strafens erneuerte.

Der vielleicht bekannteste Protagonist dieses neuen Strafdenkens war Cesare Beccaria (1738–1794). Als er vor etwa 250 Jahren sein Buch *Über Verbrechen und Strafen* schrieb, da war es eine seiner Thesen, daß die Art und die Härte der Strafen in einem sinnvollen Verhältnis zum jeweiligen Gesellschaftszustand zu stehen hätten. In dem Maße, wie die Gesinnungsart der Gesellschaft(smitglieder) milder werde, nehme auch ihre Empfindlichkeit zu. Und mit dieser Zunahme wiederum müsse die Härte der Strafen abnehmen, »wenn man das zwischen dem Gegenstande und dem Gefühlsvermögen bestehende Verhältnis unverändert aufrecht erhalten« wolle.[53] Beccaria schrieb dies vor allem als Kritiker der Todesstrafe, aber nicht, weil er staatliche Strafen grundsätzlich ablehnte. Im Gegenteil: Die Notwendigkeit staatlichen Strafens stand für ihn außer Zweifel. Und gerade weil er es für notwendig hielt zu strafen, unterwarf er die Strafe dem Diktat der Nützlichkeit, um sie nicht in ihrem grundsätzlichen Bestand zu gefährden. Die relative Humanität der Strafe – und damit ist in erster Linie die Freiheitsstrafe gemeint – war für Beccaria die (auch nützliche) Voraussetzung dafür, die Autorität des Strafens zu erhalten. Beccaria war also beides: Kritiker und Neubegründer des Strafrechts in einem.

Diese nützliche Humanität, »die Notwendigkeit einer rechtsstaatlichen Mäßigung der Strafgewalt aus Nützlichkeitserwägungen«,[54] prägte das Wirken der von Beccaria u.a. (etwa den Gefängnisreformern Jeremy Bentham, 1748–1832, oder John Howard, 1726–1790) vertretenen so genannten »klassischen Schule in der Kriminologie« des 18. und frühen 19. Jahrhunderts. Man kümmert sich noch wenig um die individuellen Ursachen des Verbrechens, sondern denkt den Menschen – liberal – als mit einem freien Willen ausgestattet: »Zwischen Gesetzestreuen und Kriminellen besteht kein Unterschied außer dem, daß letzterer den Gesellschaftsvertrag gebrochen hat«[55] und daher von der Gesellschaft strafend zur Verantwortung gezogen werden muß – allerdings in einer angemesseneren, humaneren Weise. Diese Grundhaltung, verbunden mit

Beccarias Kritik an einer unvernünftigen Gesetzgebung, an unverständlichen Gesetzen und korrupter Rechtsprechung, brachte der klassischen Schule den Vorwurf ein, in erster Linie »humanity not science« zu betreiben, »mehr durch sein Gefühl als durch strenge Wissenschaftlichkeit inspiriert«[56] zu sein. »Erst als aus diesem Motto ein ›Science not humanity‹ wird«, so Fritz Sack, »beginnt für viele Kriminologen der Sprung aus der Vorgeschichte in die eigentliche Geschichte« ihrer Disziplin.[57]

Die »Wissenschaft« findet zum »Verbrechen« durch die im 19. Jahrhundert zur Dominanz drängenden Disziplinen der Naturwissenschaften und vor allem der Statistik und Wahrscheinlichkeitsrechnung, denn die Mathematiker und Statistiker, allen voran Adolphe Quételet, entdeckten Zusammenhänge zwischen Gesellschaft und Verbrechen, die die Lehre von der Freiheit des einzelnen zutiefst erschüttern sollten. Aus der Zählung, Listung und statistischen Betrachtung der Verbrechen schließt Quételet: »Diese Beständigkeit, mit der dieselben Verbrechen Jahr für Jahr in derselben Ordnung wiederkehren und dieselben Strafen in demselben Verhältnis nach sich ziehen, ist eine der merkwürdigsten Tatsachen, die uns die Statistiken der Gerichtshöfe lehren. Ich habe es mir in meinen verschiedenen Schriften besonders angelegen sein lassen, sie zu beleuchten. Ich habe Jahr für Jahr aufs neue wiederholt: *Es gibt ein Budget, das mit erschreckender Regelmäßigkeit bezahlt wird, nämlich das der Gefängnisse, Galeeren und Schafotte; hier vor allem sollte man auf Einschränkungen bedacht sein;* und Jahr für Jahr haben die Zahlen meine Voraussagen dergestalt bestätigt, daß ich vielleicht noch zutreffender gesagt hätte: Es gibt einen Tribut, den der Mensch regelmäßiger bezahlt als denjenigen, welchen er der Natur oder dem Staatsschatze entrichtet; es ist derjenige, den er dem Verbrechen zollt (...). Die Gesellschaft birgt in sich den Keim aller Verbrechen, die künftig begangen werden. Sie ist es, die sie verbreitet, und der Schuldige ist nur das ausführende Werkzeug.«[58]

Es ist ganz offensichtlich, daß es hier nicht mehr um das einzelne Verbrechen geht, sondern um das Ganze der Verbrechen in Bezug auf die Gesellschaft. Dementsprechend geht es auch Quételet nicht um Erklärungen in einer individuellen oder psychologischen Perspektive, sondern darum, daß das Ganze bestimmten Gesetzen gehorcht: »Jeder soziale Zustand bedingt nach Quételet eine gewisse Zahl und eine gewisse inhaltliche Ordnung der Verbrechen; Zahl und Ordnung der Verbrechen sind eine notwendige Folge der gesellschaftlichen Organisation, sind durch diese gesellschaftliche Organisation gleichsam vorprogrammiert.«[59]

Mit dieser Vorstellung der »Programmiertheit«, der »Gesetzlichkeit« der Art von und des Umganges mit Verbrechen in der Gesellschaft, die erst entstehen kann, als man beginnt, diese Handlungen aufzulisten, zu tabellieren und zu quantifizieren und schließlich – unter anderem mit Hilfe der Wahrscheinlichkeitsrechnung – zu interpretieren, entsteht »Kriminalität« als eine numerische Kategorie, die, ebenso wie der Begriff des Risikos, ein neues Verhältnis des Ganzen zu seinen Teilen zum Ausdruck bringt. »Die Hauptsache ist«, so faßt es 1874 Alexander von Oettingen, »daß wir den Menschen als sittliches Wesen nicht in seiner Vereinzelung, sondern in der gliedlichen Gemeinschaft zu betrachten und zu studiren Gelegenheit gewinnen. Die vielfach angestaunte Regelmäßigkeit in den scheinbar willkürlichen Handlungen wird uns dann kein Schreckbild mehr, sondern eine willkommene Bestätigung dafür sein, daß die Freiheit mit der Sitte, der Einzelwille mit dem Gesetz des Ganzen in nothwendiger Verbingung steht«. Der einzelne, so Oettingen weiter, könne sich nie von der Ordnung des Ganzen emanzipieren.[60]

Das Ganze hat seine eigene – »statistische« – Realität, es führt eine »von seinen Teilen quasi unabhängige Existenz«; diese soziologische Objektivierung der Gesellschaft steht im Widerspruch zu der, die den liberalen Politiken zugrunde lag, und führt zwangsläufig zur Frage der individuellen Freiheit. Denn »wenn das Ganze Gesetzen gehorcht, wie können dann die, aus denen es zusammengesetzt ist, frei sein?«[61] Wenn aber die individuelle Freiheit nicht, zumindest nicht so existiert, wie sie von der liberalen Weltanschauung konzipiert wurde, dann steht damit auch die klassische Zurechnung des Verbrechens auf den bösen, aber gleichwohl freien Willen des Verbrechers zur Disposition. Die gerechte Strafe bzw. die Schuldzuweisung kann sich nicht mehr schlicht auf die Tat und die Freiheit des Individuums berufen, sie braucht nun Informationen, die es erlauben, die Strafe bzw. die Schuld für eine Tat über den Grad der Freiheit des Individuums zu taxieren.

Die Wissenschaft, die Beccaria betrieb, war in erster Linie eine Wissenschaft von der gerechten Strafe, war eine Pönologie, die sich noch vorrangig vom Verbrechen her definierte und für eine differenzierte Behandlung der Gesetzwidrigkeiten plädierte, für die sie jeweils angemessene und humane Strafen suchte. Diese Sicht auf das Verbrechen mußte sich im Verlaufe des 19. Jahrhunderts mit der Erkenntnis der eingeschränkten individuellen Freiheit zu einer Wissenschaft wandeln, die genau diese Einschränkung der Freiheit zum Gegenstand hatte, zu einer empirischen, konkreten, »positiven« Wissenschaft (Comte) von Verbrechen und Verbrechern in ihren gesellschaftlichen Bezügen. Diese Wissenschaft, als deren Geburtshelfer bzw. Begründer man durchaus Quételet bezeichnen kann und die sich im Verlaufe des 19. Jahrhunderts etabliert, ist die Krimin(alsozi)ologie. Ihr Gegenstand ist das statistisch aufbereitete Verbrechen, seine Verteilung, seine Regelmäßigkeit, seine Art und Häufigkeit: die Kriminalität – und ihre Ursachen. Mit dem Brüchigwerden der Vorstellung vom freien Willen (des Verbrechers) entsteht die »Kriminalität«, die – ebenso wie der »Unfall« – genau an jener Schnittstelle zwischen statistischer Regelmäßigkeit und individueller Freiheit angesiedelt ist, welche die liberale Klarheit bei der Beantwortung der Frage nach Zurechnung und Schuld unmöglich macht.

3. Kriminalität »bewältigen«

Um die Mitte des 19. Jahrhunderts entsteht eine Situation, die eine strukturelle Nähe der beiden Begriffe Unfall und Kriminalität erzeugt. In beiden Fällen geht es um materielle und immaterielle Schäden, die aus dem regulären Zusammenspiel der gesellschaftlichen Kräfte erwachsen. Beide Phänomene werden zunehmend statistisch erfaßt und ihr Auftreten im Sinne der Wahrscheinlichkeitsrechnung kalkuliert und prognostiziert. Sowohl hinsichtlich der Unfälle als auch der Kriminalität glaubt man, auf das gesellschaftliche Kollektiv bezogene Regelmäßigkeiten bzw. »Budgets« zu erkennen. Und in beiden Fällen schließlich hat dieser Erkenntnisprozeß Konsequenzen für die Haftung, weil die Zurechnung auf einen freien Willen immer weniger möglich wird.

Ich habe oben skizziert, wie die Versicherung diese Situation zu nutzen weiß und Unfälle (im weitesten Sinne) in (zum Teil: soziale) Risiken transformiert. So entsteht ein Zurechnungsmechanismus, der Schäden in zunehmendem Umfang und auf vertraglicher Basis sozialisiert und kompensiert – das Modell der liberalen Haftung also in eines der Solidarität überführt. Und es ist diese Technik der Versicherung, die Strategie des Kontingenzmanagements, die es erlaubt, den Unfall als Schaden und zugleich als produktiven Faktor zu betrachten: »Kontingenzmanagement entspricht dem Modell prinzipiell unvollständiger Integration des Sozialen und seiner bloß statistischen Integrierbarkeit (...) Es ist geleitet von der Annahme, daß vollständige Integration nicht möglich ist.«[62] Genau dies ist die Weltsicht der Versicherung: Zwar ist man gewillt, Risiken zunehmend in den Griff zu bekommen, aber man weiß, man wird sie nicht ganz ausräumen können (es gibt kein Nullrisiko). Gleichwohl »werden sie sich doch so weit verringern lassen, daß sie kollektiv übernommen werden können. Unfälle sind als unvermeidliche, wenngleich fortschreitend gesenkte Kosten des Fortschritts zu verbuchen.«[63] Fortschritt ist ohne (das Eingehen von) Risiken nicht denkbar, und die Versicherung ermöglicht den Fortschritt, indem sie die Risiken übernimmt, die Schäden kompensiert und somit das Übel zum Positiven wendet. Sie betreibt Kontingenzmanagement »im Sinne eines komplexen Dispositivs, in dem es um die Erhaltung, die Nutzung, die gezielte Steigerung und die Produktion von Kontingenz geht und zugleich darum, ihre möglichen negativen Effekte präventiv abzufangen oder aber nachträglich zu kompensieren«.[64]

Aber auch wenn »Kriminalität« von Quételet und anderen ebenfalls in ihrer Regelhaftigkeit erkannt und thematisiert worden war, so sollte es doch gleichwohl der Modus der Bewältigung[65] sein, dem sich die Kriminologie von nun an verschreiben sollte. Was bei den Kriminologen der zweiten Hälfte des 19. Jahrhunderts zum zentralen Anliegen wird, ist eine Idee des Schutzes, der es nicht genügt, statistische Regelmäßigkeiten bei der Verteilung der Kriminalität festzustellen. Ihr geht es auch nicht, wie etwa noch der klassischen Schule, um die zu bestimmende Schwere, sondern um das auf Bewältigung zielende Warum der Tat. Und diese Frage führt direkt in die andere Frage nach (dem Grad) der Determiniertheit des Verbrechens und damit »in« den Verbrecher selbst oder wie es Garland formuliert: »Im Falle der Verhaftung eines Kriminellen wird sein Fall komplett durchleuchtet, und zwar zurück bis zu jenem Zeitpunkt, als er das Licht der Welt erblickte. Die entscheidenden Fragen dabei sind: Wer bist Du? Wie bist Du? Warum bist Du? Was bist Du?«[66] Aus der Beantwortung dieser Fragen zieht die Kriminologie von nun an ihr Wissen, ein Wissen der Differenz zwischen dem Verbrecher und dem Gesetzestreuen, die nicht mehr als Ausfluß eines freien Willens gedacht wird. Um die Kontingenz, die sich in der Existenz des Kriminellen manifestiert, zu bewältigen, muß die Ursache hinter der statistischen Regelmäßigkeit gesucht werden. Dementsprechend entsteht die Notwendigkeit einer Statistik, die nicht die Regelhaftigkeit der Verbrechen, sondern die Regelhaftigkeit verbrecherischer Individuen erfaßt, die Notwendigkeit der individuellen Erforschung und Klassifikation der Kriminellen.

In Ansätzen hatte es solche Versuche bereits Ende des 18. Jahrhunderts gegeben, diese hatten aber weniger auf die »Erreichung des Vollzugszieles«, als vielmehr auf eine bessere und auch humanere Verwaltung der Gefängnisse gezielt.[67] Von nun an aber geht es um »›Fakten‹ der Unterscheidung«, um die »wissenschaftliche« Ergründung und Durchdringung des kriminellen Individuums: Hatte bereits Charles Darwin 1871 vermutet, auch beim Menschen könnten »einige der schlechtesten Anlagen, welche gelegentlich ohne irgendwelche nachweisbaren Ursachen in Familien auftreten, vielleicht als Rückschlag auf einen wilden Zustand angesehen werden«[68], so wird daraus bei Cesare Lombroso (1835–1909) der »geborene Verbrecher«, an dessen Physiognomie er die Zeichen des Bösen ablesen zu können glaubt. Lombroso konstruiert den Verbrecher naturalistisch und als nahezu vollständig determiniert, als eine Laune der Natur, als Einbruch der Wildnis in die zivilisierte Welt – als Atavismus.

Es ist nicht notwendig, an dieser Stelle erneut die Untersuchungen, Thesen und Erkenntnisse Lombrosos und seiner Schüler ausführlich darzustellen.[69] Betont sei aber, daß auch Lombroso sich den Gedanken der Regelhaftigkeit des Verbrechens zu eigen macht. Allerdings erwächst bei ihm die Kriminalität nicht aus der Gesellschaft (»... die sie verbreitet, und der Schuldige ist nur das ausführende Werkzeug ...«, wie Quételet es ausgedrückt hatte), sondern aus der Natur selbst: Und diese Dämonologie der Natur erfordert es, daß mit dem Leben selbst das Verbrechen in die Welt kommt. Deshalb erklärt Lombroso nicht nur die Zoologie zur Grundlage der Kriminalanthropologie, sondern entnimmt »auch der Botanik noch unverzichtbares kriminologisches Material«.[70] Lombroso will hinter der statistischen Gesetzmäßigkeit der Kriminalität das Verbrecherische an sich erkennen, und so bindet er die Verteilung der Kriminalität an physiognomische Merkmale, die er vermißt, auflistet, berechnet und klassifiziert. Er ist ein engagierter »Kriminologe«, der genau das zu leisten versucht, was seine Zeit erwartet, nämlich die Frage nach der individuellen Freiheit und damit nach der Ursache des Verbrechens und der Schuld des Verbrechers zu beantworten. Daß er sich dabei nach unserer heutigen Überzeugung, aber auch jener der meisten seiner Zeitgenossen verrennt, ist hier im Grunde von nachrangiger Bedeutung, zumal man die inhaltlichen und methodischen Beschränkungen des lombrosianischen Ansatzes rasch erkannte und die Ursachensuche in andere Bereiche ausweitete. Dabei kam die Kritik einerseits aus der klassischen juristischen Richtung, andererseits aber auch aus dem positivistischen Lager selbst. So attackierte etwa Enrico Ferri (1896) die Position Lombrosos, indem er die Gleichrangigkeit der sozialen und ökonomischen Ursachen im Verhältnis zu den biologischen Anlagen betonte. Franz v. Liszt betonte 1898, daß die soziologische – anders als die biologische – Betrachtungsweise das Verbrechen auffasse als »ein Ereignis im Leben der Gesellschaft und sie will es erklären aus den gesellschaftlichen Verhältnissen heraus«. Zwar sei das Verbrechen das Produkt aus individuellen Ursachen einerseits und gesellschaftlichen andererseits, doch hätten die gesellschaftlichen Faktoren ungleich größere Bedeutung.[71]

Die Konzentration auf das kriminelle Individuum führt die kriminologische Ursachensuche zudem in die Bereiche der Psychologie, vor allem der Psychiatrie. Garland beschreibt die Etablierung und den steigenden Einfluß der Psychiatrie in der damaligen Zeit – neben dem Aufkommen der statistischen Betrachtung des Sozialen – als die zweite wichtige Grundlage für die Entwicklung der Kriminologie.[72] Die positivistische Kriminologie, so Martina Althoff und Monika Leppelt, habe sich der Machtposition der Psychiatrie bedient, indem sie deren anerkannte Konzepte, Begriffe und Kategorien für sich nutzbar gemacht habe. Damit habe sie gleichzeitig aber auch den Zuständigkeits- und Einflußbereich der Psychiater auf das juristische Gebiet erweitert. Die Psychiater, die nun immer häufiger als Gutachter und Experten vor Gericht erscheinen, stehen damals (wie im Grunde auch noch heute[73]) vor dem Problem der Vermessung und Prognostizierung der Gefährlichkeit des Verbrechers bzw. des Kranken. Das Problem besteht darin, daß man diese Gefährlichkeit einerseits als eine dem Subjekt innewohnende Eigenschaft begreift, andererseits aber meist nur Wahrscheinlichkeitsaussagen treffen kann, »da der Beweis für die Gefahr lediglich im nachhinein erbracht werden kann, falls es wirklich zur Tat kommt (...) Somit ist die pathologische Manifestation nicht vorhersehbar.«[74] In diesem Sinne ist es immer besser, zu handeln und gegebenenfalls eine irrtümliche Internierung in Kauf zu nehmen, als nichts zu unternehmen und für die mögliche Tat die Verantwortung übernehmen zu müssen. Diese »präventive« Logik, die im Gegensatz zur Logik der Versicherung »nichts riskiert«, sondern Kontingenz »bewältigen« will, führt, gepaart mit der Macht und Kreativität der klassischen Psychiatrie, dazu, daß nahezu alle Gesetzesübertretungen als Taten von Geistesgestörten formulier- und interpretierbar sind. Und dies bewirkt einerseits eine kaum noch handhabbare Zahl von Internierten,[75] andererseits aber auch, daß Gefährlichkeit, so Robert Castel, ein zunehmend »polyvalenter Begriff« mit unergründbaren Ursachen und unvorhersehbaren Manifestationen wird. Das wiederum führt für die Juristen, die der Kriminalität weiterhin mit traditionellen Strafkonzeptionen und -legitimationen begegnen, zu einer zunehmend unerträglichen Situation. Peter Strasser beschreibt diese Entwicklung als eine, »in deren Verlauf der Kriminelle (besonders der Schwerkriminelle, der Rückfalltäter und der affektive Gesetzesbrecher) mehr und mehr als fremdbestimmter Bezugspunkt kausaler Wirkkräfte begriffen wird, was zur Folge hat, daß er als Objekt einer ausschließlich strafenden Gewalt zunehmend ungeeigneter erscheint. Verwahren, behandeln, resozialisieren – das sind die Maßnahmen, die das neue Wissen über Kriminalität fordert. Aber dieses Wissen und seine Forderungen entstehen in einem sozialen Feld, in dem weder die öffentliche Meinung, noch das traditionell bestimmte, den alten Straflegitimationen verhaftete Bewußtsein der Justiz, noch auch die institutionellen Voraussetzungen der Psychiatrie geeignet sind, einer weitgreifenden Pathologisierungs- und Exkulpationspolitik zum Durchbruch zu verhelfen.«[76]

In dieser Situation, so Strasser weiter, sei es die akzeptabelste Lösung gewesen, die so genannten »Psychopathen«, die man als seelisch abnorme und zugleich als schuldbeladene Wesen konzipierte, aus dem Feld der psychisch Kranken auszugrenzen. Mit dieser Strategie gelang es der forensischen Psychiatrie zum einen, ihren Konflikt mit der Jurispudenz zu bereinigen: »Unter dem Titel ›Psychopath‹ ließ sich ein großer Teil der Kriminellen als zwar seelisch abnorm oder minderwertig einstufen und doch gleichzeitig mit dem Schuldvorwurf belasten.«[77] Andererseits verneinte diese Kategorisierung einen »irrenärztlichen Betreuungsanspruch« dieser Personengruppe.

Mit dieser neuen Weise der Charakterisierung war es möglich, Kriminalität nicht mehr als Tat aus einer bestimmten Situation (zum Beispiel Armut) heraus zu deuten, sondern als das unvermeidliche Verhalten eines bestimmten, minderwertigen und/oder abnormen Charakters. Wenn man bedenkt, daß zu jener Zeit die meisten kriminologischen Untersuchungen zum Ergebnis hatten, daß über die Hälfte aller »Gewohnheitsdiebe«, »Bettler«, »Landstreicher« etc. als »seelisch krank« zu bezeichnen seien, und zudem die Idee eines (»kontingenzbewältigenden«) Gesellschaftsschutzes dominierte,[78] dann kann das Aufkommen der eugenischen Politiken des frühen 20. Jahrhunderts kaum mehr verwundern. Im Zusammenhang dieser Politiken wird Kriminalitätsbekämpfung nicht nur zur Kriminalisierung einer ganzen Bevölkerungsschicht, sondern gleichsam zur »pränatalen« Bewältigung der Kontingenz in Annahme der Möglichkeit einer »mittelfristigen Endlösung« des Kriminalitätsproblems – und dies keineswegs nur, wie man glauben könnte, in Deutschland.[79]

Auch wenn, wie Robert Castel zu Recht konstatiert, diese zu Beginn des 20. Jahrhunderts verbreiteten eugenischen Vorstellungen und Techniken zum einen aufgrund ihres Mangels an wissenschaftlicher Fundierung in die Krise gerieten und zum anderen durch die grauenhaft entstellte Version, die der Nationalsozialismus lieferte, sowohl moralisch als auch politisch in Verruf gerieten, so blieb die grundsätzliche Strategie der Kriminalitätserklärung und -bekämpfung im Sinne der Kontingenzbewältigung doch vorläufig konstant: Kriminalität als Symptom oder Ausfluß eines Defekts des Individuums, eines Defekts, den man glaubte oder zumindest vorgab, mit den unterschiedlichsten Mitteln »heilen« zu können – also ein individual-ätiologisches Paradigma.

Und das sollte auch nach dem Zweiten Weltkrieg so bleiben. Was sich im neuen sozialstaatlichen Umfeld herausbildete, war (paradigmatisch) das, was Strasser wohl zu Recht als *Therapeutische Kriminologie* bezeichnet. Exemplarisch ist in diesem Zusammenhang vor allem die sogenannte *Défense sociale* zu nennen, die Bewegung des Gesellschaftsschutzes, die in gewissem Sinne die klassische mit der positiven Schule zusammenband. Hatte man Beccaria und der klassischen Schule ein »Humanity not science« vorgehalten und die Entstehung der Kriminologie an ein Umschwenken zu »Science not humanity« geknüpft, so propagierten nun die (im Übrigen recht unterschiedlichen) Vertreter der Défense Sociale gleichsam das Motto »Science and Humanity«[80]. Im Gegensatz zur positivistischen, »alten« Richtung des Gesellschaftsschutzes, die den Schutz der Gesellschaft durch Repression bewerkstelligen wollte, ging es der neuen Richtung um Prävention und Täterbehandlung. Diese neue Richtung spaltete sich allerdings (spätestens seit dem dritten internationalen Kongreß für Sozialverteidigung 1954[81]) in mindestens zwei Richtungen. So forderte etwa Gramatica – als Vertreter der radikalen Variante – die Abschaffung der Institutionen Schuld, Strafe und Strafrecht[82] (sowie des Gefängnisses[83]) und ihre konsequente Überführung in ein an der »Antisozialität« der Persönlichkeit des Täters orientiertes System der Heilung und Resozialisierung. Sein Motto lautete: *»nicht mehr: eine Strafe für jede Straftat; sondern: eine Maßnahme angepaßt an jede Persönlichkeit (...)* Die Anpassung muß verstanden werden in ihrer breitesten Konzeption: Der Kranke (in ihm wird auch jede psychische Abnormität erfaßt) muß geheilt werden; der Unwissende oder Unangepaßte muß zum Leben in der Gesellschaft erzogen werden; dem Bedürftigen muß geholfen werden, weil in ihm das egoistische Bedürfnis über die (sozial notwendigen) Einschränkungen der Gesetze obsiegt; der Halsstarrige muß aus der Gesellschaft herausgenommen werden, immer jedoch nur um die Gesellschaft zu schützen und den Täter zu resozialisieren, niemals um ihm Übel zuzufügen.«[84] Trotz seiner zur Schau gestellten Radikalität gelingt es Gramatica allerdings nicht, sich tatsächlich vollständig aus dem von ihm kritisierten Schuldstrafrecht zu lösen. Hilde Kaufmann hat – auch und gerade weil sie die Kritik Gramaticas am Schuldstrafrecht als berechtigt und konstruktiv auffaßte – zu Recht darauf hingewiesen, daß es sich bei Gramaticas Überlegungen vor allem um einen Austausch von Begriffen handelte. Explizit macht sie dies u.a. daran, daß Gramatica das Gefängnis durch »Unterbringung« in »Arbeitshäusern«, »Wiederanpassungshäusern« oder »Besserungshäusern« ersetzen wolle und die »Geldstrafe« sogar beibehalte: »Welch großen Selbsttäuschungen Gramatica in diesem Punkt erliegt, zeigt sich zum Beispiel daran, daß er glaubt, diesen seinen Rechtsfolgen des Verbrechens den Strafcharakter mit den Argumenten absprechen zu können wie den folgenden: Der auch in seinem System nicht zu vermeidende Zwang bei der Durchführung der Rechtsfolgen des Verbrechens habe deshalb keinen Strafcharakter, weil er zum Wohle des Betroffenen eingesetzt werde und nur der zwangsweisen Einweisung in ein Lazarett mit dem Ziele der Genesung gleiche; die Erklärung eines Verbrechers zum Antisozialen sei eine Wohltat, da sie seine Adaptierung und Resozialisierung durch den Staat auslöse.«[85]

Zu den wichtigsten Vertretern der gemäßigten Richtung der *Défense Sociale*, die zwar auch die spezialpräventiv-kurativen Maßnahmen als der Strafe überlegen erachtete, das Strafrecht aber keineswegs abschaffen wollte, zählt Marc Ancel. Er plädiert für ein System, »das vor allem im Lichte der Errungenschaften der modernen Wissenschaft und der Entwicklung der positiven Strafrechtsgesetzgebung sich ins bestehende Strafrecht einzuordnen sucht, um es umzuformen, ohne es im geringsten zu verwerfen, sondern das seinen wesentlichen Wert als Ausdruck des Rechtsstaates hochhalten wird.«[86] Dabei propagiert Ancel eine grundsätzlich neue Haltung gegenüber dem Delinquenten. Zum ersten geht es um die »Berücksichtigung und die systematische Untersuchung seiner Persönlichkeit mit Hilfe wissenschaftlicher Methoden«, die Integration dieser »Persönlichkeitsuntersuchung« in den Strafprozeß und damit eine grundsätzliche Umstrukturierung der Strafprozeßordnung.[87] Zum zweiten um eine Neuorganisation des Sanktionensystems, wobei Strafe und Sicherheitsmaßnahmen in ein »einheitliches System der antikriminellen Reaktion« integriert werden sollen, in dem dann jedes Individuum die strafende oder therapeutische, in jedem Fall aber resozialisierende Behandlung erhält, die es benötigt. Ancel verbindet eben hiermit ein Ende der Auseinandersetzung zwischen dem »klassischen« *freien Willen* und dem »positivistischen« *Determinismus*, womit sich auch der starre Dualismus von Unzurechnungsfähigkeit und Zurechnungsfähigkeit auflöse. So könne der Delinquent einer individualisierten und spezialisierten Behandlung zugeführt werden, die genauso lange anzuhalten habe, bis das »humane« Ziel der Resozialisierung bzw. Heilung erreicht sei.[88]

Die Erstarkung der *Défense sociale* bezeichnet durchaus einen Wechsel, der einer explizit humanen, wissenschaftlichen, kurativ-resozialisierenden Perspektive[89] folgte und einen Wechsel der reagierenden Mittel (von der »Repression« zur »Therapie«) einklagte. Aber auch wenn diese Perspektive der umfassenden Behandlung und Resozialisierung durch eine wohlfahrtsstaatliche Rationalität geprägt war und somit auch einige Veränderungen im Umgang mit den »Kriminellen« bewirken sollte, so ist doch diese Perspektive weiterhin eine bewältigende, für die, wie es Peter Strasser formuliert, die »lombrosianische Herausforderung« fortbesteht: nämlich das Wesen des Verbrechers endlich durch und durch zu erkennen. Zudem führten die Reformforderungen hinsichtlich der Strafe bzw. des Strafvollzugs zwar zu gewissen Verbesserungen für die Gefangenen, gleichzeitig aber tendenziell auch zu einer Totalisierung der Kontrolle über diese Personen, da es im Rahmen der therapeutischen Maßnahmen nun nicht mehr nur darum ging, den äußeren Menschen dingfest zu machen, sondern »darüber hinaus ist auch der innere Mensch auszuforschen, zu kontrollieren und umzuformen«.[90]

Man kann also behaupten, daß die Kriminologie bis in die 60er Jahre nahezu ausschließlich eine Wissenschaft der täterorientierten Kriminalitätsbewältigung geblieben ist, die als Hilfswissenschaft fest und nahezu ausschließlich in den juristischen, strafrechtlichen Diskurs eingebunden war.[91] Dieser Diskurs war und blieb ein individualisierender, um Schuld, Gefährlichkeit und Behandlung kreisender Diskurs, der den Kriminellen als Individuum durchdringen, erklären und bessern wollte, kurz: deren Protagonisten daran glaubten und deren Wille es auch war, Kriminalität bewältigen zu können. Schließlich ist es wohl nicht übertrieben zu behaupten, das dieser Diskurs auch heute noch weite Teile der Kriminologie, aber auch etwa der Psychiatrie, der Sozialpädagogik und vor allem der Kriminal- und Strafvollzugspolitik dominiert, auch wenn sich seit den 60er Jahren ein konkurrierender Diskurs etablierte, der sich zunehmend vom Täter abwenden und Kriminalität als »normales« Phänomen betrachten sollte.

4. Kriminalität als soziale Normalität

Die für die Mitte des 19. Jahrhunderts konstatierte Nähe der Begriffe Unfall und Kriminalität kommt beispielhaft in Quételets »Budget der Kriminalität« zum Ausdruck. Diese »Entdeckung« Quételets, die durchaus als der Beginn einer Betrachtungweise gedeutet werden kann, die Kriminalität als ein explizit soziales Phänomen begreift, entfaltete allerdings zunächst kaum praktisch-politische oder rechtliche Wirkungen: »Aus der soziologischen Erkenntnis der Regelhaftigkeit der Kriminalität folgt nicht, daß es unangemessen wäre, mit den juristischen Begriffen der Verantwortlichkeit und Haftung umzugehen. Die soziologische Erkenntnis wirkte sich zwar auf die philosophischen Grundlagen des vom Recht erhobenen Anspruchs, die zentrale soziale Regulationsinstanz zu sein, aus, nicht aber auf dessen Praxis« (Ewald 1993: 213).

Gleichwohl lebte diese Anschauung der Kriminalität in einer allmählich entstehenden Kriminalsoziologie fort, und als einer ihrer bedeutenden Väter formulierte Émile Durkheim (1858–1917) bereits 1895 in seinen *Regeln der soziologischen Methode* die These: »Kriminalität ist normal.«[92] Das Verbrechen ist für Durkheim nicht nur ein »regulärer Wirkungsfaktor des sozialen Lebens«, sondern vor allem auch ein produktiver, der den notwendigen gesellschaftlichen Änderungen den Weg öffnet bzw. öffnen kann: »In machen Fällen bereitet es auch diese Änderungen direkt vor« und antizipiert bloß die zukünftige Moral.[93] Allerdings vermerken Dietmar Pfeiffer und Sebastian Scheerer zu Recht, daß diese Thesen Durkheims keineswegs als anti-ätiologische überzeichnet werden sollten, denn auch Durkheim verstand Kriminalität durchaus als pathologische Erscheinung bzw. als Folge pathologischer sozialer Verhältnisse, etwa von *Anomie* (Zustand mangelnder normativer Regelung) oder *Egoismus* (Zustand eines sozial normierten ungezügelten Individualismus). Die Frage nach den Ursachen von Kriminalität als Verhalten wurde von Durkheim also »keineswegs ausgeklammert, sondern vielmehr auf verschiedenen Ebenen analysiert mit dem Ziel einer Unterscheidung sozialer und nichtsozialer Ursachen, normaler und pathologischer, funktionaler und dysfunktionaler Erscheinungsformen«.[94]

Die von Durkheim konstatierte Ambivalenz des Verbrechens oder besser: des »abweichenden Verhaltens«, also seine potentiell pathologische wie produktive Funktion, ist das, was René König zu Recht als »die ersten relevanten Beiträge zur Kriminalsoziologie im modernen Sinne« bezeichnet hat.[95] Aber trotz solcher und anderer Anstöße aus einer eher allgemeinen Soziologie sollte doch auch die Kriminalsoziologie – wie die Kriminologie – bis in die 60er Jahre hinein wesentlich ätiologisch orientiert bleiben: Während sie in Deutschland eigentlich nur ein Schattendasein fristete, entstand vor allem in den USA der 20er, 30er und 40er Jahre eine Kriminalsoziologie, die so genannte Chicagoer Schule. Diese wies zwar die Erklärung von Kriminalität als Ausfluß einer individuellen Pathologie zurück, machte sich aber zugleich explizit auf die (ätiologische) Suche nach sozialen Ursachen für Kriminalität. Die Ursachen fanden die amerikanischen Wissenschaftler (etwa Clifford Shaw und Henry McCay) insbesondere in den großen sozialen Transformationsprozeßen der US-amerikanischen Gesellschaft der damaligen Zeit. Beispielweise sah man in der rapiden Urbanisierung, in der ungezügelten Industrialisierung sowie in den erheblichen Wandlungen der Bevölkerungsstruktur die Gründe für eine *sozial* strukturierte Entwicklung der Städte,[96] für die Konzentration ärmerer Bevölkerungsschichten in bestimmten Stadtteilen (z.B. Slums, Übergangszonen etc.) und damit zugleich für eine Schwächung familiärer und kommunaler Bindungen. Hierin wierderum erkannte man Entwicklungen, die schließlich in einer umfassenden (zumindest partiellen) sozialen Desorganisation und damit in »Kriminalität« mündeten: »Jugendliche, die das Pech haben, in sozial desorganisierten Zonen zu leben, sind den Versuchungen der Kriminalität in besonderer Weise ausgesetzt. Weil die sie umgebenden konventionellen Institutionen zerrüttet sind, stehen sie kaum unter Aufsicht, streunen in den Straßen herum und werden mit einiger Wahrscheinlichkeit die neuen Träger der kriminellen Traditionen ihres Viertels.«[97] An diese Vorstellung der Weitergabe der »criminal tradition« bzw. des Erlernens kriminellen Verhaltens knüpfte wenig später auch Sutherland mit seiner »Theorie der differentiellen Kontakte« an, die besagt, daß kriminelles Verhalten (sowohl was die Werte und Motive als auch was die Techniken und Rationalisierungen betrifft) in sozialen Interaktionen erlernt wird wie jedes andere Verhalten auch: »Sutherland wies darauf hin, daß der Unterschied zwischen dem Rechtsbrecher und dem Konformen nicht im persönlichen Charakter liegt, sondern darin, was die jeweiligen Personen gelernt haben. Diejenigen, die das Glück haben, in einem konventionellen Viertel aufzuwachsen, werden lernen, Baseball zu spielen und in die Kirche zu gehen, während diejenigen, die das Pech haben, im Slum groß zu werden, lernen, Betrunkene auszurauben und zu schauen, wo sie Unheil anrichten können.«[98]

In den Arbeiten der Chicagoer Schule tritt also zwar deutlich die soziale Bedingtheit von Kriminalität hervor, aber diese soziale Bedingtheit verweist nicht auf eine gleichsam »normale« Regelhaftigkeit abweichenden Verhaltens, sondern auf einen »pathologischen« Zustand von Gesellschaft. In diesem Sinne müssen auch die Chicagoer als ätiologische Arbeiten verstanden werden, die sich »primär aus den ganz praktischen Bemühungen der Bekämpfung des Verbrechens, insbesondere der Jugenddelinquenz in den großen amerikanischen Städten«[99] entwickelten. Kurz: Sie suchten nach »soziologischen« Ursachen für Kriminalität, um sie zu überwinden – zu »bewältigen«.

Eine einschneidendere Veränderung des wissenschaftlichen und vor allem des soziologischen Blicks auf Kriminalität erfolgte um die Mitte der 60er Jahre. Große Aufmerksamkeit erhielten einerseits die Arbeiten von Sykes und Matza[100], aber vor allem Howard S. Beckers Buch »Outsiders – Studies in the Sociology of Deviance« (1963). Mit seiner These, daß »abweichendes Verhalten solches ist, das andere so bezeichnen«, war der Grundstein zu einer neuen Perspektive in der Kriminologie gelegt: Denn wenn Kriminalität hergestellt, wenn also der Delinquente erst durch Interaktionen und Interpretationen mit und durch seine Umwelt zum Delinquenten »etikettiert« wurde, dann reichte eine Betrachung des Delinquenten nicht mehr aus. Vielmehr mußte der Blick fortan auf die Umwelt und damit auf die institutionellen Produktionsbedingungen von abweichendem Verhalten gerichtet werden: »Eine Wissenschaft«, so formulierte Fritz Sack programmatisch, »die sich dafür interessiert, wie Kriminalität entsteht, wie sie verteilt ist, welchen Schwankungen sie unterliegt, welche Veränderungen sie nimmt, hat zuallererst das Verhalten derjenigen Leute zu untersuchen, zu deren Disposition die Eigenschaft Kriminalität gestellt ist«.[101]

Das Wissen der Kriminalsoziologie wurde mehr und mehr zu einem Wissen der Kriminalitätsproduktion durch die Institutionen der sozialen Kontrolle, was sich schießlich auch in der Forderung nach einer Veränderung »der Kriminologie zur Soziologie des Strafrechts«[102] ausdrückte. Es ging um eine weitergehende Neuorientierung der »Kriminologie als Wissenschaft vom Strafrecht und seinen Alternativen« im Sinne eines erweiterten Disziplinenkatalogs, der »über die Soziologie hinaus auf die Geschichtswissenschaft, Psychologie, Kulturwissenschaft usw.« zurückgreift. So sollte eine »interdisziplinäre Wissenschaft« begründet werden, »deren Aufgabe es ist, die Rolle des Strafrechts in der modernen Gesellschaft zu prüfen im Vergleich zu alternativen Möglichkeiten der Konfliktregulierung«.[103]

Diese Erkenntnis der Produziertheit und Produzierbarkeit von Kriminalität beschreibt zugleich eine (nun soziologisch untermauerte) Rückkehr zur Grundannahme der klassischen Kriminologie, daß nichts den Kriminellen vom Gesetzestreuen unterscheide außer der Gesetzesübertretung. Nur betraf die Nivellierung dieses Unterschieds nun auch die »Tat« selbst, die ja erst im Verlauf des Zuschreibungsprozesses als kriminelle Handlung konstruiert wurde. Den Ausgangspunkt dieses Prozesses der Kriminalisierung, so Fritz Sack, bilde ein uninterpretiertes physikalisches Geschehen, das seine Bedeutung oder Differenz erst aus unterschiedlichen »Sprachspielen« beziehe. Zwar hätte, so resümiert Reinhard Kreissl das Aufkommen dieser heuristischen Unterscheidung zwischen physikalischem Geschehen und zugeschriebener Bedeutung, niemand behauptet, »das Entfernen eines Objekts aus dem Regal eines Kaufhauses und das anschließende Verlassen dieses Etablissements ohne Entrichtung des geforderten Kaufpreises sei lediglich ein physikalisch beschreibbares Geschehnis. Der Witz dieser Reduktion bestand darin, daß mit ihrer Hilfe gezeigt werden konnte, daß es unterschiedliche Möglichkeiten der sinnhaften Beschreibung eines solchen Geschehensablaufs durch die Verknüpfung von (nicht beobachtbaren) internen Motiven und Zielen mit dem beobachtbaren externen Geschehen gab. War eine Person einfach vergeßlich gewesen, handelte es sich um einen Akt von Kleptomanie, war es eine bewußte Aktion der kreativen Überwindung des Cash-Nexus in der Zirkulationssphäre, oder ein Ladendiebstahl? (...) Jede dieser sinnhaften Beschreibungen ist eingebettet in ein spezifisches und komplexes Sprachspiel und jedes dieser Sprachspiele verdankt seine Existenz der reflexiven Verbindung mit bestimmten institutionellen und (sub-)kulturellen Praktiken und Wissensbeständen.«[104] Letztlich war damit der Weg frei, vor allem auch unter dem Einfluß von Foucault, zu einer Anschauung zu gelangen, die konstatierte: »›Kriminalität‹ – eine diskursive Praxis« oder eine Analyse des Konflikts um die Hamburger Hafenstraße mit dem Untertitel versah: »Kriminalitätsdiskurse im Kontext symbolischer Politik«.[105]

Ohne an dieser Stelle eine Geschichte der »kritischen Kriminologie«[106] schreiben zu wollen, kann man doch sagen, daß es hier zu einer, wie Reinhard Kreissl es 1989 formuliert hat, »sozialwissenschaftlichen Entzauberung des Kriminellen« kam, die Kriminalität mehr und mehr als eine Spielart des Normalen erscheinen ließ und das eigentliche Problem im Kriminaljustizsystem selbst identifizierte. Es ist daher nicht verwunderlich, daß die Etablierung der kritischen Kriminologie in den 70er und 80 Jahren von einer kriminalpolitischen Bewegung begleitet wurde, die unter Bezugnahme auf die neuen kriminologischen Erkenntnisse für eine Abschaffung (abolition) des Gefängnisses, der Gefängnisstrafe oder auch des Strafrechts selbst ins Felde zog.[107] Nur ging es dem »Abolitionismus« nicht – wie einst dem radikalen Flügel der *Défense Sociale* – um eine individualtherapeutische Wende der Sanktionspraxis, sondern vielmehr um wirkliche Alternativen zu Gefängnis, Einsperrung und Strafrecht. Alles kam auf den Prüfstand: Man kritisierte die spezialpräventiven Maßnahmen aufgrund ihrer Ineffektivität, aber auch wegen des manipulativen Charakters der Behandlungsstrafe, in der man durchaus auch eine Gefährdung rechtsstaatlicher Garantien erblickte.[108] An der Abschreckung (Generalprävention) kritisierte man ebenfalls die zweifelhafte Effektivität sowie den manipulativen Aspekt. Vor allem aber bestritt man die Legitimität dieser Funktionalisierung von Individuen mit dem Argument, »daß im Fall der Abschreckung der Täter gleichsam ›geopfert‹ wird, um einen Zweck zu befördern, der weder mit dem Maß seiner Schuld noch sonst mit ihm selbst zu tun hat«.[109] Und nicht zuletzt bezweifelte man ganz grundsätzlich das Recht des Staates, sich in Konflikte, »Ärgernisse und Lebenskatastrophen« bzw. den »alltäglichen Umgang mit Kriminalität« (Hanak/Stehr/Steinert) seiner Bürger einzumischen. Nils Christie ging in diesem Zusammenhang so weit, die Juristen als »professionelle Diebe« von Konflikten zu bezeichnen: Sie seien geradezu geschult und darauf trainiert, Konflikte zu verhindern und zu lösen: »Sie sind in einer Subkultur mit einem erstaunlich hohen Konsens bezüglich der Interpretation von Normen und bezüglich der Auswahl der im Einzelfall als relevant erachteten Informationen ausgebildet worden. Viele von uns Laien kennen den traurigen Anblick der Wahrheit, wenn der Rechtsanwalt feststellt, daß die besten Argumente in unserm Kampf mit dem Nachbarn nicht die geringste rechtliche Relevanz haben und daß wir sie um Himmels willen vor Gericht nicht noch einmal erwähnen dürfen.«[110] Neben Christie beklagte vor allem auch Louk Hulsman die schädliche Dominanz der Experten in der Kriminalitätsbearbeitung, die Nichtberücksichtigung der Opfer und ihrer Interessen im Strafprozeß sowie die anmaßende Zentralität des Rechtssystems: Nicht nur sei der Begriff der Straftat selbst ein unbrauchbares Konzept, da er in unerträglicher Abstraktion eine Vielzahl unterschiedlichster Handlungen erfasse, sondern vielmehr werde das ganze Rechtssystem modernen Gesellschaften nicht gerecht: »Die Menschen in Gesellschaften wie den unseren leben in unterschiedlichen Sinnzusammenhängen, für sie gibt es keinen gemeinsamen Verständnishorizont und keine allgemein geteilte Wirklichkeit.«[111] Und nicht zuletzt schloß man aus der selektiven Kriminalisierung sowie den Ergebnissen von Dunkelfeldforschungen und Opferbefragungen, daß der größte Teil der kriminalisierbaren Konflikte ohnehin auf die eine oder andere Art informell (und letztlich effektiver) geregelt würde: »Wenn fast niemals, das heißt in weniger als 1% der Fälle, kriminalisiert wird, und wenn die meisten strafrechtlich einschlägigen Konflikte nicht effektiv kriminalisiert werden, warum sollte man dann die wenigen Fälle, die zufällig doch einmal kriminalisiert werden, weiter in dieser Weise behandeln?«[112]

Die Frage, wie denn nun die Alternativen zur Strafjustiz tatsächlich auszusehen hätten, wurde in der Regel entweder mit Verweis auf informelle Regelungen beantwortet – oder aber gar nicht. Diese Scheu hatte – neben der Sorge, das »repressive System« durch das eigene Expertenwissen zu perfektionieren und auf diese Weise zum Steigbügelhalter einer »soft control« zu werden – ihren Grund gelegentlich auch darin, daß Thomas Mathiesen nicht nur die Abschaffung des Gefängnisses begründet, sondern überdies eine Theorie geliefert hatte, wie dieses politische Ziel zu erreichen sei. Diese beinhaltete einerseits eine »Strategie der Negation«, die sich explizit gegen »positive Reformen« wandte. Sie bejahte lediglich »negative Reformen«, d.h. solche, die das System nicht in einem technischen Sinne besser machen, sondern kleinere oder größere Teile der repressiven Institution, von denen das Gesamtsystem mehr oder weniger abhängig ist, abschaffen sollten.[113] Zudem propagierte er, Alternativen auf eine Weise im Zustand des »Unfertigen« zu halten, daß sie vom politischen System weder einfach absorbiert noch vollständig ausgegrenzt und damit in beiden Fällen wirkungslos gemacht werden könnten.[114]

In großen Teilen der Kriminologie, aber auch der Kriminalpolitik ging es aber gleichwohl darum, ein neues Verständnis zu etablieren, das Kriminalität nun vor allem unter der Perspektive des Konflikts betrachtete. Und diese Konflikte sind nicht nur »normal«, sondern darüber hinaus produktiv (im Sinne Durkheims), gegebenenfalls zu produktiv, um sie den Juristen zu überlassen. Fritz Sack hatte Kriminalität 1979 innerhalb des herrschenden Diskurses als »negatives Gut« analysiert, also analog zu positiven Gütern, wie etwa Vermögen, Einkommen und Privilegien, wobei Kriminalität »das genaue Gegenstück zum Privileg« sei, weil es Rechte vorenthalte, Chancen beschneide und damit die in einer Gesellschaft vorhandenen Ressourcen verteile. Die neue Perspektive plädierte dafür, »Konflikte als sozialen Treibstoff« zu bewahren, Konflikte also von ihren produktiven Aspekten her und als »positives Gut« zu interpretieren, um gemeinsam sowie jenseits von Gefängnis, Strafrecht und Leidzufügung am Konflikt zu »wachsen«. Das »Management seiner Konflikte« sollte man wieder selbst in die Hand nehmen.[115]

Der politische Ertrag dieser kriminologischen/kriminalpolitischen Bewegung war allerdings recht ambivalent: Forderungen nach einer Reprivatisierung von Konflikten mündeten in den neueren kriminalpolitischen Vorzeigeprojekten *Diversion* und *Täter-Opfer-Ausgleich*, die in ihrer Reichweite allerdings äußerst begrenzt waren und zudem stets im »Schatten des Leviathan« verblieben.[116] Was als Entstaatlichung, also als wirkliche Privatisierung gedacht war, verwandelte sich im Prozeß der politischen Implementation in ein Instrument, das die staatliche Kontrolle eher noch ausweitete (net-widening). Und was als ein emanzipatorischer Rückbezug auf »frühe Formen der Konfliktregelung« gemeint war, bei dem wieder jeder sein eigener Konfliktexperte werden sollte, wurde zu einem Bereich, in dem die Experten nur so aus dem Boden schossen: »Konfliktregelung« wurde zur Mediation und Mediatoren zu »ausgebildeten« Konfliktexperten.[117]

Zugleich aber kann man feststellen, daß die »neuen« kriminologischen Wissensbestände gleichwohl in den Diskurs der staatlichen sozialen Kontrolle eingeflossen, daß also einzelne Gedanken des kritisch-kriminologischen Diskurses in andere Diskurse (ätiologische, juristische, sozialpädagogische, ökonomische etc.) diffundiert sind, in denen sie ein Eigenleben führen mit Konsequenzen, die ihre »Erfinder« nicht beabsichtigt hatten. Einer solchen Entwicklung unterliegt die (kriminal) soziologische These von der »Normalität« der Kriminalität m.E. in besonderem Maße, und es ist daher die Frage, wie sie von den Akteuren bzw. der Praxis der Kontrolle »verdaut« worden ist.[118] Kreissl beschreibt diese Entwicklung treffend, wenn er sagt, »die sozialwissenschaftliche Entzauberung des Kriminellen, das zur Aufrechterhaltung des Normalen erforderlich war, läßt Kriminalität als eine Form der Normalität erscheinen«; damit werde nun allerdings »gleichzeitig die Normalität zu einer Vorstufe der Kriminalität, und die Gesellschaft gerät als Ganze unter Verdacht. Gegen die ›verdächtige Gesellschaft‹ wird das sozialwissenschaftlich subventionierte Modell sozialer Normalität gesetzt. Aber diesem Modell entspricht keine Realität.«[119]

Wo aber das Verdächtige die Normalität bzw. die Normalität das Verdächtige ist, da ist die Kontingenz des Kriminellen nicht mehr zu bewältigen, denn sie wird von einer individuellen zur sozialen Kontingenz. Wenn aber das Kriminelle nicht mehr – zumindest nicht mehr so wie bisher – zu bewältigen ist, dann liegt es nahe, die Instrumente sozialer Kontrolle so zu verändern, daß sie sich nicht mehr in erster Linie mit Individuen befassen, sondern mit risikoträchtigen Faktoren: »Natürlich verschwinden die Akteure nicht. Aber Risiken entstehen – wenn der Begriff im Unterschied zu Gefährdungen sinnvoll verwendet werden soll – nicht aus einzelnen Handlungen individueller oder kollektiver Akteure, sondern aus nicht vollständig kalkulierbaren Konstellationen mehrerer Handlungsvollzüge« innerhalb der Gesellschaft.[120] In diesem Sinne kann man sagen, daß sich parallel zum Wechsel von der traditionellen täterzugewandten zur »kritischen« täterabgewandten Kriminologie eine Verlagerung von einer täterzugewandten zu einer täterabgewandten (Kriminalitäts-)Kontrolle vollzieht. (Das ist eine Form der Kontrolle, die sich, wie wir unten noch detaillierter sehen werden, nicht mehr *täterzugewandt* auf die aufwendige und teure »Besserung« eines individuellen Täters konzentriert, sondern *täterabgewandt* beispielsweise versucht, mit technischen Mitteln sicherzustellen, daß bestimmte Delikte gar nicht mehr begangen werden können.)

Aber auch wenn dieser Trend zu einer täterabgewandten Kontrolle von verschiedenen Autoren als »Management von Kriminalität« bezeichnet wird, so entspricht dieses doch keineswegs dem oben skizzierten Modus des »Kontingenzmanagements«, denn es geht in diesem Kontext nicht um eine Transformation »kriminell« verursachter Schäden in (sozialisierte) Risiken, sondern vielmehr um die kontrollpolitische Nutzung versicherungsmathematischer Technologien zur Bekämpfung von »Kriminalität«, um, wie ich (in Kapitel 6) ausführen werde, versicherungsmathematische Gerechtigkeit. Zudem ist dieser Wandel zu einer täterabgewandten Kriminalitätskontrolle nicht allein auf die »Entzauberung des Kriminellen« durch eine kritische Kriminologie zurückzuführen. Er findet sein Substrat vielmehr in parallelen und allgemeineren gesellschaftlichen Entwicklungen, die sich etwa mit Begriffen wie Individualisierung, Pluralisierung und Enttraditionalisierung einerseits, mit Ökonomisierung des Sozialen und Kommerzialisierung (auch von sozialer Kontrolle) andererseits fassen lassen. Diese Entwicklungen wiederum formieren sich zu einer neuen Form von Ungewißheit und lassen daher weder die Bedeutung noch die Verarbeitung von »Kriminalität« unberührt.

II Kriminalität in der Gegenwartsgesellschaft

5. Kriminalität und »Risikogesellschaft«

Unsicherheit kann man mit Zygmunt Bauman als das vielleicht wichtigste Kennzeichen einer postmodernen Gesellschaft[1] ansehen. Es ist eine Unsicherheit, die sich tief in die »Gesellschaftlichkeit« der westlichen Industriegesellschaften eingegraben hat und Aspekte von Identität oder Biographie gleichermaßen tangiert wie etwa auch das soziale und kulturelle Wertegefüge. Eine Unsicherheit zugleich, die etwa Franz-Xaver Kaufmann als das zentrale Paradox der post-industriellen Gesellschaften bezeichnet hat, denn noch nie im Laufe ihrer Geschichte hätten die Menschen so sicher gelebt wie heute. Dabei profitiere nicht nur eine kleine Oberschicht von den gesellschaftlichen Sicherheitsgewinnen, »sondern bis auf einige Randgruppen die gesamte Bevölkerung (...) Wo gab es je ein vergleichsweise effizientes Wirtschaftssystem, wo mehr politische Ordnung und rechtlichen Schutz bei so geringem Zwang, wo mehr individuelle Freiheit und wo eine größere technische Fähigkeit zum Umgang mit Risiken und Katastrophen?« Und doch, so Kaufmann weiter, sei nicht zu übersehen, daß die Ängste ebenso wie die Sicherheitsbedürfnisse enorm zugenommen hätten und nach aller Voraussicht auch weiter zunehmen würden: »Es ist zu vermuten, daß eine wesentliche Quelle für das fortgesetzte Wachsen des Sicherheitsstrebens aus Unsicherheiten der Orientierung und nicht aus einer Zunahme der Gefahren für Ansehen, Wohlstand, Leib und Leben resultiert.«[2]

Neben anderen hat diese Entwicklungen vor allem auch Ulrich Beck – als einer der populärsten Benutzer des Risikobegriffs – unter den Stichworten Individualisierung, Enttraditionalisierung und Pluralisierung thematisiert. Zwar spielt in der von ihm propagierten »Risikogesellschaft« die (von mir oben herausgearbeitete) versicherungsmäßige Begrifflichkeit allenfalls eine untergeordnete Rolle, gleichwohl aber werden mit der Individualisierungsthese bzw. der Rede vom »zweitmodernen Individualisierungsschub« Veränderungen von individuellen und sozialen Selbstbeschreibungen thematisiert, die für das Verständnis und die Verarbeitung von Kriminalität, aber auch der Ambivalenz von Sicherheit und Unsicherheit in der Gegenwartsgesellschaft bedeutsam sind. [3]

Beck geht in seiner Risikogesellschaft zunächst davon aus, daß sich in den vergangenen fünfzig Jahren zwar der Lebensstandard und die Lebensbedingungen für alle sozialen Gruppen tendenziell verbessert hätten (»Fahrstuhl-Effekt«): Die Klassengesellschaft werde eine Etage höher gefahren, was zu einem kollektiven Mehr an Einkommen, Bildung, Mobilität, Recht, Wissenschaft und Massenkonsum geführt habe. Dies bedeute aber nicht, daß damit soziale Ungleichheit verschwunden wäre, vielmehr seien die Relationen sozialer Ungleichheit seit der Nachkriegszeit konstant geblieben. Neben dieser fortbestehenden Ungleichheit sei aber zu konstatieren, daß sich nach dem Zweiten Weltkrieg ein gesellschaftlicher Individualisierungsschub von bislang nicht erkannter Reichweite und Dynamik vollzogen habe, welcher eine Freisetzung der Individuen aus nahezu allen sozialen Klassen- und Schichtbindungen sowie den Geschlechtslagen, aber auch den traditionalen Institutionen, wie etwa Ehe, Familie, Nachbarschaft etc., zur Folge hat und damit zugleich eine Entlassung aus traditionell-kollektiven Lebens- und Sinnzusammenhängen.[4] An ihre Stelle, so kann man etwa mit Brose/Hildenbrand fortfahren, trete eine zunehmende Autonomie der Menschen, eine starke Eigenverantwortung für das eigene Leben,[5] welches sich als von ihnen selbst zu planendes und durchzuführendes Projekt präsentiere: Für Biographie und Identität sind starre, vorgegebene Muster als Orientierung nicht mehr hinreichend, sondern die Identitätsaspekte und -strukturen müssen in Eigenleistung und Eigenverantwortung immer wieder neu hergestellt, abgeändert und kombiniert werden. Die gestiegenen Unsicherheiten interpretiert Beck in diesem Zusammenhang vor allem als mangelnde Orientierung der Individuen auf diesem »Weg in eine andere Moderne«.

Diese Entwicklungen auf der Ebene von Biographie und Identität finden ihre Entsprechung auf der Ebene der Werte und Normen. Andere Autorinnen und Autoren haben in diesem Zusammenhang etwa von einem Wandel von materialistischen hin zu postmaterialistischen Werten (Inglehart) oder von konventionellen Wertorientierungen zu postkonventionellen (Nunner-Winkler) gesprochen – eine Dynamik, die von Heiner Barz folgendermaßen zusammengefaßt wurde: »Allenthalben wird heute von ›Wertepluralismus‹, ›Wertesynthese‹, ›Wertedynamik‹, ›Wertemischungen‹, ›einer komplexen Gemengelage‹ etc. gesprochen – und nicht mehr von der einfachen Ablösung alter durch neue Werte. Die alten Werte bleiben relevant, nur hat sich ihr Stellenwert verschoben, indem sie durch neue Werte relativiert werden (...) Schauplatz dieses Wertegemenges ist dabei auch das einzelne Individuum, das immer weniger über ein in sich stimmiges Konzept verfügt: Es scheinen sich nicht nur die Werte als solche, sondern vielmehr der Umgang mit diesen Prinzipien selbst so gewandelt zu haben, daß die Werte innerhalb der Individuen ins Schwimmen geraten (...) Werte werden somit revisionsfähige Präferenzen, und sie werden zunehmend argumentativen Rechtfertigungen unterstellt.«[6] Sie sind kein Garant mehr für eine generalisierte und konsensfähige Wertordnung, sondern im Gegenteil eher situations- und kontextabhängig, womit sich zugleich das Selbst- und Weltverständnis von einem nomozentrischen zu einem autozentrischen[7] wandelt. Zweckrational-abwägende und utilitaristische Haltungen, so etwa Baldo Blinkert, gewönnen an Bedeutung, was dazu führe, daß auch Konformität und Abweichung in steigendem Maße von einem Kosten-Nutzen-Kalkül abhängig werden. Notwendig wird eine »Lebensführungs-Rationalität«, deren Themen sich aber auf der Entscheidungsebene stets als »Lebensführungs-Risiken« (Hesse) formieren, für deren Bearbeitungen wiederum jeder selbst die Verantwortung zu tragen hat.

Die Ambivalenz dieser Freisetzungsprozesse der Moderne liegt darin, daß die als Individualisierung, Enttraditionalisierung und Pluralisierung gefaßten Entwicklungen von den meisten Individuen zwar als Vergrößerung ihrer individuellen (Wahl-)Freiheiten und Lebenschancen begrüßt und auch gefordert, zugleich aber als »riskante Freiheiten« (Beck/Beck-Gernsheim), als Orientierungslosigkeit und damit als Sicherheitsverlust erlebt und interpretiert werden. Die Sicherheit von (etwa Klassen- oder Schicht-gebundenen) »Normalbiographien«, von allgemeingültigen Werten und Normen – von konsentierter Moral – wird prekär. Das ethische Paradox des postmodernen Zustands, so Bauman, bestehe darin, daß den Subjekten die moralische Entscheidung und Verantwortlichkeit zurückgegeben, sie aber zugleich der Sicherheit einer universellen Orientierung beraubt würden: »Die ethischen Aufgaben der Individuen wachsen, während die sozialen Ressourcen, um sie zu erfüllen, sich verringern. Moralische Verantwortung geht mit der Einsamkeit moralischer Entscheidungen einher (...) wie alles übrige, das dieses Schicksal teilt, ist Ethik eine Sache individuellen Ermessens geworden, riskant, chronisch unsicher und begleitet von niemals zu beschwichtigenden Skrupeln.«[8] Es sind diese Modernisierungsfolgen, die das Soziale tiefgreifender verändern als etwa das Gefahrenpotential technischer Großrisiken: Nicht das Verhältnis »Mensch-Maschine« oder das Verhältnis »Mensch-Natur« ständen heute im Vordergrund der großen gesellschaftlichen Transformationsprozesse, so etwa Rauschenbach, sondern die in Kauf genommenen bzw. unbeabsichtigten, aber unvermeidlichen Nebenfolgen der Modernisierung auf die Verhältnisse von »Mensch-zu-Mensch«.[9]

In diesem Kontext lassen sich die zu beobachtenden Entwicklungen mit den Begriffen Individualisierung, Enttraditionalisierung, Pluralisierung oder Diversifizierung auch nur noch unzureichend beschreiben. Denn zu diesen Variablen gesellen sich (in Deutschland spätestens seit Beginn der 80er Jahre) hohe (steigende) Arbeitslosigkeit und wachsende Armut bei gleichzeitig abnehmenden Ressourcen und damit verminderten Leistungen der Sozialstaaten: Hierbei wurde die Verunsicherung der aus ihren traditionalen Bindungen entlassenen Individuen zunächst vor allem als Kehrseite des als befreiend angelegten Projekts der Moderne interpretiert. Mit dem Ende einer durchgängigen und allgemein gültigen »Normalität des Normalarbeitsverhältnisses« sowie mit deutlicher sich abzeichnenden Exklusionsprozessen wird diese Verunsicherung nun aber auch zur Bedrohung der (ökonomischen) Existenz.[10] Zwar bedeutet das nicht, daß Ausschließung und Armut unumkehrbar sind: Im Gegenteil sind weder Arbeitslosigkeit noch Armut in jedem Fall ein Dauerzustand. Gleichwohl aber geht von ihnen die lähmende und zerstörerische Botschaft aus, daß man die Ausgeschlossenen möglicherweise überhaupt nicht mehr brauchen wird, daß sie überflüssig sind. Das ist eine Drohung, oder besser: Bedrohung, die freilich direkt auch auf die Inkludierten zielt, indem sie ihnen die Prekarität (d.h. die jederzeit mögliche Widerrufbarkeit) ihres Inkludiertseins ständig vor Augen führt und ihnen zugleich zu verstehen gibt, daß Inklusion und Exklusion in ihrer eigenen Verantwortung stehen.[11]

Auf diese Weise wird jede Handlung zu einem Risiko (im Luhmannschen Sinne), *gegen* oder *für* das man sich zu entscheiden, zu einer riskanten und immer ambivalenten Freiheit, deren (gegebenenfalls auch existenzielle) Folgen man selbst zu verantworten und zu tragen hat. Die Möglichkeit, so Rauschenbach, daß man zwar etwas Bestimmtes machen kann, aber dafür auf etwas anderes verzichten muß, »das Wissen um die Kontingenz, sich *für* etwas und damit gleichzeitig *gegen* viele andere Möglichkeiten entscheiden zu können«, solcherlei Ambivalenzen und Dilemmata erforderten in den kleinen wie den großen Entscheidungen des alltäglichen Lebens immer mehr Energien sozialer, aber auch psychischer Art – ein neues Zivilisationserfordernis, das eine latente Überforderung darstelle.[12]

Auf der gesellschaftlichen Mikro- und Mesoebene drücken sich die skizzierten (umfassenden) materiellen wie immateriellen Verunsicherungen in einer Vielzahl individueller und individualisierter Ängste und Befürchtungen aus. Diese verändern die individuelle Befindlichkeit, aber vor allem auch das soziale Klima und Miteinander nachhaltig und haben es bereits verändert. Es entsteht eine diffuse Gemengelage »innerer« und »äußerer Unsicherheit«, die Umgangsformen produziert, die mehr und mehr Begegnungen des Alltags als Risiko konzipieren. Aus dieser Perspektive »investiert« man nicht nur in soziale Beziehungen und geht selbst mit der Familiengründung »ein Risiko« ein, sondern es erscheine, so etwa Hitzler/Göschl, geradezu als ein »Gebot der Klugheit, zumindest nicht damit zu rechnen, daß der andere zu seinen Gunsten handelt, wenn es nicht ohnehin besser für ihn ist, damit zu rechnen, daß der andere (im Zweifelsfall?) zu seinen Ungunsten handelt.«[13] Die Emanzipation der Individuen aus Abhängigkeit und Unmündigkeit hat diese gleichzeitig in eine grenzenlose emotionale, aber auch existenzielle Unsicherheit entlassen. Die Folge ist ein mißtrauisches Miteinander, das sich nicht nur mittels rassistischer und anderer Stereotype allzuleicht gegen das Fremde und Andere wendet, sondern das auch den Bereich der Produktion tendenziell zu einem »Kampf aller gegen alle« werden läßt. Die »Konkurrenz um die Arbeit« geht immer deutlicher einher »mit einer Konkurrenz bei der Arbeit, die im Grunde auch nur eine andere Form der Konkurrenz um die Arbeit ist, eine Arbeit, die man, mitunter um jeden Preis, gegen die Erpressung mit der angedrohten Entlassung bewahren muß«,[14] weil ohne sie der Zugang zum zentralen gesellschaftlichen Partizipationssystem – dem Konsum – verschlossen wäre.

Die skizzierten Entwicklungen werden seit einigen Jahren auch unter dem Rubrum des *Neoliberalismus* analysiert und diskutiert. Unter Neoliberalismus oder auch der Durchsetzung einer neoliberalen Mentalität oder Rationalität werden dabei Prozesse verstanden, die etwa Thomas Lemke als »Ökonomisierung des Sozialen« beschreibt.[15] Sie implizieren, daß soziale Fragen mit ökonomischen Denkkategorien bearbeitet werden. Zentral ist hierbei, daß die neoliberale Rationalität auf die verstärkte Nachfrage nach individuellen Gestaltungsspielräumen und Autonomiebestrebungen mit einem »›Angebot‹ an Individuen und Kollektive reagiert, »sich aktiv an der Lösung von bestimmten Angelegenheiten und Problemen zu beteiligen, die bis dahin in die Zuständigkeit von spezialisierten und autorisierten Staatsapparaten fielen. Der ›Preis‹ für diese Beteiligung ist, daß sie selbst die Verantwortung für diese Aktivitäten – und für ihr Scheitern – übernehmen müssen«.[16]

Deutlich wird die Wirkmächtigkeit dieser Entwicklungen etwa in den Ausführungen der Kommission für Zukunftsfragen der Freistaaten Bayern und Sachsen, wenn ihre Mitglieder schreiben, daß »das Leitbild der Zukunft der Mensch als Unternehmer seiner Arbeitskraft und Vorsorge« sei.[17] Dieser Unternehmer seiner Arbeitskraft zeichnet sich nach Voß/Pongratz aus durch eine »systematisch erweiterte Selbstkontrolle (...), einen Zwang zur forcierten Ökonomisierung« seiner Arbeitsfähigkeiten sowie »eine entsprechende Verbetrieblichung der alltäglichen Lebensführung«.[18] Das, so Aldo Legnaro, führt schließlich zu einer »individuellen Ökonomie«, die »die gesamte Lebenswelt unter den Prämissen dieser Anforderungen ökonomisiert«.[19] Dabei reicht auch hier die durchaus Freiheitsspielräume gewährende Eigenorganisierung und Eigenverantwortung des Arbeitenden bis hinab zum Scheitern seiner Bemühungen.

Krasmann hat in allgemeinerer Form beschrieben, wie die spezifische Rationalität und die Technologien des Neoliberalismus eine neue Form der Subjektivierung etablieren, die sich immer mehr auf die »Freiheit« des Subjekts bezieht. Das Subjekt wird zum »Unternehmer seiner selbst«, der selbsttätig und im liberalen Sinne »frei« seine Möglichkeiten zu gestalten und die Verantwortung für seine Biographie sowie seine Lebenslage zu tragen hat. In diesem Sinne kennzeichnet den (Neo-)Liberalismus die Technik des »Regierens über Freiheit«, eine Freiheit, die ihm Grundlage und Lösung zugleich ist »im ambivalenten Spiel zwischen der Einflußnahme politischer Souveränität und ihrer Begrenzung – im Sinne der Eigeninitiative des Individuums (das frei ist, insofern es rational ist) und der Kräfte des Marktes, die nicht beschränkt werden sollen«.[20]

Das Subjekt des Neoliberalismus ist also der Unternehmer seiner selbst, ein aktiver, selbstbestimmter, eigenverantwortlicher und »flexibler Mensch« (Sennett), der sich den Bedingungen eines flexiblen Kapitalismus unter neoliberalem Regime anzupassen hat. Seine Selbstverantwortlichkeit und Selbstbestimmung bedeuten jedoch nicht, daß die Kategorie der Herrschaft überflüssig geworden wäre. Vielmehr scheint es gerade diese Selbstbestimmung der Individuen zu sein, die als vermittelndes Medium von Herrschaft eingesetzt wird, wobei die Individuen eigenverantwortlich jene Strukturen reproduzierten, die ihnen eben diese Eigenverantwortlichkeit ermöglichen. Insofern konstatieren Voß/Pongratz wohl zu Recht, das neoliberale Individuum verhalte sich zu sich selbst wie ein »herrschaftsausübender Unternehmer«: Die neue Qualität der Dimension Herrschaft liege in der Ersetzung direkter durch indirekte Formen der Kontrolle des Handelns, die durch die »systematische Nutzung und Zurichtung der menschlichen Fähigkeiten, sich eigenverantwortlich zu steuern«, erzeugt werde.[21] Das heißt auch: weiterhin wird das Individuum regiert, nur eben über

Freiheit und aus der Distanz (Garland). In diesem Sinne, so kann man mit Susanne Krasmann fortfahren, löst das Unternehmerindividuum das Disziplinarindividuum ab: Assoziiert mit Gestaltungsmöglichkeiten und Selbständigkeit, »die sich mit dem klassischen Unternehmer als Entscheidungsträger und Kapitaleigner verbindet«, erscheine der Unternehmer seiner selbst als Schlüsselfigur für die politische Rationalität des Neoliberalismus des ausgehenden 20. Jahrhunderts. Seine »Freiheit« allerdings ist eine ambivalente, die neue Zwänge mit sich bringt: »Die Befreiung aus den Zwängen der Disziplin, der Normalisierung und Moralisierung, von Zwängen, die auch mit zugestandener Fürsorge verbunden sind, bringt andere Formen des Zwangs mit sich, die als solche nicht wahrgenommen werden müssen und dennoch etwas eigentümlich Zwingendes an sich haben, wie die Einsicht in die Notwendigkeiten, beispielsweise für sich selbst zu sorgen, und vor allem in das, was vernünftig ist, worin eine angemessene (...) und in diesem Sinne richtige Lebensweise bestehen sollte.«[22] Der Blick auf die Vergangenheit wird abgelöst von dem Blick in die Zukunft, fortan nicht mehr gerichtet auf Fragen danach, wie etwas geworden ist, wie Probleme entstanden sind und Problemlösungen sich aus Erfahrungen ableiten, sondern orientiert auf die Aufgaben, die in der Zukunft liegen, verbunden mit einer Sorge im Hinblick auf diese, die zugleich Motor und Anleitung für augenblickliches Handeln bildet.«[23] Ähnlich beschreibt auch Sennett »Sorge« als eine auf die Zukunft bezogene Furcht, die in einem Klima entstehe, das ständig Risiken betone, und die sich noch einmal dadurch verdoppele, weil die Erfahrung als Führer durch die Gegenwart ausgedient zu haben scheine.[24]

Bei allen diesen Prozessen, welche die Subjekte mehr und mehr als »Unternehmer ihrer selbst« konstruieren und rationalisieren, ist jeder nicht nur für seine Wahl aus den Angeboten einer Konsumgesellschaft verantwortlich, sondern vor allem auch für die Nachfrage, die seinen Fähigkeiten, aber auch seiner Biographie und Identität entgegengebracht wird – oder anders gesagt: für den Profit, den er aus seinem »Unternehmen Leben«[25] zu schlagen in der Lage ist. Neue Unternehmen bzw. Unternehmer können aber in aller Regel nur dann erfolgreich in den Markt einsteigen, wenn sie eine gute Idee oder eine einzigartige Ware anbieten können. Da der »Unternehmer seiner selbst« sein eigenes Leben, seine Person und Biographie zu verkaufen hat, muß diese »Ware« ebenfalls einzigartig sein, zumindestens einige Einzigartigkeiten aufweisen – das einzelne »Subjekt« muß sich als etwas Besonderes inszenieren. Pointiert gesprochen, muß das Risikoindividuum im Kampf um seine Einzigartigkeit permanent »sein Leben riskieren«.

Abweichung(en) und gegebenenfalls »Kriminalität« gewinnen unter diesen Bedingungen einer »Kultivierung des Besonderen«[26] neue Bedeutungen und spielen eine wichtige Rolle. Elmar Koenen hat in diesem Kontext einen Zusammenhang zwischen Individualisierung einerseits und Normverletzung bzw. Abweichung andererseits behauptet, der sich keineswegs in einer Abschwächung der Normgeltung oder einem Nachlassen der verhaltenssteuernden Wirkungen von sozialen und Rechtsnormen erschöpfe. Vielmehr müsse davon ausgegangen werden, daß Abweichungen zu Distinktionsgewinnen führten, welche die Prämien für unauffälliges Verhalten übersteigen. Zwar könne und müsse weiterhin unterschieden werden in eine *individualisierende Abweichung* (die unter modernen Bedingungen immer eher mit einem positiven Vorzeichen versehen und mithin nicht nur legitim, sondern oft auch eine wichtige Voraussetzung für besondere gesellschaftliche Anerkennung gewesen sei) und eine *deviante Abweichung* (die im strafrechtsrelevanten Sinne und seit jeher mit Blick auf ihre Eindämmung diskutiert würde). Gleichwohl aber habe es den Anschein, daß »die gewachsene Individualisierung der Selbststeuerungen bzw. die Selbststeuerung in Form individuellen Entscheidens zu einer Ausweitung jenes kreativen Verhaltensstils der kalkulierten Abweichung auf weite und zentrale Bereiche des gesellschaftlichen Alltags geführt« habe. In dieser Abstraktion lasse sich der Begriff der Abweichung auf Phänomene der Individualisierung und Illegalität gleichermaßen beziehen, was schließlich zu der Frage führe, wie sich das Verhältnis von individualisierender und devianter Abweichung unter dem Eindruck von Individualisierung und Ökonomisierung verschoben habe bzw. perspektivisch verschieben werde – und vor allem auch, wie die Rechtssprechung, aber auch die Gesetzgebung auf diese Verschiebungen reagiere.[27]

Was das Verhältnis von individualisierenden und devianten Abweichungen angeht, konstatiert Koenen, daß ehedem konsentierte Wertvorstellungen eine radikale Relativierung erfahren hätten: Die (postmodernen) risikofreudigen Akteure hätten zu den »offiziellen Normen« ein durchaus »entspanntes Verhältnis entwickelt«, so daß diese bei ihren selbstbewußten Subpolitiken nicht mehr allzu sehr störten. Diese Relativierung, gepaart mit den zu erwartenden Distinktionsgewinnen, hätten zu vielfältigen Kulturen der Abweichung geführt, die zudem nicht mehr durch moralische Appelle und die davon erhofften Internalisierungen, sondern allenfalls durch variierende Kontrolldichten beeinflußt werden könnten. Diese Abweichungskulturen – die von den vielfältigen Formen individualisierender Abweichung bis hin zur alltäglich-massenhaften »Abweichung der Angepaßten«[28] reichen – bilden nun den Hintergrund, vor dem auch die dramatischen und auffälligen Devianzen erfolgen, deren moralisches Gewicht sie zugleich relativieren: »Sie werden als Kosten eines Kalküls in Kauf genommen, in dem hochindividualisierte Motive wie Geltungsanspruch, Konkurrenz, Distinktion und Prominenz (im Wortsinn) eine zunehmende Rolle spielen. Jene Kultur stützt seitdem die normative Unbedenklichkeit jener individuellen Geltungsbehauptungen«[29], wobei Normen gerade für das Risikoindividuum nicht viel mehr sein könnten als ein Typus von Bezugspunkten unter anderen, in deren Kontext es sein Verhalten bestimmt. Damit sei nicht nur das Abwägen von Normen gegen andere Interessen und Bedürfnisse gleichsam »normal«, sondern der Normbruch selbst, die Abweichung, in vielen Bereichen tolerierbar geworden und damit in gewissen Grenzen normalisiert – und werde häufig auch mit Strategien der Normalisierung bearbeitet.

In diesem Sinne sei die Grenze zwischen legitimer und illegitimer Abweichung undeutlicher geworden, verschiebe sich und hebe sich tendenziell in einer Grauzone auf, innerhalb derer die Individuen rechtswidrige Handlungen in gewissem Maße begehen dürften. So sei etwa der Konsum von (illegalen) Drogen in seinem Handlungsunrecht durchaus strittig geworden: Wie Koenen in einer Analyse der Rechtssprechung des Bundesverfassungsgerichts deutlich macht, berühren gerade diese Tatbestände unmittelbar das Selbstverständnis der Konsumenten als autonome und risikobewußte Individuen. Es komme zu einer zögerlichen Verwandlung der rechtlichen Bewertung des Drogenkonsums von einer devianten zu einer angepaßten Abweichung – eine Entwicklung, die keineswegs auf die Drogenkonsumenten beschränkt sei. Auch die von Frehsee thematisierten »angepaßten Abweichenden« reklamierten für ihr Handeln einen gewissen Toleranz-Kredit: Die dort beobachtbaren Ansätze zu privaten, partikularen und milieuspezifischen Normvorstellungen könnten als Versuche der Akteure verstanden werden, ihre Rechtsbrüche zu legitimieren. Auch sie bewegten sich in einer Grauzone, die aber nicht gesetzlich vorgezeichnet sei, »sondern die in den, den Ermittlungen meist entzogenen, soziokulturell geschützten Nischen des gesellschaftlichen Alltags entsteht. Dort beansprucht ihre selbstbewußte Individualität Urteile über die Legitimität ihrer eigenen Abweichungen. Hier wird *Auto-Nomie* wörtlich genommen und mißverstanden.«[30]

Man kann diese Erscheinungen als Produkte einer individualisierten, enttraditionalisierten, pluralisierten und nicht zuletzt ökonomisierten Gesellschaftlichkeit interpretieren. Die Verteilungskämpfe dieser Gesellschaftlichkeit orientieren und entscheiden sich an Konkurrenz, Distinktion und Prominenz. Sie ziehen die Subjekte nicht nur sozial, sondern auch ökonomisch zur Verantwortung und produzieren damit zugleich risikofreudige Individuen, die für ihre Partizipation in einer (ökonomisierten) Konsumgesellschaft bereit oder auch »gezwungen« sind, zum Mittel devianter Abweichung zu greifen. Dies sind die von Baldo Blinkert so bezeichneten strategisch bzw. utilitaristisch kalkulierenden Devianten, die versuchen, die Chancen der Modernisierung illegal zu nutzen, dabei die eigene soziale Existenz aufs Spiel setzen und die eigenen Chancen »im nebenfolgenblinden Selbstversuch zu ergreifen« suchen.[31]

Auch wenn eine solche »Erklärung« von Abweichung und »Kriminalität« idealtypisch und kaum hinreichend sein mag, so verweist sie doch auf gesellschaftliche Entwicklungen, die die Konstruktion und damit auch die Verarbeitung von Kriminalität nicht unberührt lassen. Denn der von einer »Privatisierung der Ängste« (Bauman) begleitete »Kampf aller gegen alle« (Bourdieu) erzeugt ein Mißtrauen, das sich in einem zweiten

Schritt auch gegen den Staat (als den Garanten von Sicherheit und Ordnung sowie der »bürgerlichen« Existenz[32]) selber wendet: Das Vertrauen in die normierende Kraft des Staates und seine Agenturen weicht mehr und mehr einem tiefgreifenden Mißtrauen in die Befriedungs- und Steuerungspotenzen der hierfür (bislang) legitimierten Institutionen. Auf unser Thema gewendet, erweist sich Kriminalität in einem doppelten Sinne als Risiko. Sie stellt den Staat vor ein Dilemma: Einerseits dünnt sich der Optimismus hinsichtlich der Kompetenzen und Potenzen staatlicher Institutionen, »Kriminalität« effektiv zu bekämpfen und in diesem Sinne Sicherheit zu garantieren, aus, und der Staat muß das Risiko seines Steuerungsverlustes gewärtigen.[33] Andererseits verschärft sich aber mit der Vorstellung vom Zurücktreten einer universalen Moral zugleich auch der Widerspruch zwischen den sich pluralisierenden und ökonomisierenden Wertekonstellationen und -anwendungen der Gesellschaftsmitglieder und etwaigen moralisierenden und/oder disziplinierenden Bevormundungsversuchen des Staates. Damit erweist sich »Kriminalität« zugleich als ein »Modernisierungsrisiko«. Politik und insbesondere Kriminal- oder Sicherheitspolitik werden zu einem äußerst sensiblen und riskanten Unterfangen, weil sie sich auf dem schmalen Grad zwischen freiheitszerstörender Bevormundung einerseits und einem existenziellen Steuerungsverlust andererseits abspielen.[34]

Als »Lösung« dieses Problems entsteht nun, so meine These, eine neue Form oder besser: ein neuer Modus des Regierens, der an die beschriebenen Entwicklungen und Ambivalenzen anschließt und den ich im folgenden als »versicherungsmathematische Gerechtigkeit« bezeichnen will. Diesen Begriff werde ich zunächst mit Blick auf die Veränderungen des Wohlfahrtsstaates erläutern, um sodann seine Bedeutung für die soziale Kontrolle bzw. die Kriminalitätsverarbeitung zu verdeutlichen.

6. »Versicherungsmathematische Gerechtigkeit«

Das übergeordnete Ziel des Wohlfahrtsstaates, so hatte ich oben gesagt, besteht in der Herstellung gesellschaftlich verfaßter, allen mehr oder weniger gleichermaßen zustehender und garantierter *sozialer Sicherheit*. Lange Zeit wurden in diesem Kontext vor allem die Rechte der Sozialbürger (bzw. -versicherten) auf Kompensation betont – mehr oder weniger unabhängig davon, wie es zu einem Schaden gekommen sein mochte.[35] Wenn nun die soziale und politische Bedeutung ökonomischer Argumente steigt und das Soziale zunehmend aus der Perspektive der drei »Es«: »Efficiency, Effectiveness, and Economy«[36] betrachtet wird, dann gerät diese Vorstellung von *sozialer Sicherheit* oder auch *sozialer Gerechtigkeit* ins Hintertreffen. An ihre Stelle schiebt sich eine Rationalität, die ich als *versicherungsmathematische Gerechtigkeit* bezeichnen will, ein Begriff, der freilich einer kurzen Herleitung bedarf.

Die Anfänge der Versicherung werden im allgemeinen auf die Zeit des 13. und 14. Jahrhunderts datiert.[37] Gleichwohl gab es aber auch schon vor dieser Form der frühkapitalistischen *Erwerbsversicherung* versicherungsähnliche Zusammenschlüsse, etwa die sogenannte *Versicherung auf Gegenseitigkeit* (a.G.).[38] Zusammenschlüsse dieser Art waren zum Beispiel die (Bluts-) Bruder- oder Genossenschaften und später die Gilden. Ein wichtiger Zweck solcher Vereinigungen war in der Regel die Unterstützung der Brüder bzw. (Gilde-)Genossen bei Vermögensverfall, Brand, Schiffbruch, Viehverlust und vielem mehr.[39] Das Besondere dieser Verbindungen war folgendes: Ihre Mitglieder teilten in aller Regel ein vergleichbares Schicksal, bildeten also eine Gemeinschaft, die aus weitgehend Gleichen bestand.[40] Aus diesem Grund brauchten sie einer individuellen Gefahrenberücksichtigung praktisch keine Rolle beizumessen und konnten ihre kompensatorischen Leistungen in Form von Umlageverfahren erbringen. Es handelte sich um homogene (Versicherten-)*Kollektive von Risikogleichen*, was zugleich die Basis ihres solidarischen Funktionierens gebildet haben dürfte.

Auch wenn die Erwerbsversicherung sich (im Gegensatz dazu) zwar zu keiner Zeit des Umlageverfahrens bediente, sondern seit ihren Anfängen mit Versicherungs- bzw. Risikoprämien arbeitete, so folgte doch auch sie seit ihren Anfängen der *Logik der Risikogleichheit.* Zwar konnte sie nie und im Zuge fortschreitender Individualisierung immer weniger von einer Risikogleichheit ihrer Versicherten, die sich ja nicht aufgrund von Gleichheit, sondern aufgrund von Angebot und Nachfrage zusammenschlossen, ausgehen. Aber sie konnte mit Hilfe der Konstruktion und der statistischen Erfassung unterschiedlichster, vom jeweiligen Wissensstand abhängiger Risikofaktoren die je individuellen Kombinationen dieser Faktoren immer genauer erfassen und berechnen und mittels gestaffelter Versicherungsprämien in Risikogleichheit oder zumindest -ähnlichkeit zurückverwandeln.[41] Heute kennen wir diese individuellen Risikokombinationen möglicherweise am besten aus der KFZ-Kasko-Versicherung, in der das individuelle *Risikokombinatorium* nicht nur nach der Unfallträchtigkeit des einzelnen bewertet wird, sondern sich auch zusammensetzt aus Marke und Baujahr des Autos, dem Wohnort und den gefahrenen Jahreskilometern, dem Vorhandensein einer Garage sowie aus Beruf, Geschlecht (»Lady-Tarif«) und gegebenenfalls Ausbildungsstand, Einkommen sowie Nationalität etc. des Versicherten.[42]

Allgemein gesprochen ergibt sich Risikogleichheit bzw. »versicherungsmathematische Gerechtigkeit« aus der Erfassung, Auswertung und Aggregierung unterschiedlichster Informationen der Vergangenheit und Gegenwart, die eine möglichst genaue Prognose über die zu erwartenden Schadenskosten in der Zukunft erlauben sollen. Dieser Vorgang führt sodann zu bestimmten Verteilungen der zu erwartenden Schäden in der Versichertenpopulation, also zu in der Versicherungsterminologie sogenannten »guten« (geringe Eintrittswahrscheinlicheit) und »schlechten« (hohe Eintrittswahrscheinlichkeit) Risiken. Diese Dualität von guten und schlechten Risiken geht nun im Zuge der Verbesserung, Beschleunigung und Kapazitätensteigerung der Informationsverarbeitung in einem immer differenzierteren Spektrum von Risikokombinatorien auf. Das »individuelle Risiko(kombinatorium)« berechnet sich dabei schließlich (im Idealfall) aus den sogenannten subjektiven (geistigen, charakterlichen und moralischen Einflüssen der jeweiligen Personen auf die versicherte Gefahr) und objektiven (Alter,

Geschlecht, Wohnort etc.) Risikofaktoren. Diese individuellen Risiken werden dann wiederum zu homogenen Risikopopulationen aggregiert, denen ein jeweils adäquater Tarif zugeordnet wird.[43]

Zu den gestaffelten Prämien treten überdies versicherungsvertragliche Obliegenheiten, d.h. bestimmte definierte Pflichten, denen die Versicherten nachzukommen haben, etwa Auskunfts- und Meldepflichten, das Anbringen technischer Sicherungsmaßnahmen etc. Auch diese Obliegenheiten dienen der Risikogleichheit, indem sie bestimmte vorsorgende Verhaltensweisen für alle vorschreiben, die die Voraussetzung für die Kompensationsleistung sind. Über die gestaffelte Versicherungsprämie einerseits und die vertraglichen Obliegenheiten andererseits wird also Risikogleichheit hergestellt, auf diese Weise das Versichertenkollektiv homogenisiert und schließlich eine marktförmige und über Versicherungsmathematik vermittelte »Gerechtigkeit« erzeugt: die *freiwillige Solidarität von Risikogleichen.*[44]

Wie ausgeführt, stellt sich dieser Zusammenhang bei der Sozialversicherung vollständig anders dar. Zwar teilt sie mit der (privaten) Versicherung das zentrale Element der Kompensation, aber sie knüpft ihre Leistung nicht an die (ebenso zentrale) Idee der Risikogleichheit der Versicherten. Vielmehr werden Risikounterschiede – gerade umgekehrt – systematisch nicht berücksichtigt, indem sich die Versicherungsprämie nicht am Risiko, sondern am Einkommen des Versicherten und die Versicherungsleistung nicht an der Prämie, sondern an der Bedürftigkeit orientiert. In diesem Sinne handelt es sich bei der Sozialversicherung nicht um ein homogenes, sondern um ein heterogenes Versicherungskollektiv, dessen Heterogenität durch die unfreiwillige Einbeziehung immer weiterer Bevölkerungsgruppen im Rahmen der Sozialversicherungspflicht systematisch gesteigert worden ist:[45] Es ist eine *erzwungene Solidarität von »Risikoungleichen«*.

Wir haben es also mit zwei Formen oder auch Rationalitäten von Solidarität und Gerechtigkeit zu tun: Die erste ist die über den Markt vermittelte, freiwillig erworbene Solidarität des Versichertenkollektivs, die entsprechend der *»versicherungsmathematischen Gerechtigkeit«* hohe Risiken mit hohen und geringe

Risiken mit geringen Tarifen belegt (Risikogleichheit bzw. Homogenität). Die zweite ist die vom Staat erzwungene, de-kommodifizierte Solidarität des Sozialversicherungskollektivs, die entsprechend einer »*sozialen Gerechtigkeit*« die Tarife an das Einkommen und Kompensationsleistungen an soziale Bedürftigkeit knüpft (Risikoungleichheit bzw. Heterogenität).

Gegenwärtig zeichnet sich eine Konfrontation zwischen sozialer Gerechtigkeit einerseits und versicherungsmathematischer Gerechtigkeit andererseits ab, die sich immer deutlicher zugunsten der versicherungsmathematischen entscheidet. Dies ist eine Entwicklung, die vor dem Hintergrund einer neoliberalen, auf Eigenverantwortung, Effektivität und Effizienz gründenden Rationalität durchaus plausibel erscheint, weil sie die »Nachfrage« nach individuellen Gestaltungsräumen und Autonomiebestrebungen der Subjekte mit dem neoliberalen Axiom verbindet, daß Probleme vorrangig über Marktmechanismen gelöst werden können (und sollen): In unserem Zusammenhang bedeutet dies, daß die Heterogenität des Sozialversichertenkollektivs und damit auch »soziale Gerechtigkeit« als ungerecht erscheinen, zum einen aufgrund ihrer per definitionem de-kommodifizierenden Rationalität, zum anderen aber auch, weil diese Rationalität seit einigen Jahren mit dem Argument erheblich gestiegener bzw. stetig steigender Solidaritätsanforderungen assoziiert wird. So öffnet sich die Schere zwischen Netto-Zahlern und Netto-Empfängern (der Sozialversicherung) zunehmend und läßt die Akzeptanz dieses Systems insbesondere auf Seiten der Netto-Zahler schwinden. Die Kritik an der Heterogenität der Risiken wird schließlich durch das wachsende Wissen hinsichtlich der Existenzrisiken und der verbesserten Möglichkeiten zur Diagnose und Prognose dieser Risiken noch verschärft, weil dies die Möglichkeiten eigenverantwortlichen Handelns der Subjekte noch einmal unterstreicht.[46]

Der als Um- oder Abbau bezeichnete Rückzug des Sozialstaates kann dementsprechend als Durchsetzung der versicherungsmathematischen gegen die soziale Gerechtigkeit verstanden werden. Legitimation und Plausibilität findet dieser Wandel um so mehr, je deutlicher er sich auf die normative Idee einer individuellen Pflicht zum verantwortlichen Umgang mit den gemeinsamen Ressourcen beziehen kann. Deshalb greift er zunächst vor allem auf jene sozialen Risiken zu, die mehr oder weniger als verhaltensbedingt aufgefaßt werden können, etwa auf Krankheiten oder bestimmte Umstände der Erwerbslosigkeit.

Am deutlichsten ist dieser Trend im Gesundheitssystem abzulesen, denn die dort Einzug haltende Kundenmetapher[47] verweist nicht nur auf ein »oberflächliches« Wohlbefinden des »umworbenen« Patienten beim Arztbesuch. Sie betont zugleich eine tiefergehende Ökonomisierung des Arzt-Patienten-Verhältnisses im allgemeinen: Zum einen wird die Untersuchung und Diagnose durch den Arzt immer deutlicher zu einem Faktor betriebswirtschaftlicher Berechnungen des »Unternehmens Arztpraxis«[48], zum anderen wird der Patient aber durch die sukzessive »Verschlankung« des Leistungsspektrums der gesetzlichen Krankenkassen immer häufiger auch tatsächlich zum Kunden, der für seine Gesundheit selbst zu zahlen hat. Er wird zum Konsumenten, der sich rational für oder gegen bestimmte Leistungen entscheiden kann und auch muß: Der Patient wird mündig, die Medizin patientenorientiert. Eine Entwicklung, die durchaus im Interesse der meisten Patienten liegen dürfte, die aber zugleich ein Hinweis auf die kommodifizierenden Tendenzen des Gesundheitssystems ist: Denn die »Mündigkeit des Patienten-Konsumenten« bedeutet auch die kontinuierliche Rückführung von Krankheitsrisiken in die private Verantwortung des Patienten. In diesem Sinne ist die Mündigkeitsmetapher »emanzipatorisch« und euphemistisch zugleich. Sie verwandelt den vermeintlichen Spar*zwang* in ein Gesundheits*angebot* und Kürzungen in Wahlfreiheit und Selbstbestimmung. Der Preis für diese mündige Beteiligung an der eigenen Behandlung ist, daß die Patienten die Verantwortung für die (Wieder-)Herstellung ihrer Gesundheit, aber auch für das Scheitern diesbezüglicher Aktivitäten nun selbst übernehmen müssen.

Ein geläufiges Beispiel dieses Sachverhaltes ist es, daß es den gesetzlichen Krankenkassen heute nicht mehr genügt, wenn ihre Klienten bei Zahnschmerzen zum Zahnarzt gehen, sondern sie bestehen darauf, daß diese ihren Mund halbjährlich zu präventiven Zwecken öffnen. Wer sich gegen (diese) Prävention entscheidet oder auch nur die Entscheidung für Prävention unterläßt oder versäumt, der muß mit einem in Prozenten definierten Verlust seines »Schadensersatzanspruches« rechnen.

Natürlich wird diese neue Präventionspflicht nicht bei den Zähnen haltmachen, denn mit der Expansion des medizinischen Wissens vervielfältigen sich auch die Risikofaktoren und damit zugleich die Anforderung an das Individuum, die Risikoaufklärung in Vorsorge umzusetzen: Längst hat sich das Recht des Patienten auf Information zu einer Pflicht der Informiertheit und damit der Nutzung dieses Wissens zur Vorsorge gewandelt. Zwar wird er – abgesehen von vermiedenen oder versäumten Zahnarztbesuchen – noch nicht für Unterlassungen »bestraft«, aber die Inflation der Vorsorgeuntersuchungen (von Brustkrebs- bis Pränatal- oder neuerdings Präimplantationsdiagnostik[49]), Risikopopulationen (etwa Risikokinder, Risikoschwangerschaften[50] usw.) und -verhaltensweisen deuten bereits an, welche Rolle Risikoinformiertheit und Vorsorge in Zukunft zukommen könnte. Schon tauchen unter Schlagworten wie etwa »Sündensteuer« oder »Gesundheitspfennig« Vorschläge auf, die »vorsorgewidriges« oder »riskantes« Verhalten zum Anlaß von Rationierungen im Gesundheitssystem machen wollen: Risikoprämien für Raucher, Trinker, Übergewichtige oder Drachenflieger.[51]

Allerdings dürfte die Berücksichtigung solcher verhaltensabhängiger Risikounterschiede nur eine Zwischenstation auf dem Weg in eine Entwicklung bilden, die sich mit der Perfektionierung genanalytischer Instrumentarien andeutet. Mit genetischen Früherkennungstests lassen sich schon heute Dispositionen bzw. starke Veranlagungen für bestimmte Krankheiten bereits *bei*, vielleicht sogar *vor* der Geburt diagnostizieren, was für die betroffenen Personen die Konsequenz nach sich ziehen könnte, daß sie bereits von Geburt an höhere Versicherungsprämien bezahlen müßten (oder aber gar nicht erst geboren würden). Dorothée Browaeys und Jean-Claude Kaplan sehen hierin wohl zurecht eine »Versuchung der genetischen Apartheid« gerade in Ländern, in denen – anders als gegenwärtig (noch) in Deutschland – die Privatisierung der Krankenversicherung weiter vorangeschritten (zum Beispiel in den USA) oder geplant (etwa in Frankreich) ist, und sprechen bereits vom Entstehen eine »Biokratie«.[52]

Das Krankheitsverständnis, das sich hinter diesen Entwicklungen und Umdeutungen konturiert, haben Ute Bertrand, Jan Kuhlmann und Claus Strak zutreffend charakterisiert: Grundsätzlich gelte, daß Krankheit vermeidbar sei, wenn man nur ein ausreichendes Informations- und Risikomanagement betreibe und einen adäquaten Lebensstil pflege. »Wer krank wird, muß nachweisen, daß er seine Krankheit nicht selbst verschuldet hat, denn fahrlässiges Verhalten kann von der ›Gemeinschaft‹ nicht belohnt werden. Solidarität gilt all jenen, die mit vergleichbaren Risiken beladen sind wie man selbst und die ihren eigenen Lebensstil verantwortungsvoll kontrollieren.«[53]

Solche Botschaften einer partiellen *Re-Individualisierung* von Existenzrisiken sind allerdings nicht nur im Gesundheitsbereich zu vernehmen. Ähnliches gilt z. B. auch für die Arbeitslosenversicherung: Wer, aus welchen Gründen auch immer, seine Arbeitsstelle selbst kündigt oder gar einen vermittelten Arbeitsplatz nicht antritt, wer also seinem Arbeitslosigkeitsrisiko »offensichtlich« antipräventiv gegenübertritt, wird mit einer mehrmonatigen Sperre der jeweiligen Sozialleistung belegt. Zudem gelten während des Bezugs von Arbeitslosenhilfe und -geld »Obliegenheiten«, die etwa die persönliche Meldung auf dem Arbeitsamt oder auch das nachweisbare Bemühen um einen Arbeitsplatz betreffen. Daß gerade in diesem Bereich die Risikoheterogenität betont wird, veranschaulicht die rhetorische Frage, die Gerhard Schröder (nach der Umdeutung der Wahlniederlagen der SPD in ein »Vermittlungsproblem« im Herbst 1999) fast beschwörend immer wieder öffentlich stellte. Sie wurde schließlich auch von seinem Wirtschaftsminister Müller übernommen: »Beispiel (...) Arbeitslosenhilfe. Darf die Gesellschaft nicht einfordern, daß der im Moment unglücklich Betroffene sich bemüht, wieder einen Job zu finden? Oder muß die Gesellschaft auch denjenigen, der nicht arbeiten will, genauso tragen wie den, der keine Arbeit findet?«[54]

Es geht um die Bringschuld des Versicherten, der sich selbsttätig und -verantwortlich zu bemühen hat, den Schaden für das Kollektiv zu minimieren. Freilich ist dies keine neue Erscheinung: Seit ihrer Einführung konzipierte die Sozialversicherung die sozialen Beziehungen als »gegenseitiges Risiko« und versprach nicht nur ein Recht auf Kompensation, sondern verwandelte zugleich auch die liberale Tugend der freiwilligen Vorsorge in eine obligatorische Pflicht (vgl. Kapitel 1). Gleichwohl aber standen lange Zeit die Rechte der Sozialbürger – unabhängig von den Risiken, die sie »mitbrachten« – im Vordergrund.

Es ist dieses Verhältnis von Rechten und Pflichten des Sozialbürgers, das sich seit einigen Jahren verschiebt: Die sozialstaatliche Pflicht zur Vorsorge verlagert sich auf das Individuum und macht ihre Erfüllung zur Grundlage der individuellen Rechte. Indem die persönliche Vorsorge auf diese Weise in eine »Obliegenheit« gekleidet und zugleich Risikodifferenzierungen eingeführt werden, wird die Sozialversicherung der Logik der privaten Versicherung unterstellt. Damit wird »soziale Gerechtigkeit« als »versicherungsmathematische Gerechtigkeit« konzipiert, die wiederum vor allem eine »Beitragsgerechtigkeit« ist. Zwar gibt es diese »Beitragsgerechtigkeit« bereits seit längerem, indem sich etwa die Höhe von Rente oder Arbeitslosengeld und -hilfe auf das vor dem Versicherungsfall erzielte Einkommen bezieht. Nun aber bezieht sie sich mehr und mehr auch auf die je persönlichen Umstände, die den vermeintlichen Versicherungsfall bewirkt haben: Der persönliche Präventionsbeitrag wird gleichsam Teil der Versicherungsprämie und entscheidet darüber, ob eine Kompensation geleistet wird und wie hoch sie gegebenenfalls ausfällt. Dieser persönliche Beitrag ist dabei durchaus in die »freie« Entscheidung des einzelnen gestellt, aber der einzelne hat eben auch die Konsequenzen dieser Freiheit zu tragen. Sollte etwa die »Sündensteuer« für Raucher kommen, wird man sich weiterhin frei entscheiden können, ob man rauchen will oder nicht. Aber wer rauchen will, muß das damit eingegangene Risiko auch finanziell tragen können: durch spezifische Risikoprämien oder private Zusatzversicherungen, die Risikogleichheit monetär herstellen.

Diese Logik weiterdenkend, entwerfen Ute Bertrand und ihre Kollegen die Vision eines Gesundheitskontos, wobei jeder sich seinen Anspruch auf Gesundheit zu erarbeiten habe: Auf diesem Konto wäre die durch die Versicherungsprämie abgedeckte Versicherungsleistung als »Saldo« gespeichert, dessen Höhe sich danach richte, welche präventiven Maßnahmen (Sport, Vorsorgeuntersuchungen, Trainings etc.) man einerseits eingeleitet und welchen »antipräventiven« Unterlassungen oder Verhaltensweisen man andererseits gefrönt habe: *Risikogleichheit durch Budgetierung.*[55]

In dieser Vorstellung wird der Patient zum »frei« kalkulierenden, selbstverantwortlichen Unternehmer und Manager seines Gesundheitsbudgets: Durch gewohnheitsmäßiges Rauchen schließt ihn die Versicherung möglicherweise mehr und mehr von der Heilbehandlung rauchertypischer Krankheiten aus, auf die er nun entweder verzichten oder sie selbst bezahlen muß. Niemand in diesen Institutionen wird ihm wirklich mit moralischen Vorwürfen kommen, man wird nur auf die entsprechenden Statistiken mit ihren in Zahlen gefaßten Risiken verweisen – und man wird ihm nahelegen, sein Konto aufzufüllen, entweder mit Geld oder aber mit präventiven Beiträgen.

Diese Budgetierung der Gesundheit stellt Risikogleichheit her und deckt zugleich die individuellen Ungleichheiten der Risiken bzw. der Präventionsbeiträge auf. Es soll Schluß damit sein, ungleiche Vorsorge gleich zu behandeln, die Fahrlässigen zu belohnen und die Vorsorgenden zu bestrafen, indem man allen die gleiche Leistung verspricht. Der Sozialbürger wird mit den benutzten Bildern in die Position des rationalen, ökonomisch denkenden Versicherers gesetzt (»Darf die Gesellschaft nicht einfordern, daß der im Moment unglücklich Betroffene sich bemüht ...?«), und dieser privatwirtschaftliche Versicherer reagiert im Falle der »Gefahrenerhöhung« durch den Versicherten (»... der nicht arbeiten will ...«) mit einer Kürzung oder Verneinung seiner Versicherungsleistung. Durch diese Anwendung versicherungsmathematischer Rationalität auf die bestehende Sozialversicherung wird »soziale Gerechtigkeit« als ungerecht denunziert: Der »Arbeitsunwillige«, der Raucher, der Übergewichtige und viele mehr – sie alle werden tendenziell zu Präventionsverweigerern, die ihre unnötigen, weil vermeidbaren Schäden selbst verursacht haben, und damit schließlich zu (Sozial-)Versicherungsbetrügern. Auch hier also wächst der Verdacht, entsteht aus einem heterogenen Versichertenkollektiv sowie einem entgrenzten Leistungsspektrum der Sozialversicherung die verdächtige Gesellschaft, in der zwar der Versicherungsfall zum Normalfall geworden ist, der aber zugleich den Verdacht der *Präventionsdevianz* begründet. In eben diesem

Sinne macht die »Rede vom sozialen Netz als soziale Hängematte im Freizeitpark Deutschland« tendenziell alle »Empfänger« der Sozialversicherung verdächtig.[56] Nur die propagierte versicherungsmathematische Rationalität – so die implizite Botschaft – kann der (betrügerischen) »Vollkasko-Mentalität« ein Ende setzen, weil sie alle Risikounterschiede der Personen berücksichtigt.[57]

Dies allerdings ist eine Rationalität, die nicht mehr die wohlfahrtsstaatliche Inklusion aller zum Ziel hat, sondern gerade umgekehrt mit der Exklusion derjenigen droht, die der notwendigen Eigenverantwortung nicht gerecht werden.[58] Bedenkt man, daß im Wohlfahrtsstaat der letzten Jahrzehnte selbst das Gefängnis nicht als dauerhafter, sondern vielmehr als zeitiger Ausschluß konzipiert und zudem mit einem (rechtlich fixierten) Anrecht auf Re-Inklusion ausgestattet war, so muß das beschriebene Wegfallen wohlfahrtsstaatlicher Inklusionsversprechen notwendigerweise auch Auswirkungen gerade auf den Umgang mit Kriminalität und die Konzeption der organisierten Exklusion durch staatliche Strafe haben. Was sich abzeichnet, ist ein Modus der Kriminalitätskontrolle, dem ich im folgenden Kapitel unter dem Titel *Kriminalität »managen«* nachgehen werde.

7. Kriminalität »managen«

Dem Wandel von der täterzugewandten zu einer täterabgewandten Kriminologie entspricht, so hatte ich oben gesagt, der Wandel von einer täterzugewandten zu einer »täterabgewandten« Kontrolle, die sich managender Strategien der Kriminalitätsverarbeitung zuwendet. Diesen Kontrollmodus haben Malcolm Feeley und Jonathan Simon als *actuarial justice*, also als *versicherungsmathematische Justiz* bzw. *Gerechtigkeit* oder auch als »*neue Pönologie*« bezeichnet. Der Unterschied zwischen der alten und der neuen (versicherungsmathematischen) Pönologie ist dabei folgender: »Die Alte Pönologie wurzelt in einer Sorge um das Individuum und beschäftigt sich vor allem mit Konzepten wie Schuld, Verantwortung und Verpflichtung, aber auch mit der Diagnose, der Intervention und der Behandlung des individuellen Rechtsbrechers. Sie betrachtet das Begehen eines Verbrechens als einen devianten und antisozialen Akt, der eine Antwort verdient. Eines ihrer zentralen Ziele ist es, die Verantwortlichkeit des Angeklagten zu klären und den Schuldigen zur Verantwortung zu ziehen. Im Gegensatz dazu beschäftigt sich die Neue Pönologie mit Techniken des Identifizierens, Klassifizierens und Managens von Gruppen entsprechend dem Grad ihrer jeweiligen Gefährlichkeit. Sie betrachtet Kriminalität als gegeben und Devianz als normal. Und sie ist skeptisch gegenüber den vermeintlichen Vorteilen liberaler Varianten der Kriminalitätskontrolle. Deshalb ist es nicht ihr Ziel, im Inneren des Individuums Verantwortlichkeiten zu klären und den Schuldigen dann für seine Schuld bezahlen zu lasssen oder ihn zu verändern. Vielmehr geht es ihr um die Regulierung von Gruppen im Rahmen eines übergordneten Gefährlichkeitsmanagements.«[59]

Dieses Management von Kriminalität und Gefährlichkeit bedient sich nicht grundsätzlich neuer Kontrollpraktiken. Es folgt vielmehr einer neuen Logik oder auch neuen Kombinationen ihrer Anwendung. Ist zum Beispiel die Einsperrung im Wohlfahrtsstaat mit dem Versprechen gegenüber den Gefangenen verbunden gewesen, daß ihre Bestrafung bzw. Einsperrung vorrangig ihrer Re-Integration in die Gesellschaft diene, so wird dieses Versprechen nun zurückgenommen und die Einsperrung Teil einer übergeordneten Strategie des Gefahren- und Risikomanagements.[60] Die neue Kontrolle, so Feeley und Simon für die US-amerikanische Situation, lege keinen Wert mehr auf eine komplizierte Erkundung der Schuld des devianten Individuums, sondern behandle es nach dem Grad seiner Gefährlichkeit: Die bessernde Intervention verschwinde zugunsten eines an Informationen bzw. am Risikokombinatorium der Person orientierten Ausschlusses, die »gerechte Strafe« werde durch die »gerechtfertigte Einsperrung« ersetzt. Dementsprechend orientiere sich auch die Länge und die Art der Inhaftierung immer weniger an der Tat oder dem Täter (als konkreter Person), sondern an einer durch abstrakte Gefährlichkeitsfaktoren profilierten Skala vom »High-Risk-Offender« am oberen Ende bis zum »Low-Risk-Offender« am unteren Ende.[61]

Die neue Einbettung der Einsperrung ist freilich nur die Spitze einer weit umfassenderen Entwicklung: Ein anderes von Feeley und Simon angeführtes Beispiel für die neue Einbettung von Kontrolltechniken ist das sogenannte *Drug Testing*. Seien diese Drogentests früher dazu da gewesen, um Abweichungen zu identifizieren und anknüpfend daran zu intervenieren, so seien sie heute lediglich noch ein Indiz für die soziale Gefährlichkeit: »Drogenkonsum kann – ebenso wie andere leicht erhebbare Indikatoren, etwa Wohnort, Familienstand, Erwerbstätigkeit, Vorstrafen, Schulbildung und ähnliches – systematisch in die Erstellung von Gefährlichkeitsprofilen integriert werden«.[62] Es geht nicht mehr darum, Drogenkonsum als individuelle Form der Abweichung auszumerzen, sondern die Feststellung des Konsums dient vorrangig der Verortung des Individuums in einer Risikopopulation: »Deshalb liegt im Bestrafungssystem heute die Betonung auch eher auf Drogentests und immer weniger auf curativen Drogenhilfemaßnahmen.«[63]

Jonathan Simon hat diese gesellschaftliche Kontrollpraxis mit dem Begriff der »access-society«, der Zugangsgesellschaft, belegt: »In naher Zukunft wird das Sicherheitssystem Drogenkonsum allein dadurch reduzieren, indem es Urinanalysen zur Bedingung einer Beschäftigung macht. Drogen zu konsumieren wird dann nicht mehr die moralische Sanktion des Staates oder eine Bestrafung provozieren, sondern daß einem der Zugang zum System selbst versagt wird. Der Drogenbenutzer wird nicht mehr vorrangig als ein devianter Rechtsbrecher definiert, sondern wird zum selbst-selektierten Mitglied einer Hoch-Risiko-Kategorie, welcher der Zugang zu Beschäftigung und den damit zusammenhängenden Vorteilen und Privilegien verwehrt ist.«[64] Die Zugangsgesellschaft gewährt dem Individuum nur dann Zugang zu bestimmten Systemen, wenn es ein gewisses (auf die Sicherheit des jeweiligen Systems bezogenes) Risikopotential nicht überschreitet bzw. bestimmte Risikomerkmale (wie etwa Drogenkonsum) gar nicht erst aufweist.

In diesem Sinne wird die Zugangsgesellschaft, wenn sie Zugänge schließt, nicht moralisch gegen dieses und jenes argumentieren, sondern Gefährlichkeiten und Unsicherheiten – Risikofaktoren – »objektiv« feststellen, die dann durch kategoriale

Eingruppierungen in bestimmte Risikopopulationen unter Kontrolle gebracht werden. Mit dieser Perspektive gelingt es, kritische Einwände gegen repressive »Kriminalisierungsstrategien« ebenso einzubeziehen wie »emanzipatorische« Forderungen im eigenen Sinne umzuformen: Um etwa die vermeintliche Gefährdung der Sicherheit durch Drogenkonsum zu managen, muß man diesen Konsum nicht mehr durch Einwirken auf das Individuum grundsätzlich zu verhindern trachten – wie die Geschichte, gerade auch die jüngste, gezeigt hat, würde man das ja auch nicht können. Auch muß man die Konsumenten nicht mehr ins Gefängnis sperren – über die langfristige Erfolglosigkeit dieser Strategie besteht inzwischen Konsens. Es genügt, die Konsumhandlung selbst gleichsam moralfern festzustellen und diese Tatsache in das Risikokombinatorium des Individuums aufzunehmen, das dann wiederum über den Zugang zu bestimmten Räumen und Systemen entscheidet. Aber während sich einerseits die Zugänge für bestimmte Risikopersonen schließen, sie also vom Zugang und damit von der Partizipation ausgeschlossen werden, werden ihnen andererseits andere, klar umgrenzte Räumlichkeiten zugewiesen. Exemplarisch für diese Tendenz stehen etwa die sogenannten Fixer- oder Gesundheitsräume für die Konsumenten illegalisierter Drogen, insbesondere Heroin. Ihre Einrichtung geht auf die jahrzehntelange Arbeit der Protagonisten der sogenannten »akzeptierenden Drogenarbeit«[65] zurück, die vor allem Bedingungen für einen weniger gesundheitsschädlichen Konsum schaffen wollten. Ihr Anliegen hat sich allerdings unter der Hand gewendet, seit Polizei und kommunale Behörden – zumindest in vielen Städten – diese Forderungen aufgriffen und mit dem Argument verknüpften, daß etwa mit abgegrenzten »Druckräumen« zugleich der öffentliche Raum entlastet und das »Kontaktfeld« (also der kontrollierende Zugriff auf diese Personen) ausgeweitet werden könne. Die Logik ist einfach: Wenn es eine Belästigung des öffentlichen Raums durch drogenkonsumierende Personen gibt, und wenn es sich gleichzeitig als unrealistisch erwiesen hat, Heroinkonsum in nennenswertem Maße zu verhindern, dann besteht eine gleichermaßen erfolgversprechende wie ökonomische Maßnahme darin, einen bestimmten Teil des Raumes abzutrennen, ihn als »Ort der Andersheit« zu deklarieren, das belästigende Verhalten an diesen Orten zu konzentrieren und damit die Abweichung gleichsam »kontrolliert« zu neutralisieren. An diesen »Orten der Andersheit«, die man umstandslos auch als »Orte der Risikogleichheit« bezeichnen kann, gilt die einfache Aufforderung: »Du kannst tun, was du willst, aber tue es in dem dafür vorgesehenen Raum, in der dafür vorgesehenen Weise – das gewährt dir Sicherheit vor uns und uns Sicherheit vor dir.«[66] Solche Orte sowie ihr instrumenteller Nutzen sind freilich nicht neu, sondern erinnern an die gesellschaftliche Funktion etwa von Bordellen: »versteckt und beargwöhnt, aber rege genutzt und letztlich Bedürfnissen dienend, die allen vertraut sind – öffentliche Orte außerhalb der Öffentlichkeit (...), Orte der Andersheit, an denen das Andere ungestört anders sein darf – dort, aber nur dort, denn dort und auch nur dort unterliegt er der Kontrolle.«[67] Solange diese instrumentelle Kontrolle Befriedung nach außen sicherstellt, kann es fast schon gleichgültig sein, ob im Inneren dieser Orte der Risikogleichheit Prostituierte, Rechtsradikale oder Fixer ihren Beschäftigungen nachgehen. Nebenbei verschwindet mit dem sichtbaren Problem auch seine sichtbare Kontrolle von der Straße, und im Zweifel bedeutet das für die auf diese Art Kontrollierten, daß ihre Existenz teilweise sogar ignoriert werden kann, wenn die entsprechenden Unsichtbarkeitsbedingungen geschaffen werden.[68]

Auch in Deutschland läßt sich also diese Politik erkennen, Zugänge nach Maßgabe von Risikoprofilen zu öffnen oder zu schließen, und dies keineswegs nur in der Drogenpolitik. Gleiches geschieht auch in den Sicherheitskontrollen auf Flugplätzen,[69] in Stadien oder bei Demonstrationen, nicht nur in den Aufenthaltsverboten für mutmaßliche Junkies und Dealer auf Bahnhöfen und in den Innenstädten,[70] sondern auch für vermeintliche Punker während der »Chaos-Tage« in und um Hannover. Wer an solchen Orten bestimmte vorab definierte Risikoprofile erfüllt, muß mit intensiven Kontrollen oder gar mit dem Ausschluß von der Veranstaltung rechnen – letztlich zu seiner eigenen Sicherheit.[71]

Nun entstammten die bisherigen Beispiele mehr oder weniger dem Bereich staatlicher Sicherheitsproduktion. Es ist aber zugleich offensichtlich, daß nicht nur staatliche und semistaatliche Kontrollinstitutionen der neuen Logik folgen, sondern daß gerade private Geschäftsleute, Dienstleister und Organisationen sich dem managenden Kontrollmodus öffnen und sich seiner bedienen. In diesem Prozeß, in dem sich die Plausibilität versicherungsmathematischer Gerechtigkeit ebenso erhöht wie die Anforderung an die Eigenverantwortung der einzelnen Subjekte (aber auch der einzelnen Unternehmen), kommt es, wie Garland 1996 gezeigt hat, keineswegs nur zu einer Rücknahme monetärer Sozialleistungsgarantien. Es gibt vielmehr auch eine Rücknahme des (sozial-)staatlichen Anspruchs, Kriminalität umfassend zu bekämpfen, zu verhindern oder gar abzuschaffen. Ebenso wie etwa präventive Maßnahmen im Gesundheitsbereich werden Strategien der Kriminalitätsbekämpfung in die Verantwortung der einzelnen überführt und damit zugleich einer ökonomischen Rationalität unterstellt. Das Verbrechen wie seine Bekämpfung werden zu einem Markt wie andere auch: So wird bereits seit Jahren zum Beispiel immer wieder diskutiert, inwieweit die Sicherheit kommerzieller (Groß-)Veranstaltungen zu den Aufgaben staatlicher Sicherheitsgewährung gehöre und ob nicht vielmehr die Veranstalter selbst für die Sicherheit ihrer kommerziellen Veranstaltungen zu sorgen und dementsprechend entweder für den Polizeieinsatz zu zahlen[72] oder aber private Sicherheitsfirmen mit der Sicherheitsgewährleistung zu beauftragen hätten. Fragen, die sich bei einem kontinuierlichen Sicherheitsbedarf freilich viel drängender stellen und die immer deutlicher mit der Eigenverantwortung der jeweiligen Unternehmer beantwortet werden.[73] Natürlich haben die Unternehmen diese Verantwortung in gewissem Umfang immer schon, etwa durch Einrichtung von betriebseigenen Sicherheitsdiensten, Feuerwehren u.ä., wahrgenommen und getragen. Zugleich aber ist auch in Deutschland eine deutliche Beschleunigung der Entwicklung dahingehend beobachtbar, daß mittlerweile nahezu jede innerstädtische Einkaufspassage, aber auch fast jedes Einkaufszentrum »auf dem platten Land« seine Sicherheit selbst organisiert:[74] mit Patrouillen in und um das Gelände, Zugangskontrolleuren und Hausdetektiven, mit Überwachungskameras und »diebstahlsintelligenten« Auszeichnungsschildern. In der Wahrnehmung der Eigenverantwortung für die Sicherheit ihres jeweiligen Unternehmens, ihrer Ladenpassage oder ihres Einkaufszentrums, ihres Wohn- oder Freizeitparks, folgen die jeweiligen Unternehmer der Logik der Risikogleichheit, um die Sicherheit und das Funktionieren ihres privaten Raumes sicherzustellen. Auch sie erstellen Risikoprofile, nach denen bestimmten Personen der Zugang gewährt und anderen verwehrt wird. Diese Entwicklung hat aber auch schon die kleineren Geschäfte erreicht, etwa Einzelhändler in Bremen Vegesack: An ihren Türen prangt das Schild: »Kindern und Jugendlichen ist der *Zutritt in Gruppen* ab sofort strikt verboten!«[75] – Risikofaktor geballte Minderjährigkeit.

Entscheidender an dieser Entwicklung ist aber, daß die Organisation oder besser: Produktion von Sicherheit von professionellen bzw. kommerziellen Sicherheitsdienstleistern erledigt wird, die als *private Sicherheitskräfte* im *privaten Auftrag* durch den *nur noch bedingt öffentlichen urbanen Raum* patrouillieren. Grob umrissen hat dies vor allem drei Konsequenzen:

a) *Schrumpfung des öffentlichen Raums*: Da die einst an Straßen und Plätzen aufgereihten einzelnen Flurstücke verschiedener privater Grundbesitzer immer öfter als ganze Konglomerate von Flurstücken – gelegentlich auch als ganze Stadtareale – in Privatbesitz übergehen oder auch verschiedene Besitzer (bezogen etwa auf z.T. überdachte Fußgängerzonen, Einkaufspassagen, Wohnparks o.ä.) Interessengemeinschaften bilden, kommt es zu einer Verdichtung und Zusammenballung von Privatbesitz, wobei und indem auch öffentliche Straßen und Plätze immer öfter einbezogen werden: »Auf solchen Großgrundstücken werden Straßen und Plätze der traditionellen Stadt nur noch gleichsam bildlich nachempfunden. Entgegen ihrer unspezifischen öffentlichen Funktion werden sie nun jedoch in Wohn- und Konsumaufgaben integriert«[76] und erhalten durch diese architektonisch vermittelte Integration spezifische private (Partikular-)Funktionen, die mittels Zugangskontrollen geschützt werden (müssen). Neben der »Schließung« kommerzieller Geschäfts- und Dienstleistungsareale wird die Schrumpfung des öffentlichen Raumes vor allem auch an privatisierten Wohnformen deutlich. In den USA geht es dabei zum Beispiel um die sogenannten *Gated Communities,* d.h. vollständig privat(isiert)e Wohnsiedlungen, deren Umzäunung vor allem einem gesicherten gemeinsamen Lebensstil oder Status dient, oder auch die *Gated New Towns*, also private, neu gebaute, vollständige Städte, die auch über Wohnquartiere für verschiedene Einkommensgruppen verfügen und die durch zum Teil aufwendige Zugangskontrollen und sonstige Überwachungsmaßnahmen den Zutritt von »Unerwünschten« verhindern.[77]

b) *Dominanz privater Interessen*: Da Schutz auf den privaten Arealen nicht mehr als ein reaktiver konzipiert ist, sondern als eine präsente, proaktive Kontrolle, sind es zunehmend private Sicherheitskräfte, die im privaten Auftrag um und durch den nur noch scheinbar öffentlichen Raum patroullieren. Dies hat natürlich auch Konsequenzen für die Wahrnehmung und Definition von Devianz, denn die privaten Sicherheitsdienste verfolgen keine öffentlichen Rechtspflegebedürfnisse oder sonstige staatliche Interessen. Sie sind vielmehr ausschließlich an der Vermeidung interessengebundener, vom privaten Auftraggeber bestimmter Risiken interessiert. Sie reagieren daher nicht auf Devianz in Form rechtlich definierter »Kriminalität«; ihre »Intervention« richtet sich vielmehr auf die Durchsetzung von privat definierten Partikularnormen, die private Auftraggeber ihren Sicherheitsdiensten vorgeben und die zugleich neue, situativ und zeitlich hoch variable Devianzformen definieren: »So sind es in dem einen städtischen Areal lärmende Kinder, in dem anderen Bettler, Raucher oder Trinker, an anderer Stelle ambulante Händler, Musikanten oder Drogenabhängige, bisweilen auch nur Menschen, die wie Musikanten oder Trinker aussehen, die im Raster partikularer Normen erfaßt und von privaten Sicherheitsdiensten ausgesondert werden.«[78] Die privaten Sicherheitsdienstleister reagieren demnach nicht auf Kriminalität oder Devianz, sondern ihre »Intervention« richtet sich auf die Bekämpfung von Gelegenheitsstrukturen und Risikolagen bzw. »›konsumabträglichen‹ Situationen«,[79] orientiert sich an Optimalentwürfen von Betriebssicherheit oder Verkaufsförderlichkeit. Konstrukte eines betriebsloyalen Normpersonals oder kaufkräftiger Normkunden, so Voß, würden zu einem positiven Normalitätsmaßstab, der einen höchst diffusen Devianzbegriff erzeugt – und zugleich auf die Herstellung einer privat definierten Risikogleichheit zielt.

c) *Kommodifizierung von Sicherheit*: In dem Maße, in dem die Herstellung von Sicherheit zunehmend privaten, kommerziellen Anbietern übertragen und von diesen gewährleistet wird, wird Sicherheitsproduktion in die Warenform transformiert (Kommodifizierung).[80] In diesem Kontext unterliegen die kommerziellen Sicherheitsanbieter dem Konkurrenzdruck des Marktes und entwickeln ein weiteres, ganz spezielles Interesse, nämlich das Interesse der Expansion: Die stetig steigende Zahl der Beschäftigten privater Wach- und Sicherheitsunternehmen bekundet seit den 90er Jahren auch für Deutschland einen Trend, der sich in Nordamerika bereits seit Anfang der 80er Jahre vollzieht. Ende der 90er Jahre konkurrierten auf dem deutschen Markt für Sicherheit 1500 Firmen mit insgesamt rund 250000 Beschäftigten: »Sowohl in wirtschaftlicher als auch in ideologischer Hinsicht«, so kann man mit Maeve McMahon zusammenfassen, »gelingt es der Branche, die Angst der Öffentlichkeit vor Kriminalität zu kapitalisieren«.[81]

Indem »Kriminalität« bzw. Devianz immer öfter von privaten Auftraggebern mit höchst partikularen Interessen, also gleichsam von »privaten Regierungen« definiert wird und dieser Prozeß sich marktlogisch ausweitet, ist ein klares, allgemeingültiges Bild von Devianz und Kriminalität immer weniger vorhanden. Vielmehr gleiten die einst unter diesen Begriffen gefaßten Phänomene in die unübersichtliche Menge von Risik(ofaktor)en hinein.[82] Zwar können die »alten« Kriminalitäts-Definitionen immer noch in je spezifischen oder historischen Zusammenhängen eine gewisse analytische Kraft entfalten. Für die Zukunft aber stellt sich die Frage, ob die unter »Kriminalität« geführten Begriffe und Verhaltensweisen noch eine spezifische Sonderstellung für sich in Anspruch nehmen können. Damit verschwimmt zugleich der für die Kriminologie grundlegende Unterschied zwischen informeller und formeller Kontrolle: Die neuen privaten Sicherheitsdienste sind weder staatlich legitimierte (formelle) Kontrolleure, noch entstammen sie dem sozialen (informellen) Nahkontrollgefüge. An die Stelle dieser Instanzen tritt der umfassende Kontrollmodus der »Zugangsgesellschaft«, dessen zentrales Kennzeichen die Abkehr von der Intention des Subjekts und die behavioristische Hinwendung zu seinem Verhalten ist: Die Intervention bezieht sich direkt auf dieses Verhalten selbst oder auf den Ort dieses Verhaltens – hier müssen die Veränderungen ansetzen, wobei sich als Tendenzen vier grundsätzliche Strategien abzeichnen:

a) Veränderung des Ortes, Raumes oder Systems mittels bestimmter Vorrichtungen, Umbauten u.ä.;[83]

b) Kontrollen, die verhindern, daß Personen(gruppen) mit bestimmten Risikofaktoren den Raum betreten bzw. ein bestimmtes System nutzen können (Zugangs- und Durchgangskontrollen bzw. -verbote);

c) Konzentrierung bestimmter riskanter Verhaltensweisen an bestimmten Orten (Bordelle, Fixerräume, Raucherecken etc.);[84]

d) Konzentrierung von Personen(-gruppen) mit bestimmten Risikomerkmalen an bestimmten Orten (Einsperrung).

Alle vier Strategien zielen nicht mehr auf ein konkretes Subjekt (im Sinne der »alten Pönologie«), sondern auf Gruppen von Personen (Populationen, »Aggregate«), die mit ähnlichen Risikofaktoren »kontaminiert« sind. Dieses Vorgehen hat drei Vorteile:

a) Für kommerzielle Anbieter ist es grundsätzlich günstiger, mit großen Stückzahlen zu arbeiten. Michael Lindenberg hat darauf hingewiesen, daß der wohlfahrtsstaatliche, auf Integration zielende Modus der Kriminalitätskontrolle die Normalisierung des einzelnen Delinquenten habe bewirken wollen. Diese Normalisierung einiger weniger sei (im Rahmen einer therapeutischen Kriminologie) gleichsam als *professioneller Profit* zu bezeichnen. Für »den kommerziellen Bestrafungsblick« gehe es hingegen um *kommerziellen Profit*, weshalb es in dieser Logik lohnender sei, sich »auf die Identifizierung und das Management von ganzen Gruppen« zu konzentrieren. Damit verlasse man gleichsam »das Manufakturstadium der Disziplinarwelt (...) zugunsten einer industrialisierten sozialen Kontrolle.«[85]

b) Das Denken in Populationen bzw. Aggregaten verhindert die Solidarisierung der auf diese Weise zusammengefügten Personen, denn diese Aggregate sind keine sozialen Gruppen, die durch Klammern wie »Klasse«, »Schicht«, »Status«, »Lebensstil« o.ä., geschweige denn durch mechanische oder organische Solidarität (im Sinne Durkheims) zusammengebunden sind. Vielmehr sind sie eher zu verstehen als »eine dritte Art der Kollektivität, die weder durch interne Bande noch durch gemeinsame externe Erfahrungen zu definieren ist, sondern durch ihre Verortung auf einer statistischen Verteilung«.[86] Das von den Aggregierten ausgehende Risiko ergibt sich daraus, daß abstrakte und äußerst disparate Daten oder Faktoren, die das Auftreten unerwünschter Verhaltensweisen mehr oder weniger wahrscheinlich machen, zueinander in Beziehung gesetzt werden.

c) Das Argumentieren mit Daten, Faktoren, Wahrscheinlichkeiten usw. bettet die neuen Kontrolltechniken in eine quasiwissenschaftliche Rationalität. Die Argumente sind, indem sie in einer eigenartigen Weise an der Oberfläche bleiben, kaum mehr als moralische wahrnehmbar, sie beziehen sich nicht mehr auf eine Vergangenheit, in der nach Schuld und Motiven gesucht werden müßte. Sie versuchen vielmehr mittels der skizzierten vier Strategien, Verhalten in der Zukunft zu managen. Zwar wird auch auf diese Weise »Kriminalität« zugeschrieben, aber, so formuliert Lindenberg treffend, »nicht mehr an ein bestimmtes Subjekt, sondern an den Träger eines Risikofaktors«; die zuschreibende Klassifizierung »richtet sich nicht auf den Träger eines Bewußtseins, sondern auf den Träger eines Risikos«.[87]

Was sich also andeutet, ist eine Form des Umgangs mit »Kriminalität«, die, wie Shearing es formuliert, nicht mehr darauf gerichtet ist, die Vergangenheit in Ordnung zu bringen, sondern in die Zukunft zu schauen und das Erforderliche zu unternehmen. Sie will also also nicht Vergangenes im Modus von Schuld und gerechter Strafe »bewältigen«, sondern sie »verbucht« und »verarbeitet« es lediglich im Modus von Aggregierung, Klassifizierung und Wahrscheinlichkeiten, um auf diese Weise zu Risikoprofilen, -kombinatorien und -populationen zu gelangen, die es erlauben, Situationen, Räume und Systeme sicherer zu machen.[88] Das Ziel ist nicht mehr die nachträgliche moralische Verurteilung und auch nicht die (re-)integrative, bessernde Einwirkung auf das Individuum, sondern die Beantwortung der Frage, wie Sicherheit zuverlässig hergestellt werden kann – etwa durch »gerechtfertigte« Einsperrung oder durch »Situational Crime Prevention« (Clarke), also die Beeinflussung von »Gelegenheitsstrukturen«, das Öffnen und Schließen von Räumen nach Maßgabe bestimmter Risikoprofile, die technische Sicherung von Objekten usw.[89]

Dieses Kriminalitätsmanagement, diese Kontrolle an der Oberfläche der Gesellschaft hat mit dem Traum Lombrosos und der ihm nachfolgenden, an Biologie, Psychologie oder Soziologie anknüpfenden Ätiologen, die die Ursache von Kriminalität in Defekten des Individuums oder der Gesellschaft such(t)-en, nichts mehr zu tun. Für die neuen »Kontrollmanager« liegt der Defekt in den Ausgestaltungen von Situationen, Räumen oder Objekten (bzw. ihrer jeweiligen Ein- und Ausgänge), die es den gesellschaftlichen Entwicklungen fortschreitend anzugleichen und entsprechend der (sicherheits-)technischen Möglichkeiten oder aber anderweitig kreativ auszugestalten gilt. So gesehen sind die Argumente der Zugangsgesellschaft nicht moralisierend, sondern beziehen sich unmittelbar auf die Interessen und Funktionen des infrage stehenden Raumes bzw. Systems. Ihre Schlagworte sind: *Target hardening* oder auch *Crime Prevention Through Design* (CPED) – ein Modell, das Reichman zu Recht als »behavioristischen Ansatz in der Kriminalitätskontrolle« bezeichnet, der nicht die Gründe, sondern die Effekte krimineller Handlungen fokussiere, und der darauf ziele, Verhalten zu ändern, nicht Menschen.[90]

Der von Foucault 1977 beschriebene moralische Kreuzzug der Disziplinargesellschaft wird abgelöst vom risk-assessment und -management der »Risikogesellschaft«[91] bzw. der Versicherungsgesellschaft: »Aus dem Blickwinkel der Versicherungsgesellschaft«, so Reichman, »ist Kriminalität – ebenso wie andere Unfälle auch – als Kontingenz konzeptualisiert, für die die Technologie der Versicherung ein effektives Management-Ethos bereitstellt.«[92] Dies beinhaltet allerdings die Einschränkung, daß *actuarial justice* sich lediglich der mathematisch-kalkulierenden Techniken der Versicherung bedient, aber in keiner Hinsicht auf ihre ebenso zentralen Aspekte Solidarität und Kompensation rekurriert. Die Tatsache, daß es bei dieser Form der Verarbeitung von »Kriminalität« zugleich nicht nur um ein Ensemble von Maßnahmen und Techniken geht, sondern überdies um einen profitablen Markt, auf dem Sicherheit als Ware gehandelt wird, macht »Unsicherheit« bzw. »Kriminalität« nun tatsächlich zu einem positiven ökonomischen Gut: Sie werden zur Voraussetzung für das Bedürfnis nach Sicherheit und damit für die profitträchtige Vermarktung von Sicherheitsdienstleistungen. In diesem Sinne war dann möglicherweise die »Entzauberung des Kriminellen« – die auch Ausfluß der erkannten Ineffektivität von Resozialisierung und therapeutischer Intervention ist: »Nothing works« (Martinson) – zwar die Vorausetzung der »verdächtigen Gesellschaft«, zugleich aber auch die Basis ihrer Kommodifizierung. Für diese kommerzialisierte (Kriminalitäts-)Kontrolle kann es nicht mehr um »Bewältigung« gehen, sondern vielmehr sind ihr Kriminalität, Devianz und Unsicherheit durch und durch ambivalente Phänomene. Sie sind Schaden und Produktionsfaktor zugleich. Damit allerdings durchläuft die Kontingenz des (nun »ökonomisierten«) »Kriminellen« tatsächlich eine Entwicklung zu einem zu managenden Risiko, in deren Fortgang der Delinquent für die Kontrollinstanzen zu einer »fading category of knowledge« (Scheerer) zu werden scheint und durch die umfassende Profilierung des Riskanten ersetzt wird. Die Akteure der (Kriminalitäts-)Kontrolle, so kann man resümieren, haben das, was ihnen die kritische Kriminologie stets entgegenhielt: die »Produzenten« von Kriminalität zu sein, intuitiv verstanden. Und gerade diese Erkenntnis versetzt sie nun in die Lage, die neue Situation als (ökonomische) Chance zu betrachten und Kriminalität als »positives Gut« zu behandeln, als produktiven Faktor und in letzter Konsequenz als »Ware Kriminalität«,[93] deren Produktions- und Verarbeitungsbedingungen es zu managen gilt.

Dieses Management des Kriminellen ist aber keineswegs im Sinne des oben beschriebenen Modus des Kontingenzmanagements zu verstehen, also im Sinne »eines komplexen Dispositivs, in dem es um die Erhaltung, die Nutzung, die gezielte Steigerung und die Produktion von Kontingenz geht und zugleich darum, ihre möglichen negativen Effekte präventiv abzufangen oder aber nachträglich zu kompensieren« (Makropoulos). Denn der neue Kontrollmodus, und das wird in den einschlägigen Diskussionen meist vergessen, betrifft nicht nur den Umgang mit den »üblichen Verdächtigen«, d. h. potentiell Devianten, Unerwünschten und Kriminellen. Er umschließt zugleich auch die potentiellen Opfer von Kriminalität, deren Schäden gerade nicht regelhaft sozialisiert und kompensiert, sondern tendenziell in deren eigene Verantwortung gestellt werden (»Responsibilisierung«).

8. Vom Opfer zum Viktimisierungsrisiko

Bis vor einigen Jahren kannten Kriminologie und Kriminalpolitik den Begriff des Risikos im Grunde nur als eine Variable repressiver Verbrechensbekämpfung: Der Abschreckungsgedanke beruht auf der Vorstellung, »daß auch kriminelles Verhalten riskant ist und man sich geradezu bemüht, es im eigenen Risiko zu ersticken«.[94] Wenn man nur die Wahrscheinlichkeit der Entdeckung der Straftat genügend erhöhe und die Strafe empfindlich genug gestalte, dann würde die Abwägung von Vor- und Nachteilen die Individuen von Straftaten abhalten (negative Generalprävention). Geleitet von der Vorstellung des *homo oeconomicus*, der seine Entscheidungen und Handlungen rational auswählt,[95] ging es (strafzwecktheoretisch) darum, ein optimales Maß der Abschreckung zu bestimmen. Die Entscheidung, und damit auch das Risiko (im Luhmannschen Sinne), wurde also beim Straftäter verortet.

Auf Seiten der Opfer hingegen wurde die erfolgte Viktimisierung in der Regel in Begrifflichkeiten gekleidet, die die Verantwortlichkeit eines Schadens extern verorten, eben bei den »Tätern«, die gewissermaßen ohne Vorwarnung über »ahnungslose« Opfer »hereinbrechen« wie eine unvorhersehbare Naturkatastrophe. Die Opfer galten zwar als unschuldig, zugleich aber auch als ohnmächtig und hatten überdies den Schaden. Polemisch gesprochen, interessierte sich die Kriminologie bis in die vierziger Jahre nicht für die (langweilige) »Unschuld« des Opfers.[96] Erst mit den Arbeiten von v. Hentig (1948), Mendelsohn (1947) und Ellenberger (1954) wurde die Wichtigkeit des Opfers für ein besseres Verständnis der Kriminalität herausgestellt: Damit begann der Aufstieg der Viktimologie, der Wissenschaft von den Opfern, und mittlerweile verfügt das (ehemalige) »Aschenputtel der Strafjustiz und der kriminologischen Forschung« (Weigend 1994: 45) über umfangreiche opferbezogene Literatur, viktimologische Zeitschriften und Kongresse, Gesellschaften und Opferberatungsstellen.[97]

Die zentralen Fragestellungen der Viktimologie richten sich dabei auf die Umstände und Gegebenheiten vor und während, aber auch auf die materiellen und immateriallen Bedürfnisse nach der Opferwerdung und schließlich auf Prozesse sekundärer und tertiärer Viktimisierung. Es geht dabei also um Fragen des Opfer- bzw. Zeugenschutzes, der Stellung des Geschädigten im (Straf-)Verfahren sowie der Hilfe, Behandlung und Entschädigung des Opfers (Jung 1993: 382). Innerhalb dieses Fragenkomplexes sind für Viktimologen, aber auch Kriminologen von jeher drei Fragen besonders interessant gewesen: 1) Welche Verbindungslinien sind zwischen dem Opfer und seiner Viktimisierung zu ziehen? 2) Welche materiellen und immateriellen Bedürfnisse lassen sich bei Opfern nach einer erfolgten Viktimisierung erkennen, und 3) (Wie) Kann die strafrechtliche Bearbeitung des viktimisierenden Ereignisses diesen Bedürfnissen gerecht werden?

Ich werde mich im folgenden zunächst mit der ersten Frage – also der nach den Verbindungslinien zwischen dem Opfer und seiner Viktimisierung – beschäftigen, da sie für den hier interessierenden Zusammenhang die wichtigere und vor allem deshalb interessant ist, weil sie nach dem Beitrag des Opfers am Zustandekommen der (Straf-)Tat fragt: So stehen, etwa nach Paasch, vor allem das »Studium der Person des Opfers, seiner Opfereignung und Opferbereitschaft und ferner« die Untersuchung »der Täter-Opfer-Beziehung auf ihren Ursprung und ihre Erscheinungsformen« im Vordergrund.[98] Weil sie, so Amelunxen, Erkenntnisse der unterschiedlichsten Art über das Opfer erlangen will, interessiert sich die Viktimologie »für Herkunft, Persönlichkeit, Charakter, Geschlecht, Alter, Bewußtseinslage, Geist, Eigenschaften und körperliche Merkmale des Opfers und seine familiären, beruflichen und gesellschaftlichen Bezüge: Insbesondere ist sie bestrebt, die Rolle des Opfers in der vorkriminellen Situation und seinen Beitrag zur

Genese des Verbrechens aufzuklären (...). Ihr Endzweck ist es, dem Strafrecht, der sozialen Verteidigung, der Verbrechensverfolgung und der Verbrechensprophylaxe neue Impulse zu geben.«[99]

Mit dem Aufstieg der Viktimologie wurde das Opfer immer deutlicher zum »aktiven Element in der Dynamik des Rechtsbruchs«[100] und die Täter-Opfer-Beziehung zum interaktiven Geschehen, was Schneider 1979 schließlich dazu führte, von Täter und Opfer als »Partnern im Verbrechen« zu sprechen. Diese Idee einer Partnerschaft zwischen Täter und Opfer ist in vielfältigen Versuchen manifest geworden, Verbrechensopfer in unterschiedlichster Weise zu typologisieren: Dabei ging es zum Beispiel um unterschiedliche Kombinationen und Gewichtungen verschiedener Kategorien wie etwa die »Art des Opfers«, die »Art der Täter-Opfer-Beziehung«, das »Machtgefälle«, die »Art der verletzten (Straf-)Rechtsnorm« und (vor allem) den »Tatbeitrag des Opfers«.[101] Wirklich problematisch ist dabei vor allem die letzte Kategorie, was von Viktimologen auch immer wieder thematisiert wird. So weisen etwa Kiefl/Lamnek (1986: 14) an verschiedenen Stellen ihres viktimologischen Lehrbuchs auf »ein verbreitetes Mißverständnis« hin, was nahelege, bei der Erforschung der Mitbeteiligung des Opfers gehe es darum, »das Opfer zu be- und den Täter zu entschuldigen«. Dadurch, so etwa auch Hans Joachim Schneider, daß die Viktimologie die Mitverursachung des Opfers bei der Kriminalitätsentstehung untersuche, könne sehr leicht »der falsche Eindruck entstehen, sie wolle das Opfer beschuldigen«. Davon allerdings, so Schneider, könne »keine Rede sein. Die mögliche Mitverursachung wird nur deshalb geprüft, um notwendige Vorbeugungsmaßnahmen von der Seite des Opfers her zu entwickeln.«[102]

Obwohl also kein Zweifel daran zu bestehen scheint, daß die Viktimologie stets im wohlverstandenen Interesse des Opfers gehandelt und geforscht hat, so hat der Gedanke des Opferbeitrags am Verbrechen sich doch – vergleichbar dem Gedanken der Ubiquität und Normalität der Kriminalität in der kritischen Kriminologie – unter der Hand gewandelt: Denn die »notwendigen Vorbeugungsmaßnahmen«, welche die Viktimologie durch das Aufstellen von Opfertypologien und der damit verbundenen Rationalität einer interaktiven Täter-Opfer-Beziehung zu erforschen können hoffte, mochten zwar in einer wohlfahrtsstaatlichen Rede noch einen integrativ-solidarischen Klang aufweisen. Neoliberal überformt sind sie allerdings eher entsolidarisierend konnotiert: Auch für den Bereich der Kriminalität im allgemeinen und der Kriminalitätsopfer im besonderen setzt sich jene Rationalität durch, die die selbstbestimmte und selbstverantwortete Freiheit des einzelnen höher wertet als staatliche Interventionen oder Wohltaten: »In diesem Kontext ist es die Aufgabe der Regierung, Rat und Unterstützung für das Selbst-Management von Risiken zu liefern, also nicht große finanzielle Unterstützungen bereit zu stellen, sondern jene aktiven, freien Bürger zu ermutigen und zu fördern, die sich aus freien Stücken in der Risikovermeidung engagieren.«[103] Es ist bereits deutlich geworden, daß die neoliberale Rationalität auf diese Weise »Freiheit« einerseits zwar fabriziert, sie aber andererseits zugleich auch wieder konsumiert, weil die Selbstverantwortung der Subjekte nicht nur unterstützt, sondern auch erwartet oder gar zur Obliegenheit gemacht wird: »Von jenen Individuen, die ein hohes Risiko mitbringen, sei es als Opfer oder Verursacher von Risiken, wird erwartet, daß sie sich nicht auf das soziale Netz der Sozialversicherungen verlassen, sondern den Risiken selbsttätig präventiv entgegentreten.«[104]

In dem Maße, in dem sich ein solches Bild vom Menschen durchzusetzen beginnt, wird auch die »unschuldige« Viktimisierung zweifelhaft: Es dringt ins Bewußtsein, daß man gegen (Kriminalitäts-)»Katastrophen« etwas tun kann, daß also »Bedrohung« und Schaden auch von den eigenen Präventionsentscheidungen abhängig sind. Nicht mehr nur den Täter betrachtet und konzeptualisiert man als rational kalkulierenden Akteur, sondern auch das Opfer: »Opfer werden als rational handelnde Akteure betrachtet, welche die Verantwortung für ihre eigene Sicherheit zu tragen in der Lage sind. Deshalb wird es als ihr eigener Fehler betrachtet, wenn sie Opfer krimineller Handlungen werden.«[105] Prävention, so auch Pat O'Malley, »steht zunehmend in der Verantwortung des Opfers. Und dieser Eindruck ist keineswegs nur ein Konstrukt akademischer Überlegungen, sondern durchdringt das Denken über Kriminalprävention auf allen Ebenen.«[106] O'Malley belegt diese These zum Beispiel mit Aussagen von Margaret Thatcher, die angesichts eines erheblichen Anstiegs der registrierten Kriminalität in Großbritannien gesagt habe: »Wir müssen vorsichtig sein, daß wir selbst es den Kriminellen nicht zu leicht machen.« Als weiteres Beispiel zitiert er einen senior official des Australian Insurance Council mit den Worten: »Die begrenzten Ressourcen der Polizei und die betändigen Kriminalitätszahlen bedeuten, daß eine Verbesserung der Situation wesentlich davon abhängt, daß die Besitzer von Eigentum und Vermögen auch die Verantwortung für ihren Besitz akzeptieren.«

Wie bereits erwähnt, sind solchen Auf- und Anforderungen vor allem in den Vereinigten Staaten schon deutlich Taten gefolgt. Neben den auch in Deutschland beobachtbaren Tendenzen der Eigenheimsicherung mittels unterschiedlichster Sicherungs- und Alarmtechnologien sind es in den USA vor allem die umzäunten Städte oder Stadtteile, die nicht nur von einem Sicherheitsbedürfnis, sondern zugleich von der Bereitschaft zeugen, die Senkung des eigenen Kriminalitätsrisikos selbstverantwortlich zu betreiben. Diese Gated Communities oder Gated New Towns verfügen, wie bereits dargelegt, nicht nur über Zugangskontrollen, Sicherheitspersonal und gegebenenfalls Helikopter-Patrouillen, sondern zudem über ein mehr oder weniger rigides Reglement, über deren Einhaltung die jeweiligen Home Owner Associations (HOA) wie Privatregierungen wachen.[107] Um diesen privaten Regierungsauftrag (Bereit- und Sicherstellung unterschiedlichster Infrastruktureinrichtungen, der Müllabfuhr, der Gelände- und Zugangskontrolle etc.) auszufüllen, werden von den Bewohnern private Steuern erhoben, deren Höhe – je nach community – zwischen mehreren hundert und mehreren tausend Dollar jährlich liegt.

Auf der individuellen Ebene sieht Jan Wehrheim die boomende Entwickung dieser Gated Communities[108] vor allem als Ausfluß einer Suche nach Wiederbelebung – oder vielleicht besser: »Simulation« (Kreissl) – von Gemeinschaft: Seit Beginn der massiven Suburbanisierung der US-amerikanischen Städte habe sich dieser Trend verstetigt und sei verbunden mit einem Bedürfnis nach Homogenität, das sich sowohl auf sozioökonomische als auch auf ethnische Merkmale beziehe. In diesem

Sinne unterstreicht auch Mike Davis: »›*Community*‹ heißt in Los Angeles Homogenität von Rasse, Klasse und besonders Marktwert des Hauses.«[109]

Wo auf diese Weise Sicherheit, Ordnung und Homogenität des »eigenen Raums« – seien es nun die eigenen vier Wände oder der eigene Stadtteil – zu den selbstverantworteten Verteidigungslinien des Alltags werden, da kann man durchaus eine »Ghettoisierung von oben« (Sack) diagnostizieren, die Sicherheit und Homogenität mit einer konsequenten Vermeidung von Risiken und einem konsequenten Ausschluß alles Heterogenen herzustellen versucht: »Es ist besser, den Park zu schließen, so einige Bewohner von Lower Manhattan, als zu riskieren, mit denjenigen zusammenzutreffen, die keinen anderen Platz haben, um zu schlafen oder sich die Zeit zu vertreiben. Es ist besser, öffentliche Straßen zu sperren, so die Bewohner einiger Bezirke von Miami, als den Heruntergekommenen freien Zugang zu gewähren.«[110]

Zwar scheint die skizzierte und vor allem für die US-amerikanische Gesellschaft belegte Entwicklung, in deren Verlauf die Herstellung von Sicherheit immer deutlicher in die Verantwortung des (privaten) Individuums überstellt (aber von diesen zugleich auch bereitwillig aufgenommen) wird, für Deutschland noch nicht in solch einem Ausmaß gegeben. Gleichwohl aber sind Ansätze eines responsibilisierenden Umgangs mit (potentiell) geschädigten Personen doch unübersehbar und formen sich seit längerem durchaus zu einem Trend. Ein früher und exemplarischer medialer Hinweis auf die Richtigkeit dieser These ist die (bis vor einiger Zeit) von Eduard Zimmermann moderierte und seit den sechziger Jahren ausgestrahlte Fernsehsendung »Nepper, Schlepper, Bauernfänger«. Sie stilisierte immer wieder die Naivität und Nicht-Sorge der Bürger zur Ursache des »Verbrecher-Erfolgs« und degradierte bereits im Titel der Sendung die Opfer zu »dummen Bauern«, die es dem »Fänger« nur allzu leicht machten. Man kann sagen, daß es solchen und ähnlichen Sendungen darum ging, durch eine gezielte Verunsicherung der Bürger deren Eigenverantwortung und -initiative zu stärken und zu stimulieren. Das Ziel war eine Psychologie der permanenten (Vor-)Sorge, eine mißtrauische Eigeninitiative, die dem Verbrechen schon im Vorfeld aktiv(iert) entgegentreten sollte. Und diese Botschaft ist beim (nun verunsicherten) Bürger angekommen, vor allem freilich auch deshalb, weil das (kriminal-)polizeiliche Werben für präventive Maßnahmen diese Entwicklung mit geformt hat: zum einen durch kriminalpolizeilich initiierte Vorbeugungsprogramme (zum Beispiel das Programm »Nachbarn helfen Nachbarn« von 1984); zum anderen freilich durch den steten Verweis, doch den Service der sogenannten »Kriminalpolizeilichen Beratungsstellen« in Anspruch zu nehmen und sich hinsichtlich der Sicherung seiner Wohnstätten und Vermögenswerte beraten zu lassen.[111]

Die hinter dieser Beratung stehende Rationalität der »kriminalitätsabwehrenden Umgestaltung bestehender Tatgelegenheiten« hat in den vergangenen Jahren einige Plausibilität erlangen können: Ablesen kann man dies zum einen an einer spürbaren *»Aufrüstung«* der Bevölkerung, und zwar sowohl in ihrer aktiven (Bewaffnung, Selbstverteidigungskurse etc.) als auch passiven Variante (Versicherungen, Sicherheitsschlösser, Alarmanlagen, Überwachungskameras etc.), zum anderen aber auch an einer parallel dazu wachsenden *»Wehrbereitschaft«*, die relativ unabhängig von (wie auch immer bestimmbaren) objektiven Risiken um sich greift und sich kommunal oder stadtteilbezogen immer öfter in Form von Privatinitiativen, wie etwa »Bürgerwehren«, »Nachbarschaftshilfen« oder »Sicherheitswachten« organisiert.[112]

Die Verminderung des Risikos, Opfer von »Kriminalität« zu werden, wird zunehmend als eine Aufgabe verstanden, für die man selbst die Verantwortung trägt – aber auch zu tragen hat: »Man wird verantwortlich gemacht für Apathie und Mangel an Vorsicht.«[113] Ebenso wie es den Gesetzlichen Krankenkassen nicht mehr genügt, wenn ihre Klienten bei Zahnschmerzen zum Zahnarzt gehen, so reicht es heute auch nicht mehr, die Polizei reaktiv zu mobilisieren, sondern man hat die eigenen Sicherheitspotentiale proaktiv freizusetzen – eine Obliegenheit, die durch die zahlreichen Versicherungen, etwa gegen Einbruch-, Fahrrad-, Kunst- oder Autodiebstahl, bereits in vertragliche Formen gegossen worden ist. Nur wer selbst alles getan hat, kann darauf hoffen, nicht selbst schuld(ig geworden) zu sein. Erst die eigenen Präventionsbeiträge sichern das Engagement der anderen (etwa die Kompensationsleistung der Versicherung). Diese Logik der Proaktivität, der ständigen Sorge, ist die konsequente Verlängerung der *Broken Windows-Theorie* ins Private: Ebenso wie in der Nachbarschaft alles Auffällige, Fremde und Deviante die Kontinuität der Homogenität in Frage stellt und daher vermieden, ausgeschlossen oder beseitigt werden muß, so muß auch im privaten Bereich des Individuums alles getan werden, um das Einbrechen des Fremden und Devianten nicht fahrlässig oder aus Unachtsamkeit zu begünstigen. Die Theorie der *Broken windows*[114] besagt genau dies: Ein kaputtes Fenster muß umgehend repariert werden, um nicht zu riskieren, daß der Verfall des Hauses oder gar des Quartiers beginnt. Ein Unterlassen dieser Reparatur-Handlung zerstört die Kontinuität der Risikogleichheit und führt zur Aufkündigung der Solidarität[115] – einer Solidarität, die ganz offensichtlich einer versicherungsmathematischen Rationalität folgt.

Wie in den meisten gesellschaftlichen Bereichen, so werden also auch im Bereich der Opfer kriminalisierter Handlungen Gerechtigkeit, Solidarität und Verantwortung zunehmend über eine versicherungsmathematische Rationalität verfertigt. Wenn diese These richtig ist und sich der Trend verstetigen sollte, dann läßt sich möglicherweise die Zukunft der Verantwortung (des Opfers) am ambivalenten Umgang der privaten Versicherungswirtschaft mit Kriminalität und insbesondere mit Eigentums- und Vermögensdelikten ablesen. »Kriminalität«, so könnte man mit Rolf Arnold definieren, muß vor allem als eine Interessenverletzung verstanden werden, und sie unterscheidet sich in dieser Eigenschaft – wirtschaftlich betrachtet – nicht von anderen (nicht-kriminalisierten) Interessensverletzungen. Das Individuum (also das potentielle Opfer) gilt der Versicherung dabei einerseits als »potentieller Konsument krimineller Handlungen«, der durch den Abschluß eines Versicherungsvertrags, der Kriminalitätsrisiken abdeckt, die Ungewißheit über finanzielle Kriminalitätsschäden gegen die Sicherheit eines finanziellen Ausgleichs entstehender Schäden eintauscht. Andererseits geht die Versicherung aber davon aus, »daß Versicherungsnahme eine risikopolitische Alternative zur Durchführung von Schadensverhütungsmaßnahmen darstellt«.[116] Tendenziell, so wird hier deutlich, sieht also die Versicherung sich selbst als kriminogenen Faktor, weil das Versprechen von Kompensation die präventive Eigenleistung des Individuums und damit die Risikogleichheit zu sabotieren droht. Deshalb kann es zur Mobilisierung der Eigeninitiative der Opfer z.B. sinnvoll erscheinen, »spezifische begrenzte Regionen, die sich durch eine sehr hohe Kriminalitätshäufigkeit auszeichnen, nicht mit Versicherungsschutz für Kriminalitätsrisiken zu bedienen. Die dadurch erzielbaren Effekte liegen (...) in einer Verbesserung des Risikoverhaltens der potentiellen Opfer.«[117]

Im Grunde wird bei einem solchen Vorgehen Risikoungleichheit mit der Absicht thematisiert, die Viktimisierungswahrscheinlichkeiten der einzelnen Risikoträger anzugleichen: Deshalb muß, »da bei Kriminalitätsrisiken neben dem objektiven Risiko insbesondere das subjektive Risiko, durch eigenes Verhalten die Opferanfälligkeit zu erhöhen, ausgeprägt ist«,[118] die Risikoanalyse der Versicherung gerade auch diesen Risikoträger (also das Opfer) betreffen, »seine wirtschaftliche Situation, seine Einstellung zu Sicherungsmaßnahmen, das Verhältnis zu seiner Umwelt«.[119] Das Ergebnis dieser Risikoanalyse und die damit verbundene Einordnung in die jeweilige Risikopopulation bestimmt den Preis bzw. Prämientarif, der für die gewünschte Sicherheit entrichtet werden muß.

Es wird deutlich, daß Opfer und Täter der gleichen Logik unterworfen werden: Ihr gemeinsames Handlungsfeld ist die Gelegenheitsstruktur, die beide auf ihre Weise »riskant« beeinflussen. Das führt dazu, daß sich die Täter-Opfer-Dichotomie aufzulösen beginnt: »Bei der Mehrzahl der Eigentumsdelikte (...) steht das Opferwerden (...) in starker Abhängigkeit von dem subjektiven Risikoverhalten des potentiellen Opfers; die Versicherungsnahme selbst kann das subjektive Risiko noch verstärken, indem der Versicherte durch mangelnde Sicherheitsvorkehrungen eine Straftat erleichtert oder geradezu provoziert (...) mit der Konsequenz, daß der Versicherungsnehmer (Opfer) selbst zum Täter oder unterstützenden Opfer wird.«[120] Und dies alles, so Arnold, habe wiederum erheblichen Einfluß auf den Täter selbst: Sowohl das durch die Versicherungsnahme beeinflußte Verhalten des potentiellen Opfers als auch die Ersetzbarkeit vieler Sachwerte und Vermögensgegenstände führten bei den potentiellen Tätern zum einen »zu einem verminderten Unrechtsbewußtsein, da die Schädigung des Opfers als Versicherungsnehmer durch die Versicherungsunternehmen getragen wird; zum anderen finden Täter aufgrund des veränderten Opferverhaltens leichte Tatgelegenheiten.«[121]

Die so skizzierte versicherungsmathematische Rationalität verweist nicht mehr auf die *Sicherheit einer Moral*, die unter Bezug auf generelle Normen und Werte unumwunden dem Opfer Recht gibt und den Täter verdammt, sondern auf eine *Moral der Sicherheit*, die dem Opfer (Mit-)Verantwortung für die Erfolge der Täter zuschreibt.[122] Sie ist aber zur selben Zeit auch eine *Moral der Unsicherheit*, die Sicherheit an Kaufkraft und Leistung bindet und zugleich Unsicherheit bewahren und produktiv nutzen will, denn »durch die Realisation krimineller Handlungen werden, soweit dadurch ein versicherter Schaden eintritt, Leistungserstellungsprozesse im Versicherungsunternehmen bewirkt. Das Vorhandensein von Kriminalitätsrisiken läßt die Nachfrage nach Versicherungsschutz gegen Kriminalitätsrisiken entstehen.«[123]

Dieser durchkapitalisierte Blick auf »Kriminalität« läßt das potentielle Opfer zu einem Viktimisierungsrisiko werden, zum kalkulierbaren Merkmal einer Tatgelegenheit, dessen Stärken und Schwächen man berechnen, beeinflussen und dementsprechend tarifieren, dessen man sich aber auch, sollte die Rechnung unrentabel werden, entledigen kann. Der Versicherungsnehmer in seiner Doppelrolle als »Zahler« und »Empfänger« ist der Versicherung ebenso ambivalent wie die Schadensereignisse selbst; denn auch Unsicherheit im allgemeinen und Kriminalität im besonderen sind für die Versicherung durch und durch ambivalente ökonomische Phänome, sie sind Schaden und Produktionsfaktor zugleich. Diese Ambivalenz zu balancieren, ist nun zwar jenes Steuerungskonzept, das ich mit Makropoulos als Kontingenzmanagement bezeichnet habe: Es ist ein komplexes Dispositiv, »in dem es um die Erhaltung, die Nutzung, die gezielte Steigerung und die Produktion von Kontingenz geht und zugleich darum, ihre möglichen negativen Effekte präventiv abzufangen oder aber nachträglich zu kompensieren«. Zugleich aber zeichnet sich mit der zunehmenden Dominanz neoliberaler Rationalität – gesellschaftlich betrachtet – ein dystopischer Zustand der Entwicklung ab. In deren Verlauf wird Kontingenzmanagement mehr und mehr von einer ökonomischen, profitorientierten Rationalität überformt, die sie zu dem umschlagen läßt, was Pierre Bourdieu – vor allem mit Blick auf die aktuelle Beschäftigungssituation im allgemeinen und unsichere Beschäftigungsverhältnisse im besonderen – als Strategie der »Prekarisierung« beschreibt, einer auf Dauer angelegten Verunsicherung: »Die Prekarität hat (...) nicht nur direkte Auswirkungen auf die von ihr Betroffenen (...), sondern über die von ihr ausgelöste Furcht auch indirekte Folgen für alle anderen – eine Furcht, die im Rahmen von *Prekarisierungsstrategien* systematisch ausgenutzt wird, wie etwa im Falle der vielzitierten ›Flexibilität‹, von der wir ja wissen, daß sie ebenso politisch wie ökonomisch motiviert ist. Man wird den Verdacht nicht los, daß Prekarität gar nicht das Produkt einer mit der ebenfalls vielzitierten ›Globalisierung‹ gleichgesetzten *ökonomischen Fatalität* ist, sondern Produkt eines *politischen Willens*. Das ›flexible‹ Unternehmen beutet gewissermaßen ganz bewußt eine von Unsicherheit geprägte Situation aus, die von ihm noch verschärft wird. Es sucht die Kosten zu senken, aber auch diese Kostensenkung möglich zu machen, indem es den Arbeitnehmer der permanenten Drohung des Arbeitsplatzverlustes aussetzt. Die gesamte Welt der materiellen und kulturellen, öffentlich wie privaten Produktion wird auf diese Weise in einen breitgefächerten Prekarisierungsstrom hineingezogen (...) Die Prekarität ist Teil einer neuen Herrschaftsform, die auf der Errichtung einer zum allgemeinen Dauerzustand gewordenen Unsicherheit fußt.«[124]

In gewissem Sinne ist es diese Furcht, die ein »Regieren über Freiheit« konturiert: Es ist nicht mehr jene Unsicherheit, die der Liberalismus des 19. Jahrhunderts als die Existenzbedingung eines jeden konzipierte und die die Vorsorge zur liberalen Tugend schlechthin werden ließ. Es ist auch nicht mehr eine Unsicherheit, der sich mit Prävention als einem rationalen, wissenschaftlich objektivierten Verhalten begegnen läßt. Das Besondere an der heutigen Ungewissheit, so formuliert es Sennett, sei die Tatsache, daß sie nicht mit einer historischen Katastrophe in Verbindung stehe, sondern vielmehr »mit den alltäglichen Praktiken eines vitalen Kapitalismus verwoben«[125] sei. Es handelt sich also um eine gleichsam permanente Ungewißheit, die zwar Prävention und Vorsorge verlangt, aber sie zugleich auch prekär werden läßt: Ebenso wie Versicherungen ihre Sicherheits- bzw. Kompensationsleistungen zur selben Zeit als kriminogenen Faktor betrachten, so kann die Alarmanlage am Haus zwar Sicherheit gewähren, sie weist aber zugleich auf die im Haus befindlichen Reichtümer hin. Der Selbstverteidigungskurs kann helfen, den Täter in die Flucht zu schlagen, die dort erlernten Techniken könnten ihn aber auch um so gewalttätiger werden lassen. In diesem Sinne ist die versicherungsmathematische Gerechtigkeit eine Strategie, die (Un-)Sicherheit zugleich fabriziert und konsumiert – ebenso wie die Freiheit, die möglicherweise nur noch in der prekären Freiwilligkeit der Prämienzahlung bestehen kann.

Die Frage, der ich im folgenden *Teil III »Kriminalität als Risiko«* nachgehen will, ist die, inwieweit die beschriebenen, in ihren Konsequenzen durchaus dystopischen Tendenzen sich gleichwohl in eine alternative Kriminalpolitik einbinden lassen. Dies wiederum sollte auf eine Weise geschehen, die die skizzierten Tendenzen einer täterabgewandten, eher situativen Kontrolle einerseits sowie der Ökonomisierung und Responsibilisierung andererseits zwar aufgreift und an ihnen anknüpft. Zugleich aber sollte versucht werden, sie jenseits von Exklusion und Repression so zu gestalten, daß sowohl die »Täter« als auch die Opfer und schließlich die Gesellschaft davon profitieren können. Dies kann gelingen, so meine These, wenn man die heute kriminalisierten Handlungen einem anderen Zurechnungsmodus, nämlich dem des Risikos, unterstellt. Das könnte bedeuten, »Kriminalität« explizit als »Risiko« zu konzeptualisieren, das es im Sinne von Kontingenzmanagement und daher mit insurationistischer Vernunft zu verarbeiten gilt. Dies müßte allerdings eine insurationistische Vernunft sein, die sich nicht nur auf ihre ökonomische, versicherungsmathematische Rationalität, sondern zugleich auch auf ihr genuines Element der Solidarität im Sinne einer Sozialisierung der Schäden zu besinnen hätte.

III Kriminalität als Risiko

9. Risiko Kriminalität

In den letzten Kapiteln standen Entwicklungen im Vordergrund, die in der neueren Diskussion als zunehmende Dominanz des »Neoliberalismus« und »Ökonomisierung des Sozialen« oder auch als »Ende des Wohlfahrtsstaates« sowie sich parallel ausweitende Strategien der »Responsibilisierung« benannt werden. Dabei wurde deutlich, daß »soziale Sicherheit«, die sich durch wohlfahrtsstaatliche Inklusion auszeichnet, in zunehmendem Maße zur Disposition steht. An ihre Stelle tritt perspektivisch die individuelle Sorge um »persönliche Sicherheit«, die aber in einer sich ökonomisierenden Welt kein soziales Recht mehr verkörpert, sondern in die Verantwortung und damit die »Kaufkraft« des einzelnen gestellt ist.

Wenn dieses Denken auf den Bereich der Kriminalpolitik übergreift, dann bedeutet dies nicht nur eine sukzessive Rücknahme monetärer Sozialleistungsgarantien, sondern auch des (sozial-)staatlichen Anspruchs, Kriminalität in einem instrumentellen Sinne umfassend zu bekämpfen, zu verhindern oder gar abzuschaffen. In diesem Zusammenhang könnte es nicht nur dazu kommen, daß symbolische Instrumentalisierungen des Strafrechts weiter an Dominanz gewinnen. Der Staat könnte auch dazu übergehen, bestimmte Probleme grundsätzlich umzudefinieren, die Bearbeitung bestimmter Delikte (etwa die sogenannten Massen- oder Bagatelldelikte) und die Sicherung bestimmter Areale zu delegieren oder sie gänzlich in die Verantwortung des einzelnen, der Organisationen oder auch der Nachbarschaft zu stellen. Dabei geht es aber nicht nur um eine »Privatisierung« (in dem Sinne, daß etwas dem staatlichen Einfluß entzogen und in die Verantwortung »privater« Akteure verschoben wird), die Privatisierungsfrage wird vielmehr zunehmend von kommerziellen Akteuren beantwortet und genutzt, die das Produkt »Sicherheit« in Warenform anbieten.

Die Frage, der sich weder Kriminalpolitik noch Kriminologie

entziehen können, ist daher, wie sich das entstehende Verhältnis von staatlichen, privaten und kommerziellen Kontrollakteuren (zwischen Konkurrenz und Komplementarität) gestaltet bzw. zukünftig gestalten könnte.[1] Denn auch wenn es weiterhin zu einer Ausweitung kommerzieller Sicherheitserbringung kommt und sich das Verhältnis von staatlichen und privaten Leistungen noch weiter zugunsten der privaten verschiebt, so wird diese Verschiebung doch keine vollständige sein, sondern der Staat wird sich weiterhin die »Oberleitung« des »Gesamtunternehmens« vorbehalten. Michael Lindenberg hat deutlich gemacht, daß dieses Weiterbestehen staatlicher Oberleitung im Interesse des Staates und der Wirtschaft gleichermaßen liegt: Sie liegt im Interesse des Staates, weil er aus dem kontrollierten Abtreten von Sicherheitsdienstleistungen einen »Gewinn« an Effizienz (im Sinne des »schlanken Staates«), aber auch Kapazität ziehen kann, ohne die Zügel vollständig aus der Hand zu geben. Und sie liegt im Interesse der »Sicherheitsindustrie«, weil diese kein Interesse an einem entstaatlichten Gemeinwesen haben kann, »in dem Sicherheit nur noch individuell und ausschließlich von den vermögenden, egoistischen Individuen zu bezahlen wäre«, denn dieses böte nicht den notwendigen sicheren Rahmen für eine geordnete Gewinnabschöpfung. Daher habe, so Lindenberg, die Sicherheitsindustrie im Gegenteil ein massives Interesse an staatlicher Eingrenzung und staatlicher Definition ihrer Tätigkeit, denn erst auf diesem Weg wachse ihr die notwendige Legitimation zu, welche die Voraussetzung ihrer Bilanzen ist: »Die kommerziellen Sicherheitsunternehmen brauchen den Staat, sie brauchen sogar einen durchsetzungsstarken Staat; aber sie können mit diesem Staat erst etwas anfangen, wenn er Sicherheit nicht mehr monopolistisch gewährt.«[2] Daraus wiederum entsteht für den (sich verschlankenden) Staat die Notwendigkeit, den kommerziellen Akteuren Spielräume zur Realisierung ihres Profits zuzubilligen, ohne die diese gar kein Interesse an einer Transformierung von Sicherheit in eine Ware hätten. Wie ausgeführt, existieren solche Spielräume bereits in unterschiedlichen Ausprägungen,[3] und werden von der Sicherheitsindustrie vor allem mit Techniken und Maßnahmen gefüllt, die der Logik und Rationalität der von Feeley/Simon so bezeichneten *actuarial justice* folgen.

Zu überlegen ist nun allerdings, ob sich diese gegenwärtig beobachtbare, spezifische Füllung der Spielräume durch die Sicherheitsindustrie als unausweichlich erweist, und ob die Kommerzialisierung der Kriminalitätskontrolle nicht auch Chancen für einen anderen Umgang mit Kriminalität eröffnet. In diesem Sinne hat Simon Hallsworth dafür plädiert, sich bei der Analyse von sozialen Kontrollsystemen nicht einseitig auf pessimistische Thesen zu beschränken und diese dann als (in ihrer Entwicklung) unausweichlich zu betrachten. Vielmehr solle man zugleich auch über (die darin immer auch enthaltenen) Alternativen nachdenken und sich dabei nicht scheuen, »die emanzipatorischen Dimensionen von Kontrollsystemen anzuerkennen«.[4] So gesehen könnte sich im vorliegenden Zusammenhang für eine alternative Kriminalpolitik immerhin die Möglichkeit eröffnen, die entstehenden Spielräume auf andere Weise zu besetzen und zu füllen, und das bedeutet, zwei Fragen zu stellen: 1. Kann es sich als möglich und sinnvoll erweisen, den Spielräume öffnenden, gleichwohl aber fortbestehenden Anspruch des Staates auf Oberleitung auf eine konstruktive Weise mit den ökonomischen Regeln, Technologien sowie Interessen der Versicherung (als der wohl bedeutendsten Sparte der Sicherheitsbranche) gleichermaßen zu verbinden wie mit den elementaren Versicherungsgedanken der Solidarität und Kompensation? 2. Kann dies auf eine Weise geschehen, daß auch der von Trotha so eindringlich beschworene »kriminalpolitische Lösungsauftrag« der Schmerzreduktion und Humanität der (Kriminal-)Strafe gleichwohl, wenn auch in einem ökonomisierten Gewande, weiterverfolgt werden kann?[5] Dabei geht es nicht um die »freihändige ›Erfindung‹ von Rezepten und Systemen«, sondern um die Anwendung der Logik des Kontingenzmanagements, die im Bereich der Kriminalität ja bereits, wenn auch erst in Ansätzen, wirkmächtig ist und einer »alternativen Kriminalpolitik« insofern die Chance eröffnen könnte, »an gegebene Entwicklungsmöglichkeiten anzuschließen, die sich aus dem Stand der Widersprüche ergeben«.[6]

Um zu verdeutlichen, woran eine solche alternative Kriminalpolitik anschließen könnte, sei das bisher Gesagte kurz resümiert: Kriminalität hatte ich als Zurechnungsmechanismus von bestimmten materiellen oder immateriellen Schäden und anderen Unerwünschtheiten auf bestimmte Personen bezeichnet, wobei dieser Zurechnung in aller Regel ein staatlich organisiertes Übel – die Kriminalstrafe – folgt. Die Zurechnung erfolgt über die Vermessung der Schuld des jeweiligen »Delinquenten« und der daran anschließenden Taxierung eines äquivalenten Strafübels: Während für die klassische Schule in der Kriminologie die Vermessung der Schuld des Täters kein Problem darstellte, weil sie ihn als mit einem freien Willen ausgestattet und daher als in jedem Fall (voll) verantwortlich konzipiert hatte, wurde der Verbrecher in den Händen der positivistischen Kriminologie zu einem determinierten, in seiner Anlage und/oder Umwelt defizitären Wesen, dessen Schuld keineswegs mehr einfach, sondern vielmehr mittels eines differenzierten ätiologischen Programms ermittelt werden mußte. In diesem Kontext wandelte sich die *gerechte Strafe für jede Tat* in eine *gerechte Strafe für jeden Täter*, und die Funktion dieser (Freiheits-)Strafe veränderte ihre Zielrichtung von der Wiedereingliederung eines Rechtssubjekts in die Rechtsgemeinschaft zu sozialer Verteidigung, zu Behandlung, Besserung und Resozialisierung – flankiert von Aspekten positiver und negativer Generalprävention.[7] War die Wissenschaft der »klassischen Schule« eine ebenso »klassische Pönologie«, also eine Wissenschaft von der gerechten Strafe für einen frei handelnden Täter, so wurden für die positive Schule die Wissenschaften von der Determiniertheit des Täters (Medizin, Psychiatrie, Psychologie, Soziologie etc.) bedeutsam, denen es darum zu gehen hatte, die Defekte des Verbrechers (bzw. seiner Umwelt) und damit das Verbrechen im allgemeinen (am besten ein für alle mal) zu bewältigen.

Heute treten *neben* diese bewältigenden zunehmend managende Technologien und Strategien, für welche die Fragen nach Determiniertheit und Gerechtigkeit, aber auch Schuld, immer weniger bedeutsam sind. Das Gemeinsame dieser hinzutretenden neuen Formen der Kontrolle ist es, daß sie nicht mehr die Manipulation eines individuellen Willens zum Ziel haben, sondern es ihnen vorrangig darum geht, Bewegungs- und Handlungsspielräume bestimmter, zu Aggregaten zusammengefügter Personen – entsprechend der von ihnen vermeintlich ausgehenden Risiken für den jeweiligen Raum oder das jeweilige System – architektonisch, technisch, elektronisch oder auch mittels Personal zu begrenzen: In diesem Sinne kann man sagen, daß die neuen – zwar auch von Seiten des Staates (»Orte der Andersheit«, Formen »gerechtfertigter Einsperrung«), vor allem aber von kommerziellen Sicherheitsdienstleistern zur Anwendung gebrachten – Interventionsformen und Strategien einer *actuarial justice* nicht dafür ausgelegt sind, in die »Tiefen der Seele« des Individuums vorzudringen, sondern sie bleiben gleichsam an der gesellschaftlichen »Oberfläche«.[8] Das heißt, es geht weniger um Moral als vielmehr um den instrumentellen Nutzen für die Herstellung von Sicherheit. Sie verweisen auf Situations- und Gelegenheitsstrukturen und thematisieren entweder die Eigenverantwortung des Subjekts oder die vermeintliche Gefährlichkeit des Delinquenten – wenn sie nicht schon von vorherein als symbolische Politik angelegt sind.[9] Insofern ist ihr Einsatzort weniger die Intention des Delinquenten, sondern der (potentielle) Schaden und vor allem auch der Ort, an dem der »Schädiger« seinen Schaden anrichtet bzw. anrichten könnte: »Die neoliberale Strafpolitik ist ein Handeln, das auf das Spiel der Gewinne und Verluste einwirkt und an den Kalkulationen von Kosten und Nutzen ansetzt. Sie konzentriert sich nicht auf die Spieler, sondern auf die Spielregeln: Im Mittelpunkt steht nicht die (interne) Unterwerfung der Individuen, sondern die Bestimmung und Lenkung ihrer (äußeren) Umwelt.«[10]

Es ist also nicht mehr in erster Linie eine wie auch immer mit moralischen Argumenten unterlegte »Kriminalität«, die mit den Technologien einer *actuarial justice* verhindert bzw. in ihrer Wahrscheinlichkeit vermindert werden soll. Sondern es geht vor allem um Schäden, die allerdings nicht dadurch entstehen, daß irgendein Täter sich »schuldig« macht, sondern weil bei der Gestaltung eines Raumes, eines Systems, einer sozialen Situation – kurz: im regulären Zusammenspiel der gesellschaftlichen Kräfte – Risiken (d.h. Viktimisierungs- und Gelegenheitsstrukturen) entstehen, die man nie völlig beseitigen kann.

Betrachtet man Kriminalität auf eine solche Weise vorrangig als Schaden, dann kann man ihr, wie dargestellt, prinzipiell auf zweierlei Weise begegnen: mit einer juridischen und einer insurationistischen Vernunft. Dabei sucht die *juridische Vernunft* – die uns so selbstverständliche Variante – nach der Ursache des

Schadens, um ein schuldhaftes Verhalten feststellen und in individualisierender Konsequenz eine Strafe taxieren zu können. Im Gegensatz dazu betrachtet die *insurationistische Vernunft* den Schaden als Resultat einer berechenbaren Regelmäßigkeit. Damit schafft sie einen Typus von Individualisierung, »der nicht auf die Konfrontation mit einem anderen Individuum, sondern auf die Gegenseitigkeit in einer Kollektivität verweist«.[11] An die Stelle des Verursachungsgedankens tritt der der Aufteilung einer kollektiven Belastung, zu der jeder einen gemäß einer Regel ermittelten Betrag zu leisten hat. Die Versicherung stellt damit ein allgemeines Objektivierungsprinzip bereit, das die Dinge, die Menschen und ihre Beziehungen umfaßt.[12] »Dies soll weder heißen, daß die Unfälle unvermeidlich, noch, daß sie schicksalhaft wären, sondern lediglich, daß ihre juristische Wahrnehmung in Begriffen von Verschulden und Verantwortlichkeit bzw. Haftung nicht die allein mögliche darstellt und vielleicht weder die treffendste noch die wirksamste ist.«[13]

Die Frage, die sich nun in diesem Zusammenhang stellt, ist folgende: Ist eine »Kriminologie« oder besser: eine »Kriminalpolitik« denkbar, die – über die oben beschriebenen Tendenzen eines Kriminalitätsmanagements hinausgehend – ihren (grundsätzlichen) Ausgangspunkt nicht in der juridischen Rationalität von Verschulden und Verantwortlichkeit, sondern in einer insurationistischen Rationalität von Risiko und Schaden sucht?

Ein früher Versuch, Kriminalität neben allen anderen gesellschaftlichen Risiken aus der Perspektive einer insurationistischen Vernunft zu betrachten, stammt aus der Mitte des 19. Jahrhunderts, also aus jener Zeit, als Kriminalität als eine statistische Kategorie erfunden wurde und überdies eine, wie ich es oben bezeichnet habe, strukturelle Nähe zwischen Kriminalität und Unfall existierte: In seinem 1852 publizierten Werk *Politique universelle*[14] konzipiert E. de Girardin Versicherung als eine rein politische Technologie und schlägt »eine Reflexion gesellschaftlicher Organisation ausgehend von den Begriffen des Risikos und der Versicherung vor«.[15] In Ablehnung jeder moralischen oder religiösen, d. h. subjektiven und relativen Sicht auf die Welt, erhebt Girardin den Begriff des Risikos zu einer philosophischen Kategorie, die er, im Gegensatz zu den Begriffen Gut und Böse, für allgemeingültig hält. Deshalb kann der Begriff des Risikos bzw. eine »Philosophie des Risikos« für ihn durchaus Universalität beanspruchen, da sie jedes Element auf seine reine Faktizität reduziert: »Gleich, ob eine Überschwemmung sich in den Plan der göttlichen Vorsehung einfügt oder die Existenz des Bösen bezeugt, sie ist ein Risiko; gleich, ob der Diebstahl moralisch zu verurteilen ist oder nicht, er ist ein Risiko; ein Krieg mag gerecht oder ungerecht sein, auch er ist ein Risiko (...) Verbrechen, Diebstahl, Erdbeben, Tod, Elend: sie sind, beinahe ununterscheidbar, lediglich Risiken.«[16] Objektiv bestehen also nur Risiken, und es ist das Recht des Menschen bzw. der Gesellschaft, sie durch die ihm bzw. ihr zur Verfügung stehenden Mittel abzumildern oder abzuschaffen. Ewald bezeichnet dies als Prinzip einer radikalen Sozialisierung, weil es keine Wahrheit außerhalb der Aktualität der sozialen Beziehung gebe: Die politische Assoziation müsse sich im Verhältnis zum Risiko definieren, das sie zu bekämpfen habe. Sie müsse die Form einer ›Universalversicherung‹ und der Gesellschaftsvertrag die Form eines Versicherungsvertrags auf Gegenseitigkeit annehmen. Diese Logik der Versicherung führt Girardin zu der Annahme, daß die politique universelle – aufgrund der Kalkulier- und damit Berechenbarkeit der Risiken – eine wissenschaftliche Politik sein könne, die zu ihrer Verwirklichung dann aber freilich »erschöpfende Registraturen, minutiöse Kontrollen, eine systematische und fortlaufende Erhebung von Informationen« benötige.[17] Dies dürfe nicht als Beseitigung von Freiheit, sondern müsse als »soziale Transparenz« begriffen werden. Und diese (erwünschte) soziale Transparenz schaffe eine Identität, die sich nicht nur über den aktuellen Personenstand definiere, sondern vor allem auch über das Risiko, das ein jeder für die anderen darstelle. Um diese Identität bzw. »Identifikation« zu ermöglichen, schlägt Girardin die Einführung eines »Lebensausweises« vor. Dieser Ausweis enthalte einerseits Informationen über den versicherten Bürger, seine *individuelle Bilanz*, also seine Aktiva und Passiva, andererseits die *nationale Bilanz*, d. h. Informationen über die Einnahmen und Ausgaben des Staates sowie eine Zusammenfassung wichtiger Statistiken. Auf diese Weise könne jeder jederzeit identifiziert werden und gleichzeitig jedes Individuum seinen Platz in der Gesellschaft – also unter Bezugnahme auf das Ganze – bestimmen. In diesem

Sinne verlaufe die Beziehung des einzelnen zu sich selbst immer auch über die anderen. Girardin: »Es wäre leicht zu zeigen, daß das Leben ein großes, teilweise doppelt geführtes Buch ist, in dem jedes Individuum, das sein Konto eröffnet hat, dieses unwissentlich belastet oder sich einen Betrag gut schreibt. Seinen Mitmenschen zu schaden heißt, ein Konto mit einem Quantum zu belasten, das dem Schaden entspricht, den man ihm zugefügt oder zuzufügen versucht hat; ihm von Nutzen zu sein heißt, sich einen Betrag gutzuschreiben, der dem entspricht, den er ihm schuldet. Daher läßt das Reziprozitätsprinzip vernünftigerweise nur die Reziprozität des Wohls, niemals die Reziprozität des Übels zu.«[18] Dieser Begriff der Reziprozität impliziert jenes Denken der Sozialbeziehungen als interdependente, das von der Versicherung im Sinne der von ihr geschaffenen spezifischen »Solidarität« weiterentwickelt wird.[19]

Interessant ist nun, daß es eine der politischen Konsequenzen Girardins ist, das (seiner Meinung nach unwirksame) Gefängnis abzuschaffen und es durch ein System der Offenlegung und der finanziellen Entschädigung zu ersetzen. Was den »Verbrecher« betrifft, solle nur noch eine Feststellung des Verbrechens und seine Eintragung in den Lebensausweis erfolgen: »Die Richter *verurteilen* nicht länger, sondern *tragen ein* (...). Die Straftat feststellen, ohne daß die Notwendigkeit bestünde, sie als Delikt oder Verbrechen einzustufen, heißt den Schuldigen bestrafen, denn es bedeutet, ihn je nach der Nachsicht oder Strenge der Zeit und des Landes dem Tadel, der Verachtung oder dem Abscheu auszuliefern. Das Strafmaß darf weder darüber hinausgehen noch darunter bleiben. Die Bestrafung des begangenen Verbrechens besteht aus der Feststellung des Verbrechens; der Henker des Kriminellen ist der Kriminelle selbst.«[20]

Damit ordnet Girardin das Verbrechen konsequent unter dem Risikobegriff ein, womit er gleichzeitig die versicherungsmäßige Kompensation des Opfers verbindet und auf eine gesellschaftliche Verantwortung im Sinne der Sozialisierung der Schäden aus dem »Risiko Kriminalität« verweist. Zudem legt er die »gerechte« Reaktion auf die kriminelle Handlung in die »Hand« der Gesellschaft: Auf diese Weise verschwindet die »Kriminalstrafe« und dem Staat verbleibt lediglich die Feststellung und Registrierung des Verbrechens. Und schließlich kann

Girardin auch noch auf das Gefängnis verzichten, weil er »den Effekt der Sichtbarkeit, den Bentham im Panoptikum fand, (...) in der Versicherungsgesellschaft« findet, »in der ein jeder den Blicken der anderen und der permanenten Kontrolle der öffentlichen Meinung ausgesetzt ist. Damit wird die Kriminalpolitik zu einer Politik der sozialen Verteidigung«[21] – eine soziale Verteidigung aber freilich, die aus der Gesellschaft selbst erwächst und noch keine der durch Experten erstellten Gutachten ist.

Der Gedanke Girardins ist also die Übereignung der (nichtnormierten) Reaktion (auf »Kriminalität«) an die Gesellschaft und trifft sich hier mit modernen Abolitionisten, wie etwa Thomas Mathiesen. Auch Mathiesen forderte 1979 in »Überwindet die Mauern« die Abschaffung des Gefängnisses und ersetzte es durch eine »unfertige«, wandelbare gesellschaftliche Reaktion, durch eine re-sozialisierte, aber gleichwohl nicht spezifizierte Konfliktbearbeitung. Zudem glauben Abolitionisten, wie auch Girardin, nicht an die vollständige Bewältigung des »Kriminellen« und betonen stattdessen immer wieder den auch produktiven Aspekt von Abweichung und Konflikt. Besonders deutlich wird dies in Nils Christies berühmtem Aufsatz *Konflikte als Eigentum*, in dem er einige kriminalpolitische Gedanken vorstellt, die Girardins Ausführungen sehr nahe kommen. Christie plädiert für ein opfer- und laienorientiertes Gericht, das zunächst einmal feststellt (»registriert«), ob (daß) ein Rechtsbruch vorliegt. Wichtig ist sodann, daß der Schaden kompensiert wird, und schließlich, daß die regionale Gemeinschaft festlegt, was darüber hinaus mit dem »Täter« zu geschehen habe. Nicht Richter oder »Experten« entscheiden über den Übeltäter, sondern die Gemeinschaft »managt ihre Konflikte« – Konflikte, die so produktiv sind, daß Christie sie als »sozialen Treibstoff« bezeichnet.[22]

Aber auch wenn Christie und andere Abolitionisten – gerade auch als Kriminalpolitiker – dem Prinzip des Kontingenzmanagements erheblich näher zu stehen scheinen als dem der Kontingenzbewältigung, so haben sie das juridische Denken doch nie wirklich verlassen. Ein Indiz dafür ist möglicherweise die (auch moralische) Bedeutung, die Kriminalität – gerade dann, wenn sie im Begriff des Konflikts daherkommt – auch für Abolitionisten behält. So ist der Konflikt etwa für Christie so wichtig, daß er – obwohl er viel von Kompensation spricht – dabei keineswegs an die Institution der Versicherung denkt. Ganz im Gegensatz zu Girardin kann Christie die Versicherung nur als »industrielle Alternative zu Freundschaft und Verwandtschaft« sehen, die für ihn vor allem wohl auch in ihrer Kommerzialität die Feindin einer gemeindlichen Konfliktbearbeitung darstellt: Sie beseitigt »die Konsequenzen von Verbrechen; daher müssen wir die Versicherung beseitigen. Oder vielmehr: Wir müssen die Möglichkeit der Entschädigung durch Versicherungen so lange zurückstellen, bis mit Sicherheit wirklich keine anderen Alternativen mehr zur Verfügung stehen. Eine solche Lösung wird den Versicherungen mehr Papierkrieg, weniger Vorausberechenbarkeit, mehr Aggression seitens der Klienten bescheren. Aber das wird helfen, Konflikte als sozialen Treibstoff zu bewahren.«[23]

Gerade weil Konflikte – und überdies die damit gegebene Möglichkeit zur Normverdeutlichung – für Christie so überaus wichtig sind, haben seine Vorstellungen von einer alternativen Konfliktbearbeitung, von einer partizipatorischen Rechtsfindung in kleinen Gemeinschaften[24] so viel Kritik erfahren. Zwar konnten die Kritiker Christies Analyse durchaus folgen, aber die Perspektive seiner »partizipatorischen Rechtsfindung«, die, so etwa Gerlinda Smaus, eine Rückkehr in »eine vor-industrielle Gesellschaft« vorausgesetzt hätte, hielt man für »weder vorstellbar noch wünschenswert«.[25] Trutz von Trotha bezeichnete Christies Vorschläge mit einigem Recht als »unüberlegte Übertragung von Konfliktregelungsmechanismen in segmentären Gesellschaften« und glaubte, daß eine solche Übertragung mit den grundlegenden Organisationsprinzipien moderner Gesellschaften nicht zu vereinbaren sei.[26] Es sei gerade umgekehrt eine der zentralen Errungenschaften der modernen rechtlichen Konfliktbearbeitung, »daß das Opfer von den Notwendigkeiten der Konfliktregelung entlastet« sei.[27]

Was Trutz von Trotha, aber auch andere an Christie kritisieren, ist der moralische Überschuß in seinem Modell. So sympathisch Christies Rede vom Konflikt als dem sozialen Treibstoff auch sein mag, so unattraktiv ist zugleich die Vorstellung, sich im Kontext partizipatorischer Rechtsfindung an allen möglichen Konflikten des sozialen Nahfeldes oder auch der

Nachbarschaft beteiligen zu müssen.[28] So richtig man den Ansatz einer (auch) *kompensatorischen Rechtsfindung* findet, so übermächtig[29] erscheint der »partizipatorische Druck« der Nachbarschaft, wenn Christie schreibt, daß Täter und Opfer bei der Konfliktaustragung nicht allein gelassen würden, daß ihre Diskussion vielmehr eine öffentliche zu sein habe: »Es würde eine Diskussion sein, in der jeder Umstand, der für das Geschehen wichtig ist – ob rechtlich relevant oder nicht – dem Gericht zur Kenntnis gebracht würde (...) Die Situation des Täters müßte auf ähnliche Weise untersucht werden. Das könnte soziale, erzieherische, medizinische oder religiöse Hilfsbedürfnisse klären.«[30]

Konflikte sind für Christie der Anlaß, das Nahfeld zu mobilisieren, alle möglichen Hilfebedürfnisse (auf Täter- und auf Opferseite) abzuklären, den Schaden des Opfers zu kompensieren und schließlich – wenn die Gemeinschaft es für notwendig erachtet – den Täter in absoluter Manier zu bestrafen. Absolut, weil Christie keine Begründung und keinen Zweck mit dieser Strafe verbunden sehen möchte, und von eben dieser Zwecklosigkeit erhofft er sich als Kritiker staatlicher »Schmerzzufügung«, daß die Strafe auf diese Weise zu einer klaren moralischen Frage werde: »Immer wieder müßten die Beteiligten sich die Frage vorlegen, ob es richtig war, so zu strafen. Wohlgemerkt, nicht ob es notwendig, ob es richtig war. Die Chancen stehen gut, daß je mehr sie denken, sie es desto weniger richtig finden. Im Nachdenken würde die Wut sich auflösen. Der Normverletzer würde gestellt und könnte sich verteidigen. Der Prozess der Bestrafung würde zu einem Dialog werden. Wir wären wieder bei einem Zivilverfahren angelangt.«[31]

Was festzuhalten bleibt, ist, daß auch Christie, dieser durchaus radikale Kritiker des Strafrechtssystems, sich nicht wirklich aus dem juridischen Denken befreien kann, weshalb sein Modell vielleicht eher als eine partizipatorische Variante der *Défense sociale* mit neoklassizistischem Rest zu bezeichnen wäre. Was in Abgrenzung dazu an Girardins *Politique universelle* überzeugt, ist die Egalität, mit der sie den verschiedenen gesellschaftlichen Risiken entgegentritt, ein Aspekt, den François Ewald so treffend zusammenfaßte: »Gleich, ob eine Überschwemmung sich in den Plan der göttlichen Vorsehung einfügt oder die Existenz des Bösen bezeugt, sie ist ein Risiko; gleich, ob der Diebstahl moralisch zu verurteilen ist oder nicht, er ist ein Risiko; ein Krieg mag gerecht oder ungerecht sein, auch er ist ein Risiko (...). Verbrechen, Diebstahl, Erdbeben, Tod, Elend: sie sind, beinahe ununterscheidbar, lediglich Risiken.«[32]

Wie oben bereits angesprochen, argumentiert circa 140 Jahre später in ähnlicher Weise Baldo Blinkert in seinem Artikel *Kriminalität als Modernisierungsrisiko*. Die Industriegesellschaften des 20. Jahrhunderts, so schreibt er, seien an einem Punkt angelangt, an dem sie statt Ordnung nur noch Unordnung produzierten. Modernisierung und Individualisierung – ausgelöst durch die Dynamik des industriewirtschaftlichen Wachstums – seien zwar einerseits als Emanzipationsprozesse, als Befreiung von Bindungen unterschiedlichster Art zu verstehen, andererseits seien diese Prozesse aber auch mit Kosten verbunden. Zwar seien die ökologischen Folgekosten der industriellen Produktion nicht wirklich übersehbar, gleichwohl aber wenigstens zum Teil monetär zu erfassen. Dies sei bei den sozialen und psychischen Kosten sehr viel schwieriger. Diese Kosten, so Blinkert, zeigten sich etwa in einer Verringerung von Ordnung, aber auch in einer Zunahme irritierenden Verhaltens und letztlich von »Kriminalität« in der Risikogesellschaft: »Die Kriminalität gehört zu den Kosten, die wir für die Ökonomisierung unserer Gesellschaft und für die damit verbundenen positiv bewerteten Errungenschaften zahlen müssen.«[33]

Es geht mir hier nicht darum, den von Blinkert behaupteten Anstieg von Kriminalität method(olog)isch zu widerlegen oder seine – diesen Anstieg begründenden – Ausführungen zur Zunahme utilitaristisch-kalkulativer Wertorientierungen zu kritisieren. Wichtiger ist mir die den Begründungen übergeordnete Parallelisierung der unterschiedlichen Schäden. Ähnlich wie Girardin stellt Blinkert ökologische und soziale Schäden neben Schäden aus kriminalisierten Handlungen, womit »Kriminalität« ihre vermeintliche Außerordentlichkeit verliert und zu einem Risiko unter anderen wird, die die Modernisierung der Gesellschaft nun einmal mit sich bringt. Zum Tragen kommt hier deutlicher als sonst die statistische Konnotation des Kriminalitätsbegriffs, also Quételets »Budget des Verbrechens«, das mit erschreckender Regelmäßigkeit bezahlt werde, wobei die

Gesellschaft in sich den Keim aller zukünftigen Verbrechen berge. Oder, wie es Horst Kern interpretiert hatte: Zahl und Ordnung der Verbrechen seien eine notwendige Folge der gesellschaftlichen Organisation, seien also gleichsam durch die gesellschaftliche Organisation vorprogrammiert.[34] Kurz: Gesellschaftliche Entwicklungen haben immer auch Nebenfolgen; und das bedeutet, sie bringen bestimmte Arten von Schäden mit sich. Für unseren Zusammenhang hat Hermann Lübbe diesen Gedanken einleuchtend dargelegt: »Eine Gesellschaft, die reich genug ist, Zweithausbesitz in nie gekanntem Ausmaß möglich zu machen, darf sich nicht wundern, wenn das jeweils gerade nicht bewohnte Haus zu den Vorzugsobjekten organisierter Einbruchskriminalität gehört, und die erwähnten Angebote der expandierenden sicherheitstechnischen Industrie sind davon das Kompensat.«[35]

Dieser Mechanismus gilt für eine so zu benennende »klassische Kriminalität« ebenso wie für die von Ulrich Beck thematisierten Großrisiken, deren Folgen er im Zuge einer Entgrenzung industrieller Produktion als weder örtlich noch zeitlich oder sozial eingrenzbar, weder zurechnungsfähig noch kompensierbar und nicht einmal versicherungsfähig beschreibt. Gerade diese Probleme haben in den vergangenen Jahren eine breite rechtswissenschaftliche Diskussion über Angemessenheit und Effektivität des Strafrechts bewirkt, die unter dem Rubrum eines »Risikostrafrechts« geführt wird: Diese Diskussion ist in unserem Zusammenhang zwar auch deswegen von Interesse, weil man sich dabei nicht allein auf Fragen der Dogmatik und Effektivität des Strafrechts beschränkt, sondern auch die Relation der Schäden und damit die grundsätzliche Legitimität des strafrechtlichen Umgangs mit modernen Großgefahren einerseits und »klassischer Kriminalität« andererseits thematisiert.[36] Interessant ist aber vor allem der Verweis auf die Systemimmanenz industrieller Risiken, was die (straf-)rechtlichen Steuerungsmöglichkeiten dieser Großgefahren zweifelhaft werden lasse. Bereits in der »Risikogesellschaft« hatte Beck (1986) die »übernationale Unhandlichkeit von Modernisierungsrisiken« beklagt, um der Justiz dann in seinem Buch »Gegengifte« (1988) vorzuhalten, sie sei in das Selbstverständnis einer anderen Epoche eingemauert, was ihr – »wie zu Dorfrichter Adams

Zeiten« – erst dann das Eingreifen erlaube, »wenn im chemischen Universum das traditionelle Relikt eines ›Einzeltäters‹ dingfest gemacht« werde. Diese Logik der Suche nach Einzeltätern komme dem Versuch gleich, »die Ostsee mit einem Teesieb auszulöffeln«, und führe im Ergebnis lediglich dazu, daß »Alltäterschaft in Freispruch« verwandelt würde – Rainer Wolf sprach in diesem Zusammenhang von einer »juristisch naiven Individualisierung der Umweltprobleme« und konstatierte die »Antiquiertheit des Rechts in der Risikogesellschaft«.

Es geht in dieser Diskussion also vorrangig um die Möglichkeiten strafrechtlicher Steuerung im Hinblick auf Großgefahren, wobei sich die Debatte zwischen einer eher optimistischen und einer eher pessimistischen Einschätzung des Strafrechtseinsatzes bewegt. Während etwa Günter Stratenwerth dafür plädiert, »zukunftsbezogene Straftatbestände« zu schaffen, und zwar selbst dann, wenn auch nur die minimale Möglichkeit bestehe, daß sie zur »Bewältigung der Krise unserer technischen Zivilisation beitragen«[37] könnten, beurteilen andere Autoren diese Strategie aus unterschiedlichen Gründen eher skeptisch. Für Cornelius Prittwitz, der sich wohl am differenziertesten mit dem Strafrecht in der Risikogesellschaft bzw. mit dem *Risikostrafrecht* auseinandergesetzt hat, ist es hierbei von zentraler Bedeutung, daß es sich bei den zu lösenden Problemen in erster Linie um systemische Probleme handele, für die das Strafrecht von vornherein nicht ausgelegt sei. [38] Daher spreche viel dafür, daß »durch die Verstrafrechtlichung des Problems unweigerlich ein Entlastungseffekt für die Politik entsteht, der Strafrecht symbolisch entwarnt, wo Alarm angesagt ist«.[39] Überdies werde, wenn man hinsichtlich moderner Großgefahren – die sich ja vor allem aus »erlaubten Risiken« ergäben – auf die Wirkung strafrechtlicher Schuldvorwürfe hoffe, die Grenze zwischen Unglück und Unrecht fließend; es bestehe die Gefahr, Unglück als zuschreibbares Unrecht zu konstruieren. Und nicht zuletzt destabilisiere eine Inflationierung strafrechtlicher Normen – zumal dann, wenn ihre beabsichtigten Wirkungen als zweifelhaft angesehen werden müßten – das Rechtsbewußtsein und die Rechtstreue der Bürger.

Auf einer übergeordneten Ebene kann man diese (systemischen) »erlaubten Risiken« durchaus mit jener »Grauzone« vergleichen, in der, wie Koenen (s. o.) konstatierte, die Individuen rechtswidrige Handlungen im Sinne individualisierender Abweichungen in gewissem Maße begehen dürften. Sind technische Großgefahren der Ausfluß eines sozioökonomischen Systems, dessen Entwicklung sich an Werten wie Profitabilität, »Fortschritt«, Technisierung, Mobilisierung, Flexibilisierung, Globalisierung u. ä. orientiert, so können individualisierende, aber auch deviante Abweichungen als gleichsam systemische Konsequenz einer an individuellen Geltungsbehauptungen, vor allem an Konkurrenz, Distinktion und Prominenz orientierten, ökonomisierten Gesellschaftlichkeit verstanden werden: Sowohl technische und sonstige »Unfälle« als auch die aktuelle »Gestalt« alltäglicher »Kriminalität« sind gleichsam (sozio)logischer Bestandteil unseres gesellschaftlichen Systems, sind die Konsequenz einer umfassend als Modernisierung zu bezeichnenden (post)industriellen, aber auch kulturellen und individuellen Entwicklung – und können mithin als »Modernisierungsrisiken« verstanden und bezeichnet werden.

Obwohl uns eine solch nüchterne Betrachtung der Vor- und Nachteile gesellschaftlicher Verhältnisse und Entwicklungen im Bereich der Kriminalität nur recht selten gelingt, ist uns diese Ambivalenz von Kosten und Nutzen doch in nahezu allen Bereichen unseres Alltags geläufig. Ein besonders gutes Beispiel ist hier der Straßenverkehr, in dem es zu Schäden in erheblicher Größenordnung kommt: Der Gesamtschaden (im Sinne der von den Versicherungen aufgewendeten Versicherungsleistungen) aus Kfz-Haftpflicht-, -Teil- und -Vollkaskoversicherung in der Bundesrepublik Deutschland betrug im Jahre 1998 gut 39 Mrd. DM und bezog sich auf gut 7 Mio. Schadensfälle.[40] Neben den materiellen Schäden wurden im Jahr 1998 auf Deutschlands Straßen bei Verkehrsunfällen 497 638 Personen verletzt und 7 772 Personen getötet.[41] Ein immenser Schaden also, den wir ohne große Empörung zu tragen bereit sind, weil wir die individuelle Mobilität als so wichtig erachten, daß uns dafür praktisch kein Preis zu hoch ist.[42] Wir halten dieses Merkmal unserer Gesellschaft für so zentral, daß wir die entstehenden Schäden grundsätzlich (sogar per *Pflicht*versicherung) sozialisiert haben. Der Begriff der »Schuld« spielt bei alledem eine allenfalls untergeordnete Rolle, indem ihre

Bemessung im wesentlichen über die Aufteilung der Schadenskosten zwischen den Unfallpartnern bzw. ihren jeweiligen (privaten) Versicherungen entscheidet. Die Dichotomie von Geschädigtem und Schädiger, von »Täter« und »Opfer« ist nahezu vollständig aufgelöst in einer ritualisierten Zurechnung auf das (Versicherten-)Kollektiv (bzw. die verschiedenen Versichertenkollektive der unterschiedlichen Versicherungsunternehmen), das den entstandenen Schaden zu kompensieren hat.

Im Bereich der »Kriminalität« verhält es sich genau anders herum. Zwar weist die polizeiliche Kriminalstatistik ähnliche (allerdings etwas niedrigere) Schadensdaten (wie die Kfz-Versicherer) aus, so etwa für 1998 insgesamt 3736 vollendete und versuchte Straftaten gegen das Leben,[43] 565371 Rohheitsdelikte und Straftaten gegen die persönliche Freiheit (davon alleine 368976 Körperverletzungen) sowie schließlich eine Gesamtschadenssumme[44] von knapp 16 Mrd. DM bezogen auf etwa 4,2 Mio. Straftaten, bei denen ein materieller Schaden zu beziffern war. Gleichwohl aber gibt es keine (gesetzlich) geregelte Sozialisierung und Kompensation dieser Schäden.[45] Es gilt – zumindest bei Sachschäden – das Prinzip der Selbstverantwortung, welches fordert, entweder technische oder sonstige Vorkehrungen gegen den Schadensfall zu treffen oder eine private Versicherung abzuschließen. Darüber hinaus diente und dient das Opfer dem (Straf-)Recht vor allem als Zeuge und als Gegenpart zum Täter. Anders als im vorgenannten Beispiel (des Straßenverkehrs) wird hier die Dichotomie von Geschädigtem und Schädiger, von »Täter« und »Opfer« permanent gefestigt, indem über den Begriff der »Schuld« der Schaden dem individuellen Täter zugerechnet wird – und dies nicht einmal vorrangig, um ihn zur Entschädigung zu verpflichten, sondern um ihn aus spezial- oder generalpräventiven Gründen zu bestrafen.

Die Frage ist also, ob man nicht auch einem großen Teil der »Kriminalität« über den Modus der versicherungsmäßigen Sozialisierung und Kompensation begegnen sollte. Würde ein *kriminologisch-insurationistisches Denken*, das statt der Schuld eines individuellen Täters den Schaden in den Mittelpunkt seiner Wahrnehmung und seiner Aktivitäten stellt, möglicherweise einen Ausweg zumindest aus jener Borniertheit von Kriminalpolitik und Kriminologie weisen, die etwa Stephan Quensel genau darin sieht, daß diese Disziplin immer auf ihren Gegenstand, das *crimen*, fixiert bleibe: »Eine Fixierung, die gleicherweise für die traditionelle, am ätiologischen Paradigma orientierte Kriminologie wie für ihre dem Labeling-Paradigma folgenden Antipoden zutrifft. Das eigentlich krisenproduzierende Potential dieser (...) Fixierung ergibt sich (...) daraus, daß dieses Crimen stets, nahezu unbewußt-assoziativ und deshalb rational so schwer kontrollierbar, als mit ›Strafe‹ verbunden wahrgenommen wird, so daß etwa nicht strafbewehrte Crimina für uns heute noch ebenso undenkbar sind wie lange Zeit die Vorstellung, es gebe Sanktionierungen, denen kein eigentliches Crimen zugrunde liegt. Diese assoziative *Verzahnung von Crimen und Strafe* ist für den traditionellen Kriminologen, der seinen Gegenstand vom Strafrecht bezog, wie für den Kriminologen, der sich als left realist oder als Strafrechtssoziologe versteht, ebenso selbstverständlich wie für die immer wieder anhebende Diskussion über Strafzwecke bzw. für die naive Vorstellung mancher Abolitionisten, mit der Abschaffung des Strafrechts sei das Problem gelöst.«[46] Alle Versuche eines anderen Umgangs mit »Kriminalität«, so Quensel weiter, seien notwendigerweise zum Scheitern verurteilt, solange der Ausweg innerhalb dieser von Strafe und Crimen gebildeten Ellipse gesucht würde. In ähnlicher Weise forderte Karl F. Schumann, »sich von der strafrechtlichen Schere im Kopf zu befreien«, und Heinz Steinert plädierte dafür, »die Denk- und Handlungsfigur von Schuld und Strafe (...) selbstbewußt« zu überwinden, um auf diese Weise eine Kriminalpolitik sichtbar zu machen, der es gelingen könnte, Strafrecht, Gefängnis und Polizei weniger dominante Rollen zuzuweisen.[47]

In diesem Sinne könnte der Versuch, den durch kriminalisierte Handlungen bewirkten Schaden in den Mittelpunkt zu stellen, bedeuten, von der juridischen zur insurationistischen Vernunft zu wechseln, sich von der strafrechtlichen Schere im Kopf zu befreien und somit Kriminalität als einen *Unfall* zu interpretieren, der im Zurechnungsmodus des Risikos bearbeitet werden kann: Für die Versicherung ist der Unfall »normal«, er entspringt dem regulären Zusammenspiel der gesellschaftlichen Kräfte, er ist unabhängig von den Individuen kalkulier- und berechenbar und gerade deshalb kapitalisier- und sozialisierbar.

Die Kosten des Fortschritts können auf die Gesellschaft umgelegt werden. Und zu diesen Kosten des Fortschritts zählt die Versicherung auch heute schon die Kriminalität. Deshalb kann sie, ebenso wie den Unfall, auch die Kriminalität von ihren negativen monetären Effekten befreien und sie einem Typus von Individualisierung zuführen, der nicht auf die Konfrontation mit einem anderen Individuum, sondern auf die Gegenseitigkeit in einer Kollektivität verweist. Das wiederum würde bedeuten, daß die Täter-Opfer-Dichotomie im Versichertenkollektiv aufgeht, daß es zu einer Neudefinition der Verantwortlichkeiten kommt. Hugo Herz, auf dessen Vorstellungen zu einer »Versicherung gegen wirtschaftliche Schäden durch Verbrechen« ich noch ausführlich eingehen werde, faßte diesen Gedanken folgendermaßen zusammen: »Die verbrecherische Handlung, die den Einzelnen oder die kleine Gruppe schwer schädigt, kann diesen Charakter verlieren, wenn sie über eine große Gruppe oder die Gesamtheit wirtschaftlicher Menschen verteilt wird.«[48]

Mit einem solchen Denken rückt auch das Anliegen der kritischen oder vielleicht besser: abolitionistischen Kriminologie, nämlich Kriminalität – vermeintlich: neutraler – als Konflikt zu begreifen, wieder auf die Tagesordnung. Allerdings geschieht dies in veränderter Form, weil in einer sich ökonomisierenden, aber auch pluralisierenden Welt Konflikte oder auch abweichendes Verhalten immer weniger aus der Perspektive der Moral als vielmehr der des Schadens begriffen werden. Und schließlich würde eine solche Herangehensweise auch noch jener von Trotha angemahnten Errungenschaft der modernen rechtlichen Konfliktbearbeitung gerecht, wonach das Opfer von den Notwendigkeiten der Konfliktregelung weitgehend entlastet sei. Worum es also im folgenden geht, ist die Frage nach dem Ob und Wie einer Kriminalitätsversicherung.

10. Kriminalitätsversicherung?

Es gibt nicht viele Arbeiten, die sich systematisch mit der Idee einer mehr oder weniger umfassenden Kriminalitätsversicherung oder auch einer Versicherung gegen das Verbrechen beschäftigt haben. Unter Versicherung gegen Kriminalität versteht man im allgemeinen die uns allen bekannten Versicherungen, die unter anderem auch Schäden aus bestimmten, in der Regel klar umgrenzten Delikten abdecken (Kfz-Kasko-, Hausrat-, Kunstversicherung etc.). Als wie auch immer geartete Alternative zum bestehenden Kriminaljustizsystem ist die Versicherung bislang in aller Regel allenfalls halbherzig und daher eher als Komplement thematisiert worden. Im folgenden werde ich fünf Ansätze vorstellen, die versucht haben, den Versicherungsgedanken umfassender in die Verarbeitung von Kriminalität einzubeziehen. Dabei handelt es sich zunächst um die beiden Arbeiten von Prince (1964) und Barnett (1977), denen es insbesondere um die Kompensation der Opfer durch Arbeitsverpflichtungen der Täter geht. Im Anschluß daran wende ich mich einem Modell des Weißen Rings (1990) zu, mit dem für eine Staatshaftung bei Straftaten von Gefangenen während Vollzugslockerungen plädiert wird, und sodann einer Idee der Frauenliste Basel (1997/98), Männergewalt über ein spezifisches Steuermodell zu sozialisieren. Abgeschlossen wird dieses Kapitel mit dem wohl umfassendsten Konzept einer »Versicherung gegen wirtschaftliche Schädigungen aus Kriminalität«, das Hugo Herz bereits 1908 zur Diskussion gestellt hat.

Versicherung gegen Verbrechen! Weshalb nicht?
(Moussa Prince 1964)

Der zumindest vom Titel her provokanteste Beitrag stammt von Moussa Prince: »*Versicherung gegen Verbrechen! Weshalb nicht?*«. Prince begründet seine Überlegungen zu seiner Versicherung gegen Verbrechen mit der Notwendigkeit der justiziellen Anpassung an eine Zeit, »welche sich ankündigt als in jeder Hinsicht auf Schnelligkeit und Präzision abgestellt«.[49] Diese soziale Dynamik mache es notwendig, auch über das Problem des Verbrechens mit seinen drei Elementen bzw. Faktoren: Verbrecher (V), Opfer (O) und Gesellschaft (G) nachzudenken. Diese drei Elemente müßten gleichmäßig beachtet werden, was allerdings weder im klassischen Strafrecht noch bei der »fortschrittlicheren Lösung der ›défense sociale‹« der Fall sei. Was den

»Faktor V« betreffe, so erfahre er durch die Idee der défense sociale genügend Aufmerksamkeit. Der »Faktor O« bedürfe dagegen allerdings vielfältiger weiterer Aufmerksamkeit. Zum ersten müsse klargestellt werden, daß die Strafe keine Reaktion der Rache sein dürfe, da das Opfer in diesem Falle allenfalls symbolisch entschädigt würde. Zweitens müsse der Mitverantwortung des Opfers größeres Interesse entgegengebracht werden: Die überkommene Strafjustiz vernachlässige diesen Punkt zu sehr, »besonders wenn die Mitverantwortung des Opfers nicht augenfällig ist. Diese gemischte Verantwortung ist im gemeinen Strafrecht noch nicht in dem Maße angekommen, wie beispielsweise oftmals im Verkehrsstrafrecht.«[50] Und drittens dürfe eine zugesprochene Entschädigung nicht von der finanziellen Situation des Täters abhängig gemacht werden.

Die Gesellschaft (»Faktor G«) müsse begreifen, daß es um andere Sanktionen zu gehen habe, als exemplarisch zu strafen und sich zu rächen; das Zeitalter der Strafen sei vorbei, weil sie das Opfer in keiner Weise entschädigen könnten. Stattdessen müsse man die Verbrecher zu Zwangsarbeit verurteilen, wobei die Frucht dieser Zwangsarbeit dafür verwendet werden müsse, einen Gemeinschaftsfond zu speisen, aus dem die Schäden, welche den Opfern von asozialen Taten entstanden sind, zu beheben seien. So sei dem Täter zugleich die Möglichkeit gegeben, echt zu sühnen. Statt der Todesstrafe das Wort zu reden, die dem Opfer ja nur sein Recht auf Entschädigung nehme, müsse ein »Gemeinschaftsfond für eine Versicherung gegen das Verbrechen« eingerichtet werden.

Dieser Gemeinschaftsfond solle sich aus drei Quellen speisen: *Erstens* aus Geldstrafen, Geldbußen u. ä., *zweitens* aus der »Frucht der Zwangsarbeit« der Täter und *drittens* aus staatlichen Subventionen, Stiftungen etc. Die Nutznießer des Fonds hätten an erster Stelle die Opfer zu sein, die nach Schaden und finanzieller Lage entschädigt werden sollten. Zweitens die Verbrecher selbst, denen je ein Sparkonto eingerichtet werden solle, auf das (nach Bezahlung aller Gerichts- und sonstigen Unkosten) der fünfte Teil ihres Verdienstes aus der Zwangsarbeit eingezahlt werde. »Im Falle einer Verurteilung zu lebenslänglicher Zwangsarbeit könnten die Angehörigen des Verurteilten aus diesen Geldern etwas bekommen, besonders wenn sie im Elend sind. So bleibt der Verurteilte in der Mitte der Gesellschaft.«[51] Schließlich profitiere aber auch die Gesellschaft von dem System, weil sie ein Fünftel des Erlöses der Zwangsarbeit einbehalten und in die Verbrechensbekämpfung fließen lassen könnte: »Das Verbrechen würde sozusagen durch das Verbrechen bekämpft werden. Eine schöne Formel in der Kriminalprophylaxe.«[52]

Als Ziele seines Modells formuliert Prince abschließend, daß mit dem Fond zum einen nun jede individuelle Tat wieder die Gemeinschaft etwas angehe und sie zu interessieren hätte, zum anderen würden nun endlich die legitimen Ansprüche der Opfer anerkannt. Abschreckung, wenn davon dann überhaupt noch gesprochen werden könne, sei nun »die wahre harte Arbeit eines Delinquenten, der in der Arbeit und durch die Arbeit sühnt und gleichzeitig den Schaden, den er angerichtet hat, hilft, wiedergutzumachen, um so seine Schuld gegenüber dem Opfer und der ganzen Gesellschaft abzutragen«.[53]

Resümierend kann man festhalten, daß Prince, auch wenn er den Begriff der Versicherung vollmundig benutzt, keineswegs die juridische Rationalität verläßt. Sein ganzes Modell ist aufgebaut auf der individuellen Schuld des Täters, der zu Zwangsarbeit verurteilt wird, deren Ertrag wiederum dem Opfer, aber auch der Gesellschaft zugute kommen soll. Im Grunde ist Prince daher mit ähnlichen Einwänden zu begegnen, die Hilde Kaufmann Gramatica entgegenhielt: Zwar mögen die Opfer von einem solchen Modell gewisse Entschädigungsleistungen erwarten können (freilich um den Preis, daß auch ihrer Mitverantwortung ein größeres Interesse entgegengebracht wird), für den Täter allerdings ändern sich im wesentlichen nur Begrifflichkeiten: Aus Gefängnis wird Arbeitshaus, aus Strafe wird Zwangsarbeit und die exemplarische Rache wird zur systematischen Abpressung der »Frucht der Zwangsarbeit«.

Crime insurance
(Randy Barnett 1977)

Ein ähnliches, allerdings etwas weitergehendes Modell hat Randy Barnett entwickelt. Auch er konstatiert als Ausgangspunkt seiner Überlegungen, daß das System des Strafens nicht mehr zeitgemäß, daß es in der Krise sei. Zwar sei es richtig, daß die Einsperrung es verhindere, daß der Delinquent während dieser Zeitspanne weiterhin Straftaten begehe, aber zugleich sei das Einsperren teuer, moralisch fragwürdig, und zudem sei seine langfristige Effektivität mehr als zweifelhaft.

Ein neues Paradigma der Kriminaljustiz, so Barnett, habe *erstens* eine angemessene und sinnvolle Reaktion auf den Täter zu finden: »Bestrafung ist keine angemessene Antwort auf Kriminalität, denn sie erfolgt lediglich ad-hoc und intuitiv.«[54] Dabei müsse *zweitens* berücksichtigt werden, daß man dem Straftäter einen Anreiz gebe, sich zu rehabilitieren. Das gewöhnliche Gefängnis verhindere dagegen eine Rehabilitation, weil jede sinnvolle oder nutzbringende Beschäftigung und damit auch jeder Anreiz für den Gefangenen fehle. *Drittens* müsse man zu einem Kompensationsmodus für die Opfer finden, der Entschädigung zu einem Recht der Opfer mache und nicht als »Gnade« oder Bedarfs- und Härtefallregelung daherkomme, die auch noch vom Steuerzahler zu finanzieren sei. Heute dagegen sei es so, »daß der unschuldige Steuerzahler für das unschuldige Opfer aufkommt (vorausgesetzt, das Opfer kann seine Bedürftigkeit nachweisen), während der schuldige Täter der Bestrafung mit all ihren Fehlern überstellt wird«.[55]

Barnett plädiert für ein radikales Modell der Wiedergutmachung (»pure restitution«). Der Täter dürfe nicht zu einer unproduktiven und teuren (Freiheits-)Strafe verurteilt werden, die ihm überdies selbst Schaden zufüge und verhindere, daß er die von ihm verursachten Schäden kompensieren könne. Vielmehr müsse die »Strafe« in der Wiedergutmachung des Schadens bestehen: Das Opfer müsse in jedem Fall entschädigt werden. Um diese Entschädigung zu gewährleisten, solle eine Kriminalitätsversicherung (*crime insurance*) eingerichtet werden, die für alle aus Kriminalität entstehenden Schäden in Vorleistung zu treten habe. Diese nähme dann im Anschluß Regreß beim jeweiligen Schädiger, der seine Schulden je nach seinen Möglichkeiten begleichen könne, aber auch müsse. »Ganz ausdrücklich soll der Kriminelle für sein Vergehen keine Sekunde länger leiden. Seinen Fehler wiedergutzumachen ist alles, was erwartet wird« – wer genug Geld oder eine regelmäßige Arbeit habe, könne seine Schulden direkt oder in Raten abtragen.[56] Um dies auch für weniger vertrauenswürdige Schädiger sicherzustellen, schlägt Barnett für diese Personen die Zuweisung in ein Beschäftigungsprojekt vor: »Das könnte ein industrielles, bevorzugterweise privat betriebenes Unternehmen sein, das Waren oder Dienstleistungen produziert. Der Sicherheitsgrad der einzelnen Beschäftigungsprojekte könnte entsprechend dem Verhalten der jeweiligen Rechtsbrecher variieren. Das würde zugleich bedeuten, daß die Beschäftigten eines Projekts mit geringerem Sicherheitsgrad höhere Löhne bekämen, weil dessen Betrieb kostengünstiger möglich wäre.«[57] Die Vorteile seines Modells sieht Barnett in der gesicherten Kompensation der Opfer, dem vermeintlich immensen Einfluß des Täters auf die Länge seiner »Strafe« (die mit geleisteter Kompensation endet[58]) und in den nennenswerten Einsparungen des Strafvollzugssystems, da der »Inhaftierte« durch seine Arbeit einen erheblichen Teil der Haftkosten selbst bestreiten könne und auch müsse.

Das Modell von Barnett hat freilich drei entscheidende Schwächen: *Erstens* die offensichtliche Ungleichbehandlung der Schädiger; Barnett sieht dieses Problem und antwortet darauf: »Das Restitutions-Paradigma zielt nicht auf eine Gleichheit der Leidzufügung beim Kriminellen (...). Gleichheit vor dem Recht bedeutet vielmehr Gleichheit beim Umgang mit den Opfern.«[59] *Zweitens* die Einrichtung von »Arbeitslagern«; eine solche »Lösung« dürfte, ganz abgesehen vom totalitären Beigeschmack solcher Einrichtungen, angesichts wachsender Arbeitslosigkeit und Armut reichlich zynisch anmuten – zumal aufgrund dieser Probleme immer mehr Menschen vollständig vom Arbeits-, Konsum- und Freizeitbereich der Gesellschaft abgekoppelt sind. Und *drittens* gilt freilich auch für Barnett, daß es ihm – wie schon Prince – nicht gelingt, wirklich aus dem juridischen Denken auszubrechen. Zwar besteht die individuelle

Schuld für Barnett nur noch in dem zu kompensierenden Schaden des Opfers, aber seine Konzeption einer *crime insurance* bedeutet doch gleichwohl nicht, daß das Versichertenkollektiv hier kompensierend einspringt, sondern diese Versicherung tritt lediglich in Vorleistung und nimmt Regreß beim Täter – die crime insurance bedeutet gerade keine Sozialisierung des Schadens.

Vollzugslockerungs-Versicherung
(Weißer Ring 1990)

Eine wirkliche (wenn auch nur hinsichtlich eines äußerst begrenzten Personenkreises vorgesehene) Sozialisierung von Kompensationsleistungen beabsichtigt dagegen ein weiteres Modell, das 1990 vom *Weißen Ring* auf die Tagesordnung und unter dem Titel »*Risiko-Verteilung zwischen Bürger und Staat. Schäden durch mißglückte Vollzugslockerungen – wer trägt die Folgen?*« auf dem 1. Mainzer Opferforum zur Diskussion gestellt wurde: Die Forderungen des Weißen Ringes sahen eine Änderung des Opfer-Entschädigungs-Gesetzes (OEG) für jene Personen vor, die durch vorsätzliche Straftaten geschädigt würden, die von Strafgefangenen oder Untergebrachten während einer ihnen gewährten Vollzugslockerung oder eines Hafturlaubes begangen worden seien. Diese Opfer sollten – über die ihnen gegebenenfalls nach dem OEG zustehenden Leistungen[60] hinaus – Schmerzensausgleich und Entschädigung für die ihnen entstandenen Sach- und Vermögensschäden erhalten. Über die vom OEG vorgesehen Entschädigungen hinaus will der Weiße Ring also *erstens* bei Gewalttaten auch Sach- und Vermögenswerte ersetzt wissen; *zweitens* sollen alle Straftaten mit individuellen Opfern staatlich entschädigt werden (also auch etwa Eigentumsdelikte); und *drittens* soll auch unterhalb der OEG-Schwelle für Rentenzahlungen Schmerzensgeld bzw. Ausgleichsgeld gezahlt werden.

Die Begründung dieser Forderung ist folgende: Zwar seien Vollzugslockerungen eine notwendige, sinnvolle und hilfreiche kriminalpolitische Maßnahme und »Mißbräuche« solcher Lockerungen überdies äußerst selten, aber das nütze den Opfern wenig, sie hätten ihr Unglück selbst zu tragen: Deshalb sei es »nach Auffassung des Weißen Ringes nicht vertretbar, daß diese vermutlich nicht vermeidbaren, einzelne schwer schädigenden Nebenfolgen einer an sich vernünftigen Regelung von zufälligen Opfern getragen, die Vorteile also allen zugute kommen, gewissermaßen sozialisiert, die Nachteile einzelnen aufgebürdet, individualisiert werden. Hier ist vielmehr für die einzelnen Opfer ein besonderer Ausgleich zu schaffen.«[61] Ähnlich argumentiert auch Böhm, der diese Forderung schließlich auch daraus ableitet, daß der Staat zur Verhinderung derartiger Taten gleichsam einer verdoppelten Verantwortung unterliege.[62] Schöch kritisiert diese Position dahingehend, daß die Situation der Opfer von »Lockerungsmißbrauchern« gegenüber der Situation anderer Opfer keineswegs besonders herausgehoben sei und sich deshalb auch keine gesteigerte Einstandspflicht des Staates ergebe. Eine Gefährdungshaftung, die in der Regel an besondere technische Risiken anknüpfe, komme für den Strafvollzug nicht in Betracht.[63] Das Recht, so auch Jahn, kenne – bis auf einige wenige Ausnahmefälle – keine allgemein öffentlich-rechtliche Gefährdungshaftung: »Eine verschuldensunabhängige Haftung für die Gefährdung durch einen tatsächlich oder vermeintlich gefährlichen Menschen existiert im öffentlichen Recht nicht.«[64] Auch beruhe ja die Gefährdungshaftung auf dem Gedanken, daß derjenige, der den Nutzen aus dem Betrieb einer gefährlichen Anlage ziehe, für die daraus resultierenden Gefahren einzustehen habe. Die Vollzugslockerungen dagegen sollten jedoch nicht vorrangig der öffentlichen Hand, sondern der Gesellschaft als Ganzer und somit letztlich jedem einzelnen Bürger nützen. In diesem Sinne betrachtet auch Schöch Resozialisierung und damit Vollzugslockerungen als Übungsfeld, das den Gefangenen in die Gesellschaft re-integriert. Fehle dieses Übungsfeld, käme es vermutlich zu erheblich mehr Rückfällen, so daß man sagen müsse, daß das zweifellos vorhandene Restrisiko der Vollzugslockerung das Gesamtrisiko bezogen auf alle Gefangenen vermindere. Denn aus rechtlichen Gründen müßten fast alle Gefangenen ein bis zwei Jahre nach der gewährten Lockerung ohnehin entlassen werden. Das Resozialisierungsziel hätte – ebenso wie die Schuldangemessenheit der Strafe und die Verhältnismäßigkeit der freiheitsentziehenden Maßregeln – Verfassungsrang und dürfe nicht, so Schöch, durch eine Übersteigerung der Schutz- und Sicherungsaufgabe aus den Angeln gehoben werden.[65] Da es nun einmal keinen absoluten Schutz vor Straftaten geben könne, gehöre die Opferwerdung zum allgemeinen Lebensrisiko der Bürger. Ähnlich argumentiert hier auch Jahn und ergänzt, daß der Staat bei Lebensrisiken und so eben auch beim Schutz vor Kriminalität nicht darauf verzichten könne, »daß der einzelne Staatsbürger auch selber auf seinen Schutz vor Straftaten und Beschädigungen bedacht sein muß«.[66]

Und schließlich, so Schöch, entfernten sich die genannten Überlegungen weit von den Grundgedanken des OEG, das ja eine Lücke im Recht der sozialen Sicherung schließen wolle, »indem es die durch eine strafbare Handlung schuldlos in ihrer Gesundheit Schwergeschädigten nicht auf die Sozialhilfe verweist«.[67] Dagegen gebe es keinen Staat, der Vermögensschäden aus Kriminalität ersetze, und ein solcher sei auch nicht wünschenswert, denn dies würde dann letztlich zu einer *staatlichen Versicherung gegen Kriminalität* (von »Lockerungsmißbrauchern«) führen – mit allen Versicherungsbetrugsformen, die man sich vorstellen könne.[68]

Dieses Modell, das der Weiße Ring weniger als eine Versicherung, sondern vielmehr als eine Staatshaftung für Kriminalitätsrisiken durch »Lockerungsmißbraucher« konzipiert hat, ist, wie ja auch Schöch und Jahn urteilen, in seiner Ausrichtung zu beschränkt, da es sich ausschließlich auf Opfer von Gefangenen mit Vollzugslockerungen bezieht und dadurch z.B. die Opfer von ähnlich einstufbaren Personen (etwa Opfer von z.B. Verurteilten auf Bewährung), aber freilich auch die Opfer kriminalisierter Handlungen insgesamt völlig ungleich behandelt. Ebenso berechtigt ist aber wohl auch der Einwand von Schwind, daß eine solche Regelung möglicherweise »zum Ersticken der Risikobereitschaft der JVA« führt.[69] Zugleich ist aber gerade dies die vom Weißen Ring wahrscheinlich intendierte Konsequenz: Über die Thematisierung (bzw. Inszenierung) der »doppelten Verantwortung« des Staates gegenüber Opfern von Gefangenen mit Vollzugslockerungen eine Einschränkung eben dieser Vollzugslockerungen zu bewirken – eine Konsequenz, die im übrigen auch für Schwind das Ergebnis seiner Überlegungen darstellt.[70] In diesem Sinne ist zu vermuten, daß es sich bei dem skizzierten Modell eher um eine populistische Thematisierung von Opferinteressen handelt, die in erster Linie für mehr Härte gegenüber den Tätern (»Keine Lockerungen!«) wirbt – eine Härte zumal, die nicht nur vollständig innerhalb einer juridischen Rationalität verbleibt, sondern überdies den Sicherungsaspekt der Freiheitsstrafe in den Vordergrund spielt.

Gewaltsteuer für Männer
(Frauenliste Basel 1997/1998)

Das Modell »Gewaltsteuer für Männer«, das 1997/98 von der Frauenliste Basel in die Diskussion, aber auch in parlamentarische Debatten getragen wurde,[71] hat eine breite Beachtung in der regionalen und nationalen schweizerischen, aber auch internationalen Presse gefunden. Die Initiatorinnen gehen bei ihrem Modell zunächst von den polizeistatistischen Fakten aus: Danach wurden 1995 »im Kanton Basel-Stadt 90% aller Tötungsdelikte von Männern begangen (...), bei Körperverletzungen waren in 89% der Fälle Männer die Täter«.[72] Im übrigen gingen 96,4% aller angezeigten Straftaten gegen die sexuelle Integrität auf männliche Täter zurück. Umgekehrt sei festzustellen, daß es in der Regel Frauen und Kinder seien, die Opfer dieser männlichen Gewalt würden: Gewalt in Paarbeziehungen sei darüber hinaus nicht an eine soziale Schicht oder andere demographische Merkmale gebunden. Die übliche Thematisierung von Einzelfällen sei angesichts solcher Zahlen weder hinzunehmen noch präventiv hinreichend. Vielmehr müßten die Männer ingesamt als eine Risikopopulation angesehen werden, von der der Großteil der Gewalt ausginge: Die Zugehörigkeit zum männlichen Geschlecht sei das »relevanteste gemeinsame Täterkriterium«.

Obwohl es den Initiatorinnen vor allem um das Ende der »Tabuisierung« und damit um eine präventive Thematisierung der Gewalt von Männern (insbesondere gegen Frauen) geht, ist ihr Ansatzpunkt ein bewußt monetärer: »der empfindlichste Punkt der Männer, sozusagen die Achillesferse: das liebe

Geld«.[73] In diesem Sinne wurde von der Frauenliste Basel »die ökonomische Seite der Gewalt« als Kostenfaktor in die Diskussion gebracht: Da, so etwa Ursula Glück, die Folgekosten der von Männern verübten Gewalt immens seien (etwa für physische und psychische Gesundheitskosten, Strafvollzugs-, Polizei- und Gerichtskosten sowie für Interventionsmaßnahmen, Opferhilfe, Erwerbsausfall etc.), seien es eben auch die Männer, die für diese Kosten aufzukommen hätten. Die Forderungen der Frauenliste gingen in zwei Richtungen: Zum einen müsse aus den Gewaltsteuereinnahmen eine wirtschaftswissenschaftliche Studie zu den Kosten der Gewalt durchgeführt werden, um das Ausmaß dieser Handlungen auch ökonomisch nachvollziehen zu können.[74] Zum anderen müsse das Kollektiv bzw. die Risikogruppe Mann über eine Gewaltsteuer kollektiv zur Verantwortung gezogen werden, um aus den erzielten Einnahmen Folge-, aber auch Präventionskosten zu decken, wobei maximal die Hälfte der Einnahmen für die »Verursacher« ausgegeben werden dürfe – mindestens die Hälfte müsse auch den Opfern zugute kommen. Die Legitimität einer solchen Maßnahme ziehen die Initiatorinnen zum einen aus dem Gleichstellungsartikel 4.2. der schweizerischen Bundesverfassung, zum anderen aus dem auch von der Schweiz unterzeichneten und ratifizierten UNO-Übereinkommen zur Beseitigung jeder Form von Diskriminierung der Frau, dessen Artikel 4 »zeitweilige Sondermaßnahmen zur Herbeiführung der De-facto-Gleichberechtigung explizit« vorsehe.[75]

Das Interessante an dem Gewaltsteuer-Modell ist weniger seine Begründung in den Details, die in einigen Punkten durchaus zweifelhaft sind (etwa, daß Frauen die häufigsten Opfer von Gewalt seien). Interessant ist vielmehr, daß hier der Versuch unternommen wird, Gewalt nicht als Einzelerscheinung, sondern vielmehr als ein systemisches (»Schadenkosten«-)Risiko zu thematisieren, das von einer bestimmten Risikopopulation ausgeht, die nach einem bestimmten Merkmal kategorisiert und gleichsam tarifiert wird. »Nicht vereinzelte, asoziale ›Triebtäter‹ vergewaltigen, bedrohen und schlagen Frauen, die Mehrheit der Täter sind ›normale‹, gesellschaftlich integrierte Männer.«[76] Es ist also der Versuch, gerade auch die »erlaubten«, »akzeptierten« oder besser: nicht thematisierten Risiken bzw. »Schäden« mit zu thematisieren, indem man das soziale Problem Gewalt nicht individualisiert, sondern gleichsam sozialisiert und in einem gewissen Rahmen in materieller und immaterieller Hinsicht zu kompensieren trachtet. Freilich verbleibt die konkrete Bearbeitung des je individuellen Falls in einer juridischen Rationalität von Strafverfolgung und auch -vollstreckung, wird aber zusätzlich – einer insurationistischen Rationalität folgend – sowohl in materieller und immaterieller als auch politischer Hinsicht sozialisiert. Es geht, anders als in den zuvor abgehandelten drei Beispielen, nicht nur um eine straf- oder auch behandlungskomplementäre Kompensation der konkreten Opfer, sondern insbesondere auch um die Verantwortungs- und Kostenübertragung auf die Risikopopulation »Mann«. Diese Art der Verantwortungsübertragung befördert, so ist zumindest die Intention, gerade auch die Thematisierung der (von einer strafrechtlichen Bearbeitung stets vernachlässigten) gesellschaftlichen Entstehungs- und Bedingungszusammenhänge und versteht sich daher zugleich als strukturpolitische Intervention.[77]

Versicherung gegen wirtschaftliche Schädigungen durch Verbrechen
(Hugo Herz 1908)

Einen weitaus deutlicheren Wechsel zu einer insurationistischen Herangehensweise bietet der älteste der hier diskutierten Ansätze. Er stammt von Hugo Herz und erschien bereits 1908 in der »Zeitschrift für Versicherungswissenschaft«. Die Versicherung, so konstatiert Herz, betrachte Kriminalität aus einer völlig anderen Perspektive als das Strafrecht.[78] Habe das alte Strafrecht den Fehler »der übertriebenen Wertung des äußeren wirtschaftlichen Erfolges der Tat« begangen, so liege das neue Strafrecht ebenso verkehrt, wenn es »das subjektive Gefährdungsmoment des Täters in den Vordergrund« stelle. Für die Versicherung kämen diese »subjektiven Momente« nicht in Betracht, vielmehr werte sie die Schädigungsgefahr ausschließlich nach den objektiven Momenten: »Es spielen daher (...) die gefährdeten Objekte sowie die Art und Weise seiner Gefährdung, die mehr oder mindere Häufigkeit des Gefahreneintritts, hervorgerufen durch die Beschaffenheit des Objektes, eine große Rolle.« In diesem Sinne argumentiert er im folgenden ausgesprochen soziologisch, wenn er feststellt, daß es zwar statistisch gesehen so sei, daß die meisten Vermögensdelikte von jenen Klassen verübt würden, »die des Besitzes vollständig entbehren, und deren Einkommen so gering ist, daß sie die elementarsten Bedürfnisse: Kleidungs-, Wohnungs-, Nahrungsbedürfnisse, gar nicht oder nur unvollständig befriedigen können«, aber er ist gleichzeitig davon überzeugt, daß dieser Zusammenhang »kein zwingender« sei.[79] Wichtiger sind Herz dagegen die Objekte: So sei es erstaunlich, wie selten Diebstähle in nicht-verschließbaren Räumlichkeiten verübt würden, »wohingegen Wohnungen und ihre Nebenräume die günstigsten Angriffspunkte für Diebe sind, einesteils weil daselbst infolge der Verschließbarkeit des Raumes Wertobjekte verwahrt werden, andernteils weil ständig eine große Gruppe von Personen zu diesen Gegenständen Zutritt hat (Hausgenossen, Dienstboten), schließlich aber auch, weil in diesen Räumlichkeiten leicht verwertbare Dinge von allgemeinem Gebrauchswerte verwahrt werden«. Zudem stellt er fest, daß Täter und Opfer meist der gleichen Schicht entstammen und daß aufgrund der mangelnden sozialen Kontrolle »in den großen städtischen Mietskaserenen« die dort häufigeren Einbrüche nur zu verständlich seien.[80]

Nun begegne zwar der Staat all diesen Schädigungen durch soziale Reaktionen »in Form von Absonderung des Verbrechers, polizeilicher Bewachung, Prävention«,[81] aber alle diese Maßnahmen erwiesen sich als unzulänglich, da es trotz derselben fortwährend zu erheblichen Verlusten durch Kriminalität komme. Zudem vernachlässige der Staat den Entschädigungsgedanken und verweise den einzelnen auf Selbsthilfe. Und genau an dieser Stelle könne die Versicherung bzw. die Informiertheit der Versicherung der Kriminalitätsverarbeitung große Dienste erweisen: Zum einen sei sie in der Lage, diese Schäden zu kompensieren, zum anderen führten ihre eigenen Nachforschungen aufgrund ihrer großen Erfahrung mit den kriminellen Praktiken und ihres sonstigen Wissens viel häufiger zur Wiedererlangung des gestohlenen Gutes. Dies liege schon allein darin begründet, daß bei der polizeilichen Verfolgung öffentliche Interessen im Vordergrund stünden und das

Privatinteresse des Bestohlenen nachrangig behandelt werde. Die Nachforschungen der Versicherungen seien dagegen vollständig durch das Privatinteresse bestimmt und damit auf die Wiedererlangung des gestohlenen Gutes gerichtet. Indem sie sich auf ebendieses Gut konzentrierten, also nicht den Kriminellen jagten, sondern ihm das gestohlene Gut entrissen, zerstörten sie die Ursache des Verbrechens.[82]

Die Idee für eine *umfassende Verbrechensversicherung*, »die den Schutz eines Menschen gegen wirtschaftliche Nachteile aus sämtlichen Delikten, soweit solche durch die Strafgesetze eines Landes festgesetzt erscheinen, durch Bereitstellung einer Geldentschädigung oder Rückstellung des Verlustobjektes«[83] zu bezwecken habe, leitet Herz allerdings nicht vorrangig aus der Versicherungsidee ab, sondern aus den (zeitgenössischen) »deterministischen Straftheorien, die den Einzelnen seinen angeborenen Anlagen nach als Produkt der vergangenen Generationen (...), seiner wirtschaftlichen Stellung nach als das Produkt der kapitalistischen Gesellschaftsordnung ansehen«.[84] Diese lehnten es ab, den Täter verantwortlich zu machen, und sähen ihn lediglich, wie es ja auch schon Quételet formuliert hatte, als Werkzeug. Wenn aber derart eine »Schuldüberwälzung« betrieben werde, so Herz weiter, dann müsse dies »konsequenterweise auch eine Haftungsüberwälzung zur Folge« haben »in dem Maße, als der Einzelne von der Schadensersatzpflicht entlastet wird«. Und im selben Maße werde dann »die Gesamtheit für den Schaden verantwortlich, der seiner Natur nach den Charakter eines Elementarereignisses enthält. Leben, Gesundheit, Erwerbsfähigkeit und materieller Besitz der Menschen sind, wie in früheren Auseinandersetzungen gezeigt wurde, verbrecherischen Schädigungen beständig ausgesetzt«. Die Versicherung biete die Chance, wie oben bereits erwähnt, diesen schädigenden Charakter des Verbrechens zu beseitigen, indem sie ihn »über eine große Gruppe oder die Gesamtheit wirtschaftlicher Menschen verteilt«.[85]

Ich habe Hugo Herz hier so ausführlich zitiert, weil bei ihm – wie m. E. nur selten – deutlich wird, mit welcher Gelassenheit, aber auch Informiertheit die Versicherung(swissenschaft) mit dem Phänomen der Kriminalität umzugehen vermag. Für Herz ist Kriminalität normal, er glaubt nicht daran, sie bewältigen zu können. Für ihn ist Kriminalität ein im individuellen Einzelfall nie zwingendes Phänomen, das aber gleichwohl in Regelmäßigkeit den gesellschaftlichen Bedingungen folgt, die immer bestimmte und für einige mit legalen Mitteln unerfüllbare Bedürfnisse schaffen. Weil aber mit legalen Mitteln unerfüllbare Bedürfnisse gleichwohl normal und auch legitim sind, entspringt Kriminalität gleichsam dem regulären Zusammenwirken der gesellschaftlichen Kräfte. Der »böse« Wille wird so gleichzeitig der Wille zum Guten, nämlich zur Erfüllung von Bedürfnissen, die allgemein als gute angesehen werden.[86] Insofern wird Kriminalität in einer sich modernisierenden Gesellschaft – zumindest tendenziell – zum »Unfall«, dessen negative Effekte durch eben diese Transformation kompensierbar werden. Herz braucht daher sein professionelles Interesse auch nicht an weitergehende Motive der Täter zu verschwenden; stattdessen schaut er darauf, welchen Schaden sie wann, wo und vor allem wie anrichten. Es sind die Situationen und Gelegenheiten, die Figurationen der jeweiligen sozialen Milieus, die bestimmte Arten von Kriminalität hervorbringen oder eben nicht.[87] Alle diese Faktoren des Kriminellen will er statistisch erfassen, sie kombinieren und aggregieren, um auf diese Weise ein (statistisches) Bild zu erstellen, das einerseits dem Privatinteresse des Geschädigten (Wiedererlangung, Kompensation) dienlich ist und welches es ihm andererseits erlaubt, eine angemessene und freilich auch ökonomisch lohnende Tarifierung von Sicherheit zu gewährleisten.[88] Entsprechend richten sich seine Vorstellungen von Prävention auch nicht auf den Täter, sondern auf die Objekte selbst. Damit wiederum wird Kriminalität explizit zum Risiko, und dieses Risiko resultiert nicht aus dem Vorhandensein einer bestimmten Gefahr, die von einem Individuum oder auch einer konkreten Gruppe ausgeht. Es ergibt sich daraus, daß abstrakte Daten oder Faktoren, die das Auftreten unerwünschter Verhaltensweisen mehr oder weniger wahrscheinlich machen, zueinander in Beziehung gesetzt werden.

Es wird deutlich, daß in der Versicherungswissenschaft recht früh ein Bewußtsein, aber auch konkrete Überlegungen existierten, auch Schäden aus Kriminalität als einen Aspekt von Fortschritt und Modernisierung zu betrachten, ihre Verarbeitung der »Technologie des Risikos« und damit einem gänzlich anderen Zurechnungsmodus zu unterstellen – sie also letztlich auf das Kollektiv zu verteilen.[89] Zudem hatte Herz (sein Artikel trägt ja die Überschrift: »Die Versicherung gegen wirtschaftliche Schädigungen durch Verbrechen«) neben den Techniken des Risikos bzw. der Versicherung auch noch den eigentlichen Gedanken der Versicherung im Blick: die Solidarität, die sich in der Sozialisierung und Kompensation der Schäden realisiert. Wenn Bedingungen – welcher Art auch immer – existierten, die den einzelnen zum Werkzeug seiner persönlichen oder gesellschaftlichen Bedingungen machen, wenn Kriminalität dem regulären Zusammenwirken der gesellschaftlichen Kräfte entspringt, dann müsse die in dieser Auffassung implizite »Schuldüberwälzung« auf die Gesellschaft auch zu einer »Haftungsüberwälzung« führen und das Kollektiv für Schäden aus Kriminalität aufkommen.

Für Herz war »Kriminalität« zweifellos ein Risiko, das mit den *Techniken der Versicherung* bearbeitet werden kann. Der zentrale Unterschied zu der von Feeley und Simon beschriebenen *actuarial justice* besteht darin, daß zwar in beiden Fällen die Techniken des Risikos bzw. der Versicherung zur Anwendung kommen, nur sind sie im Zusammenhang der *actuarial justice* immer weniger jene neutralen, mathematischen Operationen zur Berechnung des Risikos und der dazugehörenden Versicherungsprämien (die sie für Herz wohl noch waren), sondern konstituieren immer deutlicher ein neues gesellschaftliches Kontrollgefüge. Und während Herz eindeutig für eine Sozialisierung der Schäden plädiert, kennt das »versicherungsstatistische Rechtswesen«, die actuarial justice, diesen Versicherungsgedanken nicht: Es übernimmt lediglich die Techniken der Versicherung bzw. des Risikos, die in ihrer Abkoppelung zu Techniken der Kontrolle werden.

Im folgenden will ich versuchen, den grundsätzlichen Ansatz von Herz weiter- und »Kriminalität« dementsprechend konsequent als »versichertes Risiko« zu denken. Dabei werde ich in Kapitel II zunächst an der faktischen (wie zu zeigen sein wird: immensen) Versichertheit und Versicherbarkeit von Schäden aus »Kriminalität« in der Gegenwartsgesellschaft anknüpfen.

11. Die Versicherung von Kriminalitätsschäden in der Gegenwartsgesellschaft

Ist eine Versicherung gegen Kriminalität in der Gegenwartsgesellschaft denkbar und möglich? Um mich einer Beantwortung dieser Frage zu nähern, werde ich im folgenden zwei Aspekte in den Blick nehmen: a) den Umfang versicherter bzw. versicherbarer »Kriminalität« und b) die Kriterien der Versicherbarkeit.

Umfang versicherter bzw. versicherbarer »Kriminalität«

Auf den ersten Blick beantwortet sich die Frage nach dem Ob und Wie einer Kriminalitätsversicherung gleichsam von selbst, denn schießlich waren Schäden aus Kriminalität in einigen Versicherungszweigen seit jeher mitversichert: So waren sie sowohl Gegenstand vieler der frühen versicherungsähnlichen Einrichtungen, wurden aber auch in der Erwerbsversicherung seit ihren Anfängen erfaßt – etwa in der Lebens-, Transport- oder Feuerversicherung, wobei die Feuerversicherer meist auch die sogenannten Plünderungsschäden abdeckten. Ab Mitte des 19. Jahrhunderts gab es dann in Deutschland immer wieder sporadische Versuche, in begrenzten Bereichen spezielle Diebstahlversicherungen einzuführen, so etwa eine den Diebstahl einschließende Obstbaumversicherung in Sachsen, den Hopfenversicherungsverein in Franken oder jenen Zusammenschluß, in dem sich Krefelder Fabrikanten ab 1864 gegen die Veruntreuung von Waren und Rohstoffen versicherten. 1863 empfahl der Statistiker Ernst Engel (in einem Bericht an den internationalen statistischen Kongreß), die Diebstahls- und Betrugsversicherung, die bereits seit 1860 von »Lloyd's« in London angeboten wurde, auszubauen, um dadurch Stehlen und Betrügen einzudämmen. Ähnlich wie Herz glaubte Engel, »daß die Versicherer die Diebe mit sehr viel mehr Nachdruck verfolgen würden, so daß diesen die Freude an ihrem Gewerbe vergehe«.[90] Gleichwohl sollte es in Deutschland noch bis 1895 dauern, bis die »Fides« in Mannheim und die »Transatlantische

Feuerversicherungs AG« in Hamburg spezielle (Einbruchs-) Diebstahlsversicherungen etablierten. Nun wurde dieser Versicherungszweig auch verstärkt von den Feuerversicherern in ihr Angebot aufgenommen, und dies nicht in erster Linie, weil man sich ein profitables Geschäft versprach, sondern oftmals vor allem aus Gründen der Bestanderhaltung. In diese Zeit fallen zudem die Anfänge einer kombinierten Hausratversicherung, und schließlich begannen die Gesellschaften – aus der Wettbewerbsdynamik heraus – die Versicherung auch auf den einfachen Diebstahl auszudehnen. »Als Anfang 1900 zur Gründung eines Verbandes der in Deutschland arbeitenden Einbruchsdiebstahlversicherungsgesellschaften aufgerufen wurde, erschienen 28 auf der Gründungsversammlung. 1913 hatte dieser Zweig in Deutschland bereits einen Bestand von 1,2 Millionen Versicherungen vorzuweisen«.[91]

Nach den finanziellen Einbrüchen und Verlusten vor, während und zwischen den Weltkriegen[92] expandierte die Versicherung im allgemeinen und mit ihr auch die Versicherung gegen Schäden aus Kriminalität stetig. Heute verfügt jeder bundesdeutsche Haushalt im Durchschnitt über sechs private Versicherungen, für die er jährlich circa 4500 DM bezahlt;[93] der Gesamtverband der deutschen Versicherungswirtschaft kommt für 1998 auf knapp 3000 DM jährlicher Versicherungsbeiträge pro Einwohner (wobei die Arbeitnehmeranteile für die gesetzliche Renten- und Pflegeversicherung sowie für Kranken- und Arbeitslosenversicherung in diesem Betrag nicht enthalten sind): Nichts verdeutlicht besser die Akzeptanz und Dominanz der Versicherung und den Grad, in dem unsere Gesellschaft von dieser Institution durchdrungen ist: Die gesamten Beitragseinnahmen der Deutschen Versicherungswirtschaft in Höhe von 237,03 Mrd. DM im Jahre 1998 verteilten sich auf einen Bestand von 386,66 Mio. Versicherungsverträgen der 1990 in Deutschland tätigen Versicherungsunternehmen (davon 38 Rückversicherer). Die Durchdringung der deutschen Gesellschaft mit privaten Versicherungen stellt sich hierbei folgendermaßen dar: 80,2 Prozent der Haushalte verfügen über eine Kfz-Haftpflichtversicherung, 75,4 Prozent über eine Hausratversicherung, 61,3 Prozent über eine Privathaftpflichtversicherung, 54,4 Prozent über eine Lebensversicherung (ohne Sterbegeld), 45,1 Prozent über eine Rechtsschutzversicherung, 39,9 Prozent über eine private Unfallversicherung, 31,2 Prozent über eine Kfz-Vollkaskoversicherung und 11,2 Prozent über eine private Krankenversicherung.[94]

Die Versicherung ist so gesehen – neben dem Recht – die heute wohl größte formalisierte Verarbeitungsmaschine für Schäden und Konflikte, für Ärgernisse und Lebenskatastrophen. In diesem Kontext sind auch Schäden aus »Kriminalität« in großem Ausmaß (mit-)versichert oder richtiger: versicherbar, wovon die folgende Liste einen allenfalls unvollständigen Eindruck vermitteln kann:

- Straftaten gegen das Leben (Mord, Totschlag, fahrlässige Tötung – §§ 211, 212, 213, 220a, 221, 222 StGB): *Lebensversicherungen* sowie *Unfallversicherungen*;
- Straftaten gegen die körperliche Unversehrtheit und die sexuelle Selbstbestimmung (Körperverletzungen, versuchte Tötungen, Mißhandlungen, Vergewaltigung, sexueller Mißbrauch[95] – §§ 223–227, 229, 231, 174ff. StGB): *Gesetzliche und private Krankenversicherungen sowie Unfall-, Pflege- und Rentenversicherungen, Berufsunfähigkeitsversicherungen, Verdienstausfallversicherungen etc.*
- Straftaten gegen die persönliche Freiheit (Erpresserischer Menschenraub, Entführung, Erpressung, räuberische Erpressung – § 239a, 252, 253, 255 StGB): *Lösegeldversicherung*[96]*, gewerbliche Einbruchsdiebstahl- und Raubversicherung, Transportversicherung, Reisegepäckversicherung etc.;*
- Straftaten gegen das Eigentum (Diebstahl, Einbruchsdiebstahl, Unterschlagung, Raub und Straßenraub, Betrug – §§ 242–250, 252, 263 StGB): *(verbundene) Hausratversicherung, gewerbliche (Einbruch-)Diebstahls- oder Raubversicherungen, Kfz-Kasko-Versicherungen, Technische Versicherungen, Reisegepäckversicherung sowie Luftfahrt-, See- und Transportversicherungen, Automatenversicherung, Fahrradversicherung etc;*
- Sachbeschädigung (§ 303 StGB): *Einbruchsdiebstahl- und Raubversicherung, Glasversicherung, Kfz-Kaskoversicherungen, Technische Versicherungen, (Haftpflichtversicherung*[97]*) etc.;*
- Diebstähle und Sachbeschädigungen spezieller Art, insbesondere hinsichtlich von Kunst- und Luxusgegenständen:

z. B. *Kunstversicherung, Ausstellungsversicherung, Musikinstrumenteversicherung, Sportgeräteversicherung etc.*;[98]
- Entwendung aus und von Kraftfahrzeugen bzw. Fahrzeugteilen sowie diesbezüglicher Vandalismus: *Kraftfahrzeug-(Teil- und Voll-)Kasko-Versicherung;*
- Unterschlagung, Untreue, Urkundenfälschung (§ 246, 263, 267 StGB): *Vertrauensschadenversicherung;*[99]
- Brandstiftung, Herbeiführen von Sprengstoffexplosionen (§ 306, 308 StGB): *Feuerversicherung, Gebäudeversicherung*;
- Kreditbetrug und Insolvenzdelikte: *Delkredereversicherung*;[100]
- Kautionsbetrug: *Kautionsversicherung*;
- Computer-Spionage sowie -Sabotage, Computer-Mißbrauch (§§ 263a, 303b): *Computer(mißbrauchs)versicherung;*[101]
- Mißbrauch von Scheck- und Kreditkarten (§ 266b StGB): *Scheck- und Kreditkartenversicherung.*

Wie diese – wie bereits gesagt: unvollständige – Liste[102] deutlich macht, ist der (potentielle) Versicherungsschutz in Bezug auf Schäden aus Kriminalität enorm, wobei freilich die einzelnen Versicherungssparten in höchst unterschiedlichem Maße betroffen sind. Schwerpunkte der versicherungsmäßigen Kompensation liegen eindeutig bei Sachbeschädigungen (in den Hausrat-, Kfz- und Transportversicherungen), Brandstiftungen (abgedeckt vor allem duch Hausrat- und Feuerversicherung) und Eigentumsdelikten (betroffen sind hier insbesondere die gewerbliche Einbruchsdiebstahl-, sowie die Hausrat-, die Kfz- und die Transportversicherungen). In diesen Versicherungssparten liegt der Anteil der Kompensation von »Kriminalitätsschäden« (bezogen auf das Gesamtschadenvolumen) überdurchschnittlich hoch, wobei nach Wittkämper u. a. spartenübergreifend davon auszugehen ist, »daß zwischen 5% und 25% der jährlichen Versicherungsleistungen als Entschädigung für die Folgen krimineller Handlungen gezahlt werden« (wobei der Versicherungsbetrug hierbei noch nicht berücksichtigt ist).[103] Bei einem vom Gesamtverband für die Deutsche Versicherungswirtschaft veranschlagten Gesamtschadenaufwand der deutschen Versicherungswirtschaft von ca. 270 Mrd. DM im Jahr 1998 würden sich aus diesen Zahlen Kompensationsleistungen für Schäden aus Kriminalität in Höhe von 13,5 bis 67,5 Mrd. DM errechnen.[104]

Diese Zahlen beziehen sich vor allem auf Schätzungen der von Wittkämper u.a. 1990 befragten Experten. Zwar erbrachten auch meine eigenen Expertenbefragungen in den Jahren 1999 und 2000 ähnliche (Schätz-)Ergebnisse, statistisch absichern lassen sich diese Schätzungen aber nicht, da die einzelnen Versicherungsgesellschaften Schäden aus Kriminalität höchst unterschiedlich erfassen oder aber gar nicht gesondert erheben oder ausweisen.[105] Lediglich in zwei Bereichen kann man auf gesicherte und auch veröffentlichte Daten des Gesamtverbandes der Deutschen Versicherungswirtschaft zurückgreifen. Zum ersten handelt es sich hierbei um den Bereich des Einbruchsdiebstahls, in dem im Jahr 1998 von der gewerblichen Einbruchsdiebstahlsversicherung ein Schadenaufwand von 716 Mio. DM und von der Verbundenen Hausratversicherung eine Entschädigungssumme von 943 Mio. DM geleistet wurde (Gesamtschadenaufwand für den Bereich Einbruchsdiebstahl: 1659 Mio. DM). Während allerdings die gewerbliche Einbruchsdiebstahlversicherung eine explizite Absicherung gegen ein strafbares Delikt darstellt und der Anteil an Schäden aus Kriminalität dementsprechend 100 Prozent beträgt,[106] beziehen sich die in der Verbundenen Hausratversicherung angefallenen Kriminalitätsschäden von 943 Mio. DM auf eine Gesamtschadensumme dieser Versicherungssparte von 2410 Mio. DM und haben dementsprechend einen Anteil von ca. 38 Prozent.[107]

Der zweite statistisch äußerst gut erfaßte Bereich ist der des Kfz-Diebstahls: Hier leisteten die Kfz-Voll- und Teilkaskoversicherer (nur in diesen beiden freiwilligen Versicherungsarten ist eine Kompensation für Kfz-Entwendungen enthalten) 952 Mio. DM an Entschädigungsleistungen (im Jahre 1998) bei einem Gesamtschadenaufwand dieser beiden Branchen von 11055 Mio. DM. Dies entspricht einem Anteil des Schadenaufwandes für Kfz-Diebstähle am Gesamtschaden von ca. 8,6 Prozent.[108] Hinzu kommen freilich noch jene versicherten Schäden, die durch den Diebstahl aus Kraftfahrzeugen oder von Fahrzeugteilen sowie Sachbeschädigungen entstehen.

Wie bereits erwähnt, lassen sich solche Berechnungen in den meisten Versicherungssparten nicht dezidiert durchführen, weil die Versicherungen Schäden aus Kriminalität insbesondere im Massengeschäft nicht gesondert ausweisen, da »Kriminalitätsrisiken« für sie ein Risiko unter vielen sind. Jedenfalls belegen die Daten, daß Kriminalität versichert ist bzw. versichert werden kann und daß Schäden aus Kriminalität zudem in großem Umfang kompensiert werden.

Kriterien der Versicherbarkeit

Auf den zweiten Blick allerdings erscheint die Versicherung von Kriminalitätsrisiken komplizierter. Zwar ist die Versicherung als Bearbeitungsinstanz bzw. -mechanismus von Kriminalitätsrisiken heute selbstverständlich, zugleich ist aber auch deutlich geworden, daß diese Selbstverständlichkeit eine prekäre ist: Zum einen betrachtet sich die Versicherung bereits selbst als potentielle Schadensursache oder auch kriminogenen Faktor, weil ihr Kompensationsangebot zugleich immer auch mißbraucht werden kann. Zum anderen war (und ist) die Versicherungsfähigkeit bestimmter Schäden seit jeher stets umstritten gewesen. Die Geschichte der Versicherung ist so gesehen immer auch eine Geschichte von Zweifeln an ihrer Legitimität und Versuchen ihrer Verhinderung: Zum Beispiel weil man – in der Hingabe zum göttlichen Willen – Krankheiten und Seuchen, Tod und Not als Prüfungen oder auch Strafen interpretierte und sich entsprechend nicht anmaßen zu dürfen glaubte, in den Ratschluß Gottes einzugreifen. Im 18. Jahrhundert erregten sich etwa Teile der süddeutschen Geistlichkeit über die Errichtung einer Feuerversicherung, »da der Mensch damit die strafende Hand Gottes zu parieren suche«,[109] und dieser Eifer traditionalistisch denkender Protestanten ging sogar so weit, daß sie sich Ende des 17. Jahrhunderts gar noch über die Erfindung des Regenschirms hatten aufregen können, denn wenn der Regen auf den Willen Gottes zurückzuführen sei und Gott es auf Gerechte wie Ungerechte gleichermaßen regnen lasse, dann erscheine »der Regenschirm als ein Instrument, um den Willen Gottes zu unterlaufen, und damit als ein Frevel« (Bonß 1995: 172).

Ein anderes Argument gegen Personen- und Sachversicherungen – ebenfalls noch weit bis ins 18. Jahrhundert hinein vorgebracht – war der Einwand, das Leben der Menschen sei bis auf wenige Ausnahmen keiner versicherungsfähigen Gefahr ausgesetzt. Nach Wolfgang Bonß ist diese Einstellung vor allem auch auf die römisch-rechtliche Tradition zurückzuführen, welche die »Monetarisierung des menschlichen Lebens« verbot. Dies bedeutete freilich nicht, daß es solche Versicherungen nicht doch gegeben hätte: Die »Sklavenversicherung« hatte zum Beispiel einen ganz erheblichen Anteil am Seeversicherungsgeschäft des 18. Jahrhunderts, was allerdings nur deshalb möglich war, weil man Sklaven als Sachen begriff. Dies galt auch für die sogenannten »Sklavenkassen« oder »Freiheitsversicherungen«, welche die Aufgabe hatten, versklavte Seeleute wieder freizukaufen: »Zwar handelte es sich bei dieser Kasse, die über personenbezogene Umlagen der Schiffseigner finanziert wurde, um ein Unternehmen, das explizit Geldwerte für Leben festsetzte, aber für die Zeitgenossen widersprach dies keineswegs dem römischen Recht, da die Seeleute als Sklaven keine freien Menschen waren, sondern das Lösegeld dazu diente, sie wieder zu solchen zu machen.«[110]

Ein drittes und vielleicht das wichtigste Argument gegen Versicherungen war der Vorwurf, daß ihr Handeln dem Verbrechen förderlich sei, weil die Absicherung des Risikos die Menschen – sowohl was ihre eigenen Güter als auch was diejenigen Dritter betreffe – sorgloser und fahrlässiger mache[111] sowie die Hemmschwelle zum Verbrechen herabsetze. Die Versicherung ermuntere aber nicht nur zum Verbrechen, sondern provoziere geradezu ihre eigene Ausnutzung: Mißbrauchs- und Korruptionsvorwürfe waren an der Tagesordnung.[112] Häufig wurden etwa Feuerversicherungen nur in der Form von Gesellschaften auf Gegenseitigkeit zugelassen, weil man glaubte, daß die wechselseitige Überwachung der Versicherten jene Mißbräuche verhindere, zu denen die Einrichtung Gelegenheit geben könne.

Solche und ähnliche Fragen und Einwände sind zwar (bis heute) nie gänzlich verschwunden, nach Arnold kann aber zunächst allgemein davon ausgegangen werden, daß die Versicherbarkeit »kein prinzipielles Problem« mehr darstellt: »Risiko und Preis für die Risikoübernahme werden gegeneinander abgewogen. Letztlich läßt sich die Versicherbarkeit auf die Frage nach dem entsprechenden Preis reduzieren. Allerdings weisen die zu überprüfenden Kriminalitätsrisiken objektive Eigenschaften auf, die dazu führen, daß eine Bewältigung durch Versicherungsnahme versicherungstechnisch schwierig oder gesellschaftlich oder gesetzlich nicht vertretbar erscheint.«[113] Solchen Problemen, die durchaus auch andere Risiken betreffen können, wird von Seiten der Versicherungswirtschaft heute mit einem Kriteriensystem begegnet, das die Beantwortung der Frage nach Versicherbarkeit erleichtern soll. Hierbei handelt es sich nach Arnold im wesentlichen um die Kriterien: (a) Zufälligkeit, (b) Eindeutigkeit, (c) Schätzbarkeit, (d) Unabhängigkeit und Größe, (e) Versicherungswürdigkeit und (f) Gesetzliche Zulässigkeit. Diese Kriterien sind bei unterschiedlichen Formen von Delikten natürlich unterschiedlich zu bewerten:[114]

a) *Zufälligkeit*: Bei diesem Kriterium geht es um die Frage der Manipulierbarkeit von Risiken, also letztlich um das sogenannte subjektive Risiko, das die für die Realisation eines Risikos bedeutsamen individuellen menschlichen Eigenschaften und Verhaltensweisen beschreibt. Nach Baruch Berliner kann man in diesem Sinne drei Risikokategorien in Abhängigkeit vom Manipulierbarkeitsgrad bilden: 1) Vom Menschen völlig unabhängige Risiken, etwa Naturereignisse wie Wirbelstürme, Hagel oder ähnliches; 2) vom Menschen abhängige Risiken, bei denen aber (in der Regel) kein Mensch ein Interesse am Eintritt eines Schadenereignisses hat, etwa Autounfälle; und 3) vom Menschen abhängige Risiken, bei denen es aber wiederum Menschen gibt, die am Eintritt des Schadenfalls interessiert sind, etwa Diebstahl, Veruntreuung etc.[115] Nach dieser Einteilung des Manipulierungsgrades erfüllen kriminelle Handlungen also grundsätzlich nicht das Zufälligkeitskriterium, weil es immer einen Menschen gibt, der an dem entstandenen Schaden ein Interesse hat. Versicherbar werden die Schäden aus Kriminalität aber wiederum dadurch, daß es ja nicht der Versicherungsnehmer selber ist, der am Schadenseintritt interessiert ist. Gleichzeitig wird aber die Unabhängigkeit des Eintritts des Schadenfalls vom Verhalten des Deckungssuchenden durchaus kritisch betrachtet und je nach Art der Kriminalität unterschiedlich bewertet: Zwar geht man bei Straftaten gegen das Leben, die sexuelle Selbstbestimmung und die persönliche Freiheit sowie bei Rohheits-, aber auch Eigentumsdelikten grundsätzlich davon aus, daß der Geschädigte kein Interesse am Schadeneintritt hat, gleichwohl aber könne das subjektive Risiko durchaus groß sein. Gerade bei Eigentums- und Vermögensdelikten könnten die Versicherten zu mangelnder Vorsicht oder auch mangelhaften Sicherheitsvorkehrungen verleitet werden und insofern Straftaten erleichtern oder gar provozieren. Daß dieses Kriterium allerdings keineswegs die Unversicherbarkeit solcher Risiken bedeutet, zeigt die Quantität, mit der die Versicherer gerade in diesem Bereich tätig sind – und nicht zuletzt die Tatsache, daß gerade hier die (neben der Lösegeldversicherung) einzige, ausschließlich auf Kriminalität ausgerichtete Versicherung, die gewerbliche Einbruchsdiebstahlversicherung, existiert.

b) *Eindeutigkeit*: Hierbei geht es um die eindeutige Bestimmbarkeit des versicherten Ereignisses. Diese Eindeutigkeit ist in Hinblick auf kriminelle Handlungen in der Regel dadurch gewährleistet, daß sich der Versicherungsschutz auf eindeutige Versicherungsfälle bezieht und dabei die »kriminelle Schadensverursachung« mit einbezieht. Schwierig wird dieses Kriterium meist dann, wenn nicht nur materielle oder körperliche Schäden zu beklagen sind, sondern es darüber hinaus zu psychischen Beeinträchtigungen gekommen ist – aus diesem Grund werden wohl auch psychische Schädigungen bzw. Heilbehandlungen von den Versicherungen in aller Regel nicht eingeschlossen.[116]

c) *Schätzbarkeit*: Die Schätzbarkeit krimineller Handlungen wird im allgemeinen bejaht. Insbesondere bei der expliziten Abdeckung von Kriminalitätsrisiken werden Schäden nur dann kompensiert, wenn sie polizeilich gemeldet und damit auch von den Kriminalitätsstatistiken erfaßt werden. Probleme der Schätzbarkeit treten lediglich auf, wenn Schäden ohne polizeiliche Meldung kompensiert werden. Dies betrifft vor allem solche Versicherungssparten, in denen »der Versicherungsschutz auf eine bestimmte Schadenskategorie (z.B. Krankenversicherung) ausgerichtet ist und nicht direkt auf die Eigenschaft bedingter Risiken«.[117]

d) *Unabhängigkeit und Größe*: Mit diesem Kriterium soll sichergestellt werden, daß weder der größtmögliche Schaden noch eine Anzahl untereinander abhängiger Risiken die Zeichnungskapazität des jeweiligen Versicherers überschreiten. Kriminelle Handlungen erfüllen dieses Kriterium deshalb, weil sie im Regelfall auf die Verletzung eines oder weniger überschaubarer Rechtsgüter abzielen; der opferbezogene Schadenumfang, so Arnold, sei daher grundsätzlich begrenzt und auch »die Gefahr von Kumul- und Ansteckungsschäden« als gering einzustufen. Allenfalls in Deliktbereichen, in denen gegebenenfalls eine Vielzahl von Personen betroffen seien, könne es zu Problemen kommen, etwa bei bestimmten Vermögens- und Fälschungsdelikten, im Bereich der Wirtschafts- oder auch Umweltkriminalität.

e) *Versicherungswürdigkeit*: Die Klärung der Versicherungswürdigkeit ist im Zusammenhang mit Schäden aus Kriminalität die wohl wichtigste Problematik und setzt zunächst einmal ein Deckungsbedürfnis voraus,[118] was bei Schäden aus Kriminalität als gegeben angesehen werden kann. Gleichwohl könne, so Arnold, in dem Moment eine Versicherungsunwürdigkeit eintreten, wenn »der Versicherungsschutz für bestimmte Risiken einen Ersatz für Verbrechensbekämpfung« bilde oder gar »zu einer Steigerung der Motivation zur Verbrechensbegehung« führe. Dies treffe zwar nicht auf das breite Spektrum der Gewaltdelikte zu,[119] umso mehr aber auf Eigentums- und Vermögensdelikte. Hier sei (neben den durch die Versicherungsnahme ermöglichten Betrugsformen) durchaus von einer »Begünstigung der Rechtsgutverletzungen durch Versicherungsdeckungen« auszugehen: Da die »Opfereigenschaft« durch die Versicherungsnahme auf die Versicherung übertragen werde, würden die Hemmnisse »insbesondere für organisiertes Verbrechen und Wirtschaftskriminalität abgebaut«.[120]

f) *Gesetzliche Zulässigkeit*: Dieses Kriterium bezieht sich auf politisch gesetzte Beschränkungen der Versicherbarkeit. Diese können sich etwa auf Solvabilitätsbestimmungen beziehen oder bestimmte Geschäftsbereiche beschränken. Hinsichtlich der Schäden aus Kriminalität ist insbesondere interessant, daß der Versicherer bei vom Versicherungsnehmer vorsätzlich oder grob fahrlässig herbeigeführten Schäden von seiner Leistungspflicht befreit ist (§ 61 Versicherungsvertragsgesetz). So werden etwa bei vorsätzlichen Selbstverletzungen durch den Versicherten keine Leistungen (etwa von der privaten Krankenversicherung[121]) erbracht oder die Lebensversicherung nicht ausgezahlt, wenn der Versicherungsfall von einer durch den Versicherungsvertrag begünstigten Person vorsätzlich herbeigeführt wurde (§ 170 Versicherungsvertragsgesetz). Auch bei Eigentums- und Vermögensdelikten ist der Versicherer aus der Leistungspflicht entlassen, wenn der Versicherte etwa einen Einbruchsdiebstahl durch vorsätzliches oder aber grob fahrlässiges Verhalten ermöglicht oder erleichtert: »Die Ausschlußregeln betreffen hier also das Risikoverhalten der Versicherten und sollen unter anderem auf eine Kriminalitätsbekämpfung durch risikobewußtes Verhalten der versicherten Person hinwirken.«[122]

Zusammenfassend kann man feststellen, daß bezogen auf Kriminalitätsrisiken zwar zwei der sechs skizzierten Versicherbarkeits-Kriterien (Zufälligkeit und Versicherungswürdigkeit) problematisch erscheinen, daß es aber – abgesehen von vom Versicherungsnehmer selbst vorsätzlich oder grob fahrlässig herbeigeführten oder vorgetäuschten Schäden – faktisch kein »kriminell« bewirktes Schadensereignis gibt, das grundsätzlich von der Versicherbarkeit ausgeschlossen wäre.

Die Frage ist nun, ob diese grundsätzliche Versicherbarkeit, verbunden mit der (skizzierten) faktischen Versichertheit von Kriminalitätsrisiken den Hintergrund für eine grundsätzlich neue Kriminalpolitik bilden kann, die einer insurationistischen Rationalität folgt. Hierbei werden die Überlegungen zunächst auf das Opferinteresse der Kompensation von Schäden konzentriert.

12. Skizze einer Pflichtversicherung gegen Kriminalitätsrisiken

Wie deutlich geworden ist, sind Versicherungen gegen Kriminalitätsrisiken heute zwar reichlich vorhanden. Zugleich aber sind sie auch Waren, die auf dem Markt erworben werden müssen: Die von ihnen angebotene Sicherheit gewähren sie nur jenen, die informiert und bereit sowie vor allem in der Lage sind, sich diese Form des »materiellen Schutzes« in finanzieller Hinsicht zu leisten, was zugleich bedeutet, daß die versicherungsmäßige Kompensation sozial ungleich verteilt ist. Die oben angeführten Zahlen zur Durchdringung der Gesellschaft hinsichtlich Versicherungsverträgen können insofern auch andersherum gelesen werden: 24,6 Prozent der Haushalte verfügen nicht über eine Hausratversicherung, 38,7 Prozent nicht über eine private Haftpflichtversicherung, 45,6 Prozent nicht über eine Lebensversicherung, 54,9 Prozent nicht über eine Rechtsschutzversicherung, 60,1 Prozent nicht über eine private Unfallversicherung und 78,8 Prozent nicht über eine Kfz-Kaskoversicherung. Nun mag dies im allgemeinen kein Problem darstellen, und in vielen Fällen ist wohl auch der verbreiteten Kritik an – für verschiedene Personen in unterschiedlichem Ausmaß – unnützen oder unbrauchbaren Versicherungen durchaus Recht zu geben.[123] Bezogen auf die hier im Vordergrund stehenden Schäden aus »Kriminalität« bedeutet dieser Sachverhalt aber gleichwohl, daß viele durch strafbare Handlungen geschädigte Personen nicht auf eine adäquate Kompensation zählen können.

Dieser Sachverhalt gilt überdies auch für jene Fälle, für die der Gesetzgeber durch das Opferentschädigungsgesetz (OEG) eine staatliche Kompensation vorgesehen hat. Zwar sieht der Gesetzgeber in § 1 dieses Gesetzes eine Entschädigung dann vor, wenn Deutsche (und unter bestimmten Voraussetzungen auch Ausländer) in Deutschland oder auf einem deutschen Schiff oder Luftfahrzeug infolge eines *vorsätzlichen, rechtswidrigen* und *tätlichen Angriffs* gegen ihre oder eine andere Person oder dessen rechtmäßige Abwehr einen Schaden erlitten haben. Allerdings hat die Anwendungspraxis dieses Gesetzes zu erheblichem Unmut geführt: Neben den häufigen Zurückweisungen von Entschädigungsanträgen – aufgrund der »Beweislast-Regelung des OEG«[124] und insbesondere der oftmals gegebenen Unbeweisbarkeit eines Vorsatzes, etwa bei unbekannten Tätern[125] – sowie der grundsätzlich zu geringen finanziellen Ausstattung der Opferentschädigung[126] wird vor allem die weiterbestehende prozessuale Benachteiligung des Opfers,[127] die Begrenzung des Gesetzes auf »Angriffsdelikte«,[128] die nicht ausreichende Berücksichtigung psychischer Beeinträchtigungen,[129] die zu lange Verfahrensdauer und schließlich die geringe Bekanntheit des Gesetzes[130] beklagt. Zudem sei zu konstatieren, daß ein Großteil der Opferhilfe »als Ausgleichszahlungen an Krankenkassen geht, dem einzelnen Opfer also gar nicht zugute kommt. Soweit nämlich die Krankenkassen ihre Leistungen in den Fällen, in denen der Kranke durch einen Straftäter geschädigt worden ist, nach dem OEG ersetzt bekommen, ist nicht der einzelne Geschädigte, sondern die Gesamtheit der Versicherten begünstigt, die etwas weniger für ihre Krankenversorgung insgesamt ausgeben müssen. Dieser Vorteil kann letzten Endes den Opfern (...) nicht zugerechnet werden.«[131]

Im Verlauf der letzten Kapitel sind nun im wesentlichen zwei Positionen referiert worden, wie diese für die Opfer unbefriedigende Situation zu bewerten sei: *Erstens* die Ansicht von Moussa Prince und deutlicher noch von Randy Barnett, daß der Staat alles zu unternehmen habe, daß das Opfer einer Straftat in jedem Fall (gegebenenfalls unabhängig von Art und Ausmaß einer Strafe für den Täter) entschädigt werde. Dies müsse entweder in Form eines aus Geldstrafen und Zwangsarbeit gespeisten Entschädigungsfonds (Prince) oder aber in Form einer in Vorleistung tretenden »crime insurance« (Barnett) erfolgen. Und *zweitens* die Ansicht, daß der Staat zwar gehalten sei, Kriminalität zu bekämpfen, daß diese Kriminalität aber zugleich zum allgemeinen Lebensrisiko der Bürger gehöre (Schöch), für das der Bürger auch selbst Verantwortung übernehmen müsse (Jahn): Ein Staat, der Vermögensschäden aus Kriminalität kompensiere, sei weder bekannt noch wünschenswert.[132]

Während das konstatierte Bedürfnis der Opfer nach Entschädigung wohl als vorhanden angenommen werden kann (und überdies in § 823 BGB als grundsätzliche Schadenersatzpflicht des Täters definiert ist), sind die Betonung des Kostenargumentes und der Verweis auf Kriminalität als einem allgemeinen Lebensrisiko nur begrenzt stichhaltig. Andererseits sind sie aber insoweit zutreffend, als sich ein auf »Verschlankung« bedachter Staat wohl kaum zur (aus Steuergeldern finanzierten) Kompensation aller möglichen Schäden aus Kriminalität heranziehen ließe.[133] Gleichwohl aber handelt es sich bei Schäden aus Kriminalität um Risiken, die alle Bürger in ähnlicher Weise betreffen und die in dieser Hinsicht durchaus mit jenen Risiken vergleichbar sind, die zum Beispiel der Straßenverkehr mit sich bringt.

Einen wesentlichen Bezugspunkt bei den Überlegungen zu einer Kriminalitätsversicherung kann deshalb meines Erachtens das Vorbild der kommerziell angebotenen Kfz-Haftpflichtversicherung bieten. Der Gesetzgeber hat diese Versicherung als (privat abzuschließende) Pflichtversicherung konzipiert[134] und mit der Kfz-Pflichtversicherungsverordnung gesetzlich vorgeschrieben. Hierbei interpretierte man die (Massen-)Motorisierung und damit zugleich die (Individual-)Mobilisierung der Gesellschaft als sozial und ökonomisch so notwendig und wünschenswert, daß man die Schäden zu sozialisieren suchte, die aus diesem riskanten, aber gleichwohl regulären Zusammenspiel der gesellschaftlichen Kräfte notwendig entstehen mußten und auch entstanden. Dabei war der Schutz des Verkehrsopfers für den Gesetzgeber so wichtig, daß er hierfür sogar die sonst übliche Freiheit bei der Gestaltung von Versicherungsbedingungen eingeschränkt hat.[135] Auch wenn der Staat sich hier also keineswegs selbst als »Versicherer« sehen wollte, so hat er doch für Rahmenbedingungen gesorgt, die eine Kompensation der Schäden, wenn auch durch eine kommerziell erbrachte Versicherungsleistung, sicherstellen.

Diese Form der Schadenssozialisierung ist aber nicht nur den Verkehrsopfern von Nutzen, sondern betrifft zugleich auch den Schädiger: Wie bereits Erwin Deutsch deutlich gemacht hat, geht es bei der Kfz-Haftpflichtversicherung grundsätzlich um beides, die »Versicherung des Verkehrsunfallopfers« *und* die materielle »Enthaftung des Verletzers«. Das heißt, es geht nicht nur um eine Sozialisierung des Schadens, sondern zugleich um eine »Sozialisierung des Haftungsrisikos«.[136] Zwar beruhten, so etwa Eike von Hippel, die Haftpflichtnormen immer noch auf der Vorstellung einer Schadensverteilung zwischen Individuen. Soweit der Abschluß einer Haftpflichtversicherung aber vorgeschrieben sei, habe diese Vorstellung ihre Gültigkeit verloren, denn wer haftpflichtversichert sei, brauche den Geschädigten nicht mehr aus der eigenen Tasche zu entschädigen: »Seine ›Haftung‹ ist zu einem Deckmantel geworden, unter dem über die Leistungspflicht des Versicherers – und damit indirekt des Kollektivs der prämienzahlenden Versicherungsnehmer – entschieden wird. Die Schadensverteilung zwischen Individuen ist also durch eine kollektive Risikoverteilung verdrängt worden.«[137] Im Falle eines Unfalls sollten weder der Schädiger (durch enorme Schadenersatzforderungen des Geschädigten) noch der Geschädigte (durch eine Kompensationsunfähigkeit des Schädigers) in den finanziellen Ruin getrieben werden. Die Sorgfalt des Gesetzgebers ging dabei so weit, daß er auch für jene Schäden, für die kein Schädiger festgestellt werden kann (etwa bei Fahrerflucht), einen speziellen Entschädigungsfonds (Verkehrsopferhilfe) vorgesehen hat, der in diesen Fällen dem Opfer die Kompensation seines Schadens garantiert.[138]

In diesem Sinne folgte man also im Kfz-Bereich recht früh einer insurationistischen Rationalität, die (Auto-)Unfälle als regelhaftes und kalkulierbares Risiko des als »Befreiung« gepriesenen, aber wohl auch so erlebten Individualverkehrs interpretierte. Es ist weniger die Schuld des einzelnen Schädigers, die im Vordergrund der gesetzlichen Pflicht der Kfz-Haftpflichtversicherung steht, sondern eine dem Verkehr insgesamt innewohnende Gefahr, deren Opfer als Preis für Motorisierung und Mobilisierung zwar hingenommen, deren Schäden aber zugleich auch »lückenlos« kompensiert werden müssen.

Im vorliegenden Zusammenhang kann und muß man sich nun die Frage stellen, warum der Gesetzgeber einerseits – im Bereich des Straßenverkehrs – eine lückenlose Kompensation der Verkehrsopfer installiert und andererseits – im Bereich der Kriminalität – auf eine ebenso lückenlose Entschädigung der Kriminalitätsopfer verzichtet hat. Hierzu reicht der Verweis auf die Begründung des Opferentschädigungsgesetzes nicht aus, in der es heißt, es könne – allein schon aus Kostengründen – nicht darum gehen, eine Volksversicherung gegen Schäden aus Straftaten jeder Art zu schaffen, weil »bei sonstigen Straftaten, insbesondere bei reinen Vermögensschäden, wie sie durch Betrug, Untreue und ähnliche Straftaten häufig entstehen und den Betroffenen unter Umständen empfindlich treffen können (...) ein Bedürfnis nach sozialer Entschädigung«[139] nicht bzw. nicht in gleicher Weise bestehe. Auch die Betonung etwaiger Mißbrauchsmöglichkeiten[140] greift zu kurz, da dieses Argument gegen jede Art von Versicherung vorgebracht werden kann. Zwar ist solchen Einwänden in Grenzen recht zu geben, insoweit eine umfassende Entschädigung von Kriminalitätsschäden (analog zur Opferentschädigung nach dem OEG) aus der Steuerkasse erfolgen sollte. Diese Einwände greifen allerdings nicht, wenn man eine Versicherungsform wählte, die analog zur Kfz-Haftpflichtversicherung gestaltet würde, das heißt als eine privat abzuschließende und kommerziell angebotene Versicherung, die allerdings als Pflichtversicherung vorgeschrieben und ausgestaltet sein müßte, um sie in gewissem Maße vom Markt abzukoppeln und auf diese Weise soziale Ungleichheiten zu vermeiden und die Versicherung bzw. Kompensation des Kriminalitätsopfers in jedem Falle zu gewährleisten.

Eine solche Pflichtversicherung gegen Schäden aus Kriminalität wäre freilich nicht als »Haftpflichtversicherung« (des »Täters«) zu konzipieren (dies würde nur zu zahlreichen und vor allem unnötigen Komplikationen in jenen häufigen Fällen führen, in denen der Täter unbekannt bleibt), sondern als Versicherung des Opfers gegen Kriminalitätsschäden.[141] Sie könnte überdies einige Grundelemente eines Modells aufgreifen, wie man es zum Beispiel aus Neuseeland kennt: Mit Wirkung zum 1. April 1974 hat man dort die sogenannte »Volksunfallversicherung« (*Accident Compensation Corporation, ACC*) geschaffen,[142] die hinsichtlich von Personenschäden jeden Bürger und jede Bürgerin gegen sämtliche Unfallrisiken (worunter ausdrücklich auch Schäden aus kriminellen Handlungen fallen[143]) in gleicher Weise schützt und das Haftungsrecht insoweit in vollem Umfang ersetzt. Bei der Konzipierung dieser Versicherung ging man, so Hippel, von folgenden fünf Grundsätzen aus:

1. »Die Gemeinschaft muß alle von Unfällen betroffenen Bürger schützen;
2. alle Verletzten sollten ohne Rücksicht auf die Ursache nach einheitlichen Grundsätzen entschädigt werden;
3. die physische und berufliche Rehabilitation der Unfallopfer sollte gefördert werden;
4. bei Erwerbsunfähigkeit sollte die Entschädigung sich an dem Einkommen des Verletzten orientieren. Jede dauerhafte körperliche Beeinträchtigung ist unabhängig von ihren wirtschaftlichen Auswirkungen als eigenständiger Schaden anzuerkennen.
5. Verzögerungen der Entschädigungsleistungen, Uneinheitlichkeiten bei der Schadensregulierung und unnötige Verwaltungskosten sollten vermieden werden.«[144]

Vor allem aufgrund der geschätzten Betriebs-Kosten entschied man sich bei der Volksunfallversicherung in Neuseeland für die Organisationsform der »öffentlichen Versicherung«, deren sieben Fonds (»Accounts«) sich auf unterschiedliche Unfallkonstellationen beziehen und sich aus verschiedenen Quellen speisen:[145] Erstens der *Employers Account*, der Arbeitsunfälle abdeckt und aus Arbeitgeberprämien gespeist wird; zweitens der *Earners' Account*, der Unfälle von Arbeitnehmern außerhalb des Arbeitsplatzes abdeckt und aus den Arbeitnehmerbeiträgen bezahlt wird; drittens der *Self-Employed Account*, der Arbeitsunfälle von Selbständigen kompensiert und in den diese Personengruppe Beiträge entrichtet; viertens der *Non-Earners' Account*, der diejenigen versichert, die keiner bezahlten Arbeit nachgehen und der aus Steuergeldern aufgefüllt wird; fünftens der *Motor Vehicle Account*, der Personenschäden aus Straßenverkehrsunfällen abdeckt und der gespeist wird aus Anteilen der Kraftstoffsteuer und der Kfz-Genehmigungsgebühren; sechstens der *Medical Misadventure Account*, der bei ärztlichen Kunstfehlern kompensierend eingreift[146] und aus Teilen des Earners' und Non-Earners' Account bezahlt wird; und schließlich siebtens der *Residual Claims Account*, der die Kosten aus Arbeitsunfällen, die sich vor 1999, und nicht-arbeistbezogenen Unfällen, die sich vor dem 1. Juli 1992 ereignet haben, abdeckt.[147] Er speist sich aus Beiträgen von Arbeitgebern und Selbständigen.

Hippel sieht in diesem Modell der »Volksunfallversicherung« eine ganze Reihe von faktischen und potentiellen Vorzügen, die er in acht Punkten zusammenfaßt:[148]

1. Die Volksunfallversicherung schließt alle noch bestehenden »Schutzlücken«, die durch eine große Differenzierung des Versicherungsangebots und eine Dominierung von Entschädigungsansprüchen durch Haftpflichtnormen entstehen, weil sie grundsätzlich für alle Personenschäden (im Sinne einer Versicherung des Opfers und praktisch unabhängig von der Schuld des Verursachers) verantwortlich zeichnet. Die Selbstbeschreibung der Accident Compensation Corporation ist in dieser Hinsicht völlig eindeutig: »Die ACC deckt alle Personenschäden ab, die Personen – einschließlich Besuchern aus Übersee – durch einen Unfall in Neuseeland entstehen (einschließlich Berufskrankheiten und ärztliche Kunstfehler). Schuld spielt dabei keine Rolle. Von der Kompensation ausgeschlossen sind lediglich: Selbstmord, absichtliche Selbstverletzungen sowie Verletzungen, die man sich selbst bei der Begehung einer mit Gefängnisstrafe bedrohten Straftat zuzieht.«[149]
2. Die Volksunfallversicherung beseitige, so Hippel, damit zugleich alle Abgrenzungsschwierigkeiten und Diskriminierungen, die durch Sonderregelungen hinsichtlich bestimmter Unfalltypen entstünden. Dies ist vor allem der Tatsache geschuldet, daß sie sich vom *Kausalprinzip* (das Tatbestände je nach Unfallursache unterschiedlich normiere) löse und stattdessen auf das *Finalprinzip* (Schutzziel) abstelle.[150]
3. Durch die Kostenverteilung auf verschiedene Accounts werde eine gerechte und optimale Lastenverteilung erreicht, da die Deckungsfonds ausschließlich von den jeweiligen Wagnisträgern der betroffenen Bereiche zu finanzieren seien.
4. Durch die Einführung einer Volksunfallversicherung entfielen, so Hippel, die kostspieligen Regresse der Sozialversicherungsträger gegen die Schädiger bzw. deren Haftpflichtversicherer: Da bei Unfällen die Leistungspflicht sonstiger Vorsorgeträger ausgeschlossen sei, erledige sich »das Ausgleichsproblem zwischen Sozialversicherern und Schädigern« von selbst.[151]

5. Trotz dieses weitgehenden Wegfalls von Regressen ist nach Hippel eine ausgewogene Berücksichtigung des Gedankens individueller Verantwortung gleichwohl möglich. So sei im Fall eines extrem verantwortungs- oder rücksichtslosen Verhaltens der Schädiger (bei einem krassen Verschulden aber auch das Opfer) beispielsweise über einen Teilregreß zur Verantwortung zu ziehen. Zudem könne aber auch über ein Bonus-Malus-System nachgedacht werden, das sorgfältiges Verhalten einzelner Wagnisträger durch Prämienrabatte belohnt, unsorgfältiges Verhalten hingegen durch Zuschläge »bestraft« und damit sowohl die Prävention als auch die gerechte Lastenverteilung zu fördern sucht. Wie oben skizziert, hat der neuseeländische Gesetzgeber der individuellen Verantwortung vor allem insoweit Rechnung getragen, daß er Selbstmord, vorsätzliche Selbstverletzungen und Verletzungen, die man sich bei der Begehung einer mit Gefängnisstrafe belegten Straftat zuzieht, von der Kompensation ausgeschlossen hat.[152]
6. Die Volksunfallversicherung führte zu einer allgemeinen Vereinfachung, Beschleunigung und Verbilligung der Schadensregulierung, da aufwendige Bearbeitungen (durch die Versicherungsverwaltung oder die Gerichte) durch die Umstellung auf das Finalprinzip entfielen.
7. Die öffentliche Form der Versicherung beseitige zugleich das Risiko der Insolvenz einzelner Versicherer und sei zudem besser dazu geeignet, Inflationsrisiken vorzubeugen (also etwa zu zahlende Renten mit einem Inflationsausgleich zu versehen).
8. Schließlich könnten von der Volksunfallversicherung verstärkte Bemühungen in den Bereichen der Unfallverhütung, aber auch der Rehabilitation von Unfallopfern erwartet werden, da diese Ziele auch per Gesetz ausdrücklich vor der Entschädigung rangierten.[153]

Bezogen auf unser Thema einer Kriminalitätsversicherung weist die neuseeländische Volksunfallversicherung bereits einen zentralen Vorzug auf: Entgegen dem deutschen Opferentschädigungsgesetz sind in Neuseeland alle Personen gegen Schäden, die ihnen durch (auch) kriminelle Handlungen an

Leib und Leben entstehen (Personenschäden), grundsätzlich versichert: Niemand muß beweisen, daß seine Verletzung aus einem vorsätzlichen, rechtswidrigen und tätlichen Angriff resultiert (»Fault is not a consideration...«, s. o.): Was allein zählt, ist der entstandene Schaden, dessen Kompensation sowohl die akuten Heilbehandlungsmaßnahmen umfaßt als auch die Kosten für Verdienstausfälle, für die physische und berufliche Rehabilitation sowie schließlich für dauerhafte körperliche Beeinträchtigungen (in Form von Rente). Ein solches Modell würde die oben skizzierte – und wie ich meine: berechtigte – Kritik am Opferentschädigungsgesetz vollständig berücksichtigen und einen umfassenden Versicherungsschutz für die Opfer »krimineller« Gewalttaten realisieren.

Die Frage ist allerdings, ob man an diesem Punkt stehenbleiben muß. Wie oben bereits dargestellt, hat der deutsche Gesetzgeber bei seinen Überlegungen zum Opferentschädigungsgesetz einen weitgehenden Opferschutz (im Sinne einer »allgemeinen Volksversicherung gegen Schäden aus Straftaten jeder Art«) vor allem aus zwei Gründen abgelehnt: Zum einen wegen der nicht übersehbaren Kosten, die eine solche Institution mit sich bringen würde, und zum anderen, weil der einzelne Staatsbürger auch selber auf seinen Schutz vor Straftaten bedacht sein müsse. Beide Argumente greifen meines Erachtens allerdings nicht: Denn einerseits wären bei einem entsprechenden politischen Willen die Kosten von Kriminalitätsschäden keineswegs unübersehbar, sondern sehr wohl zu kalkulieren, wenn man sie sowohl von polizeilicher Seite als auch von Seiten der Versicherung sorgfältiger erheben würde. Andererseits könnte die Eigenverantwortung der Bürger durchaus in ein System von Versicherungsprämien überführt werden, womit die Kosten nicht, wie beim Opferentschädigungsgesetz der Fall, aus Steuergeldern kompensiert, sondern aus den Beiträgen der Versicherten finanziert würden – zumal ja gerade die Versicherungsnahme als eines der zentralen Elemente eigenverantwortlicher Vorsorge zu gelten hat. Die Kfz-Haftpflichtversicherung ist in diesem Kontext zudem ein Beleg, daß sich der Staat nicht nur für Personenschäden, sondern auch für die Kompensation von Sachschäden in einer Verantwortung sieht. Diese realisiert er nicht über ein steuerfinanziertes System, sondern über gesetzliche Rahmenbedingungen für eine privat abzuschließende, kommerziell betriebene Pflichtversicherung. Es ist daher – zumindest aus der Perspektive der Opfer – nicht verständlich, warum diese Verantwortung im Bereich des Verkehrsrisikos vom Staat wahrgenommen und im Bereich von Kriminalitätsrisiken ausschließlich als Eigenverantwortung der Bürger deklariert werden sollte.

Mein Vorschlag ist daher eine Pflichtversicherung gegen Schäden aus »Kriminalität«, die alle Mitglieder der Gesellschaft gegen alle Kriminalitätsrisiken (also gegen Schäden an Leib, Leben, Eigentum und Vermögen) in finanzieller Hinsicht schützt. Die Grundsätze einer solchen Versicherung könnten in Anlehnung an die der neuseeländischen Volksversicherung (s.o.) folgende sein:

1. Die Gemeinschaft muß alle von Kriminalität betroffenen Bürger schützen.
2. Alle Geschädigten sollen nach einheitlichen Grundsätzen entschädigt werden.
3. Die notwendige psychische, physische und berufliche Rehabilitation der Geschädigten soll gefördert werden.[154]
4. Bei Erwerbsunfähigkeit orientiert sich die Entschädigung am Einkommen des Geschädigten.[155]
5. Verzögerungen der Entschädigungsleistungen, Uneinheitlichkeit bei der Schadensregulierung sowie unnötige Verwaltungskosten sollen vermieden werden.

Eine solche Versicherung könnte analog zur Kfz-Haftpflichtversicherung (und mit entsprechenden rechtlichen Rahmenbedingungen) privaten Versicherern übertragen oder aber – nach neuseeländischem Vorbild – als öffentliche Versicherung konzipiert werden. Zwar könnte sich die Wahl der Organisationsform – wiederum wie in Neuseeland – wohl an der Höhe der Verwaltungskosten entscheiden. Die gegenwärtigen Tendenzen der Ökonomisierung und Kommodifizierung von Sicherheitsdienstleistungen sowie das »Verschlankungsinteresse« des Staates lassen allerdings eine privatwirtschaftliche Lösung wahrscheinlicher und auch aussichtsreicher erscheinen. In jedem Fall aber müßte eine solche Versicherung für alle (Privat-)

Personen verpflichtend sein, wobei sich die individuellen Versicherungsbeiträge nach dem Einkommen (und gegebenenfalls Vermögen[156]) der jeweiligen Personen zu richten hätten und Personen ohne (oder mit sehr geringem) Einkommen entweder über Familienangehörge oder durch staatliche pauschalierte Beiträge mitversichert würden.

Um die geforderte Eigenverantwortung der Bürger zu erhalten, aber auch um Mißbräuchen vorzubeugen und zudem die Verwaltungskosten (und damit die Gesamtprämie) niedrig zu halten, sollte man eine solche Kriminalitätsversicherung im Bereich der Sachschäden mit einem Selbstbehalt versehen, also mit einer Selbstbeteiligung des Geschädigten, die zum Beispiel bei 500 DM pro Schadensfall liegen könnte. Damit hätte man zugleich – mit Blick auf die Schadens-, aber auch Verwaltungskosten – einen Großteil der 3 831 527 in 1998 registrierten »vollendeten« Straftaten, bei denen die Polizeiliche Kriminalstatistik (Tabelle 07) Schadenshöhen ausweist,[157] als vom Bürger selbst zu tragende »Bagatellschäden« ausgesondert: Nach dieser Statistik lag der Schaden bei 776 735 Straftaten zwischen 1 und 25 DM, bei 530 781 Straftaten zwischen 25 und 100 DM und bei weiteren 1 050 426 Straftaten zwischen 100 und 500 DM. Bei den übrigen Schadensfällen (579 246 Straftaten zwischen 500 und 1 000 DM, 598 561 Straftaten zwischen 1 000 und 5 000 DM, 116 020 zwischen 5 000 und 10 000 DM, 142 964 zwischen 10 000 und 50 000 DM, 18 734 zwischen 50 000 und 100 000 DM sowie 18 060 über 100 000 DM) würde – soweit Privatpersonen geschädigt wurden – die Kriminalitätsversicherung kompensierend eingreifen.

Auch könnten in einem weiteren Schritt Wirtschaftsbetriebe und -unternehmen jeder Art verpflichtend in eine solche Kriminalitätsversicherung einbezogen werden, wobei sich die Höhe der Beiträge am Umsatz des Unternehmens und am Kriminalitätsrisiko, dem das jeweilige Unternehmen oder eine bestimmte Branche ausgesetzt ist, orientieren könnte. [158] Die Selbstbeteiligungen pro Schadensfall könnten in diesen Bereichen sicherlich höher angesetzt oder auch in gewissem Umfang flexibel gehandhabt werden, so daß die Versicherungsprämie mit der Höhe des jeweiligen Selbstbehaltes sinkt. Zudem könnte man im gewerblichen Bereich ein Bonus-Malus-System installieren, welches präventive Sicherungsmaßnahmen mit einer Prämiensenkung und deren Unterlassung mit einer Prämienerhöhung belegt. In einem bestimmten (zu definierenden) Ausmaß ließen sich solche Maßnahmen auch in Obliegenheiten kleiden.

Ein solches Modell einer Kriminalitätsversicherung müßte keineswegs zwangsläufig zu einer Verteuerung (im Sinne von zusätzlichen Versicherungsprämien) für die Bürger und Unternehmen führen. Denn es würden die Schadens- und Verwaltungskosten, die in anderen Versicherungssparten für die Kompensation von Schäden aus Kriminalität entstehen (etwa in der Hausrat-, Kfz- oder Krankenversicherung sowie der Transport-, Feuer- oder Vertrauensschadenversicherung), entfallen und sich die jeweiligen Versicherungen verbilligen. Die gewerbliche Einbruchsdiebstahlversicherung würde beispielsweise vollständig entfallen. Zudem würde die Kriminalitätsversicherung einen bislang einzigartigen Schutz für Kriminalitätsrisiken bieten, der nicht nur Personenschäden (in einem weit über das Opferentschädigungsgesetz hinausgehenden Maße) umfaßt, sondern auch schwererwiegende (durch die Höhe des Selbstbehalts definierte) Eigentums- und Vermögensschäden. Hierbei ginge es nicht nur um die Kompensation materieller und physischer Schäden, sondern auch um die gegebenenfalls notwendige psychische und berufliche Rehabilitation. Auf diese Weise wäre das gesellschaftliche und der »Verkehrsgefahr« vergleichbare Risiko Kriminalität auf eine umfassende und, wie ich meine, konstruktive Weise den elementaren Versicherungsgedanken der Solidarität und Kompensation unterstellt und würde den materiellen und zum Teil auch immateriellen Bedürfnissen der Kriminalitätsopfer auf eine bisher nicht bekannte Weise gerecht – freilich unter dem jeder Versicherung immanenten Vorbehalt, daß sie nicht in der Lage ist, das Leiden rückgängig zu machen, sondern nur, den Schaden finanziell zu kompensieren und dadurch erträglicher zu machen.

Welche Konsequenzen könnten sich aus einem solchen Modell für die Schädiger ergeben, also für jene Personen, die in kriminalwissenschaftlicher Perspektive als »Täter« gelten?

13. Insurationistische Kriminalpolitik

Die oben skizzierte Pflichtversicherung gegen Schäden aus »kriminellen« Handlungen hatte bislang vor allem die Interessen der Opfer im Blick. Diese Opfer, das ist deutlich geworden, würden durch die Realisierung einer solchen Versicherung einen maximalen Schutz erhalten. Meine Begründung für eine solche Einrichtung ergab sich einerseits aus dem berechtigten Interesse der Opfer nach Kompensation, zum anderen aus der exemplarischen Parallelisierung der Kriminalitätsrisiken mit den Risiken des Straßenverkehrs. Beide Risikobereiche führen zu erheblichen Schadenskosten (sowohl in Form von Personen- als auch von Sachschäden), die in der Praxis sozialen Lebens regelhaft entstehen und die den Preis bzw. die riskierten Nebenfolgen gesellschaftlich hochangesehener Normen und Werte darstellen: Sind die Opfer des Straßenverkehrs als gleichsam systemischer bzw. systemimmanenter Preis einer an Mobilität und Motorisierung interessierten Gesellschaft zu verstehen, so sind Abweichung und »Kriminalität« durchaus als systemische und damit regelhafte Konsequenz einer (etwa an individuellen Geltungsbehauptungen wie Konkurrenz, Distinktion und Prominenz orientierten) gegebenen Gesellschaftlichkeit betrachtbar, einer Gesellschaftlichkeit zumal, die soziale Ungleichheit nicht nur akzeptiert und fabriziert, sondern zugleich – z. B. im Sinne individueller Leistungsmotivierung – konsumiert.

Eine solche Betrachtungsweise von Kriminalität als gesellschaftlichem Risiko legt nicht nur eine Sozialisierung der daraus erwachsenden Schäden im wohl verstandenen und berechtigten Interesse der Opfer nahe, sondern ermöglicht zugleich einen anderen, insurationistischen Blick auf den »Täter« im besonderen sowie auf Strafrecht, Kriminalität, und Kriminalpolitik im Allgemeinen. Zwar ist die Thematisierung von »Kriminalität« als soziale Normalität, wie oben gezeigt wurde, keineswegs neu, und sowohl Quételet oder Girardin als auch Durkheim und Teile der an ihn anschließenden Kriminalsoziologie seit den 60er Jahren haben sich diese Sicht in unterschiedlicher Weise zu eigen gemacht. Gleichwohl ist diese Thematisierung aber nie wirklich mit Konsequenz in Kriminalpolitik aufgegangen, sondern hat sich mit der »Entzauberung des Kriminellen« eher in einem Bewußtsein von der »verdächtigen Gesellschaft« manifestiert: Die Notwendigkeit zu strafen ist von staatlicher Seite zu keinem Zeitpunkt ernsthaft in Frage gestellt worden.

Ich habe in dieser Arbeit an verschiedenen Stellen darauf hingewiesen, daß kritische Kriminologen und Rechtswissenschaftler sowie insbesondere die Vertreter des sogenannten Abolitionismus diese Selbstverständlichkeit der staatlichen Strafe zum einen historisch widerlegt, zum anderen aber auch immer wieder in ihrer Legitimität angezweifelt haben: In einer demokratischen Gesellschaft, so resümiert Sebastian Scheerer die abolitionistische Argumentation, sei die autoritäre Selbstbestätigung des Staates keine hinreichende Legitimation der staatlichen Strafe mehr.[159] Gerechtigkeit, Vergeltung und Versöhnung könnten heute nicht mehr an einen autoritär zur Verkörperung des Absoluten idealisierten Staat delegiert werden: Vom Strafrecht bleibe in der Gegenwartsgesellschaft nur die Zufügung eines Leidens – eines beabsichtigten Leidens zumal, das überdies in seiner Effektivität (im Sinne der jeweiligen Strafzwecke: Behandlung, Erziehung und Resozialisierung[160] sowie Generalprävention[161]) zweifelhaft sei. Schumann konnte diese Zweifel an staatlicher Strafe und repressiver Intervention jüngst mit einer vergleichenden Sichtung (ca. 150) durchgeführter »Feldexperimente über Polizeiarbeit, Strafverfolgung und Sanktionsformen« weiter festigen, die belegen, daß »die Mehrheit der Experimente (...) keine Unterschiede zwischen Behandlungs- und Kontrollgruppe« aufwies.[162]

Vor dem Hintergrund dieser grundsätzlichen Kritik an der Effektivität und Legitimität staatlichen Strafens geht es Abolitionisten deshalb auch nicht (in der Art eines Moralunternehmers) um andere Kriminalisierungen, etwa der Mächtigen und der Umweltsünder oder gar die strafrechtliche Bearbeitung der von Beck so bezeichneten Großgefahren, sondern ihre Kritik am Strafsystem (als einem System adäquaten Reagierens) ist durchaus umfassend: »Sie sehen in Strafrecht und Gefängnissen vielmehr den Ausdruck eines prinzipiell falschen Umgangs mit Problemen gesellschaftlicher Normierung und

Reaktion auf Abweichung und Schädigung. Ihre Opposition gegen die Vermehrung des Strafrechts und die Verschärfung der Strafdrohungen, gegen immer längere Freiheitsstrafen und immer mehr Gefängnisse ist deshalb unabhängig von ihrer Bewertung der kriminalisierten Verhaltensweisen. Für sie sind die genannten Phänomene auch dann als soziales Problem zu thematisieren, wenn die Sanktionen wegen Taten verhängt werden, die sie selbst entschieden ablehnen.«[163]

Dabei ist der folgende gedankliche Dreischritt den meisten abolitionistischen Arbeiten gemeinsam: *Erstens* argumentiert man mit moralisch-ideologischen (»staatlich organisierte Leidzufügung«, »Disziplinierung«) und/oder Effektivitätsgründen (siehe oben) für eine Zurückdrängung oder Abschaffung »totaler Institutionen« (Goffman), insbesondere des Gefängnisses: Siegfried Lamnek sieht hierin wohl zu Recht den »kleinsten gemeinsamen Nenner aller Abolitionisten«.[164] *Zweitens* gerät damit zugleich das zentralisierte und selektierende Herrschaftsinstrument Strafrecht sowohl in seiner Legitimität als auch Effektivität in die Kritik. Und *drittens* geht es, wenn auch in unterschiedlicher Ausprägung und Radikalität, um die Entstaatlichung von Konfliktbearbeitungen bzw. um »eine Wiederherstellung weitgehender Autonomie der Bürger hinsichtlich der Regelung ihrer Konflikte«[165] und damit um eine Wiederbelebung der Selbstheilungskräfte der Gesellschaft. Es geht, wie Scheerer pointiert formuliert, um »die Ersetzung der zentral geregelten Strafrechtspflege durch autonome Konfliktregelungen«.[166]

Wie aber soll ein alternativer, autonomer und effektiverer Umgang mit »Kriminalität« im abolitionistischen Sinne aussehen? Wie bereits dargestellt, läßt sich ein solcher alternativer Umgang nicht einheitlich benennen: Während einige Protagonisten im Anschluß an Thomas Mathiesen Alternativen im Rahmen »negativer Kriminalpolitik« gar nicht benennen und weitgehend im Zustand des »Unfertigen« belassen wollten, entwarfen andere Autoren mehr oder weniger konkrete Vorstellungen etwa einer opfer- und laienorientierten, partizipatorischen und kompensatorischen Rechtsfindung (Christie), des (biblisch bzw. alttestamentlich inspirierten) an Verhandlung und Versöhnung orientierten »Tsedeka-Modells« (Bianchi), eines spezifischen (dezentralisierten) Gruppenrechts (Hulsmann) oder auch eines »Sozialmodells der Selbstkoordination heterogener Lebenswelten« (Scheerer). Dabei bediente man sich bei solchen Modellen und Überlegungen häufig aus dem (rechts-) ethnographischen Reservoir vorstaatlicher Konfliktregelungsmodalitäten.[167]

Der politische Ertrag dieser hier recht idealtypisch gezeichneten Argumentation war – abgesehen von einigen kriminalpolitischen Scharmützeln »in Hessen und anderswo« – vor allem die Etablierung von Diversionsprojekten einerseits und Modellen des Täter-Opfer-Ausgleichs andererseits.[168] Dabei verbanden sich insbesondere im Hinblick auf den Täter-Opfer-Ausgleich abolitionistische Argumente und Forderungen nach einer Zurückdrängung von Strafrecht und Strafvollzug mit der oben beschriebenen »Wiederentdeckung des Opfers«, das man sowohl in seinem materiellen als auch immateriellen Schaden als von der Justiz vernachlässigt erkannte.[169] Gleichzeitig aber schob sich bei der Umsetzung dieser Modelle und Projekte[170] neben die eigentliche Schadenswiedergutmachung (die ja im übrigen zivilrechtlich ohnehin bereits normiert war) recht schnell eine weitere, nämlich spezialpräventive Funktion: Der Täter sollte im Rahmen des Täter-Opfer-Ausgleichs dazu veranlaßt werden, sich mit dem Unrechtsgehalt und den Folgen seiner Tat auseinanderzusetzen, die Situation des Opfers nachzuempfinden, und sollte auf diese Weise von der Begehung weiterer Taten abgehalten werden. Hubert Beste hat früh darauf hingewiesen, wie sich die Verfolgung dieser Ziele zugleich auch zur Demonstration einer gleichermaßen zweckrationalen wie interessenneutralen und zielgerichteten Strafrechtspflege eigneten: »Die Genugtuungsbedürfnisse des Opfers werden befriedigt, der materielle Schaden wird ausgeglichen; der Täter erfährt im Wege eines Lernprozesses den Unrechtsgehalt der Tat, spezialpräventive Forderungen an das zukünftige Legalverhalten erweisen sich als erfolgversprechend; aus einer Entlastung der Strafjustiz resultieren Zeit- und Kostenersparnisse sowie die Minimierung sonstigen Aufwands; schließlich verspricht die gesellschaftliche Perspektive eine Auseinandersetzung mit den Ursachen von Konflikten; Streitigkeiten und Störungen werden dort bearbeitet, wo sie entstanden sind: ›Konflikte als Eigentum‹«.[171]

Zugleich könnten aber, so Beste weiter, an die von den Opfern (vorwiegend) geäußerten »funktionellen« Bedürfnissen nach Kompensation des Schadens und Wiederherstellung der Alltagsroutinen[172] auch andere Vorstellungen und Bedürfnisse problemlos angekoppelt werden (etwa nach Rache, Vergeltung, Genugtuung, Bestrafung, Disziplinierung usw.), die mit dem ursprünglichen Schadensereignis bzw. Konflikt allenfalls in loser Verbindung ständen. Auf diese Weise würde an die – unter den Stichworten Opferorientierung und Wiederaneignung der Konflikte geführte und abolitionitisch protegierte – Alternative zum Strafrecht gleichwohl die Meßlatte staatlichen Strafens (»die den Täter zum Besseren bekehren will und sich des Opfers als Vehikel nicht vorhandener – aber gleichwohl behaupteter – ›Interessen‹ und ›Bedürfnisse‹ bedient«) angelegt. Und damit wiederum würden zugleich normative Standards gesetzt, »die das Wiedergutmachungskonzept zu einer anders beschrifteten Doublette bisheriger Strafenpraxis umetikettieren«.[173] Mit der in den 90er Jahren erreichten rechtlichen Fixierung des Täter-Opfer-Ausgleichs als Bestandteil des Jugendgerichtsgesetzes (§§ 10 und 45) einerseits und des Strafgesetzbuches (§ 46a) andererseits hat sich diese Befürchtung erfüllt. Es ist Heinz Cornel insoweit auch recht zu geben, daß das Strafrecht hier nicht nur »ein großes Beharrungsvermögen und hohe Flexibilität« bewiesen hat, »sondern offensichtlich auch beachtliche Vereinnahmungsqualitäten«.[174] In diesem Sinne ist die Schadenswiedergutmachung in Form des Täter-Opfer-Ausgleichs tatsächlich zur »dritten Spur des Strafrechts«[175] neben Strafe und Maßregel geworden. Sie weise, so etwa Günther Kaiser, weder nennenswerte Aspekte einer (zunächst durchaus beabsichtigten) Entlastung der Gerichte noch eine Reduzierung der Gefängnisstrafe auf. Vielmehr sei sie eher im Sinne einer Netzerweiterung zu sehen, denn als autonome Konfliktregelung zu bezeichnen: »Ein subtiler Druck beginnt schon, wenn Staatsanwälte oder Gerichte die Betroffenen an Wiedergutmachungsprojekte verweisen. Von einer echten freien Entscheidung kann bei Ausgleichsmodellen, bei denen gleichsam das Damoklesschwert des Strafverfahrens oder die Verurteilung über dem Täter schwebt oder bei denen Strafmilderung in Betracht kommt, nicht ausgegangen werden.«[176]

Darüber hinaus, so Kaiser weiter, hätten es die vorhandenen Projekte auch nicht vermocht, eine größere Präventivkraft zu entfalten, die Gemeinde zu neuem Leben zu erwecken, die Konflikte zu reprivatisieren oder gar eine andere Konfliktkultur zu etablieren – zumal die Machtunterschiede zwischen den Konflikt-Parteien nach wie vor weiterbeständen.[177]

Daß es dem Strafsystem so leicht fiel, die als seine Alternative protegierte Schadenswiedergutmachung (bzw. den Täter-Opfer-Ausgleich) zu absorbieren und in der eigenen Logik auszugestalten, liegt großteils wohl in folgendem begründet: Der Ineffizienzvorwurf an die klassische Strafpraxis bezieht sein Argument aus dem offiziellen Straf- und Strafvollzugsziel, Kriminalität zu verhindern, indem man, wenn auch nun unter Einbeziehung des Opfers, auf den Täter einwirkt, und bestätigt diese Zielsetzung damit zugleich.[178] Zwar knüpft(e) man mit den Begriffen *Schadens*wiedergutmachung und Täter-Opfer-*Ausgleich* (auch) am entstandenen Schaden an. Mit der spezialpräventiven Überformung allerdings baute man sowohl die Maßnahme selbst als auch das Opfer in jene juridische Vernunft ein, welche sowohl die Tat als auch den Schaden individualisiert und damit in der üblichen Täter-Opfer-Dichotomie beläßt.

Folgt man Trutz von Trotha in seiner These, daß es eine der zentralen Errungenschaften moderner rechtlicher Konfliktbearbeitung ist, »daß das Opfer von den Notwendigkeiten der Konfliktregelung entlastet« worden ist, dann stellt sich der Täter-Opfer-Ausgleich durchaus als seine Neubelastung dar. Diese führt nicht nur in vielen Fällen nicht zu einer (vom Opfer in den meisten Fällen primär erhofften) umfassenden Kompensation, sondern funktionalisiert das Opfer zudem in spezialpräventiver Hinsicht. Stellt man überdies in Rechnung, daß an nahezu allen strafrechtlichen Maßnahmen (einschließlich Diversion und Täter-Opfer-Ausgleich) nicht nur in spezial- wie generalpräventiver Hinsicht erhebliche Zweifel bestehen, sondern daß gerade die Opfer nur in recht begrenztem Umfang solche strafenden Maßnahmen einfordern bzw. als Bedürfnis äußern,[179] dann ist Fritz Sack nur konsequent, wenn er schreibt: »Die kriminalpolitische Bewegung der Wiedergutmachung mißversteht bzw. interpretiert in nahezu grotesker – und natürlich: interessierter, vielleicht aber auch: bewußtloser – Weise die hohen Präferenzwerte der Gesellschaft für die Gutmachung als Ausdruck der solidarisch-moralischen Dimension statt als Indikator einer rein instrumentellen Orientierung. Die Wiedergutmachung, um die es in der modernen Gesellschaft geht, ist die des Habens, nicht des versöhnenden Teilens und der sozialen Reziprozität im Sinne Durkheims und seiner Schule. Es ist die des marktvermittelten Austausches und der besitzindividualistischen Form der ›Vergesellschaftung‹. Deshalb ist der Gedanke der Wiedergutmachung im Strafrecht viel effizienter und angemessener aufgehoben in dem sich ja kriminalpolitisch schon abzeichnenden ›Solidar‹surrogat versicherungsrechtlicher Lösungen der Kompensation kriminell verursachter Schäden und Rechtsgutverletzungen«.[180]

Freilich sei diese Perspektive, so Sack weiter, nicht die der Protagonisten des kriminalpolitischen »Königswegs« Täter-Opfer-Ausgleich, gleichwohl aber könne eine solche »staatlich garantierte ›Solidargemeinschaft‹ in Form der Versicherung« die Opfer »versöhnen« und dem Täter den sozialethischen Vorwurf bzw. das moralische Unwerturteil durch das Strafrecht ersparen: »Nur«, so Sack, »was wird aus einem Strafrecht, das den sozialethischen Vorwurf aus sich entläßt oder dem er nicht mehr abgenommen wird? Seine Auflösung?« Zwar sei dies die Hoffnung oder auch Vision der Abolitionisten, aber davor stehe nach wie vor das »materielle Substrat des staatlichen Strafens«, das Gewaltmonopol des Staates bzw. die eigentliche »power to punish«.

Damit sind die beiden Pole der Debatte über das Strafrecht benannt: Einerseits eine konsequente abolitionistische (antietatistische) Position, die Strafrecht grundsätzlich als entbehrlich oder gar kontraproduktiv betrachtet, andererseits das ebenso konsequente (staatliche) Interesse und Festhalten an einem zentralen herrschaftssichernden Strafrecht. Diese beiden Pole allerdings hat es schon immer gegeben – zumindest solange sich eine Kritik am staatlichen Strafen artikuliert.[181] Aber es sind eben nur die beiden Enden eines von den unterschiedlichsten Reformbestrebungen besetzten Spektrums. Und, wie oben deutlich geworden ist, breitet sich inmitten oder vielleicht besser: neben diesen harten Rändern eine ganz andere

Logik der Kriminalitätsverarbeitung aus, die sich selbstbewußt aus dem gesamten Pool zwischen abolitionistischer und strafrechtszentrierter Radikalität bedient: eine ökonomischere (Sack), »neoliberale« Politik des »Strafens«. Dieser neue Modus der Kontrolle und des Strafens trägt – wie oben skizziert – zweifellos unangenehme, vielleicht auch totalitäre Züge der Überwachung und Ausschließung sowie der Responsibilisierung (»das Opfer als Viktimisierungsrisiko«). Aber er ermöglicht und eröffnet doch zugleich einen gewendeten Blick auf »Kriminalität«, den ich in Ermangelung eines besseren Begriffs als *insurationistische Kriminalpolitik* bezeichnen will und der in unterschiedlicher Weise an die aktuellen Diskussionen und Entwicklungen sowohl im Bereich der Kriminalpolitik als auch sozialer Kontrolle anschließen kann – ohne allerdings ihre insbesondere exkludierenden Tendenzen zu übernehmen.

Im folgenden will ich versuchen, eine solche Politik in ihren Ansatzpunkten und Modi in sechs Punkten zu umreißen, um im Anschluß daran einige konkrete Konsequenzen und Möglichkeiten einer insurationistischen Kriminalpolitik zu skizzieren:

a) Ausgehend von der Gewißheit, daß »Kriminalität« bzw. die mit diesem Begriff assoziierten Verhaltensweisen und Schäden nicht umfassend zu verhindern oder zu vermeiden sind, nimmt eine *insurationistische Kriminalpolitik* ihren Ausgang bei der These, daß »Kriminalität« normal ist, also im gesellschaftlichen Leben regelhaft entsteht. In diesem Zusammenhang kann man etwa an die Überlegungen Durkheims anschließen und »Kriminalität« bzw. Abweichungen als Teil des gesellschaftlichen Entwicklungsprozesses, also als funktional notwendig erachten, weil sie gesellschaftliche Veränderungen eröffnen und vorbereiten – oder »wirklich bloß eine Antizipation der zukünftigen Moral« sind: »der erste Schritt in dem, was sein wird«. Man kann sie aber auch mit Elmar Koenen als regelhaften Ausfluß einer sich individualisierenden und pluralisierenden Gesellschaftlichkeit begreifen. In dieser unterliegen zentrale Normen individuellen oder situativen Relativierungen, und Abweichungen werden für die Individuen zu gleichermaßen attraktiven wie notwendigen Mitteln, um sich im sozialen und ökonomischen Positionierungs- und Konkurrenzkampf um Anerkennung, Distinktion und Prominenz zu behaupten. In beiden Deutungen erscheint »Kriminalität« als ein Risiko des sozialen und gesellschaftlichen Fortschreitens, und dieses Risiko (und im Sinne von Makropoulos: diese Kontingenz) »bewältigen« zu wollen hieße, den Fortschritt aufzuhalten. Diese Position hat jüngst auch Kai D. Bussmann mit seinem »evolutionstheoretischen Konzept« der Kriminalität vertreten: Seine zentrale Ausgangsthese ist, daß Vielfalt für die gesellschaftliche Evolution notwendig sei: Wie in der biologischen Welt Bakterien und Viren permanent variierten, so variierten auch in der sozialen Welt Individuen, Interaktions- und Funktionssysteme. Dies sei eigentlich auch nicht verwunderlich, da Stillstand das Ende biologischen und wohl auch des sozialen Lebens bedeuten würde. In diesem Sinne verlange eine dynamische Gesellschaftsform von ihren Mitgliedern geradezu eine grundsätzlich kreative, innovative und vitale Grundhaltung und müsse unermüdlich neue Angebote wie Kommunikationsformen, Verhaltensvarianten, neue Normen- und Wertealternativen hervorbringen, um hieraus auch durch *Probieren* das herauszufiltern, was später Entwicklung genannt würde. »Kriminalität« sei so gesehen dann zwangsläufiger Ausfluß eines »zu begrüßenden allgemeinen Variationsspiels«.[182] Eine insurationistische (Kriminal-)Politik verarbeitet dieses Variationsspiel – diese Kontingenz des »Kriminellen« – deshalb im Modus des Managements, das heißt »im Sinne eines komplexen Dispositivs, in dem es um die Erhaltung, die Nutzung, die gezielte Steigerung und die Produktion von Kontingenz geht und zugleich darum, ihre möglichen negativen Effekte präventiv abzufangen oder aber nachträglich zu kompensieren« (Makropoulos).

b) Dem Modus des Managements zu folgen bedeutet, Schäden aus »kriminellen« Handlungen mit einer insurationistischen Vernunft zu begegnen. Diese insurationistische Vernunft, so hatte ich oben im Anschluß an Thomas Lemke argumentiert, konzentriert sich auf das Feststellen. Sie geht von der Faktizität der Ereignisse aus und bezieht sich nicht auf den subjektiven Willen, sondern auf (objektive) Wahrscheinlichkeiten. Während die juridische Vernunft um die Anschauung kreist, daß die Welt harmonisch wäre, wenn die Menschen sich so verhielten, wie sie sollten, rechnet die insurationistische Rationalität mit einer kalkulierbaren Anzahl von Abweichungen und auch der daraus resultierenden Schäden. Insofern ist die Abweichung für sie nicht eine Ausnahme (die gemäß der juridischen Vernunft über das Schema von Schuld und Verantwortung individualisiert werden muß), sondern sie verweist auf die Regelhaftigkeit und Gegenseitigkeit in einer Kollektivität. In diesem Sinne tritt an die Stelle des Verursachungsgedankens die Aufteilung einer kollektiven Belastung, zu der jeder einen gemäß einer Regel ermittelten Beitrag zu leisten hat: die (oben skizzierte) Pflichtversicherung gegen Kriminalitätsrisiken. Eine solche Versicherung ist im Rahmen einer insurationistischen Politik aber nicht, wie Fritz Sack es unternommen hat, als »›Solidar‹surrogat« zu verstehen,[183] sondern als die konsequente und insofern paßgenaue Form der Solidarität in einer sich zunehmend ökonomisierenden Gesellschaft (die freilich auch für Sack die Basis seiner These bildet). Eine solche Aussage wiederum darf freilich nicht verwechselt werden mit der polemischen Kritik, »die Gesellschaft sei an allem schuld«. Vielmehr geht es um einen neuen Modus der Betrachtung und Verarbeitung, also darum, Schäden aus Kriminalität gleichsam als den Preis von gesellschaftlicher Modernisierung und Fortschritt auf das Kollektiv »abzuwälzen« und den physischen und psychischen Schaden der Geschädigten in Form einer monetarisierten Solidarität zu kompensieren.

c) Eine insurationistische Kriminalpolitik konzeptionalisiert »Kriminalität« also als einen kompensierbaren Schaden und mithin gleichsam als (sozialen) Unfall. Indem die skizzierte Kriminalitätsversicherung nicht die Haftpflicht des »Täters«, sondern das Opfer gegen Schäden aus »Kriminalität« versichert und auf diese Weise die zentralen Bedürfnisse der Opfer befriedigt, kann sie auf die (wenig- bis kontraproduktive und vom Opfer in der Regel nicht, zumindest nicht so gewollte) Bestrafung der »Täter« verzichten. Es geht ihr – vergleichbar der oben dargestellten Intention im Kfz-Bereich – um die Minimierung des Leidens auf beiden Seiten der (herkömmlichen) kriminalisierenden Gleichung: Der Schaden des Opfers wird –

freilich unter dem bereits genannten Vorbehalt, daß es nur um eine Kompensation des physischen und in gewissem Ausmaß des psychischen Schadens, nicht aber des individuell erlebten Leidens gehen kann – umfassend kompensiert und somit erträglicher gemacht. Dem »Täter« wird das bislang staatlich auferlegte Übel mit den daraus zugleich (und nicht nur für ihn) resultierenden Konsequenzen erspart.[184] Insofern könnte man sagen, eine insurationistische Kriminalpolitik kürzt die Gleichung der Kriminalisierung um den durch die strafrechtliche Bearbeitung produzierten »Schaden«, der – auf der einen Seite – dem Opfer heute aufgrund seiner nicht garantierten Kompensation sowie seiner strafrechtlichen Instrumentalisierung erwächst und der – auf der anderen Seite – dem Täter vom Staat ganz bewußt im Sinne eines Übels zugefügt wird. Sie trägt insofern gleichermaßen Forderungen nach einer verbesserten Stellung des »Opfers« Rechnung, wie sie sich der »Schmerzreduktion« und »Humanität« in Bezug auf die (Kriminal-)Strafe als einer »Aufgabe« zuwendet, die Trutz von Trotha als eine charakterisiert hat, die »unabhängig von Fragen general- und spezialpräventiver Effektivität ihre eigene Würde besitzt und einen eigenen kriminalpolitischen Lösungsauftrag beinhaltet«.[185]

d) In diesem Sinne knüpft eine insurationistische Kriminalpolitik zugleich an jenem Humanisierungsdiskurs an, der schon von Beccaria vor knapp 250 Jahren eröffnet wurde, als er schrieb, daß die Art und die Härte der Strafen in einem sinnvollen Verhältnis zum jeweiligen Gesellschaftszustand zu stehen hätten: In dem Maße, wie die Gesinnungsart der Gesellschaft(smitglieder) milder werde, nehme auch ihre Empfindlichkeit zu. Und mit dieser Zunahme wiederum müsse die Härte der Strafen abnehmen, »wenn man das zwischen dem Gegenstande und dem Gefühlsvermögen bestehende Verhältnis unverändert aufrecht erhalten« wolle.[186] Eine vergleichbare Relation spricht etwa auch Schumann an, wenn er argumentiert, die Freiheiten der Bürger seien in den letzten Jahrzehnten (hinsichtlich Konsum, Kommunikation, Freizeit etc.) erheblich gewachsen, und ein gleichbleibender Entzug der Freiheit stelle dementsprechend einen immer größeren Eingriff dar, was bedeute: »Je mehr Freiheiten gesellschaftlich üblich werden, desto größer ist der Einschnitt, den der totale Freiheitsentzug im Gefängnis darstellt. Die Dimension des Freiheitsentzuges wächst und gerät außer Relation.«[187] Wiederum andere Autoren sehen solche veränderten Relationen etwa auch in der Massenproduktion und dem dadurch sich vollziehenden grundsätzlichen Bedeutungswandel des Eigentums, wobei man insbesondere auf einen Rückgang emotionaler Bindungen an materielle Güter verweist. Mit der stetigen Ausweitung der Massenproduktion und -konsumtion werde auch das Eigentum »entindividualisiert«: Ebenso wenig wie sich die Person, die Produkte der Massenherstellung besitze und benutze, über den Gebrauch und Besitz definieren lasse, so ließen sich auch diese Objekte nicht durch die Personen, die sie verwenden, identifizieren. Dadurch würden solcherlei Objekte, so etwa Kreissl, austauschbar und definierten sich letztlich nur mehr über ihren numerischen Wert: Unter den Bedingungen der Konsumgesellschaft verliere das einzelne Objekt als Privateigentum seine psychosoziale Bedeutung. Jedes der Objekte lasse sich sofort durch ein gleichwertiges ersetzen. Der Gebrauchswert eines Videorecorders habe nichts mit seinen Eigenschaften als persönlichem Objekt zu tun: »Während in früheren Zeiten«, so auch Kohl/Scheerer, »das persönliche Eigentum relativ gegenstandsidentisch zu bleiben und vererbt zu werden pflegte, unterliegen die meisten Güter heute einem beschleunigten Verschleiß- und Ersatzbeschaffungsrhythmus. Was früher im Falle der Beschädigung oder des Verlusts aufwendig repariert werden mußte oder kaum zu ersetzen war, ist heute von vorneherein auf Ersetzbarkeit und Erneuerung angelegt.«[188] Insofern sei, so schlußfolgern Kohl/Scheerer, die Verletzbarkeit des Eigentümers durch Eingriffe in sein Eigentum erheblich vermindert worden. Sei der Diebstahl früher mit der Gefährdung des materiellen Wohlstands, wenn nicht der Existenz verknüpft gewesen, so werde er heute wegen des häufig aufgrund von Versicherungsansprüchen in Grenzen gehaltenen Vermögensschadens eher als (überaus ärgerliche) »Störung denn als Kriminalunrecht angesehen. Aus dem ›Opfer‹ ist ein ›Geschädigter‹ geworden.«[189] (Solche und ähnliche relativierende Aspekte und Erwägungen mögen es im übrigen sein, die auch im engeren

Bereich der (Straf-)Rechtswissenschaften zu Forderungen nach einem gegenüber heute erheblich reduzierten *Kernstrafrecht* geführt haben.)[190]

e) Das bisher Gesagte, so will ich in Anlehnung an Ewald fortfahren, soll weder heißen, daß diese »Unfälle« unvermeidlich, noch, daß sie schicksalhaft wären, sondern lediglich, daß ihre juridische Wahrnehmung in Begriffen von Verschulden und Verantwortlichkeit bzw. Haftung (als die allein mögliche) durch eine andere, insurationistische ersetzt wird. In ihrer Abkehr von der juridischen Rationalität kann die insurationistische Kriminalpolitik dann durchaus auch an Aspekte der von Malcolm Feeley und Jonathan Simon diagnostizierten *actuarial justice* anschließen: »Sie betrachtet Kriminalität als gegeben und Devianz als normal. Und sie ist skeptisch gegenüber den vermeintlichen Vorteilen liberaler Varianten der Kriminalitätskontrolle. Deshalb ist es nicht ihr Ziel, im Inneren des Individuums Verantwortlichkeiten zu klären und den Schuldigen dann für seine Schuld bezahlen zu lassen oder ihn zu verändern.«[191] Allerdings zieht eine *insurationistische Kriminalpolitik* – und das ist die entscheidende Differenz zur *actuarial justice* – aus dieser gemeinsamen Grundlage nicht den (auf Ausgrenzung und Einsperrung fokussierten) kontrollpolitischen Schluß des »Identifizierens, Klassifizierens und Managens von Gruppen entsprechend dem Grad ihrer jeweiligen Gefährlichkeit«. Anstatt in erster Linie von der – zwar an (generalisierten) Risikofaktoren orientierten, aber letztlich doch individualisierten und zugleich isolierenden – »Gefährlichkeit« von Personen in einer ausschließlich kontrollpolitischen Logik auszugehen (»Zugangsgesellschaft«), um damit sozialen Ausschluß bzw. Einsperrungen zu begründen und zu legitimieren, hätte eine *insurationistische Kriminalpolitik* das Risiko bei den gefährdeten Objekten zu verorten (Herz). Das Risiko bezöge sich somit auf die »Art und Weise ihrer Gefährdung« und die mehr oder mindere »Häufigkeit des Gefahreneintritts, hervorgerufen durch die Beschaffenheit des Objekts«.[192] Allgemeiner gesprochen sind die Ansatzpunkte einer insurationistischen Kriminalpolitik also die Schäden oder besser noch: die Situationen, Räume oder Systeme, die diese Schäden regelhaft produzieren,[193] wobei sie durchaus auch auf Elemente einer situationistischen Kriminalpolitik zurückgreifen kann. In diesem Sinne hat Heinz Steinert einen Artikel von Michael Lindenberg und mir, in dem wir die von uns behauptete Zunahme von Situationskontrollen in dem eher dystopisch gemeinten Terminus »Kontrollgesellschaft« münden ließen, zu Recht folgendermaßen kritisiert: »Gäbe es (...) wirklich mehr *Situations*kontrolle (...) wäre das durchaus ein Fortschritt weg vom strafenden Staat.«[194]

f) Mit einer so beschriebenen Ausrichtung folgt insurationistische Kriminalpolitik zugleich einer auf die Zukunft gerichteten Rationalität, die man in Anlehnung an Clifford Shearing wie folgt charakterisieren kann: Der strafrechtlichen (juridischen) Bearbeitung gehe es stets um die Vergangenheit, also um die Wiederherstellung einer symbolischen Ordnung bzw. um den auf vergangenes Verhalten bezogenen sozialethischen Vorwurf. Es gehe mithin um eine Gerechtigkeit im Paradigma der Vergeltung, der Genüge getan werden müsse. Eine *insurationistische Kriminalpolitik* hingegen läßt die Vergangenheit ruhen – weder kann noch muß sie in Ordnung gebracht werden. Sehr plausibel wird diese neue Logik meines Erachtens in einer exemplarischen Geschichte, die Shearing erzählt:

Der Geschäftsführer eines großen Stahlunternehmens, in dem immer wieder zahlreiche tragbare Gerätschaften und Werkzeuge (Bohrer, Sägen usw.) »verloren« gingen, beorderte den Sicherheitschef des Unternehmens zu sich und beauftragte ihn mit der Lösung dieses Problems. Der Sicherheitschef (ein ehemaliger Polizist) schlug nach einigen Tagen des Nachdenkens vor, verdeckte Ermittler einzusetzen und im Anschluß daran gezielt Wohnungen von Arbeitern zu durchsuchen. Der Geschäftsführer entgegnete, daß dies lediglich dazu führen werde, daß der eine oder andere Arbeiter verhaftet werde oder entlassen werden müsse und daß die dann neu eingestellten Arbeiter ebenso stehlen würden. Schwerer allerdings wiege noch, daß seine Firma viel Geld in ihre Angestellten investiert habe und daß die vom Sicherheitschef vorgeschlagene Bespitzelung überdies ein schlechtes Betriebsklima erzeuge. Kurz: Es läge näher, das Gehalt des Sicherheitschefs einzusparen als seinen abstrusen Vorschlägen zu folgen. Der Geschäftsführer räumte ihm allerdings noch eine letzte Chance ein. Als der Sicherheitschef die Situation noch einmal bedachte, stellte er sich vor, »daß die Angestell-

ten, die die Werkzeuge aus der Fabrik stahlen, trotz allem vielleicht gar keine so schlechten Leute waren, daß sie genauso Eltern, Ehefrauen und Ehemäner waren, die ihre Häuser instandzusetzen hatten, Spielsachen basteln mußten usw. Sie brauchten Werkzeuge, und die Fabrik hatte sie. Das Problem war, daß sie nicht wußten, wie sie das Unternehmen fragen könnten, ihnen die Werkzeuge auszuleihen, und deshalb nahmen sie diese einfach mit. Und wenn sie sie erst einmal mitgenommen hatten, wussten sie nicht, wie sie sie zurückbringen konnten.« Diese Erkenntnis führte den Sicherheitschef zu einem ganz anderen Vorschlag für seinen Geschäftsführer: Man solle sich, so unterbreitete er nun, nicht um jene Werkzeuge kümmern, die bereits fort, sondern um jene, die noch nicht gestohlen waren. Deshalb schlage er vor, eine Werkzeugbibliothek zu eröffnen, in der sich die Belegschaft Werkzeuge aller Art ausleihen und nach Beendigung ihrer Tätigkeiten wieder zurückbringen könnten. Der Geschäftsführer war zufrieden: sein Sicherheitschef hatte einen alternativen Weg gefunden, Sicherheit herzustellen. Er hatte ohne Repression und ohne unangenehme moralische Appelle nicht die Menschen, sondern die Situation verändert.[195]

Zweifellos ist die »Kriminalität« in dieser Geschichte vergleichsweise unbedeutend, ihre beschriebene Bearbeitung trägt aber durchaus paradigmatische Züge: Für den Geschäftsführer ist Strafe keine vorrangige Maßnahme, er glaubt nicht, daß »die Verfehlungen der Vergangenheit symbolisch korrigiert werden müssen, bevor man weitermachen kann (...). Anstrengungen, die darauf gerichtet sind, die Vergangenheit wieder symbolisch in Ordnung zu bringen, machen für ihn keinen Sinn. Tatsächlich sind für ihn die Anliegen von Wiedergutmachung und Buße kontraproduktiv. Statt den Menschen zu erlauben, nach vorne zu schauen und die Vergangenheit für abgeschlossen zu betrachten, halten sie die Vergangenheit lebendig und beinhalten, daß die Vergangenheit die Gegenwart und mit ihr die Zukunft fest im Griff hat. Dementsprechend wäre seine Antwort auf die Vergeltungslogik des Strafrechts nicht, diese Logik zu verfeinern, sondern sie aufzugeben«.[196]

Shearing hat hinsichtlich dieser Geschichte freilich auch darauf hingewiesen, daß es sich im vorliegenden Beispiel um ein »körperschaftliches Opfer« handelt, bei dem kein Mensch unmittelbar betroffen ist, und daß sich die Bedürfnisse bei individuellen Opfern gelegentlich doch ganz anders darstellen (können), zum Beispiel weil sie die Vergangenheit eben doch nicht ruhen lassen und eine symbolische Korrektur der Vergangenheit wollen. Gleichwohl ist es die Frage, wie sich solche Bedürfnisse artikulieren bzw. welche Form sie annehmen, wenn sich »Kriminalpolitik« selbstbewußt in einem anderen Modus und mit anderen Verarbeitungsstrategien präsentiert. Denn, und da ist Heinz Steinert Recht zu geben, »wenn man einmal von der ziemlich erstaunlichen Idee abgekommen ist, daß alle diese verschiedenen Zwecke sich in einer großen Zahl ganz verschiedener Problemsituationen mit dem Allheilmittel der Bestrafung eines der Beteiligten erreichen ließen, kann man jedes einzelne dieser nun getrennten Probleme mit aller verfügbaren Fantasie angehen«.[197]

Mit diesen allgemeineren Ausführungen mag eine insurationistische Kriminalpolitik zunächst hinreichend umrissen sein: Die bis hierher genannten Aspekte verdeutlichen, daß eine solche Politik »Kriminalität« einem neuen managenden, kompensierenden, in die Zukunft gewandten Verarbeitungsmodus unterwirft, der in erster Linie nicht einen (zu individualisierenden und isolierenden und in der Konsequenz: zu bestrafenden) Täter in den Blick nimmt, sondern seine Maßnahmen vom Schaden (und dem ihn regelhaft produzierenden System) her entwickelt.

Dieses Ansetzen beim Schaden ermöglicht einen Blick auf das Strafrecht, den man zunächst in Anlehnung an Peter-Alexis Albrecht folgendermaßen formulieren kann: Das materielle Strafrecht müsse, so Albrecht, einer kritischen Durchsicht unterzogen werden, die darauf zielt, staatliche Strafverfolgung und kriminalrechtliche Sanktionen auf einen Kernbestand an Rechtsverletzungen zu beschränken: »Nicht die Effizienzsteigerung der Strafverfolgung durch Flexibilisierung, das heißt der Abbau von Justizförmigkeit zu Gunsten von Opportunität, sondern die Entlastung des Strafverfahrens durch Zurücknahme übersteigerter und überkommener Regelungsansprüche (Entkriminalisierung) sollte zentraler Gegenstand rechtspolitischer Reformbemühungen sein.«[198] Zu welchen Ergebnissen und Möglichkeiten eine solche Durchsicht unter der Perspektive einer insurationistischen (Kriminal-)Politik führen könnte, will ich im folgenden anhand dreier zentraler strafrechtlich definierter Deliktbereiche skizzieren. Diese Deliktbereiche sind: a) Opferlose Delikte, b) Gewaltlose Eigentums- und Vermögensdelikte und c) Gewaltdelikte.[199]

a) *Opferlose Delikte*: Straftaten dieser Art sind solche, die zwar unter Androhung von Strafe verboten sind, zugleich aber keinerlei Schaden bei anderen Personen verursachen. Solche Delikte würden in einer insurationistischen Perspektive ersatzlos entkriminalisiert. Hierzu zählen zunächst insbesondere alle Verstöße gegen das Betäubungsmittelgesetz. Gerade in diesem Bereich ist die Entkriminalisierungs- bzw. Legalisierungsoption (auch heute bereits) besonders plausibel, denn zum einen konnten zahlreiche wissenschaftliche Arbeiten den Beweis antreten, daß das Verbot und die damit verbundene repressive Intervention das sogenannte Drogenproblem (Schwarzmarkt, Verelendung, gesundheitliche Risiken etc.) erst geschaffen haben.[200] Zum anderen – und in unserem Zusammenhang wichtiger – ist bei diesen Delikten grundsätzlich nicht von einer Schädigung Dritter auszugehen, sondern stets (und allenfalls) von einer Selbstschädigung.[201] Und dies betrifft keineswegs nur die Tatbestände Besitz und Erwerb, sondern auch den Handel mit Drogen, da es sich hierbei stets um ökonomische Prozesse im gegenseitigen Einvernehmen zwischen Käufer und Verkäufer handelt.[202] An anderer Stelle habe ich ausführlicher dargelegt, daß und wie diese strafbewehrten betäubungsmittelrechtlichen Normen in verwaltungsrechtliche (insbesondere arznei- und lebensmittelrechtliche) Regulierungszusammenhänge zu transformieren wären.[203] Des weiteren zähle ich zu den opferlosen Delikten die einfachen Tatbestände des Glücksspiels (§§ 284, 285, 287 StGB) und der Prostitution – beides Tatbestände, bei denen es sich ebenso wie im Bereich der Betäubungsmittel in aller Regel um einvernehmliche Tauschbeziehungen handelt – sowie etwa die gewaltlosen Tatbestände der »Gefährdung des demokratischen Rechtsstaates«[204] und ähnliches.

b) *Gewaltlose Eigentums- und Vermögensdelikte*: Diese Gruppe von Delikten stellt den größten Anteil registrierter Kriminalität dar. Albrecht errechnet für 1997 hinsichtlich dieser Delikte einen Anteil von rund 75% an der Gesamtkriminalität,[205] wobei er auch die Wirtschaftsdelikte dieser Kategorie zuschlägt.[206] Eine insurationistische Kriminalpolitik würde die aus diesen »Delikten« entstehenden Schäden grundsätzlich über die beschriebene Pflichtversicherung gegen Kriminalitätsrisiken sozialisieren und kompensieren[207] – eine Bestrafung der »Täter« würde entfallen. Für eine solche Handhabung der gewaltlosen Eigentums- und Vermögenskriminalität sprechen – neben dem oben beschriebenen Funktions- und Bedeutungswandel des Eigentums – noch etliche andere Gründe: So würde eine insurationistische Kriminalpolitik, die bei den Situationen der Schädigung ansetzt, darauf verweisen, daß zum Beispiel die Gelegenheiten des Ladendiebstahls und der Beförderungserschleichung als Folge betriebswirtschaftlicher Entscheidungen betrachtbar sind, die über Rationalisierungen zur Senkung von Personalkosten führen (sollen): Werde der Ladendiebstahl, so etwa Albrecht, durch die kostensparende Selbstbedienung – die freilich in der Regel auch im Interesse der Verbraucher liegt – und die »verkaufstechnisch hergestellte Disponibilität der Ware« sowie die dadurch gegebene Verführungssituation gleichsam provoziert, so sei auch die Beförderungserschleichung als »eine Folge der kostensparenden schaffnerlosen Betriebe von Bussen und Bahnen im öffentlichen Personennahverkehr« anzusehen.[208] Eine vergleichbare (regelhafte) Verführungs- und damit auch Zugriffssituation sei zudem auch auf den Finanzmärkten gegeben: Von Ratenzahlungsangeboten und aller Orten angebotenen Sachkrediten über bereitwillig eingeräumte Kontoüberziehungskredite bis hin zu Umschuldungsangeboten und vor allem der allseits empfohlenen Kreditkarte würden weitreichende Konsummöglichkeiten auch jenen in Aussicht gestellt, die nur über begrenzte oder gar keine finanziellen Mittel verfügen. Zugleich erleichterten auch Darlehensangebote für die Privatwirtschaft, Subventionsofferten und Wirtschaftsförderungsprogramme immer öfter recht »riskante unternehmerische Dispositionen«, die sich in Vermögensdelikten manifestieren könnten.[209]

So gesehen sei das massenhafte Auftreten von Eigentums- und Vermögensdelikten keineswegs (bzw. allenfalls begrenzt) auf geänderte Einstellungen auf der Täterseite zurückzuführen, sondern vielmehr als eine (auf der Opferseite in Kauf genommene) »das Gesamtvermögen nicht wesentlich beeinträchtigende Begleiterscheinung umsatz- bzw. gewinnerhöhender ›Verkaufsstrategien‹« zu verstehen. Dem Strafrecht komme hier zunehmend nur noch eine »flankierende Auffangfunktion für Ausfallrisiken des Anbieters« zu.[210] Deshalb, so Albrecht weiter, dürfte in diesen Bereichen »der Verzicht auf Strafe wegen der damit verbundenen Verweisung der Opfer auf die Eigenverantwortung bei der Vermeidung solcher Taten eher geeignet sein, ›generalpräventiv‹ zu wirken als die stigmatisierende und in erheblichem Maße Justizressourcen beanspruchende Pönalisierung«.[211] In diesem Sinne hatte auch Hulsman dafür plädiert, bei der sogenannten kleinen Kriminalität den »Eigentümer« dieser Kriminalität »auszuwechseln«: Keineswegs könne es die Justiz sein, die sich mit solchen Problemen befaßt, sondern vielmehr müßten die »intermediären Institutionen in der Gesellschaft« zur Verantwortung gezogen werden, also etwa die Organisationen der Ladenbesitzer, der Verkehrseinrichtungen, der Finanzdienstleister usw.[212]

Wie würde eine insurationistische Politik solche (perspektivisch entkriminalisierten, aber gleichwohl unerwünschten) Schädigungen bzw. Handlungen verarbeiten? Heinz Steinert hat insbesondere hinsichtlich der Massendelikte Ladendiebstahl und Beförderungserschleichung etliche Beispiele angeführt, wie solche Schäden verhindert werden können, indem man die Situationen verändert: Wer etwa tatsächlich verhindern will, daß Personen ohne die Entrichtung des Fahrpreises ein Verkehrsmittel benutzen (Beförderungserschleichung), der kann zum Beispiel technische oder physische Schranken errichten, die ohne Bezahlung einfach nicht zu überwinden sind. Die »menschlichere« Variante wäre freilich die Wiedereinführung des Schaffners, »der nicht nur gleich am Eingang kontrolliert und gegebenenfalls die Summe kassiert, sondern der auch Auskünfte gibt, eventuell sogar beim Ein- und Aussteigen hilft und womöglich ein Klima des Miteinander-Reisens herstellt, aus dem fremden Sich-im-Weg-Stehen also eine soziale Situation mit den üblichen Normen der Höflichkeit und Rücksichtnahme macht«.[213] Zu überlegen sei zudem, so Steinert weiter, ob man nicht besser sogar das ganze Kontrollproblem der öffentlichen Nahverkehrsbetriebe besser dadurch »einsparen«

solle, daß man die Kosten mit den Steuern erhebt statt mit einzelnen Fahrscheinen – das wäre dann nicht (nur) eine Sozialisierung des Schadens, sondern eine Sozialisierung, die gleichsam die Schadensursache abschafft (und überdies möglicherweise noch einen ökologisch sinnvollen Effekt hätte).

Auch dem Ladendiebstahl kann man auf ähnliche Weise begegnen, indem man – wie dies in vielen Fällen ja bereits praktiziert wird – etwa mit »intelligenten« Etiketten oder ähnlichem arbeitet, die an der Kasse entfernt werden bzw. bei Nichtentfernung einen Alarm am Ausgang auslösen. Eine andere Möglichkeit wären überdies weitere Formen von Techno-Prävention, also etwa, wertvollere Waren (zum Beispiel Elektrogeräte) hinter Gittern auszustellen, an den Regalen zu verankern oder ähnliches.[214] Zudem wäre (wiederum als »menschliche« Variante) auch in Geschäften eine Erhöhung des Personalschlüssels möglich, was nicht nur zu mehr Kontrolle, sondern gegebenenfalls auch zu einer verbesserten Beratung der Verbraucher führen würde.[215] Andererseits praktizieren die Geschäftsbetreiber heute bereits eine versicherungsähnliche Variante des »Schutzes«, indem sie die prognostizierten Schäden bereits im Vorwege auf den Verkaufspreis der Waren umlegen und in diesem Sinne sozialisieren.[216]

Möglichkeiten der besseren Sicherung gibt es freilich auch im privaten Bereich: Zur Verhinderung von Kfz-Diebstählen etwa könnte man die bereits in vielen Autos installierten Wegfahrsperren verbessern, indem man neben mechanischen zugleich solche (»intelligenten«) Sicherungen anbringt, zu deren Überwindung man über individuelle Codes verfügen muß, um den Motor zu starten. Türen und Fenster von Wohnungen und Häusern könnten mit besseren Schlössern versehen, Bewegungsmelder oder Alarmanlagen installiert, Kellerfenster vergittert und andere »Schwachstellen« behoben werden. In größeren Wohnanlagen könnte man zudem vermehrt über die Schaffung von »ständigen Hausmeisterdiensten« nachdenken, die problematischen Situationen der unterschiedlichsten Art entgegenwirken können.[217] Solche und ähnliche Maßnahmen sind freilich, wie Steinert zu Recht vermerkt, keine »allgemeinen Lösungen«, zum einen weil sie von der Finanzkraft des einzelnen abhängen, zum anderen weil eine gute Diebstahlsicherung an dem einen Haus nur bedeutet, daß »der Einbrecher sich an ein weniger gut geschütztes potentielles Opfer halten soll«.[218] Das heißt: Zwar lassen sich auch hier technische Maßnahmen treffen, zugleich ist aber auch deutlich, daß es absolute Sicherheit nicht geben wird und daß Sicherheit zudem ungleich verteilt ist. Das Grundproblem bleibt also bestehen: Daß einem Dinge durch Dritte abhanden kommen können, ist ein zwar minimier-, aber keineswegs aufhebbares Risiko, weshalb eine insurationistische Kriminalpolitik großes Gewicht darauf legt, auf die unausweichlich auftretenden Schäden kompensierend zu reagieren, und das heißt zugleich: mit allen Beteiligten möglichst schonend umzugehen. Im Falle etwa des Wohnungseinbruchs muß dies auch bedeuten, daß das Opfer gegebenenfalls psychologische Hilfe in Anspruch nehmen kann, oder, wenn die Verletzung der Intimsphäre auf diese Weise nicht ausreichend bearbeitet werden kann, ihm auch den Umzug in eine andere Wohnung als versicherte Leistung zu gewähren.

c) *Gewaltdelikte*: »Gewaltdelikte« sind mit einiger Sicherheit jene, welche die Intimität und Integrität des jeweiligen Opfers am meisten beeinträchtigen. Sie haben allerdings an der polizeilich registrierten Gesamtkriminalität zugleich einen relativ geringen Anteil,[219] der sich im Zusammenhang der juristischen (bzw. richterlichen) Bearbeitung noch einmal relativiert, da die Tatschwere durch die Polizei häufig höher bewertet wird als im folgenden Strafverfahren. Insofern ist Kaiser wohl zuzustimmen, wenn er sagt: »Gewaltkriminalität zählt noch immer, auch in unserer Gesellschaft, zu den seltenen Straftaten. Vergleichsweise ist sie nicht einmal beängstigend.«[220] Gleichwohl dürfte die Betroffenheit und das Leid des einzelnen Opfers unbestritten sein, weswegen die oben skizzierte Pflichtversicherung gegen Kriminalitätsrisiken gerade in diesen Fällen die entstandenen (körperlichen) Schäden umfassend (also im Sinne medizinischer Behandlungs- sowie medizinischer und gegebenenfalls beruflicher Rehabilitationsmaßnahmen) zu kompensieren und auch für eine zum Beispiel psychische Rehabilitation sowie Auf- und Bearbeitung etwaiger psychischer Schäden und Folgeprobleme aufzukommen hat.

Inwieweit man aufgrund dieser umfassenden Kompensation auch im Bereich der Gewaltdelikte auf repressive Maßnahmen verzichten könnte, ist eine schwer zu entscheidende Frage. Denn einerseits entspricht es (auch) einem insurationistischen Blick, davon auszugehen, daß es immer wieder Personen geben wird, die eine erhebliche Bedrohung für Leib und Leben anderer darstellen – hier sind in bestimmten Fällen Maßnahmen der Sicherung und in der Konsequenz die Institution der Einsperrung sicherlich unumgänglich. Andererseits sind wohl auch im Bereich der Gewaltdelikte die meisten Taten von einer Qualität, die keineswegs einer strafrechtlichen bzw. staatlich-repressiven Bearbeitung bedürfen. Vielmehr lassen sich auch hier durchaus Möglichkeiten erkennen, die in erster Linie auf die Veränderung von Situationen, Räumen und Systemen zielen.

So handelt es sich bei Gewaltanwendungen häufig (auf einer oder auf beiden Seiten des Konfliktes) um emotional aufgeladene Situationen (oft zudem in engeren sozialen Beziehungen), in deren Zusammenhang es zu mehr oder weniger schweren Körperverletzungen bis hin zu »Mord« und »Totschlag« kommen kann. Abgesehen davon, daß diese Formen der Gewalt wohl in der Regel informell geregelt werden und wenn nicht, dann häufig durch Dritte an die Polizei herangetragen werden (und eine staatliche Intervention gegebenenfalls gar nicht im Interesse der konkret Beteiligten liegt), zielt – wie Gerhard Hanak, Johannes Stehr und Heinz Steinert 1989 zeigen konnten – auch ein gezieltes Rufen der Polizei durch einen der Konfliktbeteiligten nicht regelhaft auf eine Bestrafung des Konfliktgegners. Es geht vielmehr in erster Linie um eine Beendigung oder Bereinigung der konkreten Bedrohungssituation und/oder auf eine Wiederherstellung der durch den Gewaltakt »gekränkten Ehre«: Insbesondere bei körperlichen Belästigungen und Beeinträchtigungen geht es häufig »nur vordergründig um den erfahrenen Schmerz, jedenfalls *auch* aber tatsächlich um die gekränkte Ehre. Die Beleidigung besteht in der Einsicht, daß man jemand ist, mit dem andere so umgehen können, der sich dagegen nicht wehren kann, der andere nicht ›in die Schranken weisen‹ kann.«[221] Hier helfe im Grunde nur die unmittelbare Zurechtweisung, der Gegenschlag, das Abstellen der Frechheit bzw. der Herausforderung. Und, so Hanak/Stehr/Steinert weiter: »Gelingt das so, dann ist nichts weiter zu tun, die Sache ist erledigt. Gelingt es aber nicht unmittelbar, gibt es (...) nur die Möglichkeit, sich auf ein nächstes Mal zu vertrösten, bei dem man besser reagieren und besser abschneiden wird. Daß es diese Möglichkeit des Verschiebens gibt, zeigt, daß die ›Ehre‹, jedenfalls unter heutigen Bedingungen, nicht so sehr dem ›Beleidiger‹ gegenüber hergestellt werden muß, sondern sich selbst gegenüber (...) und den Leuten, die einen kennen, den Beobachtern des Vorfalls.«[222] In solchen Kontexten könnte auch der Polizei eine entscheidende Rolle zukommen, indem sie nicht nur zu einem Abstellen der konkreten Bedrohungssituation, sondern vor allem zur Demonstration der Tatsache beiträgt, daß man »sozial lebt«, daß man »imstande ist, dieses Instrument des Staates und der Rechtschaffenheit für sich und seine Sache in Bewegung zu setzen«. In diesem Sinne sei auch die weitverbreitete Klage, der Staat würde sich vor allem um die Täter, nicht aber um die »Opfer« kümmern, durchaus ernst zu nehmen: Sie signalisiere ein Unbehagen, das weniger auf instrumentelle oder gar strafende »Erfolge« aus sei, sondern auf mehr Beachtung, auf eine Bestätigung des »Im-Recht-Seins«[223] und mithin auf Prozeduren zur Wiederherstellung der »Ehre«. Und hierfür, so entnehmen es Hanak/Stehr/Steinert ihrem empirischen Material, kann »unter hiesigen Bedingungen finanzielle Kompensation offenbar durchaus geeignet sein«.[224] Insofern wäre auch die anstandslose und umfassende Kompensation (der auftretenden Schäden) durch eine Kriminalitätsversicherung sicherlich geeignet, das »Im-Recht-sein« nicht nur materiell, sondern auch symbolisch zu bestätigen. Der Polizei käme in diesem Prozeß – neben ihrer grundsätzlichen und wichtigen Rolle als (hoffentlich) schnelle, vor allem aber schlichtende und beruhigende sowie gegebenenfalls sichernde »Eingreiftruppe« – vor allem auch die Funktion der Protokollierung und Hilfeleistung zu, die die Kompensation des Opfers sicherzustellen hätte. Sie könnte überdies (den »Täter« und/oder das »Opfer«) auf alltagspraktische oder auch institutionell vorhandene (oder einzurichtende) Möglichkeiten hinweisen, die einen anderen Umgang mit solchen Konflikten möglich oder erlernbar machen[225] – oder aber darauf, wie bestimmte Situationen oder Konstellationen zu (ver-)meiden oder aufzulösen sind.[226]

Freilich spielt sich nicht alle Gewalt in solchen engeren sozialen Konstellationen ab, sondern auch zwischen sich weitgehend fremden Personen im öffentlichen Raum, in Einkaufszonen, Fußballstadien, auf der Straße und so weiter. Aber auch hier können Möglichkeiten des Raum-, System- und Situationsmanagements (jenseits von Strafe sowie Spezial- und Generalprävention) durchaus gewaltreduzierend bzw. -verhindernd wirken: Solche Maßnahmen reichen von einer ausreichenden Straßenbeleuchtung und einer Belebung der Innenstädte nach Ladenschluß über mehr Personal in öffentlichen Verkehrsmitteln sowie die Einrichtung von Frauentaxis und -parkplätzen bis hin zu Selbstverteidigungskursen und gegebenenfalls auch Wachpersonal – von Fanprojekten der Bundesligavereine über Notrufsäulen in Parks bis hin zu sozialpädagogischen Handlungsstrategien.[227]

Diese Beispiele und Hinweise sollen genügen, um aufzuzeigen, daß auch im Bereich der Gewalt etliche Möglichkeiten jenseits von Schuld und Strafe denkbar oder vorhanden sind, die eine andere (vor allem auf die Zukunft gerichtete) Ver- und Bearbeitung solcher Handlungen ermöglichen. Übrig aber bleiben, wie bereits angedeutet, schließlich jene (eher wenigen) Gewaltkonfigurationen, bei denen mit den oben beschriebenen Maßnahmen oder anderen situativen Veränderungen und Interventionen wenig auszurichten ist und bei denen nur die Sicherung des jeweiligen Individuums Abhilfe schaffen mag. Nur könnte auch hier der von einer insurationistischen Kriminalpolitik aufzugreifende Humanisierungsdiskurs in der Hinsicht Wirksamkeit entfalten, daß man sich einerseits klar zur eigenen Hilflosigkeit wie auch zu den verbleibenden Zwecken der Einsperrung verhält und sie als das bezeichnet, was sie nun einmal sind, nämlich »Verwahrung« und »Aus-dem-Verkehr-Ziehen«. Andererseits aber, so will ich im Anschluß an Steinert schließen, wären diese verbleibenden Funktionen der Einsperrung »so menschenfreundlich wie möglich zu gestalten. Was heute im Strafvollzug unter ›Resozialisierung‹ angeboten wird, ließe sich als *Angebot* unter dem Titel der besagten ›Menschenfreundlichkeit‹ mindestens ebenso gut rechtfertigen.«[228]

Schlußbetrachtungen

Eine insurationistische Kriminalpolitik beruht auf zwei Säulen: Erstens auf einer Pflichtversicherung gegen Kriminalitätsrisiken, das heißt auf einer sozialisierten und somit garantierten Kompensation entstandener (sowohl materieller als auch immaterieller) Schäden; und zweitens auf einem situativen und systemischen Ansatz der Bearbeitung von Problemen, aber auch der Prävention. Damit verbunden ist zugleich eine Rücknahme der Strafbewehrtheit jener Normen, die heute strafrechtlich sanktioniert werden können. Dies allerdings bedeutet nicht, daß diese Normen keine Bedeutung mehr haben sollen, sondern lediglich, daß man ihrer Verletzung nicht mehr mit dem Institut der Kriminalstrafe begegnet. Das wiederum bedeutet gegebenenfalls zwar eine Abschaffung des Strafrechts als *Straf*recht, aber nicht notgedrungen eines Rechts, das diese Handlungen als weiterhin unerwünschte definiert. Insofern leugnet eine insurationistische (Kriminal-)Politik keineswegs die (gegebenenfalls auch staatliche) Regelungsbedürftigkeit unerwünschter und heute kriminalisierbarer Handlungen und Situationen. Indem sie aber das von Stephan Quensel als undurchschneidbar charakterisierte Band zwischen Crimen und Strafe[1] durchschneidet, gelingt es ihr, »sich von der strafrechtlichen Schere im Kopf zu befreien«[2] und auf diese Weise das *nicht strafbewehrte Crimen* zumindest in den Horizont des Möglichen zu stellen. Genau an dieser Stelle stellen sich freilich etliche Fragen, die abschließend zwar wohl nicht beantwortet, zumindest aber in ihren Dimensionen und Ambivalenzen angedeutet werden können.

Die wichtigste Frage in diesem Zusammenhang ist wohl die, ob mit der Rücknahme der Strafdrohung die heute strafbewehrten Schädigungen zunehmen würden, ob es gar, wie es Steinert formuliert hat, zu »chaotischen Zuständen« kommen würde.[3] Das freilich ist im Grunde (wieder) die Frage nach der Generalprävention in ihrer negativen (abschreckenden) Variante. Gerade diese abschreckende Funktion der Kriminalstrafe wird von seiten der Wissenschaft aber seit Jahren in ihrer Wirksamkeit als »nicht meßbar«, geschweige denn erwiesen dargestellt und deshalb (siehe oben) allgemein angezweifelt. Zwar ist Scheerer durchaus darin recht zu geben, daß es »vernünftig nicht zu begründen« ist, die Strafe »als schlichtweg ungeeignet zur Abschreckung zu bezeichnen«.[4] Zugleich aber müsse, so etwa auch Ostendorf, grundsätzlich »vor allzu großen Erwartungen an das Strafrecht gewarnt« und davon ausgegangen werden, daß die Entscheidung für oder gegen eine Straftat im Rahmen einer komplexen Struktur individueller, sozialer und situativer Variabeln erfolge, woran sowohl die Strafdrohung selbst als auch die Bestrafungswahrscheinlichkeit allenfalls einen äußerst begrenzten Anteil hätten.[5] Zudem sei ein Einfluß auch nur dann zu konstatieren, wenn die jeweiligen Personen »rational kalkulieren und Vorteile und Nachteile verschiedener Handlungsalternativen, die ihnen subjektiv zur Verfügung stehen, gegeneinander abwägen«[6] könnten, weshalb bereits Hess die These vertrat, daß die generalpräventive Frage nur deliktspezifisch zu beantworten sei.[7] Dies wiederum lege nahe, daß die generalpräventive Wirkung der (Kriminal-)Strafe mit der zunehmenden Schwere des Delikts abnimmt: Das heißt, eine Überschreitung des Tempolimits im Straßenverkehr[8] oder ein rational kalkulierter Diebstahl sind möglicherweise eher durch eine Strafdrohung zu verhindern als eine Gewalttat, die aus einer (akut oder chronisch) emotional aufgeladenen Situation heraus geschieht. Gerade hierin liegt aber auch die Crux einer in ihrer Abschreckungswirkung perfektioniert gedachten Strafe. Denn »Versuche, sie nach Abschreckungsgesichtspunkten zu restrukturieren, würden sehr bald mit tiefsitzenden Gerechtigkeitsvorstellungen in Konflikt geraten, die es selbst dann als ›pervers‹ erscheinen lassen würden, jemanden für ein kleines Delikt hart, andere aber wieder für ein schweres Delikt milde zu bestrafen, wenn dies die Abschreckungswirkung optimieren könnte«.[9]

Eine insurationistische Kriminalpolitik entledigt sich nun zwar dieser gleichsam »klassischen« Effektivitätsdebatte[10] und setzt an ihre Stelle die Versicherung sowie ein breites Sortiment situativer und systemischer (möglicherweise effizienterer) Präventionsvariablen. Gleichwohl aber bleibt die Frage, was mit der jeweiligen Norm passiert, wenn sie nicht mehr durch staatliche Strafe »geschützt« wird[11] – die Frage also nach der positiven

Generalprävention bzw. nach der »expressiven Funktion« der staatlichen Strafe.[12] Diese Frage ist bei den opferlosen Delikten (aufgrund der fehlenden Fremdschädigung) sicherlich nicht von Interesse, umso mehr aber bei Schädigungen anderer: Reicht es wirklich aus, den Schaden (in der beschriebenen sozialisierten Form) zu kompensieren, um auf diese Weise auch symbolisch die Unrechtmäßigkeit der schädigenden Handlung zu demonstrieren? Was geschieht etwa mit der Institution des »Eigentums«, wenn die »Reaktion« auf seine Verletzung nur in der Kompensation des Schadens und gegebenenfalls besseren situativen und systemischen Sicherungsmaßnahmen besteht? Reicht der bislang beschworene Grundkonsens der Gesellschaft bezüglich des Eigentums (der mithin ja die Legitimation der Strafbewehrung des Diebstahls bildet) hin, das Eigentum anderer auch ohne staatliche Strafe und bei einer absehbar sich verschärfenden sozialen Ungleichheit in vergleichbarer Weise zu achten wie heute? Leistet eine Kriminalitätsversicherung, wenn auch in falsch verstandener Weise, der Eigentumskriminalität (oder auch nur ihrer Vortäuschung im Sinne eines Versicherungsbetrugs) sogar Vorschub, weil die Bürger die von ihnen geleistetenVersicherungsprämien auf die eine oder eben andere Weise »zurückbekommen« wollen?

Diese Fragen stellen sich freilich umso eindringlicher, wenn man sie auf die Anwendung von Gewalt bezieht: Wird der meines Erachtens heute durchaus bestehende soziale Konsens, daß körperliche Gewalt kein legitimes Mittel der Konfliktaustragung, aber auch der Konkurrenz darstellt, durch eine Rücknahme staatlicher Strafdrohung in Frage gestellt? Würde die Anwendung von Gewalt, allein durch eine fehlende staatliche Strafdrohung, in den Bereich des Legitimen rücken, bzw.: Würden die Individuen dazu übergehen, Gewaltanwendung leichter oder schneller in ihre Handlungskalkulationen einzubeziehen? Um ähnliche Fragen wurde zum Beispiel in der Debatte um den Vorschlag der oben skizzierten »Gewaltsteuer für Männer« gestritten: Wenn das »Kollektiv Mann« über eine solche Steuer für die Gewalt einiger seiner Mitglieder zur (monetären Mit-)Verantwortung gezogen würde, so stehe zu befürchten, daß die Männer daraus ein Recht auf Gewaltanwendung ableiteten, daß die (sozialisierend gemeinte) Besteuerung der Gewalt diese also zugleich legitimiere:[13] Der Baseler Großrat (und Fraktionssprecher der SP) Peter Aebersold[14] verwies in diesem Zusammenhang auf eine unzulässige Vermischung von Straf- und Steuerrecht: Man könne nicht etwas besteuern, was strafrechtlich (und die Abschaffung der staatlichen Strafe stand in diesem Beispiel ja gar nicht zur Diskussion) verboten sei. Immerhin habe das Steuerrecht immer legitimierende Funktion, so daß auch eine Gewaltsteuer zur Legitimierung von Gewalt beitrage.

Die befürchtete Destabilisierung der Norm wird hier also bereits darin gesehen, daß der Schaden, der aus ihrer Verletzung entsteht, in recht begrenzter Form einem sozialisierenden Modus zugeführt wird.[15] Eine solche Argumentation verweist nicht nur auf ein – wie die Protagonistinnen der Gewaltsteuer wohl zu Recht anmerkten – zweifelhaftes Männer-, sondern darüber hinaus auf ein zweifelhaftes Menschenbild: In gleichsam Hobbes'scher Manier wird davon ausgegangen, daß die Mitglieder unserer Gesellschaft nur mit größter staatlicher Mühe und Drohung von Gewaltanwendungen und anderen Rechtsgüterverletzungen hinsichtlich Dritter abgehalten werden können und schon kleinste Veränderungen (etwa hinsichtlich der ausschließlich individuellen Zuschreibung von Verantwortung und Schuld) zu einem Ausbruch von Gewalt oder gar ihrer Legitimierung führen. Das wiederum ist ein Menschenbild, das nicht nur hinsichtlich einer vermeintlich wachsenden »Kriminalität« ins Feld geführt wird, sondern auch in Bezug auf eine sich mit dem Wegfall der staatlichen Strafe brutalisierenden Rache bzw. Selbst- oder Lynchjustiz.[16] Sebastian Scheerer führt diese Sorge vor allem auf einen Diskurs der Strafe zurück, der das »Institut der Rache von jeher schlecht« gemacht habe, »um die öffentliche Strafe in einem besseren Licht erscheinen zu lassen – nämlich als das kleinere Übel und die einzige Alternative zur Rache«. Es sei gerade dieser konstruierte ethische Antagonismus von (taxierender) Strafe und (blinder) Rache, der die Furcht vor der Wiederkehr der Rache für den Fall schüre, daß die Strafe einmal ausfiele – und auf diese Weise das genauere Nachdenken über Alternativen zur Strafe verhindere. Solange man aber glaube, daß die »Alternative zur Strafe das Wiederaufleben der Rache wäre, so lange befürchtet man auch (und läßt befürchten), daß jede soziale Ordnung jenseits der Strafe letztlich in die Selbstzerstörung des Menschengeschlechts durch totale Enthemmung entarten müßte (...) Man glaubt zu wissen: Was auch immer den Platz des Strafrechts im System der sozialen Kontrolle einnehmen würde – es wäre schlimmer als das Strafrecht.«[17]

Diese Überlegungen wiederum stehen in Verbindung mit grundsätzlicheren Aspekten der sozialen Kontrolle, die bis heute ebenfalls nur lückenhaft geklärt werden konnten, vor allem mit der Frage nach dem Verhältnis von informeller und formeller sozialer Kontrolle. Zwar ist nicht von der Hand zu weisen, daß formelle und informelle Normen sowie ihre Kontrollformen sich wechselseitig in je unterschiedlicher Intensität und mit unterschiedlichen Zielen reflektieren oder auch bedingen (können). Fest steht wohl auch, daß die formelle Kontrolle ihre Erfolge oft dadurch verbucht, weil sie informelle Kontrollhandlungen stimuliert, und daß die informellen Kontrollen oder Konflikt- und Schadensverarbeitungen gelegentlich nur deshalb funktionieren können, weil formelle Normen ihnen den Rücken stärken.[18] Unklar allerdings bleibt auch hier, welche Rolle der *staatlichen* Strafe in diesem wechselseitigen Zusammenspiel zukommt. Ist sie der Garant gerade auch der Aufrechterhaltung und Wirkung informeller Kontrollen und damit eines gesellschaftlichen Konsenses schlechthin oder spielt sie in diesem Kontext eine allenfalls untergeordnete Rolle? Kann es einem staatlichen Recht ohne Strafen in ähnlicher Weise gelingen, sich auf das Funktionieren informeller Kontrollen zu verlassen? Oder muß ein solches Recht gerade umgekehrt die informelle Kontrolle – im Sinne einer Selbst- und Lynchjustiz – fürchten? Bedeutet dies, wie Girardin (s.o.: Kapitel 10) es in Aussicht stellte, »den Schuldigen (...) nach der Nachsicht oder Strenge der Zeit und des Landes dem Tadel, der Verachtung oder dem Abscheu auszuliefern«, ihn also gegebenenfalls informellen Ausschließungsmechanismen auszusetzen, die die Konsequenzen der staatlichen noch übertreffen, und daß auf diese Weise – im Sinne des Wortes – »der Henker des Kriminellen (...) der Kriminelle selbst« ist?

Sebastian Scheerer hat hinsichtlich dieser Befürchtungen konstatiert, daß die Rache keineswegs so schlecht (gewesen) sei wie ihr Ruf, denn das gesamte System vor-strafrechtlicher Reaktionen auf Unrecht sei erheblich milder gewesen als die später eingeführten Strafen. Die Rache sei zudem weder die dominierende Form der Reaktion noch unkontrollierbar gewesen; und schließlich hätten sich die Exzesse der Rache, die es sicherlich auch gegeben habe, »im Vergleich zu den Exzessen der angeblich doch gerade zur Exzeßverhinderung eingeführten Strafe ausgesprochen bescheiden« ausgenommen.[19] Heinz Steinert hat in diesem Zusammenhang zudem auf Ergebnisse aus verschiedenen Bundesstaaten der USA verwiesen, die zeigten, daß Lynchjustiz dort häufiger aufträte, wo auch der Staat streng strafe. Lynchjustiz könne daher nicht als Kompensation staatlicher Milde, sondern müsse gerade umgekehrt als eine Erscheinung verstanden werden, »die in dem Maße wahrscheinlicher wird, wie sie durch staatliches Vorbild ermutigt und legitimiert wird«. Insofern sei Lynchjustiz Ausdruck der Gewalttätigkeit einer (gerade auch staatlichen) Kultur und nicht eines Strafbedürfnisses, »das ›kompensatorisch‹ auftritt, wenn der Staat sich zu milde und zivilisiert benimmt«.[20]

Auch wenn mit solchen Argumenten die Zweifel am Modell einer insurationistischen (Kriminal-)Politik kaum vollständig auszuräumen sein werden, so sind sie doch geeignet, das gleichsam in den Status eines gesellschaftlichen Axioms erhobene Diktat der staatlichen Strafe in Frage zu stellen und die skizzierten Bearbeitungsmodi einer insurationistischen Politik nicht per se außerhalb eines erweiterten Horizonts des Möglichen zu verorten. Dies wird vor allem auch dadurch begünstigt, daß eine insurationistische (Kriminal-)Politik ihre Verarbeitungsstrategien ja nicht einem »luftleeren« Raum entnimmt, sondern deutlich an Entwicklungen anschließt, die in der Gesellschaft ohnehin existieren. Beispiele hiefür sind die zunehmende Versicherbarkeit der unterschiedlichsten (auch »kriminell« verursachten) Schäden, die größer werdende Bedeutung situativer Ansätze (nicht nur) in der Kriminalprävention und nicht zuletzt die Forderungen nach einem (gegenüber heute erheblich reduzierten) Kernstrafrecht einerseits sowie nach einer verbesserten und abgesicherteren Stellung des Opfers andererseits.

Ich sehe die problematischeren Aspekte einer insurationistischen Kriminalpolitik deshalb auch weniger in einem Anwachsen der »Kriminalität«, in einer existenziellen Destabilisierung heute strafbewehrter Normen oder gar in einer Enthemmung von Selbst- und Lynchjustiz. Als problematisch betrachte ich vielmehr jene Entwicklung, die ich oben unter Bezug auf Jonathan Simon als Zugangsgesellschaft beschrieben habe: Eine Gesellschaft also, die sich »privat« und »informell« – und in der Tat: jenseits staatlichen Strafens – den Methoden einer »actuarial justice« bedient und »ihre Welt« mit systemischen, architektonischen und technischen Mitteln in Arrangements verwandelt, die Unerwünschtheiten durch Dritte in sich perfektionierender Weise mittels Ausschließungen wirksam vorbeugen. Kommt es dann auch in den europäischen – noch nicht gar so sehr polarisierten – Gesellschaften zu ähnlichen Entwicklungen, wie wir sie aus den USA (und zum Teil auch aus einigen Ländern der sogenannten »Dritten Welt«) kennen? Kommt es zu einer verdoppelten Ghettoisierung, die nicht nur die Wohngebiete der »Reichen« und zunehmend auch die des Mittelstandes in umzäunte und durchsicherte Areale verwandelt, sondern zugleich auch ihre Erwerbs-, Konsum- und Freizeitzentren? Werden auf diese Weise die Armen, Unerwünschten und Problematischen, die etwa Bauman (1997) schon heute als »Überflüssige« bezeichnet, noch effektiver aus immer mehr Bereichen gesellschaftlicher Partizipation ausgeschlossen, so daß für sie in der Konsequenz nur noch jener (gegebenenfalls immer kleiner werdende) Raum begehbar bleibt, der nicht von »privaten Regierungen«[21] und ihren je funktionalen Normen beherrscht wird? Mike Davis hat 1994 am Beispiel Los Angeles gezeigt, wie sich die »kontrollpolitische Durchsicherung der Stadt« vollzieht und sich zum Beispiel die Grenze zwischen Architektur und Gesetzesvollzug immer weiter verwischt: Durch die Integrierung von Wällen und elektronischen Schutzzäunen, von Video-Überwachung und Auto-Alarmsystemen, von Zugangsbeschränkungen und »intelligenten« Gebäuden sowie die Markierung von städtischen (politischen) Risiko-, Schutz- und Slumzonen etc. werde die fortschreitende soziale Polarisierung zunehmend auch zu einer »räumlichen Apartheid«,[22] die in der Konsequenz »zur Abschaffung des öffentlich zugänglichen Raumes« führt.

Und noch ein weiterer (damit zusammenhängender) Aspekt

erscheint mir problematisch. Dieser betrifft den auch in meinem Modell verbleibenden »Rest« jener Personen, die aufgrund ihrer Gefahr für Leib und Leben Dritter vom Staat »aus dem Verkehr gezogen werden« müssen. Daß es einige wenige solcher Personen gibt und weiterhin geben wird, kann und soll hier keineswegs angezweifelt werden. Problematisch allerdings ist einerseits, wo die Grenze einer staatlichen sichernden Intervention gezogen und wie diese Grenze einer nicht-hinnehmbaren »Gefährlichkeit« definiert werden soll, und andererseits, wie man es vermeiden kann, daß eine solche Grenze sukzessive nach unten ausgeweitet wird. Gerade die Logik der Zugangsgesellschaft, die ja als eine »sichernde« und vielleicht gerade deshalb »gerechtfertigte« Logik des mehr oder weniger partiellen Ausschlusses auftritt, könnte dazu führen, daß sich die erhoffte Humanität einer insurationistischen Kriminalpolitik unter der Hand zu einer »schuld-unabhängigen« und »nicht-strafenden« Internierung der sich in dieser Logik dann gegebenenfalls stetig vermehrenden »Gefährlichen« wandelt: zum Beispiel in Anlehnung an das US-amerikanische Motto: »Three strikes and you are out«.[23] Das wäre dann vielleicht zwar das Ende der staatlichen Bestrafung, aber möglicherweise erst der Anfang eines großen sozialen Ausschlusses – und die insurationistische Kriminalpolitik hätte sich als Verstärker neoliberaler Straf- bzw. Exklusionspolitik erwiesen.

In diesem Sinne ist die Perspektive einer insurationistischen (Kriminal-)Politik in vielfacher Hinsicht ambivalent und das Resümee Scheerers, das er zum Abschluß seiner »Kritik der strafenden Vernunft« zieht, durchaus auch als Mahnung zur Vorsicht zu beherzigen: »Ein blinder Skeptizismus gegenüber der Möglichkeit sozialer Ordnung ohne Strafe ist (...) auch nicht vernünftiger als ein blinder Glaube an die Abschaffbarkeit der Strafe«.[24] Andererseits kann man mit Steinert ins Feld führen, daß es nicht darum gehen kann, »den idealen Zustand zu entwerfen, sondern einen unter heutigen Bedingungen denkbaren besseren«[25]. Oder, wie er es an anderer Stelle mit Blick auf das Kriminaljustizsystem formuliert hat: »Abolitionismus – das heißt heute einfach, die Merkwürdigkeit, Absurdität und Gefährlichkeit dieses staatlichen Arrangements im Blick zu behalten. Und diese Einsicht so ernst zu nehmen, daß man sich eine Gesellschaft ohne Gefängnisse zumindest vorzustellen versucht.«[26]

In diesem Sinne sehe ich allen Grund, die hier vorgestellte Idee mit Mut zu verteidigen und zumindest zu diskutieren. Nur: Darüber steht – nach wie vor – die eigentliche staatliche »Power to Punish« (Sack), auch wenn sie sich perspektivisch in eine (nicht nur) staatliche »Power to Secure« wandeln sollte.

Anmerkungen

Einleitung

1 Grathoff 1988: 696.
2 Achter 1951: 9; vgl. auch Quensel 1989: 400.
3 Bianchi 974: 89.
4 »Das Wort Abolitionismus bezeichnet Lehren und Bestrebungen zur Aufhebung rechtlich institutionalisierter Zwangsverhältnisse und Sanktionsformen. Im 19. Jh. war es vor allem im anglo-amerikanischen Raum zunächst mit dem Kampf gegen die Sklaverei, dann auch mit dem gegen die Reglementierung der Prostitution verbunden. Als Abolitionisten bezeichneten sich dort aber auch damals schon die Anhänger einer Abschaffung der Todesstrafe. Heutzutage bezeichnet das Wort Abolitionismus auch eine im engeren Sinne kriminalpolitische Strömung, die auf die Abschaffung der Gefängnisse und des Strafrechtssystems sowie eine Neudefinition der bisher als Kriminalität bezeichneten Phänomene und auf einen völlig anderen, weniger Leid verursachenden Umgang mit diesen Situationen abzielt« (Scheerer 1991:287). Ich werde hierauf im Verlaufe der Arbeit noch ausführlicher eingehen.
5 Vgl. Frehsee 2000: 252; Ostendorf 2000: 11.
6 Vgl. nur Stern 1998.
7 Scheerer 1984: 97.
8 Lemke (1997:215ff) spricht auch von der *juridischen Vernunft*.
9 Lemke 1997: 216.
10 Makropoulos 1990: 407f.
11 Makropoulos 1990: 409.
12 Makropoulos 1990: 411ff.
13 Hippel 1980: 48.
14 Beck/Beck-Gernsheim 1994: 16f.; vgl. auch Beck 1986, 1988, 1991 sowie für einen Überblick etwa Volkmann 2000.
15 Luhmann 1990: 662.
16 Luhmann 1991: 117.
17 Luhmann 1993: 328.
18 Luhmann 1991: 54; vgl. auch Lübbe 1993: 27.
19 Luhmann 1991: 57.
20 Bonß 1993: 50; zur ausführlicheren Erläuterung hinsichtlich der etymologischen und sonstigen Begriffsgeschichte des »Risikos« vgl. u.a.: Luhmann 1991:9ff; Bechman 1993b: 241ff.; Bonß 1995: 49ff.
21 Seine Größe berechnet sich grundsätzlich – und ähnlich wie in den natur- und technikwissenschaftlichen »Sicherheitswissenschaften« (Kuhlmann 1981) – aus dem Produkt der Eintrittswahrscheinlichkeit eines Schadens und der Schadenshöhe (vgl. etwa Kaplan/Gorrick 1993).
22 Evers 1990.
23 Ewald 1993; ähnlich auch Rose 2000: 95.

24 Ich habe darauf verzichtet, den von mir verwendeten Risikobegriff noch ausführlicher an weiteren Risikobegrifflichkeiten oder gar Risikoforschungen zu justieren; vgl. aber zu sozial- und gesellschaftswissenschaftlichen Ansätzen etwa: Blanke (1990); Bonß (1995, 1996); Japp (1993, 1996, 1997); Luhmann (1991, 1993, 1997); Beck (1986, 1988, 1993); Evers/Nowotny (1987); Evers (1990, 1993); Nowotny (1993); Giel/Breuninger (1992); Bechmann (1993b); Lupton 1999; zu (sozial-)psychologischen Ansätzen zum Beispiel: Jungerman/Slovic (1993a, 1993b); zur juristischen Diskussion um Risiko und Risikostrafrecht etwa: Kienapfel (1966); Strathenwerth (1993); Wolf (1997); Prittwitz (1992, 1997); Herzog (1991); Hesse (1994); Kuhlen (1994); Brüggemeier (1989); Arzt/Jürgens (1993); Ladeur (1993); Köck (1993); Dammann (1997); Winter (1998); zur spezielleren Wahrnehmungs-, Kommunikations- und Akzeptanzforschung unter anderen: Daele (1993); Wildavsky (1993); Rayner (1993); Hunnius/Kliemt (1993); Kemp (1993); Sömen (1993); Dunwoody/Peters (1993); Becker (1993); Engels/Weingart (1997); Krücken (1997); Hiller (1997); Héritier (1997).

25 Mit Bonß (1995: 179f.) läßt sich die Geschichte der Versicherung in vier Phasen unterteilen: 1. Eine Vorlauf- und Experimentierphase (etwa 1300 bis 1700), in der die Versicherung eher eine randständige Existenz führt; 2. die eigentliche Gründungsphase zwischen 1700 bis 1850, in der sich mit dem Aufkommen von Statistik und Wahrscheinlichkeitsrechnung so etwas wie die »kognitive Infrastruktur« (Bonß 1995: 180) der Versicherungsgesellschaft entwickelt; 3. die Umsetzungs- und Aufbauphase ab 1850, in der die großen Versicherungsgesellschaften entstehen und Versicherung zugleich zum auch politischen Projekt wird; und 4. die Be- und Entgrenzungsphase der Versicherung ab der Mitte des 20. Jahrhunderts, in der die Versicherung tatsächlich zur gesellschaftlichen Basisinstitution wird, indem sich einerseits die individuelle und »soziale« Versicherbarkeit fast unbeschränkt ausweitet und zugleich jene Phänomene zunehmen, bei denen »die potentiellen Schäden nicht mehr von der Gemeinschaft der Versicherten getragen werden können, sondern auf die Gemeinschaft der Steuerzahler abgewälzt werden« (Bonß 1995: 180; vgl. auch Borscheidt 1988: 17).

I Risiko und Kriminalität

1 Ewald 1989: 388.

2 Ewald 1993: 107; vgl. auch Andriopoulos 1996: 20.

3 »Solange man ungebrochen in der Hingabe an einen göttlichen Willen lebte und in Krankheit, Seuchen, Not und Tod nicht blinden Zufall, sondern Prüfungen und Strafen sah, konnte der Wunsch, sich durch eine rationale Konstruktion gegen das Walten des Zufalls zu schützen, gar nicht erst aufkommen (...) Nur dort, wo das ursprünglich elementare Vertrauen zur Schöpfungsordnung brüchig geworden war, sehen wir Versicherungen sich entwickeln« (Müller-Armack 1944: 244; vgl. auch Bonß 1995: 178ff.; Kaufmann 1973: 140ff.).

4 Ewald 1993: 83.

5 Ewald 1998: 6; vgl. auch Bonß 1995: 192ff.

6 Vgl. auch Lemke 1997: 213; auf die Armuts- und Pauperismusdiskussion des 19. Jahrhunderts wird unten noch ausführlicher eingegangen werden, vgl. aber etwa Ewald 1993: 82–84; differenziert – insbesondere für die deutsche und englische Situation – Evers/Nowotny (1987: 88–105); Bohlender (1998); Alber (1982) m.w.V.

7 Ewald 1998: 7.

8 Dies wiederum heißt freilich nicht, daß es nicht auch schon vor dieser Zeit Versicherungen oder versicherungsähnliche Zusammenschlüsse gegeben hätte. Im Gegenteil reicht die Geschichte dieser Zusammenschlüsse weit vor unsere Zeitrechnung zurück. So berichtet etwa Helmer (1955: 62) von versicherungsähnlichen Einrichtungen zur Zeit des babylonischen Herrschers Hammurabi um 2250 v.u.Z., bei denen Teilnehmer von Karawanen vor Antritt der Reise verabredeten, »daß der durch Raub oder Überfall eintretende Schaden gemeinsam getragen werden sollte. Die Phönizier kannten Vereinigungen, um die Gefahren eines Transportes gemeinsam zu tragen. Bei den Juden vereinigten sich die Eseltreiber, um den durch Räuber oder wilde Tiere verursachten Verlust an Eseln unter sich auszugleichen. Wahrscheinlich waren derartige vorübergehende Zweckgemeinschaften bei allen Wüstensöhnen des Orients üblich. Eine Art Hinterbliebenenfürsorge auf genossenschaftlicher Grundlage läßt sich aus dem alten Ägypten nachweisen. Weit verbreitet waren bei den Juden Brautausstattungsvereine auf gemeindlicher Grundlage. In Indien wurde auf familiengenossenschaftlichem Wege für arbeitsunfähige Familienmitglieder gesorgt. In Griechenland wird von einer Art Sklavenversicherung berichtet. Dort gab es auch genossenschaftliche Verbände, um Verluste bei der Seefahrt gemeinschaftlich zu tragen. Besonders reich fließen die Nachrichten über römische Einrichtungen. Wir kennen aus der römischen Kaiserzeit Vereinigungen von Leuten niederen Standes (collegia tenuiorum), die ihren Mitgliedern gegen Beiträge im Falle ihres Todes ein Begräbnisgeld sicherten. Römische Legionäre schufen Einrichtungen mit dem Zweck, den Mitgliedern bei Versetzungen nach einem anderen Standort ein Reisegeld oder im Falle ihres Ausscheidens aus dem Dienst ein kleines Kapital oder schließlich im Todesfalle ein Sterbegeld zu zahlen.« Weitere Belege und Beispiele finden sich reichhaltig etwa auch bei: Bonß 1995: 156ff., 163ff.; Büchner 1972 und 1976; Ebel 1962 und 1963; Farny 1980; Koch 1980.

9 Ewald 1993: 28.

10 Ewald 1993: 123ff.; vgl. auch Hacking 1998: 55ff.

11 Vgl. Ewald 1993: 182ff; Hacking 1998: 5; vgl. auch Kern 1982. Es sei an dieser Stelle darauf hingewiesen, daß es freilich bereits lange vor dem 19. Jahrhundert Versuche gab, gesellschaftliche Sachverhalte numerisch zu erfassen. Erinnert sei etwa an das spezifisch deutsche Phänomen der »kameralistischen Universitätsstatistik«, deren Anfänge bereits in der Mitte des 17. Jahrhunderts liegen, aber auch an die zur selben Zeit betriebene sogenannte »politische Arithmetik« in England, für die vor allem die Namen William Petty und John Graunt stehen. Aber auch wenn diese Unternehmungen die Anfänge einer numerischen Weltsicht markieren, so konnten sie sich doch zu jener Zeit noch nicht wirklich durchsetzen und

gesellschaftliche Kraft entfalten. »In einem wirklich konstruktiven und umfassenden Sinn ist die Idee der Quantifizierung und Mathematisierung gesellschaftlicher Analyse dann erst wieder gut 150 Jahre nach Petty und Graunt von dem belgischen Statistiker Quételet aufgegriffen und weitergeführt worden« (Kern 1982: 34). Erst Quételet, so Kern (1982: 39), habe es verstanden, den Zahlen den Mund zu öffnen, »und zwar ließ Quételet die Zahlen so laut reden, daß bald die ganze wissenschaftliche Welt seiner Zeit darauf aufmerksam wurde« (vgl. auch Lupton 1999: 85; Hacking 1998; Melcher 1970: 6ff.; Mannheim 1994: 116ff.).

12 Ewald 1993: 192f.

13 Ewald 1993: 194.

14 Ewald 1993: 214f.

15 Ewald 1993: 213ff.

16 Ewald 1993: 215.

17 Ewald 1993: 217.

18 Ewald 1993: 211.

19 Ewald 1993: 219; vgl. auch Ewald 1989: 387; Büchner 1972: 27; Hax 1963.

20 Ewald 1993: 216.

21 Ewald 1998: 8.

22 Ewald 1998: 9.

23 Ausführlich etwa: Borscheidt 1988, 1989, 1993; freilich ist dieser Siegeszug der Assekuranz nicht ohne Widerstand erfolgt, sowohl religiöse als auch politische Akteure und nicht zuletzt die Versicherer selbst hielten immer wieder die Abdeckung bestimmter Risiken oder auch die Versicherung im allgemeinen für sittenwidrig, kontraproduktiv oder auch kriminalitätsfördernd. Eine Diskussion, die auch in der heutigen Zeit immer wieder lebhaft geführt und auf die ich in Kapitel 11 noch ausführlicher eingehen werde.

24 Evers/Nowotny 1987: 118.

25 Evers/Nowotny 1987: 122ff.

26 Ewald 1993: 431.

27 Evers/Nowotny 1987: 169

28 zit. nach Ritter 1983: 29. In diesem Zusammenhang sei es dann wohl auch kaum als Zufall zu werten, so Evers/Nowotny (1987: 162), daß sich die neuen Versicherung(sleistung)en in Deutschland zunächst vor allem auf die von den Gewerkschaften und Sozialdemokratie am stärksten erfaßten (organisierten) gewerblichen Arbeiter konzentrierten und andere abhängig arbeitende nicht bzw. erst später einbezogen wurden. »Die beiden ersten Gesetze über die Kranken- und Unfallversicherung aus den Jahren 1883 und 1884 versicherten ausschließlich Arbeiter – und nicht einmal alle – und kleine Angestellte, nicht jedoch deren Familienangehörige. Sie kamen etwa einem Zehntel der Bevölkerung zugute. Die Invaliditäts- und Altersversicherung von 1889 umfaßte zwar von Anfang an auch Land- und Forstarbeiter, ließ aber auch Witwen und Waisen ohne Schutz« (Borscheid 1987: 40; vgl. auch Reulecke 1999: 13.).

29 Evers/Nowotny 1987: 164; die Sozialversicherung, so faßt es Borscheid (1987: 40), sei der wohlfahrtsstaatliche Gegenpol zur polizeistaatlichen Unterdrückung der Sozialdemokratie durch das Sozialistengesetz von 1878 gewesen – »sie war das Zuckerbrot zur Peitsche«.

30 Vgl. hierzu ausführlicher etwa Ritter 1983; Borscheid 1987: 40f.; Evers/Nowotny 1987: 88–188; Ewald 1993: 27–442; Alber 1982.

31 Dabei freilich muß deutlich bleiben, daß die Sozialversicherung als solche nur eine Möglichkeit unter vielen ist, welche die sich zur damaligen Zeit formierenden (im weitesten Sinne) »Sozialstaaten« ergriffen. Soziale Sicherheit wurde und wird nicht ausschließlich und nicht einmal regelhaft über Versicherungen hergestellt, sondern über je spezifischen Arrangements der Distribution von Geld, Dienstleistungen usw., die sich aus sehr unterschiedlichen Quellen (Versicherungsleistungen, bedarfsgeprüfter Fürsorge, positiver und negativer Besteuerung etc.) speisen und an sehr verschiedene Regulierungs- und Verteilungskriterien gebunden sein können (vgl. etwa Borchert 1998; Schmidt 1998; Schettkat 1998; Ostner 1998; Schulte 1998).

32 Ewald 1993: 444f.

33 Ewald 1993: 447f.

34 Ewald 1993: 467.

35 Ewald 1998: 11f.

36 Ewald 1993: 468f.

37 Ewald 1993: 487.

38 Ich beziehe mich hierbei auf die Unterscheidung von Esping-Andersen (1990; 1998), der in vergleichender Perspektive drei Regime-Typen des Wohlfahrtsstaates unterscheidet: *Erstens* einen »liberalen« Wohlfahrtsstaat, der sich durch bedarfsgeprüfte Sozialfürsorge, niedrige universelle Transferleistungen, Förderung des Marktes und gegebenenfalls Subventionierung privater Sicherungsformen auszeichnet, also in mehr oder weniger expliziter Weise einer liberalen Arbeitsethik folgt (hierzu gehören für Esping-Andersen etwa die USA, Kanada, Großbritannien und Australien); *zweitens* einen »sozialdemokratischen« Typus des Wohlfahrtsstaates, der den Prinzipien eines Universalismus gehorcht und eine wohlfahrtsstaatliche Gleichheit »auf höchstem Niveau« und in diesem Sinne eine »universale Solidarität im und mit dem Wohlfahrtsstaat« (Esping-Anmdersen 1998: 45) anstrebt (hierzu zählt er vor allem die skandinavischen Länder, allen voran Norwegen und Schweden); und drittens einen »korporatistischen« Typus des Wohlfahrtsstaates, der soziale Sicherheit vor allem an die Aufrechterhaltung von Statusunterschieden bindet, Rechte also klassen- und schichtgebunden verteilt und typischerweise einen gewissen Einfluß der Kirche(n) aufweise, woraus sich u.a. eine »starke Verpflichtung zugunsten der Aufrechterhaltung traditionaler Familienformen« ergebe, was sich auch in der starken Betonung des Subsidiaritätsprinzips spiegele: »Nichterwerbstätige Frauen sind üblicherweise aus der Sozialversicherung ausgeschlossen, familienpolitische Maßnahmen ermutigen zur Mutterschaft. Kindertageseinrichtungen und ähnliche familienbezogene Dienste sind deutlich unterentwickelt, und das ›Subsidiaritätsprinzip‹ ist Garant dafür, daß der Staat nur dann eingreift, wenn die Selbsthilfefähigkeit erschöpft ist. Ein gutes Beispiel hierfür ist die deutsche Arbeitslosenhilfe. Hat eine Person ihren Anspruch auf normale Versicherungsleistungen erschöpft, hängt die weitere Leistungsgewährung davon ab, ob die Familie dieser unglücklichen Person über die finanziellen Reserven verfügt, um ihr zu helfen;

dies gilt für Personen jeden Alters« (Esping-Andersen 1998: 4; vgl. zu einer Kritik und Differenzierung dieser Typologie etwa Borchert 1998).

39 Ullrich 1999: 10.

40 Schulte 1998: 258.

41 Insofern könnten der »Vorsorgestaat« (Ewald 1993) bzw. die »Versicherungsgesellschaft« (Ewald 1989) ebensogut als Risikogesellschaft bezeichnet werden, allerdings nicht im Sinne von Beck (1986), sondern eher im Sinne der »Entdeckung der Gestaltbarkeit von Gesellschaft« (Evers/Nowotny 1987). Die Becksche Risikogesellschaft dagegen, deren populäre Brisanz gerade aus der Nichtversicherbarkeit, der Nichtkalkulierbarkeit und -kompensierbarkeit der »neuen Großgefahren« erwächst, meint demgegenüber eher einen Rückfall vor die Zeiten der Versicherung. Wer von diesen neuen Großkatastrophen betroffen ist, der kann sich möglicherweise nur wieder in sein Schicksal fügen, weil er nun aufgrund der Unversicherbarkeit bzw. -kompensierbarkeit die Verantwortung (im Sinne der Zurechnung des Schadens) wieder selbst zu tragen hat.

42 Kaiser 1993: 238f. Legt man diese Definition zugrunde, ist es möglicherweise auch nur folgerichtig, daß der Begriff der Kriminalität im »Juristischen Taschenlexikon« von Kaller (1997) gar nicht erst auftaucht und beim Stichwort »Verbrechen« lediglich auf »Straftat/Strafbarkeit/Bestrafung« verwiesen wird.

43 Liszt 1905: 135f.vgl. auch Stangl 1988: 87ff.

44 Scheerer 1993: 71f.

45 Achter 1951: 9f.

46 Achter 1951: 13f.; gerade in segmentären Gesellschaften, so Hess/Stehr (1987: 28), bedeutet diese kollektive Lebensordnung aber auch eine kollektive Verpflichtung und Haftung der lineages. Einerseits seien alle Gruppenmitglieder zu solidarischem Beistand etwa bei Vergeltungsmaßnahmen verpflichtet, andererseits ständen sie aber auch in der Pflicht, wenn es gelte, Schadenskompensationen zu leisten. Hess/Stehr bezeichnen dies auch als ein »Versicherungssystem (...) das einerseits erlittene Verluste und Schädigungen abmildern hilft und andererseits auch für den Täter eine Ressource darstellt, auf die er zurückgreifen kann, wenn ein angerichteter Schaden ausgeglichen werden muß.«

47 Achter 1951: 64.f.

48 Hess/Stehr 1987: 18.

49 Hess/Stehr 1987: 41f.

50 Achter 1951: 20.

51 Foucault 1976: 65; vgl. Martschukat 1995: 189f.

52 Foucault 1976: 115f.

53 Beccaria 1905: 105.

54 Kunz 1994: 87; Wolfgang Naucke (1989: 51) sieht gerade in diesem Sachverhalt die Modernität des Denkens Beccarias: »Das säkularisierte zweckmäßige Strafrecht hat eine Tendenz zur Brutalisierung; sobald diese Tendenz sich verwirklicht, taucht der Einwand der Inhumanität = der mangelnden Zweckmäßigkeit auf. Es folgt die Reform des Strafrechts als Wiederherstellung der Effektivität des staatlichen Strafens. Diese Linie fängt als wiederholbares Muster bei Beccaria an.«

55 Kunz 1994: 86.
56 Ferri 1896: 3; vgl. auch Mannheim 1960: 1f.
57 Sack 1979: 437.
58 Quételet, A., Soziale Physik oder Abhandlung über die Entwicklung der Fähigkeiten des Menschen, Jena 1914, Bd. I, S. 103f. (zitiert nach Ewald 1993: 195f.).
59 Kern 1982: 40; vgl. auch Mannheim 1974: 112ff.
60 Oettingen 1874: 14f.
61 Ewald 1993: 196.
62 Makropoulos 1990: 418.
63 Ewald 1998: 11f.
64 Makropoulos 1990: 418.
65 Für Bauman (1995) ist Kontingenzbewältigung *der* Verarbeitungsmodus der Moderne: Die moderne Entdeckung der Kontingenz habe zu dem Bestreben geführt, die Ordnung stabil und verbindlich zu machen: Die Moderne, so Bauman (1995: 10), »habe diese Kontingenz problematisiert »und zur Feindin gemacht, die Ordnung zur Aufgabe. Der ›rohe‹ menschliche Zustand wurde entwertet und dämonisiert. Die Reaktion auf den Schock entfesselte einen unablässigen Drang, die Eigenmächtigkeit zu beseitigen und die Spontanität zu vernichten. In Wirklichkeit war es die begehrte Ordnung selbst, die von vornherein alles, wofür sie keinen Raum und keine Zeit hatte, als kontingent und bodenlos konstruierte. Der Traum von der Ordnung und die Praxis des Ordnens konstituieren die Welt – ihr Objekt – als Chaos. Und natürlich als Herausforderung, als einen zwingenden Grund zu handeln.«
66 Garland 1985: 121.
67 »In allen diesen Diskursen geht es um Trennungen und Aufspaltungen einer ungeformten Masse von Gefangenen. Die Trennung der Geschlechter zum Zweck der sexuellen Pazifierung ist eine Forderung. Im weiteren sollten aber auch die Alten von den Jungen insbesondere im Zuchthaus getrennt werden, weil die Jungen und im Handwerk des Verbrechens noch Unerfahrenen durch die Alten angelernt wurden. Schließlich setzte sich mehr und mehr die Erkenntnis durch, daß die Armen mit den Wahnsinnigen, die Waisenkinder mit den Verbrechern nicht artverwandt seien, sondern jeweils selbständige Guppen Devianter. Je mehr sich diese Erkenntnis durchsetzte, desto mehr stieg auch das Bedürfnis, sie eigenen Institutionen zuzuweisen. Getrennt werden sollten auch die arbeitsfähigen Insassen von den Arbeitsunfähigen; diskutiert wurde auch, ob jene, die ein Handwerk erlernt hatten, dieses im Gefängnis ausüben sollten oder nicht. Aber dies waren alles noch vergleichsweise einfache Kontrollüberlegungen und -konzepte, die auch durch die erwähnte mechanische Trennung bewerkstelligt werden konnten« (Stangl 1988: 63). In der ersten Hälfte des 19. Jahrhunderts entstehen dann auch bereits die ersten an Moralität oder Intelligenz orientierten Verbrechertypologien, die allerdings noch wenig differenziert sind (vgl. Stangl 1988: 64ff.).
68 Darwin, Charles: Die Abstammung des Menschen und die geschlechtliche Zuchtwahl, 2 Bde., 3., gänzlich umgearb. Aufl., Stuttgart 1875: 179 (zit. n. Strasser 1984: 53)

69 Vgl. ausführlich etwa Strasser 1984: 41ff.; Stangl 1988: 68ff.; Sack 1979; oder einige der Originale, zum Beispiel Lombroso 1890, 1894a, 1894b, 1902, 1907; Lombroso/Ferrero 1894; Kurella 1893.

70 Strasser 1984: 44.

71 Liszt 1905: 232ff. Ergänzend sei gesagt, daß gesellschaftliche Erklärungen von Verbrechen bereits Anfang des 19. Jahrhunderts versucht wurden. Nach Filser (1983: 67ff.) sind dabei vor allem »frühsozialistische« Autoren zu erwähnen. So erklärten etwa William Godwin (1756–1836), William Thompson (1783–1833) oder Etienne Cabet (1788–1856) das Verbrechen vor allem mit der ungleichen Verteilung des Eigentums. Robert Owen (1771–1858) thematisierte dagegen eher Mängel im System der Erziehung und forderte Umstände, die Gewohnheiten der Ordnung, der Solidität, der Mäßigung und des Fleißes erzeugen.

72 Garland 1985: 113f.; vgl. auch Melcher 1970: 3.

73 vgl. nur Woynar 2000.

74 Castel 1983: 53f.

75 »... zu klar bei Verstand für die Irrenhäuser, nicht zurechnungsfähig genug für die Gefängnisse, sind sie nicht vor allem zu schädlich, um in Freiheit entlassen zu werden?« (P. Sérieux: Les lettres de cachet, »prisonniers de famille« et »placements volontaires«, Gand 1912, S. 12, zit. n. Castel 1983: 55).

76 Strasser 1984: 134; vgl. Castel 1983: 55.

77 Strasser 1984: 135.

78 »Die Zielsetzung der restlosen Beseitigung von ›Kriminalität‹ ist in nahezu allen kriminologischen Texten dieser Zeit auffindbar«(Altoff/Leppelt 1995: 74).

79 So formulierte 1914 etwa der damalige Präsident der American Psychiatric Association, Carlos F. Mac Donald, daß »eine radikale Heilung von den Übelständen, welche die Existenz einer Klasse von unterhaltsbedürftigen Schwachsinnigen mit sich bringt, erreicht werden könnte, wenn alle Geistesschwachen, alle unheilbar Geisteskranken und Epileptiker, alle Imbezilen, alle rückfälligen Verbrecher, all diejenigen, die offenkundig an einer Willensschwäche leiden, und alle unverbesserlichen Trunkenbolde sterilisiert würden; dies ist ein Vorschlag der von selbst einleuchtet: Durch diese Maßnahmen könnten wir in ein oder zwei Jahrzehnten die Fortpflanzung der psychisch Defekten nahezu, wenn nicht gar vollständig zum Erliegen bringen, und zwar genauso sicher, wie wir die Pocken ausrotten könnten, wenn jederman auf der Welt erfolgreich geimpft würde« (Carlos F. Mac Donald: Presidential Address, in: American Journal of Insanity, July 1914: 9, zit. n. Castel 1983: 57). Der französische Arzt Binet-Sanglé geht 1918 sogar so weit, die Gründung eines Euthanasie-Instituts zu fordern, wo die »des Lebens überdrüssigen Degenerierten« mit Stickstoffoxydul bzw. Lachgas »eingeschläfert« werden sollten (Castel 1983: 57; auch Evers/Nowotny 1987: 149ff.).

80 So lobt Marc Ancel (1970: 59) als »eines der großen Verdienste des klassischen Rechts, daß es durch sein bloßes Dasein oder auf dem Weg der Definition eine Garantie und eine Schranke gegen die mißbräuchliche Intervention der Staatsgewalt« errichtet habe. Gleichzeitig betont er die

Herkunft der Défense sociale aus dem Positivismus, auch wenn sie keineswegs mit ihm verwechselt werden dürfe (Ancel 1970: 70). Diese Verknüpfung scheint zumindest so attraktiv gewesen zu sein, daß das neue Paradigma der Défense sociale heute eigentlich nur mit dem Aufkommen der sogenannten akzeptierenden Drogenpolitik in den 80er Jahren verglichen werden könne, die sich anschickte, die klassische, weitgehend auf Zwang und Abstinenz setzende Drogenpolitik abzulösen (diesen Hinweis verdanke ich Stephan Quensel).

81 Der erste Kongreß für Sozialverteidigung hatte 1947 unter dem Vorsitz von Gramatica in San Remo stattgefunden, der zweite, bei dem auch die Internationale Gesellschaft für Sozialverteidigung gegründet wurde, 1949 (vgl. zur weiteren Entstehungsgeschichte Ancel 1970: 109; König 1965; Swaaningen 1995: 58ff.).

82 »Gesellschaftsschutz ist hier (...) als *Negation* des Rechtes zu strafen verstanden; und folglich als Rechtssystem, das substitutiv für das Strafrecht steht und in dieses nicht als wesentlicher Bestandteil hineingenommen werden, d.h. integriert werden kann (...) wir hätten es auch als ›Recht gegen die Antisozialität‹ definieren können« (Gramatica 1965: 23).

83 Vgl. zur Gefängniskritik: Gramatica 1965: 197ff.

84 Gramatica 1965: 22.

85 Kaufmann 1963: 427; vgl. auch Swaaningen 1995: 59.

86 Ancel 1970: 115; die französische erste Auflage dieses Buches von Marc Ancel erschien unter dem Titel *La Défense Sociale Nouvelle, 1956.*

87 vgl. ausführlich Ancel 1970: 226–242.

88 vgl. Ancel 1970: 242–256; vgl. hierzu auch Sack 1979: 436

89 Die Humanität bestand freilich in erster Linie in einer psychologisierenden, dem Täter gegenüber gutmeinenden Haltung, die sich in ihrem Vokabular vor allem gegenüber den positivistischen und biologistischen Ansätzen abhob. Strasser verdeutlicht dies anhand der psychoanalytischen Ansätze: »Jenseits der als grobschlächtig und diffamierend empfundenen Begrifflichkeit des alten kriminologischen Positivismus eignet sich nun die Begriffsmaschinerie der Psychoanalyse vorzüglich dazu, das delinquente Individuum als das quasi naturwüchsige Produkt eines ihm unbewußten Kampfes seiner Triebansprüche mit seinem, angeblich lückenhaft entwickelten, Überich zu präsentieren« (Strasser 1984: 147).

90 Strasser 1984: 152.

91 Lieselotte Pongratz hat 1998 resümiert, »daß die Kriminologie in den frühen 60er Jahren lediglich an einigen Universitäten der Bundesrepublik und dort auch nur als Teildisziplin in juristischen (Strafrecht) oder medizinischen (Psychiatrie) Fakultäten vertreten war (...) Die Lehrbücher der 20er Jahre (und auch die während des Nationalsozialismus verlegten und später ›bereinigten‹ Lehrbücher und Sammelwerke) bestimmten weitgehend den wissenschaftlichen Standard. Empirische Forschung fand fast nur in Form von Dissertationen statt, und zwar mit einem überwiegend täterorientierten und regional stark eingegrenzten Aktenstudium, das in der Regel eine statistische Auszählung bestimmter Merkmale des Täters und seiner Tat war. Mittels einfacher Korrelationen wurden so Daten über Verbrechensursachen gesammelt, interpretiert und nach einem An-

satz, der kriminologisch-theoretisch im weitesten Sinne der Anlage-Umwelt-Diskussion zuzurechnen war, ausgewertet. Von besonderem Interesse war dabei die Aufstellung von Prognosetafeln zur Einschätzung des späteren Täterverhaltens« (Pongratz/Bittscheidt 1998: 8).

92 »Seit Beginn des vergangenen Jahrhunderts besitzen wir in der Statistik das Mittel, die Entwicklung der Kriminalität zu verfolgen; überall ist sie im Wachsen begriffen (...) *Es gibt also keine Erscheinung, die unwiderleglicher alle Symptome der Normalität aufweist*; offenbar ist sie mit den Gesamtbedingungen eines jeden Kollektivlebens auf das engste verknüpft« (Durkheim 1961: 156).

93 Durkheim 1961: 162

94 Pfeiffer/Scheerer 1979: 26

95 König 1979: X.

96 Vgl. etwa Burgess 1925; Park u.a. 1925.

97 Lilly u.a. 1995: 44, ausführlicher: S.41–45; vgl. auch Albrecht 1993: 228f.

98 Lilly u.a. 1995: 47.

99 König 1979: X; vgl. zu dieser Phase ausführlicher und m.w.V. etwa: Lilly 1995: 37–73; Sack 1978, 1979, 1993; König 1979; Albrecht 1993: 227–229; vgl. insbesondere auch zu den Versuchen von Clifford Shaw, seine Theorie in die Praxis zu überführen: Lilly u.a. 1995: 51.f.

100 Vgl. Sykes und Matza 1957 (1979); Matza 1964, vgl. zu ihrer Rezeption etwa Sack 1979: 440f.

101 Sack 1972: 25. In diesem Sinne widmete man sich also (v.a. unter Bezugnahme auf US-amerikanische Arbeiten) der interaktiven und interpretativen »Produktion von Kriminalität«, ihrer Dramatisierung (Tannenbaum bereits 1938), den an den »Kriminellen« vollzogenen Degradierung(szeremoni)en (Garfinkel bereits 1956), ihrer »Stigmatisierung« (Goffman 1967), den Wechselwirkungen von »abweichender Aktion« und »staatlicher Reaktion« im Sinne von »self fulfilling prophecy« (Merton 1957) und »sekundärer Devianz« (Lemert 1951), und es ist nur folgerichtig, daß man sich damals rasch vom Terminus der Kriminalität zu verabschieden trachtete und ihn durch »Kriminalisierung« (zum Beispiel Steinert 1973) ersetzte – also zu fragen, »welche Mechanismen im Spiele sind bei der Konstruktion einer ›sozialen Realität‹, die als zwei wesentliche Ordnungskategorien die des normgerechten und die des abweichenden Verhaltens kennt« (Sack 1979: 475). In dieser Perspektive, die Kriminalität nicht mehr als ein deskriptives, sondern als askriptives Merkmal begriff, mußten vor allem Fragen der Selektivität beantwortet werden, also Fragen nach dem macht- und herrschaftsvermittelten Zuschreibungsprozeß von »Kriminalität«, der Normgenese (Haferkamp/Lautmann 1975), dem »institutionalisierten Alltagsverständnis der Kriminalität und ihren Institutionen« (Sack 1993: 332), der (begrenzten) Aussagekraft von Kriminalstatistiken und dem Verhältnis von informeller und formeller sozialer Kontrolle (Hess 1983), also auch nach dem »alltäglichen Umgang mit Kriminalität« (Hanak/Stehr/Steinert 1989) und vor allem nach dem »blinden Fleck« und damit der Funktion der nur selten kriminalisierten (Popitz 1968) »Abweichung der Angepaßten« (Frehsee 1991) sowie der »Kriminalität der Mächtigen« (Scheerer 1993b; Jäger 1989).

102 Sack 1986: 44.
103 Schumann 1987: 83.
104 Kreissel 1996: 27f.; Sack 1979: 465ff.
105 Vgl. zu ersteren Althoff/Leppelt 1995, zum letzteren Lehne 1994.
106 Vgl. hierzu weiterführend etwa: Kreissl 1996; Pfeiffer/Scheerer 1979; Sack 1978, 1979, 1988, 1993, 1997, 1998; Quensel 1989, 1998; Pongratz/Bittscheid-Peters 1998; Drees 1998; Lautmann 1998; Swaaningen 1995; Peters 1996, 1999; Savelsberg 1987.
107 Das politisierte Forschungsprogramm der kritischen Kriminologie zielte auf eine Kritik von Kriminalisierungsprozessen, die sich durchaus politisch artikulieren sollte: »Der mit der sozialdemokratischen Reformpolitik einhergehende wirtschaftliche Aufschwung ermöglichte in Ansätzen eine praktische Umsetzung der ideologischen Orientierung an sozialer Gerechtigkeit. Das Interesse an sozialen Randgruppen erzeugte Bedarf sowohl an angemessenen Erklärungen, als auch an politischen Lösungen sozialer Probleme. Die Angebote der kritischen Kriminologie paßten auf den ideologischen Rahmen gesellschaftlicher Erwartungen: Randgruppen sind das Produkt reduzierter Lebenschancen und einer Kontrollbürokratie, die die daraus resultierenden Probleme individualisiert und durch Stigmatisierung festschreibt. Damit wurden gesellschaftlich marginalisierte Gruppen, von den Heimzöglingen über die Nichtseßhaften bis hin zu den Psychiatriepatienten, als solche wahrgenommen und zum legitimen Gegenstand politischer und wissenschaftlicher Diskussionen« (Kreissl 1996: 24f.; vgl. auch Frehsee 2000: 242).
108 vgl. Hassemer 1982.
109 Scheerer 1991: 295.
110 Christie 1986a: 129f.
111 Hulsman 1987: 125.
112 Hulsmann 1987: 127.
113 Frehsee (2000: 243) hat diese Strategie jüngst als »Mathiesen-Dilemma« bezeichnet: »Soll man ›humanitär‹ arbeiten, um die aktuelle konkrete Praxis erträglicher machen zu helfen, womit man aber diese in ihrer Grundkonzeption kritisierte Praxis stabilisieren hilft; oder soll man ›kriminalpolitisch‹ auf eine langfristig erstrebte grundsätzliche Veränderung hinarbeiten, womit man aber die von der aktuellen Praxis Betroffenen im Stich läßt?« Zu welch seltsamen Auseinandersetzungen die positive/negative Reform-Debatte unter den abolitionistischen Kriminalpolitikern machmal führte, zeigte sich beispielhaft darin, daß man in der konkreten politischen Diskussion etwa um die Frage kreiste, ob es »abolitionistisch« sei, Fernsehgeräte für Gefangene zu fordern. Während manche der Meinung waren, eine solche Forderung laufe grundsätzlich Gefahr, eine positive Reform zu sein, differenzierten andere folgendermaßen: Wenn man lediglich die Möglichkeit von TV-Geräten auf den Zellen fordere, so könnte dies als Privileg bzw. Belohnung (für Wohlverhalten) mißbraucht werden. Fordere man aber das »Recht« der Gefangenen auf ein solches Gerät, so sei dies eine negative Reform, da der Zugriff der Anstalt auf die Autonomie des Gefangenen, zumindest in diesem Bereich, eingeschränkt würde (vgl. auch Kreissl 1996: 30).

114 Vgl. ausführlicher Mathiesen 1979: 168ff.; Scheerer 1991: 293; Papendorf 1985; zu einer detaillierten Kritik, die sich u. a. auf die fehlende Analyse der politischen Machtverteilung dieser Strategie bezieht: Spalt 1988.

115 Christie 1986: 94.

116 Spittler 1980; vgl. auch Beste 1987: 338. Ich werde hierauf unten noch ausführlicher eingehen.

117 Insofern hat Sack (1997: 17) vermutlich Recht, wenn er die Attraktivität von Diversion oder Täter-Opfer-Ausgleich auch darauf zurückführt, daß sie bei den »Akteuren aus dem Bereich von Politik und Praxis« eine »intuitive – und kapitalisierbare – Plausibilität« genossen habe.

118 Quensel (1998: 18) hat etwa darauf hingewiesen, daß sich der Labeling-Approach durchaus sowohl in den ätiologischen als auch den institutionenorientierten Ansatz einbauen ließ: »Auf der ätiologischen Ebene als Stigma-Erfahrung in den ohnehin atheoretischen Mehrfaktorenansatz (...), auf institutionsorientierter Ebene als Kritik apparatsspezifischer Auswirkungen, die sowohl für die Zwecke der ›Enthüllungs-Kriminologie‹ wie aber auch von der zunehmend ›administrativen‹ Kriminologie eingesetzt werden konnte: Sowohl die rezente Diversions-Mode wie die der Behandlungskritik folgende neokonservative Strafpolitik sind insofern nacheinander ebenso direkte Abkömmlinge dieser Integration der Labeling-Perspektive (...) wie die nicht ganz so ernst genommenen ›voluntaristischen‹ (...) Forderungen der radical nonintervention bzw. der partiellen oder totalen Abolition des Kriminaljustiz-Systems«. Ähnlich hat auch Kreissl (1996: 32) argumentiert, als er sagte, das kritisch-kriminologische Programm habe vor allem deshalb an Schärfe verloren, weil es vom herrschenden Paradigma verdaut und einverleibt worden sei. »Prozesse der Kriminalisierung und Zuschreibung, auf die die kritische Kriminologie zu Beginn ihres Entstehens hingewiesen hat, sind inzwischen zum fraglosen Bestandteil multifaktorieller Ansätze der traditionellen Kriminologie geworden. Hinweise auf die Ubiquität von Normbrüchen locken heute keinen Kriminalpolitiker mehr hinter dem Ofen hervor, und der Verweis, daß das Strafrecht in erster Linie die Eigentumsordnung sichere, wird allseits mit einem zustimmenden Kopfnicken quittiert.«

119 Kreissl 1989: 433f.

120 Makropoulos 1997: 67.

II Kriminalität in der Gegenwartsgesellschaft

1 1995: 7ff. Wobei ich den Begriff der »Postmoderne« mit Bauman (1995: 221) für treffend halte, weil er jene Merkmale einfängt, »welche die gesellschaftlichen Verhältnisse definieren, die im Verlauf des zwanzigsten Jahrhunderts überall in den reichen Ländern Europas und europäischer Herkunft aufgetreten sind und ihre gegenwärtige Gestalt in der zweiten Hälfte dieses Jahrhunderts angenommen haben. Der Begriff ist treffend, weil er die Aufmerksamkeit auf Kontinuität und Diskontinuität lenkt als den zwei Seiten der komplizierten Beziehung zwischen den gegenwärtigen gesellschaftlichen Verhältnissen und der Formation, die ihnen voran-

ging und sie erzeugte. Er stellt die intime, genetische Bindung heraus, die diese neuen, postmodernen gesellschaftlichen Verhältnisse zur *Moderne* haben.«

2 Kaufmann 1987: 38f.

3 Vgl. Koenen 1999: 243.

4 Die erhöhte soziale, geographische und alltägliche Mobilität wirbele die Lebenswege und Lebenslagen der Menschen durcheinander – »die Lebenswege der Menschen verselbständigen sich gegenüber den Bedingungen und Bindungen, aus denen sie stammen oder die sie neu eingehen, und gewinnen diesen gegenüber eine Eigenrealität, die sie überhaupt erst als ein persönliches Schicksal erlebbar machen« (Beck 1986:125f.).

5 Vgl. Brose/Hildenbrand 1988:16.

6 Barz 1992: 26f.

7 Klages 1988: 64; exemplarisch kann man solcherlei Entwicklungen in den letzten Jahren vielleicht in der Religiösität beobachten. Knoblauch (1989:518f.) spricht in bezug auf die New-Age-Bewegung von einem »Fluktuationsraum der ›Suchenden‹, der ›Kulte‹ und der ›kultischen‹ Themen«. Das Individuum sei im Hinblick auf Religiösität zu einem »allgläubigen Allesfresser à la carte« geworden, das sich durch eine »vagabundierende Religiösität« auszeichne, welche wiederum in erster Linie an Augenblicksbedürfnisse anknüpfe. »Ein beträchtlicher Teil der neuen Religiösität hat sich abseits fester Organisationsformen etabliert. Er ist individualistisch orientiert und fordert einen individuellen, auf die persönlichen Augenblicksbedürfnisse zugeschnittenen Synkretismus, der sich nicht gern auf eine verbindliche Zugehörigkeit einläßt.« Gleichzeitig führe dieser individualistisch gewendete Synkretismus auch zu einer Veralltäglichung und Demokratisierung magischer Qualifikationen. Prinzipiell, so Knoblauch (1989:509), könne heute jeder Mensch zum Schamanen oder zur Hexe werden. Solche Entscheidungen und Prozesse seien aber freilich auch jederzeit wieder revidierbar.

8 Bauman 1995: 23f.; vgl. auch Bauman 1995a: 239ff.

9 Rauschenbach 1994: 89.

10 Vgl. Kronauer 1997: 37; Mückenberger 1986.

11 Bourdieu 1998: 98ff.; vgl. auch Häußermann 1997: 22. Zudem: »Die Feststellung, daß Armut und Arbeitslosigkeit in vielen Fällen vorübergehende ›Episoden‹ darstellen, gibt keinen Anlaß zur Beruhigung. Arbeitslosigkeit führt, selbst wenn sie nicht mit akuter Ausschlußdrohung verbunden ist, unter den Bedingungen eines zunehmend restriktiven Arbeitsmarktes zu beträchtlicher Angst vor sozialem Abstieg. Die Existenz der ›Entbehrlichen‹ verschärft diese Ängste noch« (Kronauer 1997: 45).

12 Rauschenbach 1994: 102.

13 Hitzler/Göschl 1997: 138; vgl. auch Evers 1993: 350.

14 Bourdieu 1998: 99; vgl. auch Sennett 2000: 195.

15 Vgl. Lemke 1997: 259; zum allgemeinen Überblick etwa die Beiträge in Bröckling/Krasmann/Lemke (2000) sowie Krasmann (1999); Dean (1998, 1999); Bourdieu (1998); Bohlender (1998); Lemke (1997); Donzelot 1995.

16 Lemke 1997: 254.

17 Kommission für Zukunftsfragen der Freistaaten Bayern und Sachsen 1997: 83; vgl. auch Zielcke 1996.
18 Voß/Pomgratz 1998: 132.
19 Legnaro 1999: 119.
20 Krasmann 1999: 110; vgl. vor allem auch Cruikshank 1993.
21 Voß/Pongratz 1998: 149ff.
22 Dabei sei die »gute Lebensführung« nicht mehr an bestimmte Wertvorstellungen gebunden, sondern vielmehr an Eigenschaften, die leistungs- und erfolgskompatibel seien.
23 Krasmann 1999: 113.
24 Sennett 2000: 129.
25 Bauman 1995: 225; vgl. auch Rose 2000: 94.
26 Willeke 2000: 13.
27 Koenen 1999: 245f.
28 Die von Frehsee (1991) thematisierte »Abweichung der Angepaßten« reicht vom Parken im Halteverbot, von Unfallflucht oder Fahren unter Alkoholeinfluß über die verschiedenen Formen der Betriebskriminalität und Fälschungen bei Steuererklärungen, Reisekosten und Spesenabrechnungen bis hin zu Versicherungsbetrug, Beamtenkriminalität oder etwa der Beweismittelfälschung und -unterschlagung durch Polizeibeamte u.v.m.
29 Koenen 1999: 250.
30 Koenen 1999: 262.
31 Koenen 1999: 262; Vgl. Blinkert 1988.
32 Auf einer makrosozialen Ebene läßt sich die sog. Innere und Äußere Sicherheit eines Staates »als ewiges Hauptversprechen der Instanzen sozialer Kontrolle« (Scheerer 1996:325) verstehen, das die zentrale Legitimation von Herrschaft bereitstellt. »Vom Ursprung der Herrschaft bis in unsere Tage war es die vornehmste Aufgabe der Feudalherren, Landesfürsten und schließlich der demokratischen Regierungen, die zentrale Aufgabe jeder staatlichen Gewalt, den Vasallen, Untertanen oder Staatsbürgern Schutz zu bieten vor inneren und äußeren Feinden. Das war (...) die entscheidende Legitimation für Abgaben- und Steuererhebung, für die Konzentration der Waffengewalt beim Herrn und schließlich für das Gewaltmonopol des Staates« (Scheerer 1996: 325).
33 Vgl. Thiel 1995: 72; Albrecht 1999: 73ff.
34 Vgl. Lindenberg/Schmidt-Semisch 1995: 3.
35 Dies gilt auch, wenn neben den Rechten natürlich stets auch die Verpflichtungen der Individuen thematisiert wurden: sich einerseits den sozialen Risiken gegenüber prophylaktisch (im Sinne von Eigeninitiative) zu verhalten und andererseits – unter Bezugnahme auf das Subsidiaritätsprinzip – im Rahmen der Familie (also etwa im Hinblick auf Ehepartner oder Kinder) Kosten der sozialen Sicherheit zu übernehmen (vgl. auch Ostner 1998: 245).
36 Crawford 1997: 88.
37 Vgl. etwa Luhmann 1991: 17ff.; Bonß 1995: 49ff.; Bernstein 1998: 11f.; notarielle Urkunden über die damals neuen Seeversicherungen existieren etwa aus Genua (1347), Toskana (1384), Pisa (1384) und Florenz (1397).
38 »Die Erwerbsversicherung geht auf das schon sehr früh ausgeprägte kauf-

männische Erwerbsdenken romanischer Völker zurück, während die Versicherung a. G. dem besonders stark ausgebildeten Gemeinsinn der Germanen entsprungen ist (...) Daher muß die Richtigkeit der Annahme (...) bestritten werden, daß die Geschichte nur eines Teils, insbesondere die Geschichte der Seeversicherung, als ›die Geschichte der Versicherung überhaupt‹ zu bezeichnen ist« (Helmer 1955: 57; vgl. ausführlicher: 57ff.).

39 Die im Flandern des 11. Jahrhunderts ansässigen »Keuren« unterstützten ihre Mitglieder etwa auch bei Gefangenschaft - in Form einer Lösegeldversicherung; vgl. ausführlicher Helmer 1955: 58f. sowie Bonß 1995: 156f.; zur Geschichte der Unterstützung bei Gefangenschaft (Sklavenversicherung und Sklavereiversicherung sowie Lösegeldversicherung) vgl. Ebel 1963.

40 »Die bäuerlichen Betriebe glichen sich sehr stark, namentlich was das Brandwagnis anbetraf« (Helmer 1955: 68).

41 »Schon die ersten Erwerbsversicherer bemaßen ihre Prämienforderungen nach der Gefährlichkeit der Seereise, die von der Art des Schiffes, der Ladung, dem Reiseweg, der Jahreszeit und anderen Umständen abhing. Sehr früh bildete sich so eine mit Meisterschaft gehandhabte Versicherungstechnik heraus, die die Erwerbsversicherer auch auf andere Versicherungszweige übertrugen« (Helmer 1955: 68).

42 Vgl. hierzu ausführlich die kritische Diskussion bei Seidel/Schäfer 1998; zur Akribie der versicherungsstatistischen Erfassung im Kfz-Bereich etwa: Gesamtverband der Deutschen Versicherungswirtschaft 1998: 60-71 sowie 1999: 60-71.

43 Je größer die Homogenität, so erklärt Bonß (1995: 187), desto vergleichbarer sei auch der Grad der Bedrohung, und je mehr Fälle, desto geringer sei die Wahrscheinlichkeit von Verlustausreißern. Allerdings könne auch eine zu große Homogenität selber zum Problem werden. Wenn beispielsweise alle Klienten einer Lebensversicherung zugleich Passagiere auf ein und demselben Schiff seien, so funktioniert beim Untergang dieses Schiffes das Prinzip des gegenseitigen Schadensausgleiches nicht mehr.

44 Bacher (1999: 414) spricht von einer »gewissen Solidarität« unter den Versicherungsnehmern. Dabei handele es sich nicht um eine altruistische, sondern um eine zweckbetonte Solidarität, »die die Basis guten Funktionierens der Versicherungen ausmacht. Diese wirtschaftliche Solidarität will mit Hilfe des Großteils der von den Versicherten erbrachten Prämien alle von einem Versicherungsfall betroffenen Versicherten entschädigen«. In diesem Sinne werde das wirtschaftliche Los aller Versicherten miteinander verbunden.

45 »Diese Entwicklung ist deutlich an der Zahl der Sozialversicherten abzulesen. So stieg der von den Sozialversicherungen erfaßte Bevölkerungsanteil von 1885 bis 1975 von unter 19% auf über 80%« (Ullrich 1999: 11).

46 Vgl. Ullrich 1999: 11.

47 Vgl. zur Kundenmetapher, also zur Frage, ob der Patient als Kunde, Verbraucher, Klient o.ä. bezeichnet werden kann und soll, zum Beispiel Deppmeyer 1999; Piechowiak 1999; Raspe 1999; Reinfeld 1999; Richard 1999; Vollmann 1999; Wenner 1999; Schmidt-Semisch 2000.

48 Jonas 1995; Bertrand u.a. (1995: 73ff.) beschreiben etwa Software für

Arztpraxen, die für bestimmte Symptome standardisierte »Untersuchungsketten« vorsehen und unabhängig von den tatsächlich durchgeführten Untersuchungen abrechnen.

49 Vgl. etwa Schuh 2000 sowie Stollorz 2000.

50 Für einen Präventionsleitfaden der AOK zählen zu den »Risikoschwangerschaften« zum Beispiel die Schwangerschaften von kinderreichen Frauen, nicht verheirateten Frauen, Frauen unter 20 sowie über 36 Jahren, Angehörigen unterer sozialer Schichten sowie Ausländerinnen (insbesondere Türkinnen); vgl. ausführlicher Bertrand u.a. 1995: 74f.

51 Verwiesen sei in diesem Zusammenhang exemplarisch auf Bergler u.a. (1995: 9f.), die in ihrer Studie »Ursachen gesundheitlichen Fehlverhaltens Jugendlicher« zu folgendem Ergebnis kommen: »Sozialsysteme, die die Konsequenzen gesundheitlichen Fehlverhaltens praktisch vollständig solidarisieren, etablieren Mechanismen der Rückdelegation von Verantwortung und sensibilisieren nicht für einen präventiven Lebensstil. Die indirekte Förderung von gesundheitsbezogener ›Verantwortungslosigkeit‹ ist ein zentraler Risikofaktor deutscher Gesundheitspolitik«, weshalb »die Schaffung finanzieller Anreize für praktiziertes Gesundheitsverhalten, die stärkere Honorierung von Prävention für den Arzt und die Erhöhung von Krankenkassenbeiträgen für Risikogruppen« wichtige Bestandteile einer Neuorganisation in der Medizin seien. Ähnliche Maßnahmen wurden z.B. auch auf dem Gesundheitstag 2000 gefordert: »Ein Vertreter der Interdisziplinären Gesellschaft für Umweltmedizin schlug vor, Abgaben auf gesundheitsschädliche Produkte wie Zigaretten, Alkohol, Zucker, tierische Fette und Kraftfahrzeugverkehr‹ zu erheben. 50 Pfennig Gesundheitsabgabe auf jede Zigarette brächten 30 Milliarden Mark im Jahr« (Stadlmayer 2000: 6).

52 Freilich ist auch diese Entwicklung nicht frei von Ambivalenzen, denn die Berücksichtigung genanalytischer Ergebnisse könnte, so Browaeys/Kaplan (2000: 13), auch die Versicherungswirtschaft selbst in eine problematische Situation bringen: »Eine präzise Risikoabschätzung nützt in Wirklichkeit weder dem Versicherer noch dem Versicherungsnehmer, da die Versicherungsprämie in diesem Fall in so exorbitante Höhen steigen kann, daß der Versicherungswillige von einem Vertragsabschluß Abstand nimmt.«

53 Bertrand u.a. 1995: 142.

54 Müller im Spiegel, 11. 10. 1999: 29.

55 Bertrand u.a. 1995: 144.

56 Freyberg 1997: 185; Sennett (2000: 192) spricht hier vom Verdacht des Parasitentums: »Die Zerstörung von sozialen Auffangnetzen und staatlichen Hilfsorganisationen wird mit dem Argument gerechtfertigt, die Wirtschaft des Staates brauche mehr Flexibilität – als ob die Parasiten die dynamischeren Mitglieder der Gesellschaft behinderten. Soziale Parasiten verstecken sich angeblich auch im produktiven Bereich selbst – zumindest scheint das die Botschaft der Verachtung zu sein, mit der von Arbeitern gesprochen wird, denen man sagen muß, was sie tun sollen, statt daß sie aus Eigeninitiative handelten. Die Ideologie des sozialen Parasitentums ist ein mächtiges Disziplinierungsmittel am Arbeitsplatz; der Arbeiter will beweisen, daß er nicht von der Arbeit anderer lebt.«

57 Eine ähnliche Entwicklung beschreibt auch O'Malley (1996: 196f.), der zwischen einem »socialized actuarialism« auf der einen und einem »prudentialism« auf der anderen Seite unterscheidet. Während der »socialized actuarialism« der wohlfahrtsstaatlichen sozialen Gerechtigkeit und Sicherheit entspricht, ist versicherungsmathematische Gerechtigkeit dem »prudentialism« vergleichbar: »a technology of governance that removes the key conception of regulating individuals by collectivist risk management, and throws back upon the individual the responsibility for managing risk. This is advocated by its supporters as ›efficient‹, for individuals will be driven to greater exertion and enterprise by the need to insure against adverse circumstances – and the more enterprising they are, the better the safety net they can construct« (ebd.: 197).

58 vgl. auch Steinert 2000: 14.

59 Feeley/Simon 1994: 173.

60 Noch in den 60er Jahren, so Simon (1998: 452), hätten etwa in den USA Resozialisierung und Rehabilitation im Vordergrund gestanden, aber bereits in den 70ern sei der »decline of the rehabilitative ideal« beobachtbar gewesen. »In the 1980s retribution and deterrence seemed to be back, while in the 1990s incapacitation has emerged as the primary purpose.«

61 Ein Indiz dafür, daß dieses Denken auch in Deutschland auf Zustimmung trifft, zeigen exemplarisch die Ausführungen des leitenden Kriminalbeamten Bernhardt (1999), der seinen Artikel in der Zeitschrift »Kriminalistik« mit dem Untertitel versieht: »Zur Notwendigkeit einer Sicherheitsorientierung der Justiz«. Damit meint er, daß man bei bestimmten Personen Freiheitsstrafen nicht (wie in Deutschland mehr oder weniger üblich) nach zwei Dritteln der Zeit zur Bewährung aussetzten, sondern diese ungekürzt vollziehen solle, »um während des Vollzuges dieser Strafen die Begehung weiterer sozialschädlicher Taten zu verhindern« (Bernhardt 1999: 591). Darüber hinaus plädiert er für eine Ausweitung der Sicherungsverwahrung (ebd.: 592) sowie insgesamt für eine vermehrte Inhaftierung und glaubt, daß die heutige »amerikanische Situation, die mit 550 Gefangenen pro 100 000 Einwohner eine fünf- bis zehnfach höhere Gefängnispopulation als andere westliche Staaten aufzeigt, unter sicherheitspolitischen Gesichtspunkten einen neuen, erfolgversprechenden Weg« aufweise (ebd.: 591). Zur Begründung grenzt sich Bernhardt (1999: 594) explizit vom wohlfahrtsstaatlich-integrativen Ansatz ab: Habe in den vergangenen Jahrzehnten das »Wohl und Wehe des Täterindividuums« dominiert, so sei es nun Zeit für eine Umorientierung; neben Resozialisierung müßten »Strafen nach Art und Umfang und Strafvollstreckung als wichtige Aspekte des Gesellschaftsschutzes wieder größere Bedeutung erfahren«.

62 Feeley/Simon 1994: 179.

63 Und weiter: »By marking the distribution of risk within the offender population under surveillance, testing makes possible greater coordination of scarce penal ressources« (Feeley/Simon 1992: 462).

64 Simon 1987: 85.

65 Einen aktuellen Überblick bietet Stöver 1999.

66 Lindenberg/Schmidt-Semisch 1995: 10; vgl. Schmidt-Semisch 1999.

67 Legnaro 1999: 124.

68 Krasmann/de Marinis 1997: 182.

69 Vgl. in diesem Zusammenhang auch ausführlich Linhardt (2000), der den hier skizzierten Kontrollmodus eindrücklich für den Großflughafen Paris-Orly beschreibt. Diese Beschreibung ist m.E. in ihren wesentlichen Zügen problemlos auf deutsche, aber auch die meisten anderen internationalen Flughäfen übertragbar (vgl. auch Takala 1995: 57).

70 Vgl. für Hamburg etwa Schmidt 1999: 31 f. Neben Maßnahmen nach Polizeigesetzen o.ä. können etwa ausländische Dealer und Drogenkonsumenten auch unter Einbeziehung des Gesetzes zur Neuregelung des Asylverfahrens von 1992 oder des Ausländergesetzes mit räumlichen Beschränkungen der Aufenthaltsgestaltung versehen werden: Will etwa die »Bremer Polizei einen Asylbewerber oder einen geduldeten Nicht-Deutschen aus festgelegten Stadtgebieten verbannen, bittet sie die Ausländerbehörde um Amtshilfe. Diese erläßt dann eine zusätzliche räumliche Beschränkung für den Aufenthalt, lädt die entsprechende Person vor, überreicht ihr einen Stadtplan mit den eingezeichneten Betretungsverboten und trägt einen entsprechenden Vermerk in die Aufenthaltsgestattung bzw. Duldung ein. Mit dem Oster- und Steintorviertel sowie der Bahnhofsgegend umfassen die Verbote mittlerweile große Stadtbereiche und sind zeitlich unbefristet« (Ronneberger u.a. 1999: 158f.).

71 Vgl. zur juristischen Bewertung der Maßnahmen hinsichtlich der Chaos-Tage in Hannover: Waechter 1996; Seifert 1997.

72 Eine Forderung, die von der Gewerkschaft der Polizei (GdP) zum Beispiel im Januar 2000 hinsichtlich von Polizeieinsätzen in Fußballstadien noch einmal wiederholt wurde. Ähnlich gilt aber wohl auch für andere Großveranstaltungen, etwa die Love Parade in Berlin oder ähnliches.

73 »Die universalistische Anwartschaft auf Sicherheit im Rahmen allgemein zu gewährender Rechte in Übereinstimmung mit den für alle gleich gültigen Gesetzen zerfällt zu einem (allerdings stabilen) Gerippe, das lediglich noch die Konturen vorgibt. Die Auflösung umfassender staatlicher Sicherheitsgewährleistung war vorhersehbar, denn mit ihr kann den partikularen Sicherheitsbedürfnissen nicht mehr ausreichend entsprochen werden« (Lindenberg 1997: 179).

74 Behr (1998: 179) hat beschrieben, zu welch grotesken »Überschneidungen« es hierbei kommen kann. Gehe man etwa über die Zeil oder durch das Bahnhofsgebiet in Frankfurt, so könne man unschwer neun verschiedenen privaten Sicherheitsdiensten begegnen. Denn neben den in grünen Mehrzweckanzügen agierenden städtischen Hilfspolizisten, ebenso uniformierten Mitgliedern der Bereitschaftspolizei, mit grün-beige ausgestatteten Beamten des örtlichen Polizeireviers sowie Beamten des Bundesgrenzschutzes begegne man erstens den unterschiedlichsten Formen von Türstehern (vor Kaufhäusern, Diskotheken usw.), zweitens dem blau uniformierten Kontrolldienst der Verkehrsbetriebe, drittens rotuniformierten Männern, die für die Sauberkeit in den (unterirdischen) Anlagen der Stadtwerke zuständig seien, viertens dem blau-uniformierten Kontrolldienst der Bundesbahn, fünftens blau-grau uniformierten Parkverbotsüberwachern, sechstens den Sicherheitsleuten der Dresdener Bank in grüner Uniform, und siebtens begegne man gelegentlich auch noch

einem »Schwarzen Sheriff«: Behr (1998: 180f.) hält gerade diese letzte Personengruppe für »ungefährlich – sie dürfen nichts außer martialisch aussehen und vor irgendwelchen Türen herumstehen (hinter denen sich wahrscheinlich mehr Illegalität verbirgt als vor ihnen).«

75 Vgl. taz Bremen vom 4./5. September 1999.

76 Voß 1997: 41.

77 »Walls are only the beginning. Inside may be surveillance cameras, infrared sensors, motion detectors and sometimes armed guards. St. Andrews, a gated community in Boca Raton, Florida, spends over $ 1 million a year on helicopter and canine patrols« (Dillon 1994: 8). Auch Jan Wehrheim (1999: 2) konstatiert, daß je nach finanziellem Vermögen Sicherheitsdienste und -maßnahmen eingekauft werden: »Gerade in Gated Communities mit vielen Zweitwohnsitzen und damit auch vorübergehend leerstehenden Häusern wird Wert auf hohe Sicherheitsstandards gelegt. Während in Extrembeispielen Maßnahmen wie Poller gegen Anschläge mit Autobomben, Hubschrauberüberwachung, Ninja-Patrouillen und High-Tech zur automatischen Eingangsüberwachung eingesetzt werden (...) sind Schilder mit der Aufschrift ›Durchgang verboten‹ oder ›Bewaffnete Vergeltung‹, private Sicherheitsdienste am Tor sowie ein einfacher Zaun der normale Standard (...). Insgesamt existieren bereits über 20000 solcher Communities mit über neun Millionen Einwohnern.«

78 Voß 1997: 47; vgl. etwa auch Freiberg 1999: 365.

79 Ronneberger u.a. (1999: 140). Zudem macht Frehsee (1998: 749) in diesem Zusammenhang darauf aufmerksam, daß mit dem latenten Rückzug des Staates zwar immer mehr kommerzielle Sicherheitsdienstleister nachrückten, daß aber die von ihnen bediente Nachfrage (der Bürger) »den Präventionsbedarf von der Kriminalität zur Ordnung« verschiebe, denn ihre Maßnahmen »bestimmen sich mehr nach den Relevanzen, Ängsten, Wünschen, Empfindlichkeiten der Bürger«.

80 Der Hamburger Kripobeamte Freiberg (1999: 365) spricht davon, daß Polizeiaufgaben selbst zur Ware würden.

81 McMahon 1997: 32; vgl. auch Ronneberger 1999: 148. Diese Kapitalisierung hat freilich Effekte auf beiden Seiten, denn wenn in der neoliberalen Stadt »die öffentlichen Plätze zunehmend verschwinden, wenn aus öffentlichen private Straßen werden, wenn es Ausgangssperren für Jugendliche gibt und in den Residenzen der Reichen bewaffnete Sicherheitsunternehmen gegenüber möglichen Eindringlingen aufgeboten werden, um Behaglichkeit und Sicherheit zu gewährleisten, so gilt das umgekehrt mit großer Härte: Je weniger Mittel jemand zur Verfügung hat, desto eingeschränkter ist seine Beweglichkeit. Und nicht nur das. Es läßt sich mit Blick auf die persönliche Sicherheit des Einzelnen zeigen, daß einige Reiche von dem regulativen Sicherheitsangebot privater Regierungen profitieren, während viele Arme ein noch unsicheres Leben zu führen haben« (Lindenberg/Schmidt-Semisch 1994: 58).

82 Vgl. hierzu auch Lianos/Douglas 2000: 263ff.

83 Zu denken ist hier etwa an die vielfältigen Formen der Techno-Prävention in Geschäften, der Neueinstellung von mehr Personal u.ä., aber auch etwa an »Hindernisbubbel« auf (Spiel- oder Zone-30-)Straßen (so ge-

nannte »Schlafende Polizisten«), die bereits die Straße selbst für schnelles Fahren ungeeignet machen u.v.m.

84 Eine Strategie, die ich zusammen mit Michael Lindenberg als »Kontrolle durch Gewährung« bezeichnet habe (vgl. ausführlicher Lindenberg/Schmidt-Semisch 1993).

85 Lindenberg 1997: 197.

86 Simon 1988: 789.

87 Lindenberg 1997: 199; deutlich wird dieser Sachverhalt auch an folgendem Beispiel: »Aus dem Gewohnheitsverbrecher, diesem Geist aus den Klassifizierungsmaschinen seit dem 19. Jahrhundert, hat die neue Klassifizierung den ›high-rate-offender‹ geformt. Der Gewohnheitsverbrecher ist noch ein individuelles Subjekt; der ›high-rate-offender‹ ist ein Risiko, eine kriminelle Risikomaschine. Der Gewohnheitsverbrecher hat eine Geschichte, und es wird Gründe für sein Verhalten geben; der ›high-rate-offender‹ hat lediglich ein deskriptiv zu erfassendes Verhalten, das sich allenfalls behavioristisch abschätzen läßt. Auf den Gewohnheitsverbrecher setzt man zwar nicht gerade viel Hoffnung, aber er kann noch Empathie wachrufen; dem ›high-rate-offender‹ kann man nur noch mit abgewandtem Blick die Hände binden« (Lindenberg 1997: 199; vgl. auch Lianos/Douglas 2000).

88 Shearing 1997: 268; vgl. auch Dean 1998: 30.

89 Was ich bis hierher im Anschluß an Feeley/Simon als *actuarial justice* oder auch als Zugangsgesellschaft beschrieben habe, kann mit Lemke (1997) auch als Ausfluß *neoliberaler Straftheorie* verstanden werden. Für die neoliberale Straftheorie, so Lemke (1997: 250), sei der Kriminelle nicht mehr jener *homo criminalis* des 19. Jahrhunderts, dessen Verhalten es biologisch, psychologisch oder anthropologisch zu erklären gelte, sondern vielmehr der *homo oeconomicus*, ein rational und ökonomisch handelndes Individuum, das investiere, einen bestimmten Profit erhoffe und einen Verlust riskiere: »Unter dieser ökonomischen Perspektive gibt es daher auch keinen prinzipiellen Unterschied zwischen einem Mord und einem Straßenverkehrsdelikt. Die Aufgabe des Strafsystems ist es, auf ein Angebot von Verbrechen zu reagieren, und die Strafe stellt ein Mittel bereit, die negativen Externalitäten bestimmter Handlungen zu begrenzen.« Dementsprechend gehe es einer neoliberalen Straftheorie auch nicht mehr um die Bewältigung oder Eliminierung des Verbrechens, sondern sie beschränke sich auf eine »Intervention auf dem Markt des Verbrechens, die das Angebot des Verbrechens durch eine negative Nachfrage begrenzt, wobei deren Kosten niemals die Kosten des Verbrechens überschreiten sollen«. In diesem Sinne sei die neoliberale Strafpolitik ein Handeln, das auf das »Spiel der Gewinne und Verluste« einwirke und an den Kalkulationen von Kosten und Nutzen ansetze. Dabei konzentriere sie sich nicht auf die Spieler, sondern auf die Spielregeln: »Im Mittelpunkt steht nicht die (interne) Unterwerfung der Individuen, sondern die Bestimmung und Lenkung ihrer (äußeren) Umwelt. Das neoliberale Programm zielt weder auf eine disziplinierende noch auf eine normalisierende Gesellschaft, sondern auf eine Gesellschaft, die sich durch eine Kultivierung und Optimierung von Differenzen auszeichnet. Es ist daher

weder nötig noch wünschenswert, daß die Gesellschaft eine unbegrenzte Konformität aufweist; sie kann im Gegenteil sehr gut mit einer bestimmten Höhe von Verbrechen leben, die nicht das Signum einer gesellschaftlichen Dysfunktion ist, sondern umgekehrt das optimale Funktionieren einer Gesellschaft anzeigt, die noch die Verteilung ihrer Verbrechensrate reguliert« (vgl. auch Braithwaite 2000: 224–229).

90 Reichman 1986: 154; vgl. auch Cohen 1993: 220. Ähnlich resümiert auch Scheerer (1999: 11) seine Ausführungen zum »Managerialism« und charakterisiert die »Kontrollgesellschaft« als die »society that does not care to punish, but to control. The society that does not care to improve, but to cope. Not to moralize, but to influence. Not to steer the individual, but the situation. Not to think in terms of guilt, but in terms of risk.«

91 Einer Risikogesellschaft freilich im Sinne von Ewald (1989) und Evers (1990), weniger im Sinne von Beck (1986).

92 Reichman 1986: 151f.

93 Lindenberg 1997; freilich muß man an dieser Stelle erwähnen, daß die Handhabung von Kriminalität nie völlig frei war von finanziellen und auch kommerziellen Erwägungen. Vielmehr ist (vor allem was die Unterbringung von Gefangenen betrifft) die kommerzielle Initiative stets der Motor von Bestrafungsreformen gewesen: »The history of the development of the modern criminal justice system in Great Britain and the United States is a succession of piecemeal reforms brought about by pressures to expand the capacity and effectiveness of the criminal law« (Feeley 1991:204). Kommerzielle Unternehmer brachten das zustande, was rein staatliche Agenturen nicht zu leisten in der Lage waren: Das gilt für die englischen ale house keeper (die ihre Keller nicht mehr nur als Lagerraum für Bier nutzten, sondern zudem eine Reihe Gefangener dort unterbrachten) ebenso wie für die Deportationen nach Übersee: »Whatever the precise reasons for its emergence in seventeenth-century England, transportation cannot be divorced from the rise of mercantilism and the British colonial experience (...) What underlay the entire administrative and economic structure of transportation was reliance upon private enterprise to effect the public policy. More precisely, transportation was an innovation promoted by mercantile interests which was only reluctantly embraced by public officials as they slowly came to appreciate its cost effectiveness« (Feeley 1991:205) – wobei die Deportationen, und das gilt auch für die der Briten nach Australien, immer auch für die staatliche Seite lohnend waren: Ohne große gesetzliche Anstrengungen oder Verschärfungen sowie oft genug kostenneutral war es den Regierungen möglich, die punitiven Kapazitäten des Staates erheblich zu steigern. Die punitive Innovation der Deportationen verband also zweifellos den gestiegenen Bedarf nach Recht und Ordnung mit einem Vertrauen auf den Markt – »more particularly with the quest for personal profit« (Feeley 1991:209). Und wie die Deportation, so ist auch das Gefängnis eine Institution, die auf dem Substrat von staatlich-punitiven Kapazitätsengpässen und kommerziellem Unternehmergeist prächtig wachsen konnte (vgl. etwa auch Köberer 1993: 204), weshalb wir ein wahlverwandtschaftliches Verhältnis staatlicher Bestrafungsinteressen und kaufmännischer Profit-

interessen konstatierten (ausführlicher Lindenberg/Schmidt-Semisch 1997): Dieses Verhältnis baut über die Jahrhunderte auf einem einheitlichen Schema auf und hat auf diese Weise den dominanten Stand der Freiheitsstrafe als (durchaus auch profitträchtiges) Bestrafungsmittel erzeugt: Die Unternehmer haben die staatlichen Stellen stets davon überzeugen können, »that they could create and maintain an extensive penal system at little or no cost when the state lacked the administrative capacity. Although the entrepreneurs may have been wrong, they nevertheless were convincing enough at the time to have played an important role in formulating a policy of heavy reliance on imprisonment and to have created the expectation that its costs could be offset by running prisons according to business principles« (Feeley 1991: 210).

94 Luhmann 1993: 329.

95 Vgl. hierzu etwa Becker 1982; Vanberg 1982; Blinkert 1988; einen Überblick bieten Karstedt/Greve 1996.

96 Zurecht hat Blasius (1994: 3ff.) in diesem Zusammenhang darauf hingewiesen, daß praktisch die gesamte »historische Kriminologie« lediglich unser Wissen über die Täter vermehrt, aber keinerlei Kenntnisse über die Opfer verschafft habe: »Welche sozialen Merkmale trugen sie, und wie stellt sich etwa aus der Opferperspektive das Problem geschlechts- oder altersspezifischer Betroffenheit? Müssen aus dieser Perspektive nicht historische Räume und Zeiten neu vermessen werden?« usw. Ein Überblick über die wenigen viktimologischen Fragestellungen zu Beginn des Jahrhunderts findet sich bei Kiefl/Lamnek 1986: 21f.

97 vgl. Marth 1989: 199; Cremer-Schäfer/Steinert 1998: 212; Viano 1979: 86. Zur umfassenderen Geschichte des Opferbegriffs vgl., Kiefl/Lamnek 1986: 17ff.; Marth 1989 m.w.V.

98 Paasch 1965: 82.

99 Amelunxen 1970: 34f.

100 Schneider 1977: 138.

101 Vgl.Kiefl/Lamnek 1986: 68; für einen ausführlicheren Überblick vgl.: 56ff.

102 Schneider 1983: 99; vgl. auch Schneider 1998: 326. Zipf (1980: 179) spricht in diesem Zusammenhang von der »kriminalätiologischen Seite der Viktimologie«, deren Ziel gleichsam eine »Opferpädagogik« sei.

103 Lupton 1999: 100. Dieser Prozeß der (auch entsolidarisierenden) Responsibilisierung wird möglicherweise unter anderem auch durch eine »leichtsinnige« viktimologische Begrifflichkeit begünstigt. Jedenfalls verweisen Begriffe wie »Rückfallopfer« (vgl. etwa Schneider 1983: 100), der so deutlich angelehnt ist an den »unverbesserlichen Rückfalltäter«, oder auch »Opferneigung« (Schneider 1998: 330) zumindest in meinen Ohren eher auf die Mitschuld als auf die Verletzung des Opfers.

104 Lupton 1999: 100.

105 Lupton 1999: 101.

106 O'Malley 1992: 266; vgl. auch O'Malley/Palmer 1996: 143; Neumann 1994: 86.

107 »Es regelt das Aufstellen von Basketballkörben vor den Häusern, die Farbe der Zäune, die Höhe der Bäume und Hecken, die Arten der Blu-

men, eventuell sogar die Sorte der Möbel – wenn sie denn von außen sichtbar sind –, die Tage und Uhrzeiten, wann der Müll hinaus gestellt werden darf, die zulässige Geschwindigkeit auf den Straßen, das Parken von Wohnmobilen oder Trucks etc. Aber auch das individuelle Verhalten wird reglementiert. So kann es verboten sein, sich nachts vor dem eigenen Haus aufzuhalten, sich in der Öffentlichkeit zu küssen, wenn man nicht verheiratet ist (...). Oder Besuchszeiten von Kindern in reinen Retirement Communities werden festgelegt, aber auch die Heirat mit einem zu jungen Menschen kann untersagt sein, zumindest wenn man dort weiter wohnen bleiben möchte (...). Diese Regeln variieren stark von Community zu Community« (Wehrheim 2000: 113).

108 Vgl. 2000: 114ff. Zu bedenken angesichts dieses Booms ist aber freilich, daß es in der Geschichte der US-amerikanischen Städte immer wieder private Quartiere gab, »die von den Vereinigungen der HauseigentümerInnen – Homeowner Associations (HOAs) – verwaltet wurden. Solche so genannten Common-Interest Developments (CIDs) zeichnen sich durch gemeinschaftlichen Privatbesitz von Straßen, Bürgersteigen, Grünflächen und Gemeinschaftseinrichtungen aus, erheben eigene Steuern und organisieren und reglementieren durch sogenannte CC&Rs (convenants, conditions & restrictions) straff das Leben in diesen Anlagen. Anfang der 60er Jahre gab es circa 500 Homeowner Associations, 1970 waren es bereits 10 000, im Jahre 1980 55 000 und zur Jahrtausendwende betrug ihre Anzahl 205 000, von denen über die Hälfte zusammenhängende private Wohnanlagen vertreten (...) Seit den 70er Jahren wird diese Entwicklung durch den zusätzlichen Boom bei Gated Communities ergänzt« (Wehrheim 2000: 112; vgl. ausführlicher Wehrheim 1999 a–c sowie 2000).

109 Davis 1994: 181.

110 Ehrenreich 1994: 257; vgl. Sack 1995: 57.

111 Zwar ist die Idee der Kriminalpolizeilichen Beratungsstelle keineswegs neu, vielmehr wurde die erste dieser Beratungsstellen bereits am 11. Juni 1921 im Berliner Polizeidienstgebäude am Alexanderplatz eingerichtet. Heute allerdings existieren in Deutschland rund 220 Kriminalpolizeiliche Beratungsstellen, darunter 40 in den neuen Bundesländern (vgl. Roll 1996: 119f.).

112 Vgl. Beste 1996: 321; Hitzler 1997; Hitzler/Göschl 1997; Roll 1996: 133ff.

113 Cohen 1993: 221.

114 Es handelt sich hierbei um jene von Wilson und Kelling 1982 erstellte Theorie, aus der die New Yorker Polizei u. a. auch ihre »Zero Tolerance«-Strategie ableitete. Ich beziehe mich hier auf die deutsche Übersetzung: Wilson/Kelling 1996; vgl. auch Sack 1996.

115 Diese Logik setzt allerdings keineswegs erst bei »tatsächlichen« Gefährdungen ein, sondern plädiert bereits für polizeiliche Interventionen bei recht alltäglichen Fragen der Ordnung und der guten Sitten. Exemplarisch ist der folgende Vorschlag von Wilson/Kelling (1996: 136): »Polizeibeamte könnten dazu angehalten werden, auf dem Weg zum und vom Dienst öffentliche Verkehrsmittel zu benutzen, um so im Bus oder in der U-Bahn auf die Einhaltung der Regeln bezüglich des Rauchens, Trin-

kens, schlechten Benehmens und ähnlichem zu achten. Dazu bedürfte es lediglich der Verweisung der Übeltäter (mit solchen Vorkommnissen möchte ohnehin kein protokollierender Polizist oder Richter belästigt werden). Vielleicht würde eine gelegentliche, aber unnachsichtige Durchsetzung der Ordnungsstandards in den öffentlichen Verkehrsmitteln zu Bedingungen führen, die dem Niveau an Zivilisiertheit entsprechen, das wir im Flugverkehr für so selbstverständlich halten.«

116 Arnold 1992: 184.

117 Arnold 1992: 221; vgl. auch Kaiser 1985: 114; Zipf 1980: 180.

118 Arnold 1992: 235.

119 Arnold 1992: 228.

120 Arnold 1992: 89 f.

121 Arnold 1992: 119.

122 Helge Peters hat in seinem Vortrag »Moralisierung, Entmoralisierung und soziale Kontrolle« auf der Tagung »Zwischen Anomie und Inszenierung – Interpretationen der Kriminalitätsentwicklung« (15. bis 17. März 2001 im »Zentrum für Interdisziplinäre Forschung«, Bielefeld) allerdings die These vertreten, die aktuellen gesellschaftlichen Entwicklungen deuteten eher auf eine Erhöhung der Chancen hin, sich als Opfer zu verstehen und zu inszenieren. Auf den ersten Blick scheint diese These meiner eigenen Aussage bezüglich einer zunehmenden (Mit-)Verantwortung des Opfers zu widersprechen, auf den zweiten Blick allerdings schließen sich die beiden Thesen keineswegs aus: Zum einen könnte es sich bei der (Selbst-)Inszenierung der Opfer um eine (ggf. massenmedial unterstützte) Reaktion auf zunehmende Responsibilisierungstendenzen in dem Sinne handeln, daß die Opfer sich gerade auf diese Weise der ihnen (nicht nur im Bereich der »Kriminalität«) zugemuteten Responsibilisierung zu widersetzen suchen. Zum anderen betreffen die beiden Thesen aber möglicherweise auch nur unterschiedliche Bereiche der Opferwerdung: Während bei nicht gar so dramatischen Schädigungen eher auch auf die (Mit-)Verantwortung des Opfers geschaut wird, werden – so formuliert es Simon (1997: 290) – die Opfer (bzw. deren Angehörigen) schwerer Gewalt- und Tötungsdelikte »idealisiert«. Zu diesen »idealisierten Opfern«, die in den USA vor allem auch in den Debatten über die Todesstrafe eine zentrale Rolle spielten, zählten insbesondere sexuell mißbrauchte, junge weiße Frauen, getötete oder mißbrauchte Kinder sowie Opfer rassistischer Gewalt (vgl. ausführlicher Simon 1997: 289–293).

123 Arnold 1992: 188.

124 Bourdieu 1998: 99f; vgl. auch Sennett 1999: 192 ff.

125 Sennett 2000: 38.

III Kriminalität als Risiko

1 Vgl. ausführlicher etwa Frehsee 1998; Beste 2000; Lindenberg/Schmidt-Semisch 2000.

2 Lindenberg 1997: 194; ausführlicher 1997: 187ff.

3 Diese »Spielräume« betreffen z.B. in den USA nicht mehr nur etwa die

Bewachung und Kontrolle bestimmter Areale, sondern haben bereits den Bau, die Organisation und den Betrieb von Strafvollzugsanstalten in durchaus umfassender Weise erreicht – eine Entwicklung, die sich zwar auch in Deutschland andeutet, aber hier noch keineswegs US-amerikanische Dimensionen erlangt hat (vgl. hierzu ausführlicher Lilly/Lindenberg 1995; Lindenberg/Schmidt-Semisch 1995a, 1995c, 1997; Lindenberg 1996a; Stern 1998: 277).

4 Hallsworth 1997: 70.

5 Vgl. Trotha 1983: 47.

6 Steinert 1987: 102.

7 Vgl. hierzu auch Naucke 1999: 337.

8 Krasmann 2000.

9 Auch diese symbolische Politik kann in einem gewissen Sinne durchaus als eine Abkehr vom Individuum, aber auch von der Moral verstanden werden: So bedient sich etwa der häufig beklagte symbolische Einsatz des Strafrechts (Abrecht 1999: 78f.; Lüderssen 1989: 7) zwar durchaus bestehender Moralisierungschancen und -notwendigkeiten (Voß 1993: 137), zugleich aber liegt seine Intention weniger in einer Stabilisierung dieser Moral, noch ist er überhaupt auf die konkrete Durchsetzung der jeweiligen Rechtsnorm überhaupt noch angewiesen (Hassemer 1990: 71ff.). Vielmehr werde das Strafrecht hier als »Kommunikationsmedium«, so Albrecht (1999: 79), benutzt, dessen politischer Tauschwert in erster Linie in der Loyalitätssicherung breiter und heterogener Wählerschichten bestehe (vgl. auch Voß 1993: 136).

10 Lemke 1997: 251; deshalb ist für diese Form der Kontrolle der individuelle »Täter« auch nur noch von untergeordneter Bedeutung – rationeller und ökonomischer ist es dagegen, sich auf ganze Populationen von Personen zu beziehen, denen bestimmte Risikofaktoren gemeinsam sind. Und weil es um die Prävention von Schäden geht, kann man sich zudem nicht allein auf die (potentiellen) Täter konzentrieren, sondern muß alle Beteiligten der Situation mit einbeziehen – und insbesondere freilich auch das potentielle Opfer, das durch sein Verhalten maßgeblich zur Gestaltung der Situation beiträgt.

11 Lemke 1997: 216.

12 In diesem Sinne individualisiert die Versicherung jenseits der konkreten Individuen, denn die Individualisierung des Risikos orientiert sich nicht an einer abstrakten Norm, sondern an der Versicherten-Population, also an einer Durchschnittsindividualität, auf deren Grundlage die konkreten individuellen Risiken kalkulierbar und damit tarifierbar sind.

13 Ewald 1993: 215.

14 E. de Gerardin: *La politique universelle*, Brüssel 1852; im folgenden zitiert nach Ewald 1993: 269–275.

15 Ewald 1993: 269.

16 Ewald 1993: 270.

17 Ewald 1993: 271.

18 Girardin, zit. n. Ewald 1993: 272f.

19 »Die Versicherung schlägt eine Modalität der Sozialbeziehung vor, die durch die von ihr geschaffenen Solidaritäten mein eigenes Wohl im Wohl

der anderen erblickt. Sie enthält im Prinzip das Verschwinden der liberalen Aufteilung von Rechten und Pflichten. Sie verwandelt die Verpflichtungen einem anderen gegenüber in positive Verpflichtungen, die im Interesse desjenigen begründet sind, der sich verpflichtet« (Ewald 1993: 273).

20 Girardin, zit. n. Ewald 1993: 274.

21 Ewald 1993: 274.

22 Christie 1986a: 142, ausführlicher: 137ff.

23 Christie 1986a: 142.

24 Christie plädierte ausdrücklich für »kleine Gesellschaften«, da in solchen »organische Solidarität« zu der geforderten wechselseitigen Abhängigkeit (in der die Gesellschaftsmitglieder nicht zu ersetzen sind) führe und so auch die »gegenseitige Kontrolle der Gesellschaftsmitglieder« gegeben sei. Christie bestritt zwar nicht die These Durkheims, daß sich Gesellschaften im Prozess der Modernisierung – und damit der »Vergrößerung« – von der »mechanischen« zur »organischen Solidarität« entwickeln, folgt ihm aber nicht in der Schlußfolgerung, daß hierdurch ihr Strafbedürfnis sinke. Dies sei nur in kleinen Gesellschaften möglich, »in großen Einheiten sind die Chancen für Solidarität begrenzter, da Rolleninhaber leicht ausgetauscht werden können. Wir können sie auf dem Arbeitsmarkt anheuern und die Übriggebliebenen für die Zufügung von Schmerz freigeben« (Christie 1986:91). Eine Aussage, die sich zumindest für die USA mit ihren enormen und (immer noch) jährlich steigenden Inhaftierungsraten, die sowohl von wachsender Armut als auch wachsenden Wohlstand flankiert werden, wohl bewahrheitet hat (ausführlich hierzu Christie 1995; Stern 1998; Welch 1999).

25 Smaus 1986: 4f.

26 Trotha1983: 40; um das Leid, das heute als (strafrechtliche) Reaktion auf Normbrüche zugefügt wird, zu reduzieren, müssen nach Christies (1986: 84ff.) Auffassung fünf Bedingungen für eine alternative Konfliktbearbeitung erfüllt sein: 1) Ein erhebliches Wissen der Gesellschaftsmitglieder voneinander; 2) die Ersetzung des mächtigen Richters durch einen »relativ machtlosen Dritten« ohne Erzwingungskompetenz; 3) eine erhöhte Verletzbarkeit der Machthaber; 4) eine Gesellschaft mit wechselseitigen Abhängigkeiten, in der Gesellschaftsmitglieder nicht zu ersetzen sind, und 5) ein Glaubenssystem, das Schmerz- und Leidzufügung zurückweist.

27 Trotha 1983: 45; vgl. auch Scheerer 1991: 299.

28 In diesem Kontext kann man in Abwandlung der Christieschen These zur Versicherung sagen, daß sie nicht *nur*, sondern *immerhin* als eine »industrielle Alternative zu Freundschaft und Verwandtschaft« existiert.

29 Trutz von Trotha (1983: 43) spricht gar von »totalitären Implikationen«, und weiter: »Eine moderne Gesellschaft, die ein solches Gerichtsverfahren, wie es Christie hier vorstellt, einrichtet, wäre nicht meine Gesellschaft. In ihr würde auf ›gemeinschaftliche‹ Weise das zum Tragen kommen, was einzelne professionelle Behandlungsideologien jetzt noch in einer stillen Stunde als Machtphantasien hegen mögen.«

30 Christie 1986: 101.

31 Christie 1986: 102.
32 Ewald 1993: 270.
33 Blinkert 1988: 411; ähnlich auch Kunz 1997: 34.
34 Kern 1982: 40.
35 Lübbe 1993: 37.
36 So fragte etwa Stratenwerth (1993: 688): »Was ist schon eine Körperverletzung verglichen mit einem unbegrenzt fortwirkenden Eingriff in die Keimbahn des Menschen?« und zeigte sich im Rahmen eines diskutierten Rückzugs des Strafrechts auf den Schutz individueller Interessen irritiert, »daß auf die Strafe als die schwerste und eindrücklichste Sanktion, die unser Recht kennt, ausgerechnet dort verzichtet werden sollte, wo Lebensinteressen nicht nur Einzelner, sondern der Menschheit als ganzer auf dem Spiel stehen.«
37 Stratenwerth 1993: 695.
38 Dabei grenzt er zunächst drei Modelle der Risikogesellschaft gegeneinander ab: a) Risikogesellschaft als Gefahrengesellschaft, b) Risikogesellschaft als verunsicherte Gesellschaft und c) Risikogesellschaft als Gesellschaft, die durch einen spezifischen Umgang Gefahren in Risiken transformiert und sie dadurch bewältigbar(er) macht, durch diese Transformation allerdings wieder Entscheidungsmöglichkeiten schafft, die neue Risiken sichtbar werden lassen. Entsprechend dieser drei Modelle beziehe sich der strafrechtlich-kriminalpolitische Risikodiskurs auf unterschiedliche Funktionen des Strafrechts: Hinsichtlich des Modells der Risikogesellschaft als Gefahrengesellschaft übernehme Strafrecht die Funktion eines prominenten Instruments der Prävention, während der verunsicherten Gesellschaft die strafrechtliche Funktion symbolischer Versicherung entspreche. »Und analog zur ebenso risikoschaffenden wie risikoabschaffenden Risiko-Rationalität der ›wahren‹ Risikogesellschaft hat sich ein rationales und funktionales Risikostrafrecht, eine Risikodogmatik, herausgebildet« (Prittwitz 1997: 52). Auch wenn sich in der Regel überwiegend Mischformen dieser drei Modelle fänden, stehe das Risikostrafrecht, als dessen Prototyp das Umweltstrafrecht gelten könne, ohne Zweifel in der Tradition modernen Zweckstrafrechts, wobei allerdings der Paradigmenwechsel vom »Bösen« zum »Gefährlichen« nun offen vollzogen sei. So gehe es etwa nicht mehr darum, Verhalten zu verbieten, das sich als sozial inadäquat erwiesen habe, sondern man verbiete Verhalten, damit es sozial inadäquat werde, Verhalten also, dessen Gefährlichkeit nicht mehr unmittelbar zu Tage trete: Diese Verhaltensweisen seien zudem selten gewalttätig, hätten aber gleichzeitig erhebliche Auswirkungen; sie widerspächen selten der verhaltensrelevanten Nächstenethik als vielmehr einer kaum verhaltensprägenden Fernmoral; sie seien eher sorglos als böse; ihre Gefährlichkeit ergebe sich erst durch Zeit- oder Kumulationsfaktoren; sie beträfen eher systemkonforme als abweichende Handlungen und zudem oft Personen in bestimmten Machtpositionen. Die Konsequenz dieser Strategie sei zum einen, daß der Begriff des abweichenden Verhaltens ad absurdum geführt werde, zum anderen käme es im Zuge dieser Entwicklungen, so Prittwitz, zwangsläufig zu Neukriminalisierungen – verbunden etwa mit einer »Vorverlagerung des Strafrechtsschutzes« und einer

»Abnahme der Anforderungen an die Vorwerfbarkeit« –, deren Ziel die Risiko- und Verunsicherungsminimierung sei, und deren Hauptaufgabe konsequenterweise darin bestehe, »Risikounwissen zu stigmatisieren und dadurch Risikobewußtsein zu produzieren«. Gegen eine solche Expansion des Strafrechts führt Prittwitz eine ganze Reihe verschiedener rechtsstaatlicher, kriminologischer, sozial- und risikopsychologischer Argumente auf, die seiner Meinung nach für die Kontraproduktivität eines so erweiterten Strafrechtseinsatzes sprechen.

39 Prittwitz 1997: 62.

40 Gesamtverband der Deutschen Versicherungswirtschaft 1999: 60ff.

41 Dabei wurde – bezogen auf Gesamtdeutschland – 1998 sogar die geringste Zahl der Verkehrstoten registriert, seit im Jahr 1953 diese Statistik eingeführt wurde (vgl. ausführlicher die Internetseite des Statistischen Bundesamtes: www.statistik-bund.de/presse).

42 Vgl. Seiler 1996: 162; Weber/Narr 1997: 17.

43 Diese Zahl gilt inklusive solcher Delikte wie etwa fahrlässige Tötung, Tötung auf Verlangen oder Schwangerschaftsabbruch.

44 Dieser Wert ist natürlich mit Vorsicht zu genießen, weil in ihm etwa keine Behandlungskosten für Verletzungen oder ähnliches erfaßt werden. Zudem gilt: »Falls kein Schaden bestimmbar ist, gilt ein symbolischer Schaden von DM 1,–, dies gilt auch, wenn bei einem vollendeten Vermögensdelikt nur eine Vermögensgefährdung eingetreten ist« (PKS 1998, Tabelle 07).

45 Abgesehen freilich von den Bestimmungen des sogenannten Opferentschädigungsgesetzes (OEG), daß allerdings nur in den allerwenigsten Fällen Schäden aus Gewalttaten in gewissem Umfang entschädigt. Ich werde in Kapitel 12 noch ausführlicher auf dieses Gesetz eingehen.

46 Quensel 1989: 400.

47 Siehe Schumann 1987: 87; Steinert 1987: 102.

48 Herz 1908: 474.

49 Prince 1964: 151.

50 Prince 1964: 153.

51 Prince 1964: 155.

52 Prince 1964: 156.

53 Prince 1964: 157.

54 Barnett 1977: 286.

55 Barnett 1977: 287.

56 »If a criminal is able to make restitution immediately, he may do so. This would discharge his liability. If he were unable to make restitution, but were found by the court to be trustworthy, he would be permitted to remain at his job (or find a new one) while paying restitution out of his future wages« (Barnett 1977: 289).

57 Barnett 1977: 289.

58 »If he did not make restitution he could not be released« (Barnett 1977: 289).

59 Barnett1977: 298.

60 Auf die Voraussetzungen für Leistungen nach dem OEG wird in Kapitel 12 noch ausführlicher eingegangen.

61 Weißer Ring 1990: 178.

62 Böhm 1990: 24.

63 Schöch 1990: 36ff. Ansonsten bliebe dann nur noch »die Analogie zur Tierhalterhaftung. Dabei müßte man den Staat dem Tierhalter gleichstellen, der nach § 833 BGB ohne Verschulden haftet, weil er sich ein Tier hält. Der Vollzug hat es aber mit eigenverantwortlichen Menschen zu tun« (Schöch 1990: 37).

64 Jahn 1990: 46.

65 Schöch 1990: 38.

66 Jahn 1990: 46f.

67 Schöch 1990: 40. Zu den Anspruchsberechtigten vgl. im Detail § 1 OEG, aber etwa auch Bauer 1999: 541 ff.; zu den sonstigen Aspekten des OEG vgl. ausführlich die mindestens jährlich erscheinenden Dokumentationen der Mainzer Opferforen, darunter insbesondere Weißer Ring 1990, 1992, 1994, 1996, 1998.

68 »So wären z.B. kriminelle Machenschaften wie ›PKW- oder Gebäudesanierungen‹ durch gedungene Lockerungsmißbraucher denkbar. Aber auch legale Fehllenkungen von Opferentschädigungsmitteln sind zu erwarten, und zwar massiver als bei der bisher viel beklagten Umleitung auf die Krankenkassen« (Schöch 1990. 40).

69 Schwind 1990: 62.

70 Schwind 1990: 63. Wie bereits in Anmerkung 111 (s.o.) skizziert, beschreibt Simon (1997: 289) eine ähnliche Inszenierung bestimmter Opfer (insbesondere sexuell mißbrauchte, junge weiße Frauen, getötete oder mißbrauchte Kinder sowie Opfer rassistischer Gewalt) in den USA. Die Akteure dieser Inszenierung werben zwar auch für eine Besserstellung der Opfer, in erster Linie gehe es ihnen aber darum, »die Anerkennung besonderer Formen der Verletzbarkeit von Opfern in die Todesstrafengesetze aufzunehmen« (Simon 1997: 291).

71 Die Gewaltsteuer ist eine Idee, die ursprünglich aus den USA stammt und die bereits 1993 von der Abgeordneten der GRÜNEN im Bayerischen Landtag, Elisabeth Köhler, aufgegriffen worden war: Köhler forderte seinerzeit eine »kommunale Gewaltabgabe« für »männliche Menschen ab 16 zur Finanzierung von Frauenhäusern. Köhler verlangte damals recht bescheiden 40 Mark pro Mann und Jahr. Das hätte allein für die bayerischen Zufluchtsstätten 150 Millionen gebracht – wäre der Antrag angenommen worden. Doch das wurde er nicht« (EMMA Juli/August 1997: 38).

72 FrabSicht 1/1997: 3.

73 FrabSicht 1/1997: 2.

74 Als Vorbild dient der Frauenliste hierbei die Untersuchung von Suzanne Snively (1994: »The New Zealand Economic Costs of Family Violence«), die für Neuseeland belege, »daß durch Gewalt in der Familie dem Staat jährliche Kosten im Ausmaß der gesamten Wollexport-Einnahmen entstehen. Ferner entspricht der errechnete Betrag von gegen einer Milliarde Franken in etwa der Gesamtsumme der ausbezahlten Erwerbslosengelder Neuseelands. Diese hohen gewaltbedingten Ausgaben rechnen sich zusammen aus sozialen Folgekosten, aus Folgekosten mit Bezug auf

die physische und psychische Gesundheit, aus Strafvollzugs-, Polizei- und Gerichtskosten. Übertragen auf die Situation in der Schweiz, wo doppelt so viele Menschen leben wie in Neuseeland, ist davon auszugehen, daß Gewalt in der Familie den Staatshaushalt jährlich mit mindestens zwei Milliarden Franken belastet« (Glück 1997a: 2).

75 Vgl. Glück 1997 und 1997a.

76 FraBSicht 1/1997: 2.

77 Albrecht 1999: 78. Auf die vielstimmige Kritik an diesem Modell werde ich unten noch ausführlicher eingehen.

78 Herz bezieht sich hier auf das österreichische Strafrecht.

79 Herz 1908: 447.

80 Herz 1908: 449f. Interessant ist in diesem Zusammenhang auch, daß Herz (1908: 441) zugleich auf die »Kriminalität der Mächtigen« sowie die Gelegenheitsstrukturen der »besitzenden Klasse« zu sprechen kommt, indem er konstatiert, der Betrug sei – anders als der Diebstahl – charakterisiert durch: »1. die stärkere Teilnahme der besitzenden Klassen am Verbrechen selbst; 2. die meist beträchtliche Schadenshöhe, wenn sie auch im Einzelfalle als weniger empfunden wird; 3. die große Zahl der den besitzenden Klassen angehörigen Beschädigten.«

81 Herz 1908: 468.

82 Vgl. Herz 1908: 471ff.

83 Herz 1908: 452.

84 Herz 1908: 468.

85 Herz 1908: 474.

86 Dabei erinnern Herz' Ausführungen an die Anomiebegriffe von Durkheim (1961) und Merton (1938, 1979) gleichermaßen: »Wenn auch die Nichtbefriedigung eines Bedürfnisses nicht den unmittelbaren Untergang des Individuums zur Folge hätte, so erzeugt sie in ihm ein schweres Unbehagen und ein starkes Bestreben nach Beseitigung desselben. Da das geringe Einkommen Befriedigung auf sozialer Basis nicht gestattet, setzt sich der Arme leicht über die schwachen psychischen Hemmungen hinweg und betritt die Bahn des Verbrechens« (Herz 1908: 447).

87 Und das gilt ihm nicht nur für Vermögensdelikte, sondern auch für Verletzungen von Personen, wenn er etwa formuliert: »Die oberen Zehntausend, die abseits der Proletarierviertel, abseits von den Schauplätzen der nächtlichen Exesse und der engen Arbeitsstätten wohnen, bleiben von den Rohheitsdelikten zumeist verschont. Die meisten Opfer der Verletzungen wird man in Arbeitsräumen, Budiken, in Schlafräumen oder Tanzböden finden, wo Arbeit oder Vergnügen, Elend und Laster die Massen der Besitzlosen oder der Minderbegüterten miteinander in stetige Berührung bringt« (Herz 1908: 444).

88 Eine solche angemessene Tarifierung bzw. Einschätzung des Risikos war freilich gerade in den Anfangsjahren der Diebstahlversicherung gar nicht so leicht. Da wirklich verläßliche Statistiken nicht existierten und auch die Datenverarbeitungsmöglichkeiten der Versicherungen noch einigermaßen beschränkt waren, passierte es immer wieder, daß einige Gesellschaften das Risiko unterschätzten. Solche Gesellschaften gingen dann entweder pleite oder versuchten, die Kriminalitätsrisiken in andere Versi-

cherungsbereiche einzubinden. Ein Beispiel für die letztere Strategie ist etwa die verbundene Hausratsversicherung, die das Diebstahlsrisiko als eines unter vielen anderen (Feuer, Leitungswasser etc.) abdeckt (vgl. auch Borscheid 1988: 26f.).

89 Freilich setzte sich diese Ansicht nicht ungebrochen durch und die Versicherung wurde in ihrer Geschichte im Gegenteil in allen ihren Zweigen eher mit dem Vorwurf konfrontiert, daß ihr Handeln dem Verbrechen förderlich sei, weil die Absicherung des Risikos die Menschen – sowohl was ihre eigenen Güter als auch diejenigen Dritter betreffe – sorgloser und fahrlässiger mache sowie die Hemmschwelle zum Verbrechen herabsetze (vgl. zu den vielfältigen Argumentationen, die die unterschiedlichen Versicherungsarten ganz oder teilweise verhindern sollten, ausführlich Bonß 1995: 163–178; Ewald 1993: 229f.). Gleichwohl waren Schäden aus Kriminalität in einigen Bereichen seit jeher mitversichert, so etwa in der Lebens-, Transport- oder Feuerversicherung sowie ab den 90er Jahren des 19. Jahrhunderts explizit auch in der (Einbruchs-)Diebstahlsversicherung (ausführlicher Borscheid 1988: 26f.). Ich werde hierauf im folgenden Kapitel noch genauer eingehen.

90 Borscheid 1988: 26.

91 Borscheid 1988: 26f.

92 Durch die Geldentwertungen und -vernichtungen der beiden Weltkriege wurde den Versicherungen immer wieder die Grundlage entzogen, so daß sie ganz erhebliche Rückschläge hinnehmen mußte, die ihre Existenz bedrohten, vor allem aber auch das Vertrauen ihrer Kunden beschädigten. In bezug auf die Lebensversicherung stellt Borscheid (1989: 105) fest: »Als das Geld entthront ist und eine primitive Tauschwirtschaft sich ausbreitet, als jeder dem schmutzigen Geld aus dem Wege zu gehen versucht, steht die Lebensversicherung am Ende der Kette. Sie kann nur in Geld rechnen, kann sich die Prämien nicht in Brot und Schmalz auszahlen lassen, kann Sicherheit nicht im Tausch gegen Kartoffeln und Speck anbieten« (vgl. ausführlich Borscheid 1989: 89–154). Gleichwohl hatte sich der Versicherungsgedanke in der ersten Hälfte des 20. Jahrhunderts so tief in der Bevölkerung verwurzelt, daß die Versicherung spätestens seit den 50er Jahren ihren unaufhaltsamen und von nun an ungebremsten Siegeszug fortsetzen konnte.

93 Vgl. etwa Klöckner/Uppena (1998: 7), Brückner (1997: 17) sowie Gaulke (1998: 23ff.).

94 Vgl. zu den Zahlen im einzelnen: Gesamtverband der Deutschen Versicherungswirtschaft 1999: 30–39. Welch enorme Bedeutung die Versicherung überdies auch in ökonomischer Hinsicht hat, verdeutlichen die Zahlen der von diesen Organisationen beschäftigten Mitarbeiter: »Mittlerweile werden in ganz Deutschland 238800 Arbeitnehmer auf ihren Gehaltslisten geführt. Rechnet man noch die Angestellten in Versicherungsagenturen und -maklerfirmen hinzu, vor allem aber den haupt- und nebenberuflichen Versicherungsaußendienst, so kommt man auf schätzungsweise 662000 Menschen, die bundesweit im Dienst der Versicherungswirtschaft stehen« (Gesamtverband der Deutschen Versicherungswirtschaft 1999: 115).

95 Interessant sind in diesem Zusammenhang Pressemeldungen über die Erwägungen der indischen Regierung, eine Versicherung gegen Vergewaltigung einzuführen. Die indische Botschaft, die ich in diesem Zusammenhang kontaktierte, verwies mich an die National Commission for Women in New Dehli. Von dort allerdings waren trotz mehrfacher Kontaktversuche keine Informationen zu erhalten.

96 Bis vor einigen Jahren konnten Lösegeldversicherungen nur im Ausland abgeschlossen werden. Bezahlt werden bei dieser Versicherungssparte Schäden und Kosten infolge von Entführung, Erpressung und Freiheitsberaubung, »vorausgesetzt, daß im Schadensfall die Polizei eingeschaltet und die Sache strikt geheimgehalten wird (...) Das Bundesaufsichtsamt für das Versicherungswesen hat diese Versicherungsart bislang als sittenwidrig abgelehnt. Es befürchtete, daß dadurch der erpresserische Menschenraub gefördert würde. Da sich diese Sorge aber in Ländern, in denen Lösegeldversicherungen erlaubt sind, nicht bestätigte, stellte die Behörde ihre Bedenken zurück« (die tageszeitung 26. Juni 1998).

97 Die Haftpflichtversicherung kommt für Schäden aus kriminellen Handlungen von ihrer Anlage her nicht auf: »Da der Versicherungsnehmer derjenige ist, der das den Schaden begründende Ereignis auslöst, und vorsätzliches und widerrechtliches Bewirken des Schadensereignisses vom Versicherungsschutz ausgeschlossen ist, erfaßt der Versicherungsschutz grundsätzlich keine durch kriminelle Handlungen entstandenen Schäden« (Arnold 1992: 150). Es ist aber gleichwohl davon auszugehen, daß zahlreiche vorsätzliche Sachbeschädigungen (pragmatisch, gleichwohl widerrechtlich) über diese Versicherungssparte abgewickelt werden.

98 Für diesen Bereich hochwertiger Kunst- und Luxusgegenstände gibt es auch spezialisierte Versicherungsunternehmen, etwa die (in diesem Segment europaweit führende) Hiscox AG (München, London), die sich vor allem auf folgende Kernbereiche konzentriert: »Kunst, hochwertige Haushalte, Schmuck, Motor- und Segelyachten, Classic Cars, Privatflugzeuge (...) Entführungs- und Erpressungsversicherung« (Hiscox Werbebroschüre).

99 Vgl. zur Vertrauensschadenversicherung und den durch sie im einzelnen abgesicherten Schäden aus Kriminalität Daftari/Fassbender 2000.

100 Die Delkredere- ist eine Warenkreditversicherung, die sich auf Vermögensschäden bezieht, die ein Kaufmann, der Waren auf Kredit verkauft, dadurch erleiden kann, daß ihm aus der Kreditgewährung Verluste entstehen (vgl. Dey/Steinkohl 1993: 100).

101 Vgl. hierzu ausführlich etwa Arnold 1992: 176f.; Daftari/Fassbender 2000: 688.

102 Vgl. zu den einzelnen Versicherungszweigen und ihrer jeweiligen Beziehung zu Kriminalitätsrisiken ausführlicher auch Arnold (1992: 137–179) sowie Wittkämper u.a. (1990: 60–73).

103 Vgl. Wittkämper u.a. 1990: 62.

104 Die Polizeiliche Kriminalstatistik (Berichtsjahr 1998) weist demgegenüber in Tabelle 07 einen Gesamtschaden aus kriminellen Handlungen von insgesamt knapp 15,9 Mrd. DM aus, wovon zum Beispiel knapp 4,9 Mrd. DM auf Diebstahlsdelikte (Schlüssel: ****), gut 5,1 Mrd. DM

auf Betrugsdelikte (Schlüssel: 5100), 2,36 Mrd. DM auf Veruntreuungen und Unterschlagungen (Schlüssel: 5200 und 5300) und knapp 2 Mrd. DM auf Konkursverschleppungen (Schlüssel: 7121) entfallen. Diese Zahlen der polizeilichen Kriminalstatistik sind freilich mit den Zahlen und Schätzungen der Versicherungen nicht vergleichbar. Zum ersten unterscheidet sich häufig die Angabe der Höhe des Schadens bei Polizei und Versicherung. Zum zweiten erfaßt die Polizei z.B. beim Einbruchsdiebstahl ausschließlich den durch Entwendungen realisierten Schaden, nicht aber etwa (versicherte und daher von der Versicherung zu kompensierende) Schäden an Türen, Fenstern, Schlössern etc. (»Schaden ist grundsätzlich der Geldwert (Verkehrswert) des rechtswidrig erlangten Gutes«; Polizeiliche Kriminalstatistik 1998, Erläuterung zu Tabelle 07). Zum dritten erfaßt die polizeiliche Schadensrechnung systematisch nicht solche Schäden, die etwa durch Körperverletzungen entstehen und für welche die Versicherungswirtschaft aber im Rahmen etwa von Kranken- oder Unfallversicherung aufzukommen hat.

105 So reagierten die entsprechenden Versicherungsunternehmen auf meine Anfrage, ob sie Statistiken hinsichtlich der Kompensation von Schäden aus Kriminalität führten oder über Schätzungen verfügten, höchst unterschiedlich. Der Verband öffentlicher Versicherer etwa antwortete einsilbig: »Leider haben wir zu Ihrer Fragestellung kein (Zahlen-)Material vorliegen«, und auch die Bayerische Rückversicherung ließ lediglich wissen, daß sie zur von mir angesprochenen Thematik keinerlei Informationen zur Verfügung stellen könne. Mit Vermutungen immerhin reagierte etwa die Sparkassen Versicherung, Allgemeine Versicherung AG: »Zu den von Ihnen gestellten Fragen ist (...) auszuführen, daß wir eigene Schätzungen, wieviel Geld unsere Gesellschaft zur Kompensation für Schäden aus Kriminalität aufbringen muß, bisher nicht angestellt haben. Anhand unserer Erfahrungen sind wir aber der Ansicht, daß es sich um erhebliche Beträge handelt. Es ist uns aber insbesondere im alltäglichen Massengeschäft nicht möglich, die Sachverhalte regelmäßig zu prüfen«. Ähnlich etwa auch die Securitas Versicherung: »Über Statistiken verfügen wir nicht – aber wir schätzen, daß etwa 10 bis 15 Prozent aller Schadenzahlungen auf kriminellen Handlungen beruhen (dazu zählt für uns auch der Versicherungsbetrug). In einigen Sparten ist dieser Wert deutlich höher anzusetzen (etwa private Haftpflicht). Einige klarere Aussagen können wir Ihnen nur für den Bereich Einbruchsdiebstahl an die Hand geben«. Für den Einbruch-Diebstahl konnten auch einige andere Versicherungsunternehmen Angaben machen. So teilte etwa die Debeka Allgemeine Versicherung AG mit: »Für den Bereich Einbruchsdiebstahl und Raub in der Hausratversicherung führen wir Statistiken darüber, wieviel Geld wir für die Kompensation der Schäden gezahlt haben. So waren dies im Jahr 1998 etwa 14925000,00 DM. Hiervon entfallen etwa 270000,00 DM auf den Teilbereich des Raubes. Im Rahmen der Kaskoversicherung zahlten wir in 1998 wegen der versicherten Tatbestände Fahrzeugentwendung und Entwendung von Fahrzeugteilen und Vandalismus über 6 Mio. DM. Weitere Statistiken führen wir nicht. Insbesondere in der Kfz-Haftpflichtversicherung bei den Verkehrsdelikten sowie in der Allgemei-

nen Haftpflichtversicherung bei Körperverletzungsdelikten dürften weitere Schwerpunkte liegen, bei denen strafbare Handlungen zu Schadenszahlungen durch Versicherer führen«. Abschließend sei darauf verwiesen, daß auch die beiden aktuelleren Untersuchungen zum Themenkomplex Kriminalität und Versicherung (Wittkämper u. a. 1990 sowie Arnold 1992) immer wieder darauf verweisen, daß Schätzungen oder gar Statistiken über Ausmaß und Anteil kriminalitätsbedingter Schadensaufwendungen bei den Versicherungen und Verbänden, aber auch in der Literatur in der Regel nicht vorliegen: »Um für die versicherten Kriminalitätsrisiken je Versicherungszweig näherungsweise Werte zu ermitteln, wäre die Kenntnis der Schadensaufwendungen für die differenzierten Schadenursachen je Versicherungszweig erforderlich. Dies ist auf aggregierter Ebene für die einzelnen Sparten nicht gegeben, da bei den Versicherungsverbänden Schadenursachenstrukturen quantitativ meist nicht erfaßt werden« (Arnold 1992: 138). Dies wiederum ist ein Problem, auf das auch schon Herz (1908: 468f.) hingewiesen hat.

106 Neben der in Deutschland jungen Lösegeldversicherung ist die gewerbliche »Einbruchsdiebstahlversicherung (...) der einzige Versicherungszweig, der ausschließlich kriminalitätsbedingte Risiken abdeckt« (Arnold 1992: 167). Sie bezieht sich nicht auf Wohnungseinbrüche, sondern lediglich auf den Einbruchsdiebstahl aus gewerblich genutzten Räumlichkeiten.

107 Vgl. Gesamtverband für die Deutsche Versicherungswirtschaft 1990 sowie auch Lange 2000.

108 Vgl. hierzu ausführlicher: Gesamtverband für die Deutsche Versicherungswirtschaft (1999: 65f.). Diese Zahlen für 1998 belegen zugleich einen deutlichen Rückgang der Zahlen im Kfz-Diebstahlbereich: So lag der Schadenaufwand der Versicherungen für Kfz-Entwendungen in den Jahren 1993 und 1994 noch fast doppelt so hoch, nämlich bei 1,7 bis 1,8 Mrd. DM. Die Anzahl der gestohlenen (und in der Kasko versicherten) Kfz verringerte sich von gut 105 000 in den Jahren 1993/94 auf 58 798 im Jahre 1998. Dies wird einhellig auf die breite Einführung elektronischer Wegfahrsperren zurückgeführt, eine technische Präventionsmaßnahme, an deren Entwicklung zum Beispiel das »Allianzzentrum für Technik und Sicherheitsstandard« maßgeblich beteiligt war.

109 Vgl. ausführlicher Borscheidt 1989: 10.

110 Bonß 1995: 171; vgl. auch Ebel 1963: 211f.

111 Ein Einwand, der im übrigen um die Mitte des 19. Jahrhunderts auch gegen die Unfallversicherung ins Feld geführt wurde (vgl. auch Ewald 1993: 229).

112 Vgl. Koch 1977: 374. Zudem wurde noch lange Zeit »die zugunsten eines Dritten abgeschlossene Lebensversicherung verdächtigt, das Verschwinden des Versicherten zu befördern« (Ewald 1993: 23). Ein Motiv (»Versicherungsmord«), das ja auch heute noch immer wieder in Kriminalromanen und -filmen verarbeitet wird, zugleich aber ein Risiko, das von der Versicherungswissenschaft als gering bewertet wird (vgl. Arnold 1992: 88f.).

113 Arnold 1992: 87.

114 Vgl. zum folgenden vor allem Arnold 1992: 87ff.; zu Grundsatzfragen der Versicherbarkeit weiterführend auch: Bremkamp 1985; Berliner 1982; Schmidlin 1982; Mugler 1980; Lucius 1979; Karten 1972; Großmann 1969.

115 Vgl. Berliner 1982: 96.

116 Meine Gesprächspartner bei den verschiedenen Versicherungsunternehmen sahen aber gerade hierin eine potentielle Versicherungsleistung, deren Ausbau für die Zukunft durchaus wünschbar sei.

117 Arnold 1992: 91.

118 Dieses kann etwa dann fehlen, wenn eine Versicherung auch Bagatellschäden abdeckt, was zu hohen Betriebskostenanteilen an der auf diese Weise hohen Gesamtprämie führt: »Dies verleitet den Versicherungsnehmer zur Herbeiführung von Versicherungsfällen, um sich die gezahlte Prämie wieder zurückzuholen« (Arnold 1992: 92).

119 »Die Straftatengruppen gegen das Leben, gegen die sexuelle Selbstbestimmung sowie weitgehend auch Rohheitsdelikte und Freiheitsberaubung sind hiervon weniger betroffen: Es handelt sich weder um Bagatellschäden, noch ruft die Versicherung eine Entwicklung zur Versicherungsunwürdigkeit oder gar eine generelle verbrechensfördernde Wirkung hervor« (Arnold 1992: 93). Eine Ausnahme bildete bis vor kurzem die oben bereits erwähnte Lösegeldversicherung. Hier hielt man eine verbrechensfördernde Wirkung durchaus für gegeben, weshalb man in der Bundesrepublik Deutschland diese Form der Versicherung gegen den erpresserischen Menschenraub bis 1998 verneinte.

120 Arnold 1992: 93.

121 Vgl. § 5 Abs. 1b der Musterbedingungen für die Krankheitskosten- und Krankenhaustagegeldversicherung.

122 Arnold 1992: 95.

123 Vgl. hierzu etwa die detaillierten kritischen Betrachtungen von Klöckner/Uppena (1998: 117–263), Brückner (1997: 39–283) sowie Gaulke (1998: 195–407).

124 Vgl. Bauer 1999: 546ff.; Klie 1996: 29f.

125 Vgl. hierzu Burdenski 1990; Lunz 1990; Harkotte 1996; Meye 1996.

126 Vgl. Böhm: 1990: 29.

127 Kauder 1994; Kerner 1994: 31.

128 Vgl. etwa Bauer 1999: 544f.

129 Eppenstein 1996

130 Vgl. etwa Rühle 1996; Kerner 1994: 29.

131 Böhm 1990: 29; vgl. auch Weber/Narr 1997: 15 – »86% der Fälle im Jahr 1993, in denen Entschädigungsleistungen anerkannt wurden, entfielen auf Situationen, in denen lediglich vorübergehende Gesundheitsstörungen festgestellt und die Heilbehandlungskosten den in Vorleistung getretenen Krankenkassen zurückerstattet wurden« (Klie 1996: 43; vgl. auch Däubler-Gmelin 1990: 117).

132 Schöch 1990; Jahn 1990.

133 Dies gilt mit Blick auch Eigentums- und Vermögenschäden wohl auch dann, wenn der Gesetzgeber andererseits eine solche Verpflichtung hinsichtlich von Gewalttaten in seiner Begründung zum Opferentschä-

digungsgesetz anerkannt hat: Die Verhinderung von vorsätzlichen Gewalttaten gehöre zur Aufgabe des Staates, so heißt es in Bundesratsdrucksache 352/74 (S.7), und weiter: Kommt er dieser Verpflichtung nicht nach oder kann er diese Pflicht nicht erfüllen, so muß er sich für die Entschädigung der Opfer verantwortlich fühlen (vgl. hierzu auch Caesar 1990:73).

134 Die Pflichtversicherung im Kfz-Bereich datiert in Deutschland bereits aus dem Dritten Reich: Nachdem bereits 1933 eine Haftpflichtversicherung für Autofahrlehrer zur Pflicht gemacht worden war, dehnte man diese Verpflichtung 1934 auf die Personenbeförderung, 1935 auf Fernlastwagen und schließlich mit Gesetz vom 7. November 1939 auf alle inländischen Kraftfahrzeughalter aus (vgl. Asmus 1976: 8f.; Borscheid 1988: 11.f.). Ähnliche Kfz-Pflichtversicherungen waren zuvor bereits auch in anderen Ländern eingeführt worden, so etwa 1915 in einigen Kantonen der Schweiz, 1918 in Dänemark, 1925 in Finnland, 1926 in Norwegen, 1929 in Östereich, 1930 in Großbritannien, 1932 in Kambodscha und 1936 in Cuba. (Der deutsche Gesetzgeber nahm seinerzeit die Annexion Österreichs, wo bereits seit 1929 Versicherungspflicht bestand, zum Anlaß, diese Pflicht auf das gesamte Reichsgebiet auszudehnen.)

135 »Neben der Versicherungspflicht hat der Gesetzgeber auch die Mindestinhalte der Kfz-Haftpflichtversicherung gesetzlich vorgeschrieben. In der hierfür geschaffenen Kfz-Pflichtversicherungsordnung sind der Mindestversicherungsumfang und die zulässigen Einschränkungen des Versicherungsschutzes geregelt. Für den Versicherungskunden bedeutet dies, daß er in der Kfz-Haftpflichtversicherung auf ein weitgehend standardisiertes Versicherungsangebot trifft. Die Leistungen der angebotenen Kfz-Haftpflichtversicherungen unterscheiden sich nur geringfügig« (Stadler 1998: 3). Eine ähnliche Einschränkung besteht ansonsten lediglich noch im Bereich der sozial bedeutsamen privaten Krankenversicherung.

136 Deutsch 1976: 404ff.; vgl. auch Frehsee 1986: 107.

137 Hippel 1980: 48.

138 »Auf sozialen Überlegungen im Interesse des Verkehrsopfers beruht die Lückenlosigkeit des Versicherungsschutzes in der Kraftfahrt-Haftpflichtversicherung, und zwar auch bei einem kranken Versicherungsverhältnis, wenn der Versicherungsnehmer Obliegenheiten verletzt, im Falle der Fahrerflucht sowie bei Zahlungsunfähigkeit des Versicherers mit Ansprüchen gegen den seit 1968 bestehenden Verein Solidarhilfe e.V.« (Koch 1980: 205; vgl. auch Bauer 1999: 280f).

139 Bundesratsdrucksache 352/74: 10.

140 Schöch 1990: 40; Bundesratsdrucksache 352/74: 11.

141 Solche Überlegungen sind im übrigen auch des öfteren im Bereich der Kraftfahrtversicherung diskutiert worden, denn wenn es, wie skizziert, um die Lückenlosigkeit des Versicherungsschutzes für Verkehrsopfer zu gehen habe, so etwa die Argumentation von Peter Koch (1980: 205f.), dann könne man »für den Bereich der Schadensabwicklung bei Verkehrsunfällen die Haftung des Kraftfahrzeug-Halters ganz oder teilweise beseitigen und durch ein System der Unfallversicherung ersetzen«. Diese Diskussion wurde vor allem in den 60er und 70er Jahren unter dem Rubrum »Haftungsersetzung durch Versicherungsschutz« geführt und war

keineswegs nur auf den Verkehrsbereich beschränkt, vgl. hierzu die grundlegenden Arbeiten von Hippel (1968 und 1980) sowie etwa Bosonnet (1965), Kämmer (1967), Deutsch (1976: 405ff.), Kötz (1980), Fleming (1980), Hellner (1980) sowie aktuell Backes (1999). Als Prototyp einer solchen Ersetzung der Haftung durch Versicherungsschutz ist etwa die in Deutschland 1884 eingeführte Unfallversicherung zugunsten der Arbeitnehmer zu verstehen, die die Unternehmerhaftung für Betriebsunfälle ablöste – ein System, das sich heute international weitgehend durchgesetzt hat: »Trotz mancher Unterschiede im Detail sind die Systeme (...) überall durch die gleichen Grundgedanken geprägt: An die Stelle der Verschuldenshaftung des Arbeitgebers tritt die Pflicht zur Zahlung von Beiträgen in einen Fond, aus dem die Opfer von Arbeitsunfällen entschädigt werden (...) Der Entschädigungsanspruch des Unfallopfers setzt nicht länger ein Verschulden des Arbeitgebers voraus und wird durch ein Selbstverschulden des Verletzten grundsätzlich nicht berührt« (Hippel 1980: 44f.; vgl. zur Entstehung und Logik der (Arbeiter-)Unfallversicherung auch meine Ausführungen in Kapitel 1).

142 Vgl. zum sozialpolitischen Kontext Neuseelands im allgemeinen sowie der Einführung der Volksunfallversicherung im besonderen: Duncan/Worrall 2000: 30, zur sozialpolitischen Entwicklung in den 90er Jahren Duncan/Worall 2000: 31ff.

143 Die ACC verwaltet auch jene Entschädigungsleistungen, die aus dem 1963 implementierten Criminal Injuries Compensation Act erwachsen, ein Gesetz, das als das »erste moderne Gesetz über die Entschädigung der Opfer von Straftaten« (Bundesratsdrucksache 352/74: 9) gilt: »New Zealand is the first country in the world to introduce a statutory scheme for compensation by the state to persons injured by crimes of violence and to the dependants of persons killed by such acts. The Criminal Injuries Compensations Act 1963 is administered by the Accident Compensation Corporation. The Corporation caters for all personal injury by accident in New Zealand, and thus covers the whole range of listed criminal injuries, including pregnancy by rape, and criminal infection with disease. This scheme is designed as a fund of first resort« (UN-Profile – New Zealand, General Background, http://www.ifs.univie.ac.at/uncjin/-mosaic/profils/ newzealand.html, Stand:25. 09. 2000).

144 Hippel 1980: 51.

145 Vgl. zum folgenden die Internetseiten der Accident Comensation Corporation, hier insbesondere: http://www.acc.co.nz/about/acc-funding.html (Stand: 20. 08. 2001)

146 Hippel (1980: 54) sieht hierin einen besonderen Schutz, da dieser Account ausdrücklich bei »medizinischen, chirurgischen, zahnärztlichen und Erste-Hilfe-Unglücksfällen (misadventure) eingreift, so z.B., wenn ein Chirurg nach einer Operation ein Instrument im Körper des Patienten beläßt oder ein Patient durch verunreinigtes Blut oder eine verunreinigte Injektionsnadel infiziert wird. Da – wie bei allen sonstigen Unfällen – die Haftung des Schädigers auch in diesen Fällen entfällt (Haftungsersetzung durch Versicherungsschutz), hat sich damit in Neuseeland insoweit zugleich das dornenreiche Problem der Haftung des

Arztes für Kunstfehler erledigt.« Vgl. in diesem Zusammenhang auch die Ausführungen von Barta (1999), der sich mit der Idee der so genannten »Nichtverschuldenshaftung« im Bereich medizinischer »Unfälle« befaßt.

147 Dieser siebte Account wurde aufgrund von Gesetzesänderungen u.ä notwendig, zum Beispiel weil »from 1 July 1999 to 31 March 2000 accident insurance für work-related injuries was provided by private insurers« – vgl. http://www.acc.co.nz/about/index.html, (Stand: 20. 08. 2001).

148 Vgl. zum folgenden: Hippel 1980: 56ff.

149 http://www.acc.co.nz/injury-statistics/Introduction/Who's%20Covered.html (Stand: 20. 08. 2001). Interessant ist allerdings, daß auch diese Institution die (Personen-)Schadenskosten aus Kriminalität, die sie ja ausdrücklich und umfassend abdeckt, nicht bezüglich dieser Schadenskategorie erfaßt. Meine Kontaktperson bei der ACC, Cheryl Chalmers, schreibt am 27. 08. 2000: »Thank you for your e-mail regarding ACC cover for injuries caused by crime. ACC is a no-fault system that provides 24 hour cover for personal injury caused by an accident in New Zealand. On this basis, cover may still be accepted if the injury was caused in the course of committing a crime (...) Unfortunately I cannot provide information regarding costs as this information is not collected on our data base.«

150 Vgl. hierzu auch Fleming 1980: 22.

151 Hippel (1980: 62) verweist in diesem Zusammenhang zudem auf Großbritannien und Schweden: »Da Regresse kostspielig sind, haben inzwischen Großbritannien und Schweden den Regreß der Sozialversicherer gegen die für Unfälle verantwortlichen Schädiger ersatzlos gestrichen. Maßgebend war die Überlegung, der zur Durchführung der Regresse erforderliche Aufwand stehe zu den erreichten Ergebnissen in keinem Verhältnis. Die sich zu Lasten der Allgemeinheit bzw. eines Kollektivs ergebende Risikoverlagerung nahm man in Kauf und tröstete sich insoweit durch die Überlegung, die öffentlichen Vorsorgesysteme würden ja durch die Schädiger mitfinanziert.«

152 Vgl. Hippel 1980: 65ff.

153 Vgl. zu den Präventionsaktivitäten der ACC ausführlich: http://www.acc.co.nz/preventing/index.html.

154 Gerade was solche Formen der Rehabilitation angeht, klaffen zur Zeit noch große Lücken im Umgang mit Opfern »krimineller« Handlungen. Das gilt nicht nur für die Rehabilitation von Gewaltopfern, sondern insbesondere auch etwa für Opfer von Wohnungseinbrüchen, die sowohl in psychischer als auch physischer und beruflicher Hinsicht unter zum Teil erheblichen Tatfolgen leiden (vgl. hierzu etwa Deegener 1996; Hagemann 1993).

155 Hier müßte dann freilich auch nach Lösungen gesucht werden, wie bei Erwerbsunfähigkeit mit der Entschädigung von Personen verfahren wird, die zum Zeitpunkt der Schädigung nur über ein geringes oder gar kein Einkommen verfügen bzw. sich zu diesem Zeitpunkt im Arbeitslosen- oder Sozialhilfestatus o.ä. befinden.

156 Hierunter verstehe ich auch besondere oder teure Luxusgegenstände, also etwa Kunstgegenstände, Sammlungen, Yachten, Oldtimer, Ferienhäuser oder ähnliches. Es wäre allerdings zu überlegen, ob man solche Gegenstände von einer Kompensation der Kriminalitätspflichtversicherung

grundsätzlich ausschließt oder sie in einem gesonderten »account« (mit zusätzlichen Prämien) erfaßt, der dann ausschließlich von den jeweiligen Wagnisträgern zu finanzieren wäre.

157 Diese Zahlen sind freilich nur exemplarisch zu verstehen, denn wie oben bereits ausführlicher erwähnt, ist zum einen die Selektivität der Polizeilichen Kriminalstatistik in Rechnung zu stellen, zum anderen gibt es erhebliche Unterschiede zwischen den Berechnungen von Polizei und Versicherungen.

158 Die Versicherung der unterschiedlichen Sektoren, die sich keineswegs in der Differenzierung von Privatpersonen einerseits und Unternehmen andererseits erschöpfen müßte, könnte sodann – ähnlich wie in Neuseeland – zu Einrichtung unterschiedlicher »accounts« führen, die für je unterschiedliche Bereiche von Delikten oder Opfern verantwortlich zeichnen würden.

159 Scheerer 1991: 294ff.; vgl. auch Schumann 1974.

160 Zur kritischen Betrachtung vgl. etwa: Albrecht 1999: 56ff.; Kury 1993, 1998; Schellhoss 1993; Scheerer 1991: 295; Schulte-Altedorneburg 1989; Stäwen 1989; Papendorf 1988; Ludwig 1988; Schumann 1988; Mathiesen 1988: 50f.; Hassemer 1992; Rehn 1979.

161 Vgl. zur kritischen Betrachtung generalpräventiver Effekte etwa Albrecht 1999: 62ff.; Kunz 1998: 331; Kaiser 1996: 259; Lehne 1994: 213f.; Albrecht 1993; Scheerer 1991: 295f.; Mathiesen 1988: 51f.; Schumann u.a. 1987; Schöch 1985; Popitz 1968.

162 Schumann 2000: 54; vgl. zu grundsätzlichen methodischen, ethischen und kriminalpolitischen Problemen, aber auch konkreten Ergebnissen solcher Experimente die übrigen Beiträge im gleichen Band (Bremer Institut für Kriminalpolitik 2000): Graebsch 2000a und 2000b; Boruch 2000; Killias 2000; Ortmann 2000; Dobasch/Dobasch 2000 sowie Krisberg 2000.

163 Scheerer 1991: 293; »Eines ist immer wieder klar zu machen«, so sagt etwa Hulsmann (in: Scheerer 1983: 74), »nicht schwierige Situationen, sondern unsere Reaktionen darauf werden der Gegenstand des Abolitionismus sein, also der Prozess der Kriminalisierung, nicht, wenn man so will, die ›Kriminalität‹«(vgl. auch Günther 1989: 44f.).

164 Lamnek 1994: 337.

165 Schumann 1985: 22.

166 Scheerer 1983: 63.

167 Vgl. zu den genannten Modellen: Christie q986; Bianchi 1974, 1988; Hulsmann 1987, Hulsmann in Scheerer 1983; Scheerer 1991. Systematische Darstellungen der unterschiedlichen Entwürfe finden sich etwa bei: Cornel 1997b: 183ff.; Lamnek 1994: 314–363; Scheerer 1991; Kaiser 1987; Smaus 1986.

168 Vgl. zu Diversionsprojekten: Deichsel 1997 m.w.V.; zu Modellen des Täter-Opfer-Ausgleichs: Cornel 1997b: 189 m.w.V.

169 So sprach etwa Roxin (1987: 42) vom Strafrecht als der »Vereitelung von Opferinteressen«, Albrecht (1999: 390) nennt es »die strafrechtliche Neutralisierung des Opfers; vgl. auch Seelmann 1989; Frehsee 1987: 121ff.

170 Wobei diese Umsetzung, wie oben bereits erwähnt, zugleich eine Profes-

sionalisierung und »Expertisierung« beinhaltete, die – wie einige Autoren mittlerweile bereits konstatieren – zu einer Routinisierung der Vermittlungsarbeit führt, »was noch durch die ausschließlich an der Höhe der Fallzahlen orientierten Förderungen der subventionierenden staatlichen Instanzen gefördert wird. Manche Amerikaner warnen deshalb schon vor der ›mass-mediation‹ oder der ›MacDonaldisierung‹ des Täter-Opfer-Ausgleichs« (Aertsen 1999: 117).

171 Beste 1987: 339f.; ähnlich Albrecht 1999: 392; auch Kaiser 1992: 106f.

172 Vgl. zur Bedeutung dieser Bedürfnisse insbesondere Hanak/Stehr/Steinert 1989: 5ff.; vgl. aber auch Albrecht 1999: 140ff.; Jung 1987; Sessar 1986, 1990, 1992: 239ff.; Voß 1989.

173 Beste 1987: 339f.; ähnlich auch Sessar 1992: 234f.

174 Cornel1997b: 191.

175 Roxin 1987; Aertsen 1999: 118.

176 Kaiser 1992: 115; vgl. auch Albrecht 1999: 394.

177 Vgl. hierzu auch Pelikan 1999b; Frehsee 2000: 250; Gotsbachner 1999.

178 Vgl. hierzu auch Pilgram/Steinert 1981: 136.

179 Vgl. etwa auch Sessar 1990, 1994, 1995.

180 Sack 1997: 31f.

181 Dabei müssen sich diese beiden Pole keineswegs ausschließen, sondern können – etwa im Bereich »atypischen Moralunternehmertums« (Scheerer 1986a) – durchaus nebeneinander bestehen. »Dieser Widerstreit«, so formuliert Günther (1989: 42) hinsichtlich eines Streitpunktes aus den 80er Jahren, »läßt sich in sehr verschiedenen politischen Konstellationen wiederfinden. Auf Seiten der politischen Linken, vor allem bei den GRÜNEN, birgt es einen inzwischen öffentlich ausgetragenen Zwiespalt zwischen Strafrechtskritik und Strafrechtsaffirmation. Das Plädoyer für Entkriminalisierung einerseits und Forderungen nach Ausdehnung der Bestrafung auf die Vergewaltigung der Ehefrau oder nach verschärfter Bestrafung der Kindesmißhandlung andererseits bestehen nebenher« (vgl. zu dieser Debatte etwa auch Kunstreich 1986: 159; Klaus/Tengeler 1986: 162f.; Frehsee 2000: 251).

182 Bussmann 2000: 234. In ähnlicher Weise hat dies bereits 1964 auch Stephan Quensel formuliert, indem er Norm-Bruch und Konflikt zugleich als Chance zu gesellschaftlicher Weiterentwicklung und als Störung der Ordnung konstatierte. Seine Folgerung war dabei folgende: »1. Der Norm-Bruch ist eine notwendige Folge aus der menschlichen Struktur, er ist kein Adiaphoron, dessen endgültige Beseitigung – gleich, durch welche therapeutische Mittel – jemals erreicht werden könnte. 2. Er ist weder eine ›Krankheit‹ noch eine ›Sünde‹, sofern man unter einer ›Sünde‹ einen Verstoß wider das ›eigentliche‹ Sein des Menschen und unter einer ›Krankheit‹ etwas ›ausrottbares‹ verstehen will. 3. Er ist vielmehr eine notwendige Störung, ohne den ein erreichbares Gleichgewicht nicht verlassen würde, ohne den eine ›Entwicklung‹ nicht stattfinden könnte« (Quensel, 1964, S. 114).

183 Sack 1997: 31.

184 Die Leiden betreffen insbesondere hinsichtlich der Freiheitsstrafe nicht nur das Strafübel selbst, sondern vor allem auch die sozialen Konsequen-

zen, die einerseits als eine »Sozialisierung in die Gefängniskultur« (von verschiedenen Autoren immer wieder unter den Stichworten Hospitalisierung, Prisonisierung und Entsozialisierung beschrieben oder auch als »Schule des Verbrechens« etc. benannt) bezeichnet werden können. Andererseits betreffen diese Konsequenzen freilich auch die Effekte der Stigmatisierung und der daraus resultierenden Effekte des sozialen Ausschlußes, der Vernichtung oder Verminderung beruflicher, sozialer und individueller Entwicklungsmöglichkeiten usw. Überdies betreffen diese Probleme nicht nur den Bestraften selbst, sondern zugleich auch seine Angehörigen und Teile seines sozialen Nahfeldes (vgl. zu diesen Kritikpunkten etwa Müller-Dietz 1993 m.w.V.; Ortner 1983, 1986).

185 Trotha 1983: 47.

186 Beccaria 1905:105.

187 Schumann 1988: 19.

188 Kohl/Scheerer 1987: XVI; vgl. auch Kreissl 1987: 278; u.a.1989: 195; Albrecht 1999: 315.

189 Kohl/Scheerer 1987: XVI.

190 Vgl. etwa Albrecht 1999: 309ff.; Albrecht u.a. 1992; Albrecht u.a. 1992a; Lüderssen 1993.

191 Feeley/Simon 1994: 173.

192 Herz 1908: 445.

193 Dies ist zum Beispiel die Logik, mit der etwa auch Schneider (1998: 326f.) die Zunahme der (etwa von Schumann) konstatierten Freiheiten oder auch der Massenproduktion interpretiert: Die sozialen Veränderungen der vergangenen Jahrzehnte, die bei aller weiterbestehenden Ungleichheit gleichwohl zu einer Steigerung der Lebensqualität der Bevölkerung (»vermehrte Berufstätigkeit, fortschrittlichere Studienbedingungen, vergrößerte Freizeitmöglichkeiten«) geführt hätten, stellten zugleich Faktoren dar, die auch eine Erhöhung von »Kriminalität« bedingten: »Mit ihrer Massenproduktion werden wertvolle Güter (z.B. Foto-, Radio-, Fernsehapparate, Diktiergeräte, Videorecorder und Computer) immer sozial sichtbarer und erreichbarer. Ihre informelle soziale Kontrolle durch die potentiellen Opfer wird zunehmend schwerer. Denn die kostbaren Güter werden immer leichter im Gewicht und kleiner im Ausmaß, so daß sie einfacher wegnehmbar und müheloser transportierbar werden«. Zudem seien immer mehr Menschen (etwa auch durch die zunehmende Berufstätigkeit von Frauen) außerhalb ihrer Wohnung oder ihres Hauses unterwegs – nicht nur um zu arbeiten, sondern auch um sich zu entspannen, sich zu amüsieren oder Urlaub zu machen. Dementsprechend unbeaufsichtigt seien freilich diese Häuser und Wohnungen – zweifellos kann man alles dies als riskante Nebenfolgen gegenwärtiger Gesellschaftlichkeit interpretieren.

194 Steinert 1998: 221 zu Lindenberg/Schmidt-Semisch 1996a.

195 Shearing 1997: 264ff.

196 Shearing 1997: 266.

197 Steinert 1987: 103; ähnlich auch Heiland/Schulte 1993: 75.

198 Albrecht 1999: 309.

199 Diese Deliktbereiche nehmen zwar einerseits eine zentrale Stellung im

Rahmen strafrechtlicher Regelungen ein, sie müssen andererseits aber selbstverständlich als exemplarische verstanden werden. In diesem Sinne hätten sich konkretere und weitergehende Überlegungen auch auf das breite Spektrum von Ordnungswidrigkeiten gleichmaßen zu erstrecken wie etwa auch auf die vielfältigen nebenstrafrechtlichen Bestimmungen, etwa im Straßenverkehrsgesetz, im Betäubungsmittelgesetz (hierauf wird allerdings unter »a. Opferlose Delikte« eingegangen), im Wirtschaftsstrafrecht, im Lebensmittelrecht usw.

200 Vgl. hierzu zum Beispiel: Quensel 1982, 1985; Scheerer 1982, 1986; Stöver 1994; Nolte u.a. 1996; Albrecht 1999: 340ff.; Eisenbach-Stangl u.a. 2000; Schmidt-Semisch 1990, 1992; 1994, 2000a (alle Arbeiten jeweils m.w.V.); zur besonderen Situation von Drogengebrauch und insbesondere von Drogengebrauchern im Strafvollzug siehe: Schulze/Hartfiel 2000; Stöver 2000.

201 Wobei auch diese Selbstschädigungen gegenwärtig weitgehend auf die durch das Verbot verursachten Bedingungen (zum Beispiel die schlechte und unkontrollierbare bzw. unkontrollierte Qualität der jeweiligen Substanzen, unsterile Injektionswerkzeuge und ähnliches) zurückzuführen sind.

202 Vgl. hierzu ausführlicher die Beiträge in Paul/Schmidt-Semisch 1998, darunter insbesondere die Arbeiten von: Schmidt-Semisch/Paul 1998; Mach/Scheerer 1998; Krasmann/Lehne 1998; Murphy u.a. 1998; Adler/Adler 1998 sowie Schroers 1998.

203 Diese Regulierungen beruhen einerseits auf der verwaltungsrechtlichen Normierung von Qualitäts- und Distributionsstandards und beziehen sich andererseits auf die Selbstbestimmung und vor allem Selbstverantwortung der Konsumenten. Auftretende Gesundheitsschäden werden – wie im übrigen ja auch etwa bei Tabak und Alkohol – über die Krankenversicherungen sozialisiert bzw. abgerechnet. Schäden, die aus fehlerhaften Produkten resultieren, wären von der Produkthaftpflicht der Hersteller gedeckt (vgl. etwa Schmidt-Semisch 1992, 1994).

204 Insbesondere sind dies: »Fortführung einer für verfassungswidrig erklärten Partei« (§ 84 StGB), »Verstoß gegen ein Vereinigungsverbot« (§ 85 StGB), »Verbreiten von Propagandamitteln verfassungswidriger Organisationen« (§ 86 StGB), »Verwenden von Kennzeichen verfassungswidriger Organisationen« (§ 86a StGB), »Verfassungsfeindliche Einwirkung auf Bundeswehr und öffentliche Sicherheitsorgane« (§ 89 StGB), »Verunglimpfung des Bundespräsidenten« (§ 90 StGB), »Verunglimpfung des Staates und seiner Symbole« (§ 90a StGB) sowie »Verfassungsfeindliche Verunglimpfung von Verfassungsorganen« (§ 90b StGB). Solche Delikte bzw. Normen, die weitgehend die Kriminalisierung von Meinung zum Inhalt haben, sind meines Erachtens in einer demokratischen Rechtsordnung auch dann weder legitim noch sinnvoll, wenn sich die »Taten« explizit demokratiefeindlich gerieren – vielmehr ist hier, für viele vielleicht weit evidenter als bei anderen Delikten, das Kollektiv als gleichsam kommunikativer Manager des Kontingenten gefordert (vgl. zu diesem Thema auch die (spätestens) seit Oktober 2000 geführte Auseinandersetzung über ein Verbot der NPD).

205 Albrecht 1999: 311. Dieser Anteil bestätigt sich auch in der Polizeilichen Kriminalstatistik 1998 (S. 30), wenn man die Einzelanteile aus »Diebstahl unter erschwerenden Umständen« (23,6 %), »Diebstahl ohne erschwerende Umstände« (27,8 %), »Betrug« (10,9 %), »Sachbeschädigung« (10,0 %), »Unterschlagung« (1,2 %), »Urkundenfälschungen« (1,2 %) sowie »Veruntreuungen« (0,5 %) zusammenrechnet.

206 Ich rechne zu dieser Kategorie darüber hinaus grundsätzlich auch den Bereich der Sachbeschädigungen. Obwohl hier Dinge durchaus auch durch Gewaltanwendungen beschädigt werden, so handelt es sich doch gleichwohl um leicht zu kompensierende »Sachschäden«, bei denen keine Person direkt bedroht oder verletzt wird. Im hier vorliegenden Zusammenhang verstehe ich als Gewaltdelikte lediglich solche, die sich gewaltsam gegen Leib und Leben anderer Personen richten.

207 Wobei hierbei freilich einerseits die oben angedachte Selbstbeteiligung der Pflichtversicherten zum Tragen käme sowie andererseits die Frage zu klären wäre, ob und inwieweit Wirtschaftsbetriebe in diese Versicherung einbezogen werden bzw. inwieweit sie sich selber freiwillig versichern.

208 Albrecht 1999: 316; vgl. auch Steinert 1987: 104; Löhr 1997:4f.

209 Albrecht 1999: 316ff.; vgl. auch Voß 1993: 141.

210 Albrecht 1999: 313.

211 Albrecht 1999: 318; vgl. auch Löhr 1997: 12.

212 Hulsmann 1987: 128.

213 Steinert 1987: 103f.

214 Vgl. zu weiteren präventiven Möglichkeiten der technischen und elektronischen Sicherung, aber auch zur Systematik der Warenaufstellung sowie zur Gestaltung der Geschäftsräume ausführlich: Löhr 1997: 18ff.

215 Ähnliches, so etwa Albrecht (1999: 323), gelte freilich auch für den Tankbetrug sowie den Zechbetrug. Auch hier könnten mit einer Einschränkung der Selbstbedienung sowie der Einstellung von mehr Personal »schadensträchtige« Situationen positiv verändert werden.

216 Im Übrigen finde, so Voß (1993: 142f.), auch noch eine andere Form der Sozialisierung des Ladendiebstahls statt, indem nämlich jener »Teil der Inventurdifferenz, der dem Ladendiebstahl zugerechnet werden kann«, keiner Steuerpflicht unterliege, weshalb die Ladenbesitzer ein großes Interesse daran hätten, einen möglichst großen Teil dieser Inventurdifferenz als Ladendiebstahl auszuweisen. Von Voß durchgeführte Befragungen von Ladenbesitzern ergaben: »Die verbreitete Gleichsetzung der Inventurdifferenzen, die im Einzelhandel ermittelt werden, mit dem durch Ladendiebstahl verursachten Schaden wird offen als unzutreffend ausgewiesen. Nach Angabe der Befragten entfällt nur etwa ein Drittel der Inventurdifferenz auf Kundendiebstähle (so ist der Ladendiebstahl kriminalistisch definiert!), ein weiteres Drittel auf Personaldiebstahl und der Rest auf die Warenlieferung sowie das Buchungs-, Preisauszeichnungs- und Kassenwesen« (Voß 1993: 142).

217 Northoff 1997: 10f.

218 Steinert 1987: 105vgl. hierzu ausführlicher auch Albrecht 1987: 38f.

219 So weist die Polizeiliche Kriminalstatistik 1998 (S.30) folgende Anteile an der Gesamtkriminalität aus: »Leichte Körperverletzung« (3,7 %), »Strafta-

ten gegen die persönliche Freiheit« (2,0 %), »Gefährliche und schwere Körperverletzung« (1,7 %), »Raubdelikte« (1,0 %), »Vergewaltigung, besonders schwere Fälle der sexuellen Nötigung § 177 Abs. 3 und 4 StGB« (0,1 %), »Mord und Totschlag« (0,0 %).

220 Kaiser 1996: 693; siehe auch Albrecht 1999: 363.

221 Hanak u. a. 1989: 200.

222 Hanak u. a. 1989: 200; vgl. hierzu auch Stehr 1993: 122–124.

223 Ähnlich argumentiert auch Hulsman (1987: 122), wenn er feststellt, Opfer erwarteten von der Polizei, daß sie »Verständnis für das Geschehene aufbringt, Sympathie mit den Betroffenen aufbringt und sie nett behandelt (...) In der Tat: Viele Untersuchungen dazu, nicht nur solche aus dem Bereich des Strafrechts (...) zeigen, daß die Leute an erster Stelle wollen, daß sie menschlich behandelt werden und daß sie Zuwendung von anderen erfahren«.

224 1989: 201.

225 Hier sind mit ein wenig Phantasie mit Sicherheit einige Möglichkeiten denkbar, die das Konfliktmanagement des einzelnen verbessern können: Angefangen bei Kursen, die das geschickte Verhalten und das (beruhigende) Eingreifen in problematischen Situationen trainieren, über Selbstverteidigungskurse bis hin zu Beratungen, wie eine Lösung aus problematischen sozialen Konstellationen zu bewerkstelligen wäre. Angesichts der Tatsache, daß Gewalt häufig gerade auch ein Phänomen mehr oder weniger enger sozialer Beziehungen darstellt, die man nicht so einfach meiden kann oder will, wäre zudem an die Einrichtung von (in Ansätzen ja bereits vorhandenen) Anlaufstellen zu denken, in denen solche Konfliktsituationen analysiert und bearbeitbar gemacht werden. Diese vielleicht als »*Büros für problematische Situationen*« zu bezeichnenden Einrichtungen hätten gegenüber den bestehenden Einrichtungen des Täter-Opfer-Ausgleichs den Vorteil, daß sie von einem oder beiden Konfliktpartnern aufgesucht werden könnten, ohne daß über dieser Form der Bearbeitung das gleichsam spezialpräventive und vor allem autoritäre »Damoklesschwert des Strafverfahrens oder die Verurteilung« (Kaiser 1992: 115) des Täter schwebt. Insofern könnte eine solche Bearbeitung eher die Zukunft in den Blick nehmen, als sich auf die Abarbeitung der (schuldbelasteten) Vergangenheit zu fokussieren.

226 Zwar kann man wohl einerseits konstatieren, daß Gewalthandlungen in engeren sozialen Beziehungen häufig auch der Anlaß für reinigende Klärungen sein können, weil sie »Fehlentwicklungen« schmerzlich symbolisieren und dokumentieren; sie können aber andererseits auch der Anlaß für eine anstehende Trennung und ein »Sich-aus-dem-Weg-Gehen« sein. Im Extremfall kann hier einerseits – zum Beispiel hinsichtlich gewalttätiger (Ehe-)Partner – auf die Institution des »Frauenhauses« verwiesen werden; andererseits verweisen Hanak u. a. grundsätzlicher und wohl auch zu Recht auf die Vorteile, die die gegenwärtige Gesellschaftlichkeit in solchen Fällen zu bieten hat: »Die Stadt, über die so viel im Zusammenhang von ›Verlust von Kontrolle‹ oder (sozialwissenschaftlich verfremdet) ›Anomie‹ geklagt wird, bietet neben anderen auch den *Entfremdungsgewinn*, daß man die Verkehrskreise im Konfliktfall leichter wechseln kann« (Hanak u. a.

1989: 203). In einer ohnehin hoch mobilen Gesellschaft, so Steinert (1987: 110f.) an anderer Stelle, »ist die Trennung kein grundsätzliches Drama und in vielen Fällen für alle Beteiligten am schonendsten«.

227 In einem ähnlichen Grundton wie Shearing (s.o.), hat z.B. Kunstreich (1995: 81) hinsichtlich sozialpädagogischer Handlungsstrategien, die auf (Jugend-)Gewalt reagieren, dargelegt, daß es sich gerade bei der Gewalt von Jugendlichen um eine Form (unter anderen) der sinnhaften Aneignung von Lebenswelt handelt. Eine wichtige Erkenntnis beim Umgang mit solcher Gewalt sei, daß zwar für den Beobachter situative und diskursive Kontexte von Gewalt ebenso wie der subjektive Sinn von Gewalthandlungen durchaus (auch emphatisch) verstehbar seien, daß die (je spezifische) sinnhafte Aneignung von Lebenswelt allerdings ausschließlich in der Kompetenz der Akteure liege, weshalb pädagogische Interventionen hier ihre systematische Grenze fänden: »*Sinn* kann pädagogisch nicht hergestellt werden, es können ›nur‹ situative Arrangements bereitgestellt werden, die kompetente Akteure mit eigenem Sinn besetzen können. Diese Einsicht sowie die Macht der Akteure, nein zu den angebotenen Handlungsalternativen sagen zu können, grenzt sozialpädagogische Handlungsstrategien von solchen der Manipulation ab.« Daher könnten sozialpädagogische Maßnahmen auch nicht an (wie Shearing es formulieren würde) der Vergangenheit ansetzen, das heißt an der konkreten Gewaltsituation oder vermeintlich zu korrigierenden Sozialisationsdefiziten, sondern hätten sich vielmehr auf (wiederum in den Worten von Shearing) die Zukunft zu beziehen, und das wiederum heißt in diesem Zusammenhang: auf Handlungsalternativen und die Bestärkung der Selbstmächtigkeit der Akteure (vgl. zur Konkretisierung dieser Überlegungen Kunstreich 1995: 82f. sowie 1993).

228 Steinert 1987: 112.

Schlußbetrachtungen

1 Quensel 1989: 400. Ähnlich hat auch Scheerer (2000: 183) Verbrechen und Strafe jüngst als – scheinbar – »ewige Zwillinge« bezeichnet.

2 Schumann 1987: 87.

3 Vgl. Steinert 1984: 22.

4 Scheerer 2001: 4.

5 Ostendorf 1999: 17.

6 Albrecht 1993: 160.

7 Hess 1983: 18.

8 Vgl. etwa Pogge 1995.

9 Scheerer 2001: 5; vgl. auch Hess 1983: 18.

10 Eine Debatte, die im übrigen ja die Stufe der Hypothesen noch nicht verlassen hat und sie wohl so schnell auch nicht verlassen wird, weshalb sie Steinert auch als eine »Frage ehrwürdiger Umstrittenheit« bezeichnet hat (vgl. Steinert 1984: 22).

11 Vgl. zur generellen Fragestellung, inwieweit die Geltung von Normen Sanktionsdrohungen bedarf, etwa: Peters 1995: 145ff.

12 Scheerer 2001: 5.

13 »Die Bezahlung einer Gewaltsteuer« könne »geradezu als Freipaß fürs Dreinschlagen aufgefaßt werden«, so die Baseler Großrätin Rita Schivai im Tages-Anzeiger vom 20. 4. 1997; vgl. zu den Gegenargumenten ausführlicher auch den umfangreichen Pressespiegel zur Debatte um die Gewaltsteuer, der bei der Frauenliste Basel angefordert werden kann. An dieser Stelle sei exemplarisch verwiesen u.a. auf: die Baseler Zeitung vom 23. 4. 1997, 28. 4. 1997, 3. 6. 1997, 5. 6. 1997, den Wochenspiegel vom 24. 4. 1997, die Neue Zürcher Zeitung vom 27. 6. 1997, den Tages-Anzeiger vom 20. 4. 1997 sowie Facts vom 24. 4. 1997.

14 Vgl. hierzu etwa die Baseler Zeitung vom 4. 6. 1997.

15 Die Initiatorinnen der Gewaltsteuer teilten diese Auffassung freilich nicht: »Im Gegenteil, wir gehen davon aus, daß die Gewaltsteuer bei gewalttätigen wie nicht-gewalttätigen Männern einen Bewußtseinsschub bewirken kann. Dieses: ›Wenn ich zahle, dann will ich etwas dafür‹ ist im übrigen ein Scheinargument. So entspricht die garantierte Gegenleistung überhaupt nicht dem Prinzip unserer direkten Steuern: Wir zahlen unabhängig davon, ob wir eine Leistung beziehen oder nicht. Wir zahlen die Theatersubventionen, egal ob wir ins Theater gehen oder nicht (...) Wir zahlen die von der Stadtgärtnerei bepflanzten Blumenrabatten mit, sehen darin aber wohl kaum einen Freipaß, sie mutwillig zu zerstören« (Glück 1997).

16 Vgl. Steinert 1984: 17.

17 Scheerer 2001: 4.

18 vgl. etwa Hess 1983: 14.

19 Scheerer 2001: 4; vgl. auch Scheerer 1993a: 88f.

20 Steinert 1984: 20; vgl. hierzu auch Weber/Narr 1997: 17; Stehr 1993: 122.

21 Vgl. auch Lindenberg/Schmidt-Semisch 1994: 61.

22 Davis 1994: 10; vgl. auch Beste 1996: 326.

23 D.h. drei (nahezu beliebige) Verfehlungen gegen das Strafgesetz und man verschwindet als »hochriskanter« Rückfalltäter für unabsehbare Zeit im Gefängnis.

24 Scheerer 2001: 9.

25 Steinert 1987: 102.

26 Steinert 1986: 2.

Literaturverzeichnis

Aertsen, Ivo (1999): Mediation bei schweren Straftaten – auf dem Weg zu einer neuen Rechtskultur, in: Pelikan 1999, a.a.O., S. 115–138

Alber, Jens (1982): Vom Armenhaus zum Wohlfahrtsstaat. Analysen zur Entwicklung der Sozialversicherung in Westeuropa, Frankfurt a.M./New York

Albrecht, Günther (1993): Kriminalgeographie, Städtebau und Kriminalität, in: Kaiser u.a. 1993, a.a.O., S. 226–236

Albrecht, Hans-Jörg (1993): Generalprävention, in: Kaiser u.a. 1993, a.a.O., S. 157–164

Albrecht, Hans-Jörg u.a. (Hg.) (1998): Internationale Perspektiven in Kriminologie und Strafrecht, Festschrift für Günther Kaiser zum 70. Geburtstag, Berlin

Albrecht, Jörg (1998): Das genetische Schlachtfeld, in: Zeit, Nr. 49, 26. 11. 1998, S. 49–51

Albrecht, Peter-Alexis (1987): Prävention als problematische Zielbestimmung im Kriminaljustizsystem, in: Deichsel u.a. 1987, a.a.O., S. 29–60

Albrecht, Peter-Alexis u.a (Hg.) (1992a): Niedersächsische Kommission zur Reform des Strafrechts und des Strafverfahrensrechts: Strafrecht – ultima ratio, Hannover

Albrecht, Peter-Alexis/Hassemer, Winfried/Voß, Michael (Hg.) (1992): Hessische Kommission »Kriminalpolitik« zur Reform des Strafrechts: Rechtsgüterschutz durch Entkriminalisierung, Wiesbaden

Albrecht, Peter-Alexis (1999): Kriminologie, München

Althoff, Martina/Leppelt, Monika (1995): »Kriminalität« – eine diskursive Praxis, Münster und Hamburg

Amelunxen, C. (1970): Das Opfer in der Straftat, Hamburg

Ancel, Marc (1970): Die neue Sozialverteidigung. Eine Bewegung humanistischer Kriminalpolitik, Stuttgart

Andriopoulos, Stefan (1996): Unfall und Verbrechen. Konfigurationen zwischen juristischem und literarischem Diskurs um 1900, Pfaffenweiler

Arbeitskreis Junger Kriminologen (Hg.) (1974): Kritische Kriminologie. Beiträge zu einer Standortbestimmung, Weinheim

Arnold, Rolf (1992): Kriminalität und Versicherung. Eine Untersuchung der Beziehungen zwischen Kriminalität und Versicherung sowie der kriminalitätsbezogenen Entscheidungsbereiche im Versicherungsunternehmen, Berlin

Arzt, Clemens/Jürgens, Ulrich (1993): Haftung bei Öltankerunfällen. Von der Hilflosigkeit des Rechts gegenüber grenzüberschreitenden Großrisiken, in: Kritische Justiz, Jg. 26, S. 146–163

Ashworth, Andrew (1995): Foreword. Criminal Justice and Civilization, in: Snare 1995, a.a.O., S. 13–16

Asmus, Werner (1976): Kraftfahrtversicherung, in: Grosse u.a. 1976, a.a.O., S. 1–156

Bacher, Jean-Lic (1999): Läßt sich der Versicherungsbetrug eindämmen? Zur Erprobung neuer Präventionsstrategien, in: Monatsschrift für Kriminologie und Strafrechtreform, 82. Jg., S. 411–424

Backes, Otto (1999): Versicherung gegen Strafverfolgung oder Beihilfe zur Haupttat?, in: Kreuzer u. a. 1999, a. a. O., S. 239–263

Banse, Gerhard (1996a): Herkunft und Anspruch der Risikoforschung, in: Ders. 1996, a. a. O., S. 15–72

Banse, Gerhard (Hg.) (1996): Risikoforschung zwischen Disziplinarität und Interdisziplinarität. Von der Illusion der Sicherheit zum Umgang mit Unsicherheit, Berlin

Barnett, Randy E. (1977): Restitution: A New Paradigm of Criminal Justice, in: Ethics, Vol. 87, S. 279–301

Barry, Andrew/Osborne, Thomas/Rose, Nikolas (Hg.) (1996): Foucault and political reason, London

Barta, Heinz (1999): Medizinhaftung und Mediation, in: Pelikan 1999, a. a. O., S. 45–64

Barz, Heiner (1992): Religion ohne Institution? Eine Bilanz der sozialwissenschaftlichen Jugendforschung, Opladen

Bauer, Franz (1999): Der große Ratgeber für Unfall- und Verbrechensopfer, Berlin

Bauer, Karin (1997): Versicherungen und Datenschutz, in: Datenschutz Nachrichten, Hf. 2, S. 4–9

Bauman, Zygmunt (1995): Ansichten der Postmoderne, Hamburg

Bauman, Zygmunt (1995a): Moderne und Ambivalenz. Das Ende der Eindeutigkeit, Frankfurt a. M.

Bauman, Zygmunt (1995b): Philosophie der Fitneß, in: Die Tageszeitung, 25. 3. 1995, S. 19–21

Bauman, Zygmunt (1996): Glokalisierung oder was für die einen Globalisierung, ist für die anderen Lokalisierung, in: Das Argument 217, S. 653–664

Bauman, Zygmunt (1997): Die Armen: Unnütz, unerwünscht, im Stich gelassen, in: Widersprüche, Nr. 66, S. 115–128

Bauman, Zygmunt (1998): Vom gesellschaftlichen Nutzen von Law und Order, in: Widersprüche, Nr. 70, S. 7–21

Baumann, Horst/Schirmer, Helmut/Schmidt, Reimer (Hg.) (1976): Festschrift für Karl Sieg, Stuttgart

Bayerische Rückversicherung AG (Hg.) (1987): Gesellschaft und Unsicherheit, München

Bayerische Rückversicherung AG (Hg.) (1993): Risiko ist ein Konstrukt. Wahrnehmungen zur Risikowahrnehmung, München

Beccaria, Cesare (1905): Über Verbrechen und Strafen, übersetzt, mit bibliographischer Einleitung und Anmerkungen versehen von Karl Esselborn, Leipzig

Bechmann, Gotthard (1993a): Einleitung: Risiko – ein neues Forschungsfeld, in: Bechmann 1993, a. a. O., S. VII-XXIX

Bechmann, Gotthard (1993b): Risiko als Schlüsselkategorie in der Gesellschaftstheorie, in: Bechmann 1993, a. a. O., S. 237–276

Bechmann, Gotthard (Hg.) (1993): Risiko und Gesellschaft. Grundlagen und Ergebnisse interdisziplinärer Risikoforschung, Opladen

Beck, Ulrich (1986): Risikogesellschaft. Auf dem Weg in eine andere Moderne, Frankfurt a. M.

Beck, Ulrich (1988): Gegengifte. Die organisierte Unverantwortlichkeit, Frankfurt a. M.

Beck, Ulrich (1997): Was ist Globalisierung? Irrtümer des Globalismus – Antworten auf Globalisierung, Frankfurt a. M.

Beck, Ulrich (Hg.) (1991): Politik in der Risikogesellschaft, Frankfurt a. M.

Beck, Ulrich (Hg.) (1998): Perspektiven der Weltgesellschaft, Frankfurt a. M.

Beck, Ulrich (Hg.) (1998a): Politik der Globalisierung, Frankfurt a. M.

Beck, Ulrich/Beck-Gernsheim, Elisabeth (1994): Individualisierung in modernen Gesellschaften – Perspektiven und Kontroversen einer subjektorientierten Soziologie, in: Beck/Beck-Gernsheim 1994, a. a. O., S. 10–39

Beck, Ulrich/Beck-Gernsheim, Elisabeth (Hg.) (1994): Riskante Freiheiten. Individualisierung in modernen Gesellschaften, Frankfurt a. M.

Beck, Ulrich/Bonß, Wolfgang (Hg.) (1989): Weder Sozialtechnologie noch Aufklärung? Analysen zur Verwendung sozialwissenschaftlichen Wissens, Frankfurt a. M.

Becker, Gary S. (1982): Kriminalität und Strafe: Ein ökonomischer Ansatz, in: Ders., Der ökonomische Ansatz zur Erklärung menschlichen Verhaltens, Tübingen, S. 39–96

Becker, Howard S. (1963): Outsiders. Studies in the Sociology of Deviance, New York und London

Becker, Ulrike (1993): Risikowahrnehmung der Öffentlichkeit und neue Konzepte unternehmerischer Risikokommunikation, in: Bayerische Rückversicherung 1993, a. a. O., S. 343–363

Beck-Gernsheim, Elisabeth (1994a): Auf dem Weg in die postfamiliale Familie – Von der Notgemeinschaft zur Wahlverwandtschaft, in: Beck/Beck-Gernsheim 1994, a. a. O., S. 115–138

Beck-Gernsheim, Elisabeth (1994b): Gesundheit und Verantwortung im Zeitalter der Gentechnologie, in: Beck/Beck-Gernsheim 1994, a. a. O., S. 316–335

Behr, Rafael (1998); Eine deutsche Variante des New Yorker Polizeimodells: Zur (Re-) Kommunalisierung von Sicherheit und Ordnung, in: Ortner u. a. 1998, a. a. O., S. 177–202

Bergler, Reinhold/Haase, Dietmar/Humburg, Stefanie/Steffens, Melanie (1995): Untersuchungen gesundheitlichen Fehlverhaltens im Jugendalter. Eine empirische Analyse am Beispiel des Zigarettenkonsums. Einstieg und Gewohnheitsbildung, Köln

Bergmann, Bärbel (1996): Die psychische Tätigkeitsregulation als Rahmen für die Erklärung von Zuverlässigkeitsproblemen menschlicher Tätigkeiten, in: Banse 1996, a. a. O., S. 83–92

Berliner, Baruch (1982): Die Grenzen der Versicherbarkeit von Risiken, Zürich

Bernhardt, Heinrich (1999): Innere Sicherheit, Kriminalitätskontrolle und Justiz. Zur Notwendigkeit einer Sicherheitsorientierung der Justiz, in: Kriminalistik, Hf. 9, S. 589–596

Bernstein, Peter L. (1998): Wider die Götter. Die Geschichte von Risiko und Riskmanagement von der Antike bis heute, 2. Aufl., München

Bertrand, Ute/Kuhlmann, Jan/Strak, Claus (1995): Der Gesundheitschip. Vom Arztgeheimnis zum gläsernen Patienten, Frankfurt a. M./New York

Beste, Hubert (1987): Probleme der Schadenswiedergutmachung im Zuge viktimisierter Kriminalpolitik, in: Monatsschrift für Kriminologie und Strafrechtsreform, 70. Jg., S. 336–352

Beste, Hubert (1996): Kontrollpolitik zwischen Privatisierung und staatlicher Herrschaftssicherung, in: Bussmann/Kreissl 1996, a.a.O, S. 311–322

Beste, Hubert (1997): Urban Control: Globalisierung, Regulation und Kriminalitätskonstruktion, in: Frehsee u. a. 1997, a. a.O., S. 183–198

Beste, Hubert (2000): Morphologie der Macht. Urbane »Sicherheit« und die Profitorientierung sozialer Kontrolle, Opladen

Bianchi, Herman (1974): Das Tsedeka-Modell als Alternative zum konventionellen Strafrecht, in: Zeitschrift für Evangelische Ethik, 18. Jg., S. 89–110

Bianchi, Herman (1988): Alternativen zur Strafjustiz. Biblische Gerechtigkeit. Freistätten. Täter-Opfer-Ausgleich, München und Mainz

Birnbacher, Dieter (1996): Risiko und Sicherheit – philosophische Aspekte, in: Banse 1996, a. a.O., S. 193–210

Blanke, Thomas (1986): Autonomie und Demokratie. Die Krise der Integrationskraft des Rechts und die Wiederbelebung der Demokratiediskussion, in: Kritische Justiz, Jg. 19, S. 406–422

Blanke, Thomas (1990): Zur Aktualität des Risikobegriffs. Über die Konstruktion der Welt und die Wissenschaft von ihr, in: Leviathan, Jg. 18, S. 134–143

Blankenburg, Erhard/Klausa, Ekkehard/Rottleuthner, Hugert (Hg.) (1980): Alternative Rechtsformen und Alternativen zum Recht, Jahrbuch für Rechtssoziologie und Rechtstheorie, Bd. 6, Wiesbaden

Blasius, Dirk (1994): Der Opferaspekt in der Historischen Kriminologie. Revision einer Perspektive?, in: Kaiser/Jehle 1994, a. a.O., S. 3–20

Blei, Hermann (1992): Rechtstheoretische Grundlagen des Täter-Opfer-Ausgleichs, in: Weißer Ring 1992, a. a.O., S. 83–90

Blinkert, Baldo (1988): Kriminalität als Modernisierungsrisiko? Das »Hermes-Syndrom« der entwickelten Industriegesellschaften, in: Soziale Welt, Jg. 39, S. 397–412

Bohlender, Matthias (1998): Wie man die Armen regiert. Zur Genealogie liberaler politischer Rationalität, in: Leviathan, Jg. 26, S. 497–521

Böhm, Alexander (1990): Straftaten während Vollzugslockerungen und Hafturlaub – besondere Entschädigung für die Opfer, in: Weißer Ring 1990, a. a.O., S. 22–29

Böllert, K./Otto, H.-U. (Hg.), Soziale Arbeit auf der Suche nach Zukunft, Bielefeld

Böllinger, Lorenz/Lautmann, Rüdiger (Hg.) (1993): Vom Guten, das noch stets das Böse schafft. Kriminalwissenschaftliche Essays zu Ehren von Herbert Jäger, Frankfurt

Bonß, Wolfgang (1995): Vom Risiko. Unsicherheit und Ungewißheit in der Moderne, Hamburg

Bonß, Wolfgang (1996): Die Rückkehr der Unsicherheit. Zur gesellschaftstheoretischen Bedeutung des Risikobegriffs, in: Banse 1996, a. a.O., S. 165–184

Borchert, Jens (1998): Ausgetretene Pfade? Zur Statik und Dynamik wohlfahrtsstaatlicher Regime, in: Lessenich/Ostner 1998, a. a.O., S. 137–176

Borscheid, Peter (1988): Kurze Geschichte der Individual- und Sozialversicherung in Deutschland, in: Borscheid/Drees 1988, a. a. O., S. 3–51

Borscheid, Peter (1989): Die Geschichte der deutschen Lebensversicherungswirtschaft und der Provinzial-Lebensversicherungsanstalt von Westfalen, Bd. 1, Greven

Borscheid, Peter (1993): Die Geschichte der deutschen Lebensversicherungswirtschaft und der Provinzial-Lebensversicherungsanstalt von Westfalen, Bd. 2, Münster

Borscheid, Peter/Drees, Anette (Hg.) (1988): Versicherungsstatistik Deutschlands 1750–1985, St. Katharinen

Boruch, Robert F. (2000): Wie können wir wissen, was wirkt? Probleme mit randomisierten Experimenten auf dem Gebiet der Kriminalpolitik, in: Bremer Institut für Krimionalpolitik 2000, a. a. O., S. 61–86

Bosonnet, Gaston (1965): Haftpflicht- oder Unfallversicherung? Ersatz der Haftpflicht des Motorfahrzeughalters durch eine gesetzliche Unfallversicherung der Verkehrsopfer, Zürich

Bourdieu, Pierre (1991): Die feinen Unterschiede. Kritik der gesellschaftlichen Urteilskraft, Frankfurt a. M.

Bourdieu, Pierre (1998): Gegenfeuer. Wortmeldungen im Dienste des Widerstands gegen die neoliberale Invasion, Konstanz

Braess, Paul/Farny, Dieter/Schmidt, Reimer (Hg.) (1972): Praxis und Theorie der Versicherungsbetriebslehre. Festgabe für H.L. Müller-Lietz zum 60.Geburtstag, Karlsruhe

Braithwaite, John (1989): Crime, shame and reintegration, New York, Camb.

Braithwaite, John (2000): The New Regulatory State and the Transformation of Criminology, in: British Jounal of Criminology, Vol 40, S. 222–238

Bremer Institut für Kriminalpolitik (Hg.) (2000): Experimente im Strafrecht – Wie genau können Erfolgskontrollen von kriminalpräventiven Maßnahmen sein? Internationales Symposium an der Universität Bremen, 3. April 1998, Materialien zur Kriminalpolitik Bd. 8, Bremen

Bremkamp, Volker (1985): Ist Einbruchsdiebstahl noch versicherbar?, in: Versicherungswirtschaft, Jg. 40, S. 254–266

Brockhaus (1993): Der Brockhaus in einem Band von A–Z, 5. Aktualisierte Aufl., Leipzig

Bröckling, Ulrich/Krasmann, Susanne/Lemke, Thomas (Hg.) (2000): Gouvernmentalität der Gegenwart. Studien zur Ökonomisierung des Sozialen, Frankfurt a. M.

Brose, Hans-Georg/Hildenbrand, Bruno (1988): Biographisierung von Erleben und Handeln: in: Dies. 1988, a. a. O., S. 11–30

Brose, Hans-Georg/Hildenbrand, Bruno (Hg.) (1988): Vom Ende des Individuums zur Individualität ohne Ende, Opladen

Brost, Marcus (1999): www.manipulation.de. Aktienbürger haben im Internet leichtes Spiel – die Behörden sind machtlos, in: Die Zeit, Nr. 7, S. 25

Browaeys, Dorothée B./Kaplan, Jean-Claude (2000): Ende der Solidargemeinschaft. Die Versuchung der genetischen Apartheid, in: Le Monde Diplomatique, 12. Mai 2000, S. 1,12–13

Brückner, Michael (1997): Optimal versichert. Prämiensparen, Risiken richtig einschätzen, Überversicherung vermeiden, München

Brüggemeier, Gert (1989): Umwelthaftungsrecht – Ein Beitrag zum Recht der »Risikogesellschaft«?, in: Kritische Justiz, Jg. 22, S. 209–230

Brune, François (2000): Mein Corsa, das bin ich. Die Tyrannei des Konsums, in: Le Monde diplomatique, 12. Mai 2000, S. 11

Büchner, Franz (1972): Zur Entwicklung der neuzeitlichen und der modernen Versicherung, in: Braess u. a. 1972, a. a.O., S. 23–43

Büchner, Franz (1972a): Geschichtliche Betrachtungen zum Begriff der Versicherung, in: Schmidt/Sieg 1972, a. a.O., S. 11–134

Büchner, Franz (1976): Zum Begriff und zum Beginn der Versicherung, in: Baumann u. a. 1976, a. a.O., 111–125

Bundeskriminalamt BKA (Hg.) (1996): Das Opfer und die Kriminalitätsbekämpfung. Vorträge und Diskussionen der Arbeitstagung des Bundeskriminalamts vom 14. Bis 17. November 1995, Wiesbaden

Burdenski, Wolfhart (1990): Beweiserleichterungen im sozialen Entschädigungsrecht, in: Weißer Ring 1990, a. a.O., S. 99–110

Burgess, Ernest (1925): The Growth of the City, in: Park u. a. 1925, a. a.O., S. 47–62

Bussmann, Kai-D. (2000): Evolution und Kriminalität. Kriminalität als notweniger Teil gesellschaftlicher Entwicklung, in: Monatsschrift für Kriminologie und Strarechtsreform, 83. Jg., S. 233–246

Bussmann, Kai-D./Kreissl, Reinhard (Hg.) (1996): Kritische Kriminologie in der Diskussion. Theorien, Analysen, Positionen, Opladen

Caesar, Peter (1990): Kurzreferat, in: Weißer Ring 1990, a. a.O., S. 68–74

Calließ, Jörg (Hg.) (1999): Aufstieg und Fall des Sozialstaats oder: Wie der Sozialstaat zum Fall wurde, Loccumer Protokolle 24/98, Rehberg-Loccum

Castel, Robert (1983): Von der Gefährlichkeit zum Risiko, in: Wambach 1983, a. a.O., S. 51–74

Christie, Nils (1986): Grenzen des Leids, Bielefeld

Christie, Nils (1986a): Konflikte als Eigentum, in: Ders. 1986, a. a.O., S. 125–145

Christie, Nils (1995): Kriminalitätskontrolle als Industrie. Auf dem Weg zu Gulags westlicher Art, Pfaffenweiler

Clarke, R.V. (1992): Situational Crime Prevention: Successful Case Studies, New York

Cohen, Stanley (1993): Soziale Kontrolle und die Politik der Rekonstruktion, in: Frehsee u. a. 1993, a. a.O., S. 209–237

Cornel, Heinz (1997): Die Entwicklung der Jugendkriminalität. Ursachen und Reaktionen durch Jugendhilfe und Strafjustiz unter besonderer Berücksichtigung der Situation in Brandenbrug, in: Jugendhilfe, Jg. 35, S. 323–334

Cornel, Heinz (1997a): Verkaufsschlager »Zero Tolerance«, in: Neue Kriminalpolitik 4/97, S. 34–35

Cornel, Heinz (1997b): Strafrecht und seine Alternativen, in: Janssen/Peters 1997, a. a.O., S. 168–205

Crawford, Adam (1997): The Local Gouvernance of Crime. Appeals to Community and Partnerships, Oxford

Cremer-Schäfer, Helga/Steinert, Heinz (1998): Straflust und Repression. Zur Kritik der populistischen Kriminologie, Münster

Cruikshank, Barbara (1993): Revolutions within: self-government and self-esteem, in: Economy ans Society, Vol. 22, No 3, S. 327–344

Currie, Elliott (1998): Crime and Punishment in America, New York

Daele, Wolfgang van den (1993): Hintergründe der Wahrnehmung von Risiken der Gentechnik: Naturkonzepte und Risikosemantik, in: Bayerische Rückversicherung 1993, a.a.O., S. 169–190

Daftari, Bijan/Fassbender, Pantaleon (2000): Wirtschaftkriminalität in Banken: Versicherung und Prävention, in: Versicherungswirtschaft, 9/2000, S. 685–690

Dammann, Klaus (1997): Vollzugsdefizite und Vollzugsfehler? Juristische Risiken bei Umweltschutz- und Technikkonflikten, in: Hiller/Krücken 1997, a.a.O., S. 39–69

Darwin, Charles (1875): Die Abstammung des Menschen und die geschlechtliche Zuchtwahl, 2 Bde, 3., gänzlich überarbeitete Aufl., Stuttgart

Däubler-Gmelin, Herta (1990): Hilfe für Opfer von Straftaten. Kriminal- und sozialpolitische Überlegungen zum Schutz und zur Unterstützung von Kriminalitätsopfern, in: Schädler u.a. 1990, a.a.O., S. 115–122

Davis, Mike (1994): Urban Control. Jenseits von Blade Runner, in: Die Beute, Hf. 3/94, S. 6–25

Davis, Mike (1994a): City of Quartz. Ausgrabungen der Zukunft in Los Angeles und neuere Aufsätze, Berlin und Göttingen

Dean, Mitchell (1998): Risk, Calculable and Incalculable, in: Soziale Welt, 49, S. 25–42

Dean, Mitchell (1999): Governmentality. Power and Rule in Modern Society, London/Thaousand Oaks/New Dehli

Deegener, Günther (1996): Wohnungseinbruch: Erfahrungen und psychosoziale Folgen für die Opfer, in: Weißer Ring 1996, a.a.O., S. 57–83

Deichsel, Wolfgang (1997): Diversion – eine bestehende Alternative zur Strafrechtsordnung, in: Janssen/Peters 1997, a.a.O., S. 206–234

Deichsel, Wolfgang/Kunstreich, Timm/Lehe, Werner/Löschper, Gabi/Sack, Fritz (Hg.) (1987): Kriminalität, Kriminologie und Herrschaft, Pfaffenweiler

Deppmeyer, Christine (1999): Ein Krankenhaus mit Kundenbegriff, in: Dörries 1999, a.a.O., S. 80–85

Deutsch, Erwin (1976): Haftungsrecht, Erster Band: Allgemeine Lehren, Köln u.a.

Dey, Klaus/Steinkohl, Georg (1993): Versicherung in Frage und Antwort, Bad Homburg

Di Fabio, Udo (1996): Grundfragen der rechtlichen Regulierung wissenschaftlich und technisch erzeugter Risiken, in: Banse 1996, a.a.O., S. 133–144

Dillon, Dan (1994): Fortress America, in: Planning, No. 6, S. 8–12

Dobasch, Rusell P./Dobasch, R. Emmerson (2000): Evaluating Criminal Justice Interventions for Violent Men: Context Specific vs. Randomised Designs, in: Bremer Institut für Kriminalpolitik 2000, a.a.O., S. 137–161

Donzelot, Jacques (1995): Wiederkehr des Sozialen. Von der passiven Sicherheit zur aktiven Solidarität, in: »Tüte«. Wissen und Macht. Die Krise des Regierens, Tübingen, S. 54–59

Dörris, Andera (Hg.) (1999): Patienten oder Kunden, Loccumer Protokolle 53/98, Rehberg-Loccum

Drewes, Frank/Robben, Bernd (1998): Thema Asyl-Card, in: FIfF Kommunikation, 15. Jg., Hf. 3, S. 10–11

Duncan, Grant/Worrall, Jill (2000): Die Folgen neoliberaler Politik für die soziale Arbeit in Neuseeland, in: Widerspüche, Nr. 77, S. 29–44

Dunwoody, Sharon/Peters, Hans Peter (1993): Massenmedien und Risikowahrnehmung, in: Bayerische Rückversicherung 1993, a.a.O., S. 317–342

Durkheim, Émile (1961): Regeln der soziologischen Methode, herausgegeben und eingeleitet von René König, Neuwied

Dworsky, Norbert/Schmidt, Rainer (Hg.) (1999): Druck im Quartier. Erfahrungen mit Fixerräumen, Neumünster

Ebel, Wilhelm (1962): Glücksvertrag und Versicherung. Zur Geschichte der rechtstheoretischen Erfassung des Versicherungsverhältnisses, in: Zeitschrift für die gesamte Versicherungswissenschaft, Bd. 51, S. 52–76

Ebel, Wilhelm (1963): Über Sklavenversicherung und Sklavereiversicherung, in: Zeitschrift für die gesamte Versicherungswissenschaft, Bd. 52, S. 207–230

Ehrenreich, Barbara (1994): Angst vor dem Absturz. Das Dilemma der Mittelklasse, Reinbek

Eidam, Gerd (1994): Industrie-Straf-Rechtsschutzversicherung. Kommentar zu den Sonderbedingungen

Eisen, Roland (1980): Das Äquivalenz-Prinzip in der Versicherung – Unterschiedliche Folgerungen aus verschiedenen Interpretationen, in: Zeitschrift für die gesamte Versicherungswissenschaft, Bd. 69, S. 529–556

Eisenbach-Stangl, Irmgrad/Mäkele, Klaus/Schmidt-Semisch, Henning (2000): Gesellschaftliche Reaktionen auf Drogenkonsum und Drogenprobleme, in: Uchtenhagen/Ziegelgänsberger 2000, a.a.O., S. 150–161

Ellenberger, H. (1954): Psychologische Beziehungen zwischen Verbrecher und Opfer, in: Zeitschrift für Psychotherapie und medizinische Psychologie, Jg. 4, S. 261–280

Engels, Anita/Weingart, Peter (1997): Die Politisierung des Klimas. Zur Entstehung von anthropogenem Klimawandel als politischem Handlungsfeld, in: Hiller/Krücken 1997, a.a.O., S. 90–115

Eppenstein, Dieter (1992): »Kriminalitätsopfer im Spannungsfeld der Interessen. Dasein für Opfer – Beruf oder Berufung?«, in: Weißer Ring 1992, a.a.O., S. 13–27

Eppenstein, Dieter (1996): Begrenzung des Opferentschädigungsgesetzes auf Angriffsdelikte – ein Redaktionsfehler?, in: Weißer Ring 1996, a.a.O., S. 92–103

Eppenstein, Dieter (1998): Eine Straftat, ein Entschädigungsanspruch – wie viele Verfahren?, in: Weißer Ring 1998, a.a.O., S. 102–108

Ericson, Richard/Carriere, Kevin (1994): The Fragmentation of Criminology, in: Nelken 1994, a.a.O., S. 89–109

Esping-Andersen, Gøsta (1998): Die drei Welten des Wohlfahrtskapitalismus. Zur politischen Ökonomie des Wohlfahrtsstaates, in: Lessenich/Ostner 1998, a.a.O., S. 19–56

Evers, Adalbert (1990): Recht auf Sicherheit und Recht auf Risiko. Sozialstaatliche Politik im Widerstreit von Schutzbedürfnissen und Gestaltungsansprüchen, in: Böllert/Otto 1990, a.a.O., S. 37–48

Evers, Adalbert (1993): Umgang mit Unsicherheit. Zur sozialwissenschaftlichen Problematisierung einer sozialen Herausforderung, in: Bechmann 1993, a.a.O., S. 339–374

Evers, Adalbert/Nowotny, Helga (1987): Über den Umgang mit Unsicherheit. Die Entdeckung der Gestaltbarkeit von Gesellschaft, Frankfurt a.M.

Ewald, François (1989): Die Versicherungsgesellschaft, in: Kritische Justiz, Jg. 22, S. 385–393

Ewald, François (1990): Norms, Discipline, and the Law, in: Representations, Vol. 30, S. 138–161

Ewald, François (1993): Der Vorsorgestaat, Frankfurt a.M.

Ewald, François (1998): Die Rückkehr des *genius malignus*: Entwurf zu einer Philosophie der Vorbeugung, in: Soziale Welt, Jg. 49, S. 5–24

Farny, Dieter (1980): Entwicklungslinien, Stand und wirtschaftliche Bedeutung des Versicherungswesens in Deutschland, in: Henning 1980, a.a.O., S. 7–28

Fattah, Ezzat A. (1979): Die Opferwerdung – Risiko, Erfahrung und Nachwirkungen, in: Kirchhof/Sessar 1979, a.a.O., S. 179–197

Feeley, Malcolm (1991): The Privatization of Punishment in Historical Perspective, in: Gormley 1991, a.a.O., S. 199–225

Feeley, Malcolm/Simon, Jonathan (1992): The New Criminology: Notes on the Emerging Strategy of Corrections and its Implications, in: Criminology, Vol. 30, 449–474

Feeley, Malcolm/Simon, Jonathan (1994): Actuarial Justice: the Emerging New Criminal Law, in: Nelken 1994, a.a.O., S. 173–201

Ferri, Enrico (1896): Das Verbrechen als sociale Erscheinung, Grundzüge der Kriminal-Sociologie, Leipzig

Fetchenhauer, Detlef (1999): Warum betrügen so viele Kunden ihre Versicherung?, in: Monatsschrift für Kriminologie und Strafrechtsreform, 82. Jg., S. 389–410

Filser, Franz (1983): Einführung in die Kriminalsoziologie, Paderborn u.a.

Fischer, Benedikt/Poland, Blake (1997): Exclusion, ›Risk‹, and Social Control – Reflections on Community Policing and Public Health, (Manuskript, submitted for review for publication to GeoForum, special issue on ›Exclusion‹), Toronto

Fischer, Michael (2001): Mensch-Tier-Vergleiche und die Skandalisierung von Gewalt, in: Kriminologisches Journal, Jg. 33, S. 2–6

Fleming, John G. (1980): New Compensation Systems: Woodhouse and Pearson, in: Fleming u.a. 1980, a.a.O., S. 11–23

Fleming, John G./Hellner, Jan/Hippel, Eike v. (Hg.) (1980): Haftungsersetzung durch Versicherungsschutz, Frankfurt a.M.

Foucault, Michel (1977): Überwachen und Strafen. Die Geburt des Gefängnisses, Frankfurt a.M.

Frehsee, Detlev (1986): Verhaltenskontrolle zwischen Strafrecht und Zivilrecht, in: Kriminologisches Journal, 18. Jg., S. 105–114

Frehsee, Detlev (1987): Schadenswiedergutmachung als Instrument strafrechtlicher Sozialkontrolle. Ein kriminalpolitischer Beitrag zur Suche nach alternativen Sanktionsformen, Berlin

Frehsee, Detlev (1991): Zur Abweichung der Angepaßten, in: Kriminologisches Journal, Jg. 23, S. 25–45

Frehsee, Detlev (1998): Politische Funktionen kommunaler Kriminalprävention, in: Albrecht u.a. 1998, a.a.O., S. 739–763

Frehsee, Detlev (1999): Verschwindet der Rechtsstaat?, in: Neue Kriminalpolitik, 11. Jg., Hf. 1, S. 16–21

Frehsee, Detlev (2000): Kritische Kriminologie und Strafrechtswissenschaft, in: Kriminologisches Journal, 32. Jg., S. 242–255

Frehsee, Detlev/Löschper, Gabi/Schumann, Karl F. (Hg.) (1993): Strafrecht, soziale Kontrolle, soziale Disziplinierung. Jahrbuch für Rechtssoziologie und Rechtstheorie, Bd. 15, Opladen

Frehsee, Detlev/Löschper, Gabi/Smaus, Gerlinda (Hg.) (1997): Konstruktion der Wirklichkeit durch Kriminalität und Strafe, Baden-Baden

Freiberg, Konrad (1999): Die Ökonomisierung der Inneren Sicherheit. Ein paralysierender Prozess, in: Kriminalistik, Hf. 6, S. 362–365

Freyberg, Thomas vom (1997): Die inszenierte Krise des Sozialstaats – Ein Angriff auf den demokratischen Prozess, in: Widersprüche, Nr.66, S. 179–188

Gamm, Gerhard/Kimmerle, Gerd (Hg.) (1989): Vorschrift und Autonomie. Zur Zivilisationsgeschichte der Moral, Tübingen

Garfinkel, Herbert (1956): Conditions of successful degradation ceremonies, in: American Journal of Sociology, Vol. 61, S. 420–424

Garland, David (1985): Punishment and Welfare, Aldershot

Garland, David (1993): Punishment and Modern Society. A Study in Social Theory, Chicago

Garland, David (1996): The Limits of the Sovereign State: Strategies of Crime Control in Contemporary Society, in: The British Journal of Criminology, Jg. 36, S. 445–471.

Garland, David (1997): »Governmentality« and the problem of crime: Foucault, criminology, sociology, in: Theoretical Criminology, Vol. 1, No. 2, S. 173–214

Gärtner, Rudolf (1963): Die Entwicklung der Lehre vom versicherungsrechtlichen Interesse von den Anfängen bis zum Ende des 19. Jahrhunderts, in: Zeitschrift für die gesamte Versicherungswissenschaft, Bd. 52, S. 337–375

Gaulke, Jürgen (1998): Kursbuch Versicherung 98/99, Frankfurt a. M.

Gesamtverband für die Deutsche Versicherungswirtschaft (Hg.) (1998): Jahrbuch 1998: Die Deutsche Versicherungswirtschaft, Berlin

Gesamtverband für die Deutsche Versicherungswirtschaft (Hg.) (1999): Jahrbuch 1999: Die Deutsche Versicherungswirtschaft, Berlin

Gescher, Norbert (1998): Boot-Camp-Programme in den USA. Bestandsaufnahme eines paramilitärischen Sanktionskonzepts, in: Neue Kriminalpolitik, 10. Jg., Hf. 3, S. 18–21

Giel, Klaus/Breuninger, Renate (Hg.) (1992): Bausteine zur Philosophie. Interdisziplinäre Schriftenreihe des Humboldt-Studienzentrums der Universität Ulm, Bd. 6: Risiko, Ulm

Glück, Ursula (1997): Pädoyer für Gewaltsteuer, in: Baseler Zeitung vom 3. 6. 1997

Goebel, Johannes/Vermont, Christoph (1999): Die Tugend der Orientierungslosigkeit, Reinbek

Goffman, Erving (1967): Stigma. Über die Techniken der Bewältigung beschädigter Identität, Frankfurt a. M.

Gormley, W.T. (Hg.) (1991): Privatization and Its Alternatives, Madison, Wisconsin

Gotsbachner, Emo (1999): Identitätspolitik. Ausländerbilder als symbolische Ressource in Tatausgleichsverhandlungen, in: Pelikan 1999, a.a.O., S. 189–238

Graaf, Vera (1994): Fence me in. Leben und Wohnen hinter Mauern und Zäunen, in: Süddeutsche Zeitung v. 23. 9. 1994, S. 3

Graebsch, Christine (2000a): Experimente im Strafrecht – Bericht über das Symposium, in: Bremer Institut für Kriminalpolitik 2000, a.a.O., S. 8–33

Graebsch, Christine (2000b): Kurze Darstellung von Minneapolis Domestic Violence Experiments und des Replikationsexperiments SARP als Vorbemerkung zu den folgenden Texten, in: Bremer Institut für Kriminalpolitik 2000, a.a.O., S. 56–60

Gramatica, Filippo (1965): Grundlagen der Défense sociale, Hamburg

Grathoff, Richard (1988). Stichwort: Sinnbereiche, abgeschlossene, in: Fuchs, W. u.a. (Hg), Lexikon zur Soziologie, Opladen 1988, S. 696

Greco, Monica (2000): Homo Vacuus. Alexthymie und das neoliberale Gebot des Selbstseins, in: Bröckling u.a. 2000, a.a.O., S. 265–285

Gross, Peter/Hitzler, Ronald (1996): Urbanes Erschrecken. Die Ängste der Bürger und die Produktion von »Sicherheit«, in: Zeitschrift für politische Psychologie, 4. Jg., Nr. 3 u. 4, S. 365–372

Grosse, Walter/Müller-Lutz, Heinz/Schmidt, Reimer (1976): Versicherungsenzyklopädie, Bd. 5, Wiesbaden

Grossmann, Marcel (1969): Über das subjektive Risiko, in: Farny 1969, a.a.O., S. 81–97

Günther, Klaus (1989): Natürlich sind wir für die Abschaffung des Strafrechts! Sind wir es wirklich? Über einige moralische Aporien gegenwärtiger Kriminalpolitik, in: Gamm/Kimmerle 1989, a.a.O., S. 41–54

Gürtler, Max (1963): Das »subjektive« Risiko im Versicherungswesen, besonders in der Kraftfahrzeug-Versicherung, in: Zeitschrift für die gesamte Versicherungswissenschaft, Bd. 52, S. 1–18

Hacking, Ian (1998): The Taming of Chance, Cambridge

Hagemann, Ottmar (1993): Wohnungseinbrüche und Gewalttaten: Wie bewältigen die Opfer ihre Verletzungen? Eine kriminologische Untersuchung über die Auswirkungen von Straftaten, Pfaffenweiler

Hallsworth, Simon (1997): Konfrontation mit Kontrolle: Wo finden wir in der Theoriebildung Raum für Widerstand?, in: Widersprüche, Nr. 66, S. 59–73

Halser, Barbara (1994): Die versicherte Gefahr und der Versicherungsfall in der Industrie-Straf-Rechtsschutzversicherung, Hamburg

Hammerschick, Walter/Pelikan, Christa/Pilgram, Arno (Hg.) (1994): Ausweg aus dem Strafrecht – Der »außergerichtliche Tatausgleich«, Jahrbuch für Rechts- und Kriminalsoziologie '94, Baden-Baden

Hammerschick, Walter/Pilgram, Arno (Hg.) (1997): Arbeitsmarkt, Strafvollzug und Gefangenenarbeit, Jahrbuch für Rechts- und Kriminalsoziologie '97, Baden-Baden

Hanak, Gerhard/Stehr, Johannes/Steinert, Heinz (1989): Ärgernisse und Lebenskatastrophen. Über den alltäglichen Umgang mit Kriminalität, Bielefeld

Harkotte, Ludwig (1996): Umsetzung des OEG – Anspruch und Wirklichkeit, in: Weißer Ring 1996, a.a.O., S. 116–130

Hassemer, Winfried (1990): Einführung in die Grundlagen des Strafrechts, 2. Aufl., Frankfurt a.M.

Hassemer, Winfried (1992): Kennzeichen und Krisen des modernen Strafrechts, in: Zeitschrift für Rechtspolitik, Hf. 10/1992, S. 378–383

Hassemer, Winfried (1996): Aufgaben des Strafrechts in privater Hand?, in: Sack u.a. 1996, a.a.O., S. 206–218

Hassemer, Winfried (1997): Information, Kontrolle und Privatheit, in: Neue Kriminalpolitik 4/97, S. 24–27

Häußermann, Hartmut (1997): Armut in den Großstädten – eine neue städtische Unterklasse?, in: Leviathan, Jg. 25, Hf. 1, S. 12–27

Hax, Karl (1963): Die Bedeutung des Versicherungswesens im Industrialisierungsprozess, in: Zeitschrift für die gesamte Versicherungswissenschaft, Bd. 52, S. 19–44

Heiland, Hans-Günther/Schulte, Werner (1993): Strafe und Verhalten – oder: Wieviel Strafrecht ist nötig, in: Peters 1993, a.a.O., S. 61–76

Hellerich (1983): Screening in den USA: Der Kleinstkinder-TÜV, in: Wambach 1983, a.a.O., S. 137–148

Hellerich, Gert/Wambach, Max (1983): Risikoprognose als Prävention. Die systematisierte Antizipation von Delinquenz, in: Wambach 1983, a.a.O., S. 126–136

Hellner, Jan (1980): Haftungsersetzung durch Versicherungsschutz in Schweden, in: Fleming u.a. 1980, a.a.O., S. 24–39

Helmer, Georg (1955): Grundlinien der Geschichte der Versicherung, in: Möller, a.a.O. 1955, S. 57–70

Hengartner, Thomas/Merki, Christoph Maria (Hg.) (1996): Tabakfragen. Rauchen aus kulturwissenschaftlicher Sicht, Zürich

Henning, Friedrich-Wilhelm (Hg.), Entwicklung und Aufgaben von Versicherungen und Banken in der Industrialisierung, Schriften des Vereins für Socialpolitik (Gesellschaft für Wirtschafts- und Sozialwissenschaften), Neue Folge Band 105, Berlin

Hentig, H.v. (1948): The Criminal and His Victim. Studies in the sociobiology of crime, New Haven

Héritier, Adrienne (1997): Umweltregulierung im Wandel. Regulierungsvielfalt und die Möglichkeit der Instrumentenwahl in der Europäischen Union, in: Hiller/Krücken 1997, a.a.O., S. 176–194

Herz, Hugo (1908): Die Versicherung gegen wirtschaftliche Schädigungen durch Verbrechen, in: Zeitschrift für die gesamte Versicherungs-Wissenschaft, Jg. 8, S. 435–474

Herzog, Felix (1991): Gesellschaftliche Unsicherheit und strafrechtliche Daseinsvorsorge. Studien zur Vorverlegung des Strafrechtsschutzes in den Gefährdungsbereich, Heidelberg

Hess, Henner (1983): Probleme der sozialen Kontrolle, in: Kerner u.a. 1983, a.a.O., S. 5–24

Hess, Henner/Scheerer, Sebastian (1997): Was ist Kriminalität? Skizze einer konstruktivistischen Kriminalitätstheorie, in: Kriminologisches Journal, Jg. 29, S. 83–155

Hess, Henner/Stehr, Johannes (1987): Die ursprüngliche Erfindung des Verbrechens, in: Kriminologisches Journal, 2. Beiheft, S. 18–56

Hesse, Hans A. (1994): Der Schutzstaat. Rechtssoziologische Skizzen in dunkler Zeit, Baden-Baden

Hiller, Petra/Krücken, Georg (Hg.) (1997): Risiko und Regulierung, Soziologische Beiträge zu Technikkontrolle und präventiver Umweltpolitik, Frankfurt a.M.

Hippel, Eike von (1968): Schadensausgleich bei Verkehrsunfällen. Haftungsersetzung durch Versicherungsschutz. Eine rechtsvergleichende Untersuchung, Berlin und Tübingen

Hippel, Eike von (1980): Haftungsersetzung durch Versicherungsschutz – Rechtsvergleichendes Generalreferat, in: Fleming u.a. 1980, a.a.O., S. 40–75

Hitzler, Ronald (1997): Riskante Reaktionen. Formen der Bewältigung von auf Kriminalitätsfurcht fokussierter alltäglicher Verunsicherung, in: Kunz/Moser 1997, a.a.O., S. 183–207

Hitzler, Ronald/Göschl, Alexandra (1997): Reflexive Reaktionen. Zur Bewältigung allgemeiner Verunsicherung, in: Frehsee u.a. 1997, a.a.O., S. 134–156

Hitzler, Ronald/Honer, Anne (1994): Bastelexistenz. Über subjektive Konsequenzen der Individualisierung, in: Beck/Beck-Gernsheim 1994, a.a.O., S. 307–315

Hoffmann, Wolfgang (1997): Malus für die Kranken, in: Die Zeit, Nr. 34, 15. 8. 1997, S. 16

Hulsmann, Louk (1987): Widerstand gegen die Hegemonie staatlichen Strafens, in: Deichsel u.a. 1987, a.a.O., S. 117–128

Hunnius, Gerhard/Kliemt, Jens (1993): Risiko als soziale Konstruktion – Risikoperzeption und -kommunikation im Systemvergleich BRD-DDR, in: Bayerische Rückversicherung 1993, a.a.O., S. 245–260

Inglehart, R. (1977): The Silent Revolution, Princeton

Jäger, Herbert (1989): Makrokriminalität. Studien zur Kriminologie kollektiver Gewalt, Frankfurt a.M.

Jahn, Friedrich-Adolf (1990): Kurzreferat, in: Weißer Ring 1990, a.a.O., S. 43–56

Janssen, Helmut/Kaulitzky, Rainer/Michalowski, Raymond (Hg.) (1988): Radikale Kriminologie. Themen und theoretische Positionen der amerikanischen Radical Criminology, Bielefeld

Janssen, Helmut/Peters, Friedhelm (Hg.) (1997): Kriminologie für soziale Arbeit, Münster

Japp, Klaus P. (1993): Risiken der Technisierung und die neuen sozialen Bewegungen, in: Bechmann 1993, a.a.O., S. 375–399

Japp, Klaus P. (1996): Soziologische Risikotheorie. Funktionale Differenzierung, Politisierung und Reflexion, Weinheim und Basel

Japp, Klaus P. (1997): Die Ausdifferenzierung der regulativen Risikopolitik, in: Hiller/Krücken 1997, a.a.O., S. 222–252

Jung, Heike (1987): Compensation order – Ein Modell der Schadenswiedergutmachung?, in: Zeitschrift für die gesamte Strafrechtswissenschaft, 99. Jg., S. 497–535

Jung, Heike (1993): Viktimologie, in: Kaiser u.a. 1993, a.a.O., S. 582–588

Jungermann, Helmut/Slovic, Paul (1993a): Die Psychologie der Kognition und Evaluation von Risiko, in: Bechmann 1993, a.a.O., S. 167–208

Jungermann, Helmut/Slovoc, Paul (1993b): Charakteristika individueller Risikowahrnehmung, in: Bayerische Rückversicherung 1993, a.a.O., S. 89–108

Kaiser, Günther (1985): Kriminologie. Eine Einführung in die Grundlagen, 7., neubearb. und erg. Aufl., Heidelberg

Kaiser, Günther (1987): Abolitionismus – Alternative zum Strafrecht? Was läßt der Abolitionismus vom Strafrecht übrig?, in: Küper, W. (Hg.), Festschrift für Karl Lackner zum 70. Geburtstag, S. 1027–1046

Kaiser, Günther (1992): Täter-Opfer-Ausgleich – Postulat der Gerechtigkeit oder List staatlichen Strafens?, in: Weißer Ring 1992, a.a.O., S. 106–118

Kaiser, Günther (1993): Kriminalität, in: Ders. u.a. 1993, a.a.O., S. 238–246

Kaiser, Günther (1996): Kriminologie. Ein Lehrbuch, 3. Aufl., Heidelberg

Kaiser, Günther/Jehle, Jörg-Martin (Hg.) (1994): Kriminologische Opferforschung. Neue Perspektiven und Erkentnisse, Teilband I: Grundlagen – Opfer und Strafrechtspflege – Kriminalität der Mächtigen und ihre Opfer, Heidelberg

Kaiser, Günther/Kerner, Hans-Jürgen/Sack, Fritz/Schellhoss, Hartmut (Hg.) (1993): Kleines kriminologisches Wörterbuch, 3., völlig neubearb. u. erw. Aufl., Heidelberg

Kaller, Paul K. (1997): Juristisches Taschenlexikon, 2., überarb. u. verbesserte Aufl., Wiesbaden

Kämmer, Reinhard (1967): Bestrebungen der Ersetzung der gesetzlichen Kraftfahrzeug-Haftpflichtversicherung durch eine gesetzliche Unfallversicherung im anglo-amerikanischen Rechtskreis, in: Zeitschrift für die gesamte Versicherungswissenschaft, Bd. 56, S. 169–178

Kaplan, Stanley/Garrick, B. John (1993): Die quantitative Bestimmung von Risiko, in: Bechmann 1993, a.a.O., S. 91–124

Karstedt, Susanne/Greve, Werner (1996): Die Vernunft des Verbrechens. Rational, irraltional oder banal? Der »Rational-Choice«-Ansatz in der Kriminologie, in: Bussmann/Kreissl 1996, a.a.O., S. 171–210

Karten, Walter (1972): Zum Problem der Versicherbarkeit und zur Risikopolitik des Versicherungsunternehmens – Betriebswirtschaftliche Aspekte, in: Zeitschrift für die gesamte Versicherungswissenschaft, Bd. 61, S. 279–294

Kauder, Siegfried (1994): Praxis des Opferschutzgesetzes – Erfahrungen aus der Sicht des Rechtsanwalts als Strafverteidiger und Opferanwalt, in Weißer Ring a.a.O. 1994, S. 37–47

Kaufmann, Franz-Xaver (1973): Sicherheit als soziologisches und sozialpolitisches Problem. Untersuchungen zu einer Wertidee hochdifferenzierter Gesellschaften, 2., umgearb. Aufl., Stuttgart

Kaufmann, Franz-Xaver (1987): Normen und Institutionen als Mittel zur Bewältigung von Unsicherheit: Die Sicht der Soziologie, in: Bayerische Rückversicherung 1987, a.a.O., S. 37–48

Kaufmann, Hilde (1963) Gramaticas System der Difesa Sociale und das deutsche Schuldstrafrecht, in: Welzel, Hans/Conrad, Hermann/ Kaufmann, Armin/ Kaufmann, Hilde (Hg.), Festschrift für Hellmuth von Weber zum 70. Geburtstag, Bonn, S. 418–444

Kemp, Ray (1993): Risikowahrnehmung: Die Bewertung von Risiken durch Experten und Laien – ein zweckmäßiger Vergleich?, in: Bayerische Rückversicherung 1993, a.a.O., S. 109–128

Kern, Horst (1982): Empirische Sozialforschung. Ursprünge, Ansätze, Entwicklungslinien, München

Kerner, Hans-Jürgen (1994): 5 Jahre Opferschutzgesetz – Zwischenbilanz und Ausblick, in: Weißer Ring 1994, a.a.O., S. 27–36

Kerner, Hans-Jürgen/Göppinger, H./Streng, F. (Hg.) (1983): Kriminologie – Psychiatrie – Strafrecht, Festschrift für Heinz Leferenz zum 70. Geburtstag, Heidelberg

Kiefl, Walter/Lamnek, Siegfried (1986): Soziologie des Opfers. Theorie, Methoden und Empirie der Viktimologie, München

Kienapfel, Diethelm (1966): Das erlaubte Risiko im Strafrecht. Zur Lehre vom sozialen Handlungsbegriff, Franfurt a.M.

Killias, Martin (2000): Probleme bei der experimentellen Evaluation von Kriminalpolitik. Erfahrungen mit kontrollierter Heroinvergabe und ambulanten Sanktionsalternativen in der Schweiz, in: Bremer Institut für Kriminalpolitik, a.a.O., S. 87–109

Kirbach, Roland (1998): Geschäft im Zwielicht, in: Die Zeit, Nr. 22, 20. 5. 1998, S. 23–25

Kirchhoff, Gerd F./Sessar, Klaus (Hg.) (1979): Das Verbrechensopfer, Bochum

Kitcher, Philip (1998): Im Paradies der Gen-Reichen, in: Die Zeit, Nr. 11, S. 39

Klages, Helmut (1988): Wertedynamik. Über die Wandelbarkeit des Selbstverständlichen, Zürich

Klaus, Marlit/Tengeler, Sabine (1986): Kritik am Antidiskriminierungsgesetz. Zu den Forderungen nach Strafverschärfung, in: Widersprüche, Nr. 19, S. 161–163

Klie, Thomas (1996): Opferentschädigungsgesetz und Soziale Arbeit. Einführung, Kommentar, Materialien, Freiburg i.B.

Klöckner, Bernd W./Uppena, Joachim (1998): Vorsicht Versicherungen! Wie Versicherungen Ihnen Ihr Geld abknöpfen, und was Sie dagegen tun können, München

Knoblauch, Hubert (1989): Das unsichtbare neue Zeitalter. »New Age«, privatisierte Religion und kultisches Milieu, in: Kölner Zeitschrift für Soziologie und Sozialpsychologie, Jg. 41, S. 504–525

Koch, Herbert (1988): Jenseits der Strafe: Überlegungen zur Kriminalitätsbewältigung, Tübingen

Koch, Peter (1977): Ansätze zum Versicherungsgedanken in deutschrechtlichen Quellen bis zur Hamburgischen Assekuranz- und Havarieordnung von 1731, in: Floßmann, U. (Hg.), Festschrift für H. Eichler, Wien und New York, S. 367–385

Koch, Peter (1980): Wechselseitige Auswirkungen der Entwicklung von Individual- und Sozialversicherung, in: Zeitschrift für die gesamte Versicherungswissenschaft, Bd. 69, S. 199–213

Köck, Wolfgang (1993): Die rechtliche Bewältigung technischer Risiken, in: Kritische Justiz, Jg. 26, S. 125–145

Koenen, Elmar J. (1999): Individualisierung als Abweichung. Zum veränderten Umgang mit neuen Formen von Devianz, in: Kriminologisches Journal, 31. Jg., S. 243–264

Kohl, Beate/Scheerer, Sebastian (1987): Zur Entkriminalisierung der gewaltlosen Eigentums- und Vermögensdelikte (im Auftrag der der Bundestagsfraktion Die GRÜNEN), Bonn

Kommission für Zukunftsfragen (1997) der Freistaaten Bayern und Sachsen, Erwerbstätigkeit und Arbeitslosigkeit in Deutschland, drei Bände sowie ein Band »Leitsätze, Zusammenfassung und Schlußfolgerungen der Teile I, II und III des Kommissionsberichts«, Bonn

König, Rene (1979): Theorie und Praxis in der Kriminalsoziologie, in: Sack/König 1979, a.a.O., S. IX–XV

Kontos, Silvia (1997): Über einige politische Folgen der neuen Reproduktionstechniken, in: Widersprüche, Nr. 66, S. 75–102

Körberer, Wolfgang (1993): Schwimmende Gefängnisse, in: Böllinger/Lautmann 1993, a.a.O., S. 196–207

Kornwachs, Klaus (1996): Risiko versus Zuverlässigkeit, in: Banse 1996, a.a.O., S. 73–82

Kötz, Hein (1980): Einführung, in: Fleming u.a., a.a.O., S. 7–10

Kraemer, Klaus (1997): Entwertete Sicherheiten. Zum Bedeutungswandel des kulturellen Kapitals, in: Soziale Welt, Jg. 48, S. 361–378

Krasmann, Susanne (1999): Regieren über Freiheit. In: Kriminologisches Journal, Jg. 31, S. 107–121

Krasmann, Susanne (2000): Gouvernementalität der Oberfläche. Aggressivität (ab-) trainieren beispielsweise, in: Bröckling u.a. 2000, a.a.O., S. 194–226

Krasmann, Susanne/de Marinis, Pablo (1997): Machtinterventionen im urbanen Raum, in: Kriminologisches Journal, Jg. 29, S. 162–185

Kreissl, Reinhard (1987): Die Simulation sozialer Ordnung. Gemeindenahe Kriminalitätsbekämpfung, in: Kriminologisches Journal, Jg. 19, S. 269–284

Kreissl, Reinhard (1989): Soziologie und soziale Kontrolle. Mögliche Folgen einer Verwissenschaftlichung des Kriminaljustizsystems, in: Beck/Bonß 1989, a.a.O., S. 420–456

Kreissl, Reinhard (1996): Was ist kritisch an der kritischen Kriminologie?, in: Bussman/Kreissl 1996, a.a.O., S. 19–4

Kreissl, Reinhard (1997): Die Fake-Guerilla im Cybermarxismus: Vorüberlegungen zur Transformation sozialer Kontrolle und ihrer Kritik, in: Frehsee u.a. 1997, a.a.O., S. 522–551

Kreuzer, Arthur (1994): Strafzettel für Ladendiebe – warum nicht?, in: Die Zeit, Nr. 46, S. 85

Kreuzer, Arthur/Jäger, Herbert/Otto, Harro/Quensel, Stephan/Rolinski, Klaus (Hg.) (1999): Fühlende und denkende Kriminalwissenschaften, Ehrengabe für Anne-Eva Brauneck, Godesberg

Krisberg, Barry (2000): Advising Criminal Policy – Are Experimental Evaluations Important?, in: Bremer Institut für Krimionalpolitik 2000, a.a.O., S. 162–178

Kronauer, Martin (1997): »Soziale Ausgrenzung« und »Underclass«: Über neue Formen der gesellschaftlichen Spaltung, in: Leviathan, Jg. 25, Hf. 1, S. 28–49

Krücken, Georg (1996): Der soziologische Ansatz in der Risikoforschung, in: Banse 1996, a.a.O., S. 1985–192

Krücken, Georg (1997): Risikotransformation. Voraussetzungen, Strukturen und Folgen der politischen Regulierung von Arzneimittelgefahren, in: Hiller/Krücken 1997, a.a.O., S. 116–146

Kuhlen, Lothar (1994): Zum Strafrecht in der Risikogesellschaft, in: Goltdammer's Archiv für Strafrecht, S. 347–367

Kuhlmann, Albert (1981): Einführung in die Sicherheitswissenschaften, Köln

Kunstreich, Timm (1986): Alternative Sozialpolitik – alternative Kriminalpolitik? Zur Auflösung eines Begriffs, in: Widersprüche, Nr. 19, S. 153–160

Kunstreich, Timm (1993): »Gewalt« und die Entwertung jugendlicher Lebenswelten in Ostdeutschland, in: Otto/Merten 1993, a.a.O., S. 285–293

Kunstreich, Timm (1995): Gewalt Macht Sinn, in: Schmidt-Semisch/Lindenberg 1995, a.a.O., S. 75–83

Kunz, Karl-Ludwig (1994): Kriminologie: eine Grundlegung, Bern, Stuttgart, Wien

Kunz, Karl-Ludwig (1997): Innere Sicherheit und Kriminalitätsvorsorge im liberalen Rechtsstaat, in: Kunz/Moser 1997, a.a.O., S. 13–35

Kunz, Karl-Ludwig/Moser, Rupert (Hg.) (1997): Innere Sicherheit und Lebensängste, Bern, Stuttgart und Wien

Kurella, H. (1893): Naturgeschichte des Verbrechens. Grundzüge der Criminellen Anthopologie und Criminalpsychologie. Für Gerichtsärzte, Psychiater, Juristen und Verwaltungsbeamte, Stuttgart

Kury, Helmut (1993): Behandlungsforschung, in: Kaiser u.a. 1993, a.a.O., S. 59–71

Kury, Helmut (1995): Wie restitutiv eingestellt ist die Bevölkerung? Zum Einfluß der Frageformulierung auf die Ergebnisse von Opferstudien, in: Monatsschrift für Kriminologie und Strafrechtsreform, Jg. 78, S. 84–98

Kury, Helmut (1998): Zum Stand der Behandlungsforschung oder: Wie erfolgreich sind Behandlungsprogramme bei Straffälligen?, in: Forensische Psychiatrie und Psychotherapie, 5, S. 67–104

Kury, Helmut (Hg.) (1986): Entwicklungstendenzen kriminologischer Forschung: Interdisziplinäre Wissenschaft zwischen Politik und Praxis, Köln

Ladeur, Karl-Heinz (1993): Risiko und Recht. Vor der Rezeption der Erfahrung zum Prozess der Modellierung, in: Bechmann 1993, a.a.O., S. 209–233

Lamnek, Siegfried (1994): Neue Theorien abweichenden Verhaltens, München

Lange, Axel (2000): Das Täterrisiko muß erhöht werden. Einbruch und Diebstahl – Strategien zur Bekämpfung eines Massendelikts, in: Versicherungswirtschaft 1/2000, S. 121–125

Lansch, Rita (1997): Prämie für Picasso, in: Die Zeit, Nr. 20, 9. 5. 1997, S. 23

Legnaro, Aldo (1997): Konturen der Sicherheitsgesellschaft: Eine polemisch-futurologische Skizze, in: Leviathan, Jg. 25, S. 271–284

Legnaro, Aldo (1998): Die Stadt, der Müll und das Fremde – plurale Sicherheit, die Politik des Urbanen und die Steuerung der Subjekte, in: Kriminologisches Journal, 30. Jg., S. 262–283

Legnaro, Aldo (1999): Der flexible Mensch und seine Selbstkontrolle, in: Ders./Schmieder 1999, a.a.O., S. 117–132

Legnaro, Aldo (2000): Subjektivität im Zeitalter ihrer simulativen Reproduzierbarkeit: Das Beispiel des Disney-Kontinents, in: Bröckling u.a. 2000, a.a.O., S. 286–314

Legnaro, Aldo/Schmieder, Arnold (Hg.) (1999): Jahrbuch Sucht, Bd. 1: Suchtwirtschaft, Hamburg/Münster

Lehne, Werner (1994): Der Konflikt um die Hafenstraße. Kriminalitätsdiskurse im Kontext symbolischer Politik, Pfaffenweiler

Lemert, Edwin M. (1951): Social Pathology, New York

Lemert, Edwin M. (1975): Der Begriff der sekundären Devianz, in: Lüderssen/Sack 1975, a.a.O., S. 433–476

Lemke, Thomas (1997): Eine Kritik der politischen Vernunft. Foucaults Analyse der modernen Gouvernementalität, Berlin und Hamburg

Lessenich, Stephan/Ostner, Ilona (Hg.) (1998): Welten des Wohlfahrtskapitalismus. Der Sozialstaat in vergleichender Perspektive, Frankfurt/New York

Lianos, Michalis/Douglas, Mary (2000): Dangerization and the End of Deviance. The Institutional Environment, in: British Journal of Criminology, Vol 40, S. 261–278

Lilly, Robert/Cullen, Francis/Ball, Richard (1995): Criminological Theory. Context and Consequences, Thousand Oaks, London, New Dehli

Lilly, Robert/Lindenberg, Michael (1995): Pönologie und Profit: Die nordamerikanische Bestrafungsindustrie und ihr Griff nach Deutschland, in: Reindl u.a. 1995, a.a.O., S. 64–85

Lindenberg, Michael (1996): Verbrechen kann sich lohnen. Die Verknüpfung privater kommerzieller Interessen und staatlicher Sozialkontrolle am Beispiel elektronischer Überwachung, in: Sack u.a. 1996, a.a.O., S. 320–333

Lindenberg, Michael (1996a): Kommerzielle Gefängnislogik. Zur Debatte um die Privatisierung von Haftanstalten, in: Vorgänge 3/96, S. 89–104

Lindenberg, Michael (1997): Ware Strafe. Elektronische Überwachung und die Kommerzialisierung strafrechtlicher Kontrolle, München

Lindenberg, Michael/Schmidt-Semisch, Henning (1993): Kontrolle durch Gewährung: Drogen-»Freigabe« und elektronische Gefängnisse, in: Papendorf/Schumann 1993, a.a.O., S. 33–50

Lindenberg, Michael/Schmidt-Semisch, Henning (1994): Gefangene Könige oder: Ordnung als Dienstleistung, in: Widersprüche, Nr. 52, S. 55–64

Lindenberg, Michael/Schmidt-Semisch, Henning (1995): Sanktionsverzicht statt Herrschaftsverlust: Vom Übergang in die Kontrollgesellschaft, in: Kriminologisches Journal, Jg. 27, S. 2–17

Lindenberg, Michael/Schmidt-Semisch, Henning (1995a): »Über alles andere kann man reden«. Privatisierung des Strafvollzugs und das staatliche Gewaltmonopol, in: Neue Kriminalpolitik, 2/1995, S. 45–47

Lindenberg, Michael/Schmidt-Semisch, Henning (1995b): Bewährungshilfe, Entkriminalisierung und Gefängniskritik: Das Beispiel der Dogendiskussion, in: Bewährungshilfe 1/1995, S. 100–109

Lindenberg, Michael/Schmidt-Semisch, Henning (1995c): Auf dem Weg zur »Deutschen Haft-Anstalten AG«, in: die tageszeitung, 9. 1. 1995, S. 12

Lindenberg, Michael/Schmidt-Semisch, Henning (1996a): Profitorientierte Institutionen strafrechtlicher Sozialkontrolle. Notizen zum Verschwinden der Gemeinnützigkeit, in: Bussmann/Kreissl 1996, a.a.O., S. 295–310

Lindenberg, Michael/Schmidt-Semisch, Henning (1996b): »Aber bitte nicht hier!« Zur Zukunft des Umgangs mit riskanten Substanzen, in: Hengartner/Merki 1996, a.a.O., S. 185–202

Lindenberg, Michael/Schmidt-Semisch, Henning (1997): Moralische Technologien. Eine Skizze der Wahlverwandtschaft von Moral und Kommerz in der Kriminalstrafe, in: Hammerschick/Pilgram 1997, a.a.O., S. 141–154

Lindenberg, Michael/Schmidt-Semisch, Henning (2000): Komplementäre Konkurrenz in der Sicherheitsgesellschaft. Überlegungen zum Zusammenwirken staatlicher und kommerzieller Sozialer Kontrolle, in: Monatsschrift für Kriminologie und Strafrechtsreform, Jg. 83, S. 306–319

Linhardt, Dominique (2000): Demokratische Maschinen? Die Vorrichtung zur Terrorismusbekämpfung in einem französischen Großflughafen (Paris-Orly), in: Kriminologisches Journal, Jg. 32, S. 82–107

Liszt, Franz v. (1905): Strafrechtliche Aufsätze und Vorträge, 2 Bde., Berlin

Löhr, Holle Eva (1997): Ladendiebstahl, in: Northoff 1997, a.a.O., S. 1–31

Lombroso, Cesare (1890): Der Verbrecher (Homo Delinquens) in anthropologischer, ärztlicher und juristischer Beziehung, Bd. 2, Hamburg

Lombroso, Cesare (1894a): Der Verbrecher (Homo Delinquens) in anthropologischer, ärztlicher und juristischer Beziehung, Bd. 1, 2. Auflage, Hamburg

Lombroso, Cesare (1894b): Neue Fortschritte in den Verbrecherstudien, Leipzig

Lombroso, Cesare (1902): Die Ursachen und Bekämpfung des Verbrechens, Berlin

Lombroso, Cesare (1907): Neue Verbrecherstudien, Halle a.S.

Lombroso, Cesare/Ferrero, G. (1894): Das Weib als Verbrecherin und Prostituierte. Anthropologische Studien. Gegründet auf eine Darstellung der Biologie und Psychologie des normalen Weibes, Hamburg

Lopez, Robert (1996): Festungsstädte nur für Reiche, in: Le Monde Diplomatique, 3/1996, S. 4–5

Lübbe, Hermann (1993): Sicherheit. Risikowahrnehmung im Zivilisationsprozess, in: Bayerische Rückversicherung 1993, a.a.O., S. 23–41

Lucius, Ralph-René (1979): Die Grenzen der Versicherbarkeit, Frankfurt a.M.

Lüderssen, Klaus (1989): Die Krise des öffentlichen Strafanspruchs, Frankfurt a.M.

Lüderssen, Klaus (1993): Zurück zum guten alten, liberalen, anständigen Kernstrafrecht?, in: Böllinger/Lautmann 1993, a.a.O., S. 268–276

Lüderssen, Klaus/Sack, Fritz (Hg.) (1975): Seminar: Abweichendes Verhalten I. Die selektiven Normen der Gesellschaft, Frankfurt a.M.

Ludwig, Wolfgang (1988): Strafvollzug, Arrest, Untersuchungshaft – wozu? Freiheitsentzug und der Erziehungsgedanke im Jugendstrafrecht, in: Schumann u.a. 1988, a.a.O., S. 138–155

Luhmann, Niklas (1990): Die Wissenschaft der Gesellschaft, Frankfurt a.M.

Luhmann, Niklas (1991): Soziologie des Risikos, Berlin, New York

Luhmann, Niklas (1993): Die Moral des Risikos und das Risiko der Moral, in: Bechmann 1993, a.a.O., S. 327–338

Luhmann, Niklas (1997): Grenzwerte der ökologischen Politik. Eine Form von Risikomanagement, in: Hiller/Krücken 1997, a.a.O., S. 195–221

Lunz, Georg (1990): Neue Beweislastregel für das OEG – Hilfe für Opfer und Verwaltung, in: Weißer Ring 1990, a.a.O., S. 111–119

Lupton, Deborah (1999): Risk, London and New York

Luthe, Heinz O./Meulemann, Heiner (Hg.) (1988): Wertewandel – Faktum oder Fiktion? Bestandsaufnahmen und Diagnosen aus kultursoziologischer Sicht, Frankfurt a.M. und New York

Mach, Holger/Scheerer, Sebastian (1998): Vom »ehrbaren Kaufmann« zum »gewissenlosen Dealer«. Zum Wandel der moralischen Bewertung des Drogenhandels in der Geschichte des 19. und 20. Jahrhunderts, in: Paul/Schmidt-Semisch 1998, a.a.O., S. 57–77

Makkai, Toni/Braithwaite, John (1994): Reintegrative Shaming and Compliance with Regulatory Standards, in: Criminology, Vol. 32, S. 361–385

Makropoulos, Michael (1990): Möglichkeitsbändigungen. Disziplin und Versicherung als Konzepte zur sozialen Steuerung von Kontingenz, in: Soziale Welt, Jg. 41, S. 407–423

Makropoulos, Michael (1997): Modernität und Kontingenz, München

Mannheim, Hermann (1974): Vergleichende Kriminologie. Ein Lehrbuch in zwei Bänden, mit einem Geleitwort von Thomas Würtenberger, Stuttgart

Mannheim, Hermann (Hg.) (1960): Pioneers in Criminology, London

Marks, Erich/Rössner, Dieter (Hg.) (1990): Täter-Opfer-Ausgleich. Vom zwischenmenschlichen Weg zur Wiederherstellung des Rechtsfriedens, Godesberg

Marth, Dörte (1989): Das Opfer, in: Kriminologisches Journal, Jg. 21, S. 194–208

Martinson, R. (1974): What works? Questions and answers about Prison Reform, in: The public interest, 35, S. 23–54

Mathiesen, Thomas (1979): Überwindet die Mauern!, Neuwied

Mathiesen, Thomas (1988): Acht Gründe, zumindest keine neuen Gefängnisse mehr zu bauen, in: Schumann u.a. 1988, a.a.O., S. 49–56

Matza, David (1964): Delinquency and Drift, New York u.a.

McMahon, Maeve (1997): Kontrolle als Unternehmen. Einige neue Trends in der Privatisierung der Strafjustiz, in: Widersprüche, Nr. 63, S. 25–36

Melcher, Achim (1970): Studien zur Geschichte der Kriminalsoziologie, Göttingen

Mendelsohn, B. (1947): New Bio-Psycho-Social Horizons, zit. nach Viano 1979, a.a.O.

Mergen, Armand (Hg.) (1964): Kriminologie – morgen, Hamburg

Merton, Robert K. (1938): Social Structure and Anomy, in: American Sociological Review, Vol. 3, S. 672–682

Merton, Robert K. (1957): The Self-Fulfilling Prophecy, in: Ders. (Hg.), Social Theory and Social Structure, 2. Erw. Aufl., Glencoe, S. 421–436

Merton, Robert K. (1979): Sozialstruktur und Anomie, in: Sack/König a.a.O., S. 283–313

Meye, Wolfgang (1996): Angriff ohne Angreifer – Beweisprobleme der Opferentschädigung, in: Weißer Ring 1996, a.a.O., S. 147–162

Michaelis, Jörg (1991): Kriminologisch-kriminalistische Aspekte des Ladendiebstahls unter besonderer Berücksichtigung des Warenhausdiebstahls, Frankfurt a.M.

Möller, Hans (Hg.) (1955): Internationales Versicherungsrecht, Festschrift für Albert Ehrenzweig zum 80. Geburtstag, Karlsruhe

Mückenberger, U. (1986): Zur Rolle des Normalarbeitsverhältnisses bei der sozialstaatlichen Umverteilung von Risiken, in: Prokla, Nr. 64, S. 31–45

Mugler, Josef (1980): Risikopolitische Strategien im Grenzbereich des Versicherbaren, in: Zeitschrift für die gesamte Versicherungswissenschaft, Bd. 69, S. 71–87

Müller, Wolfgang (1989): Das Versicherungsprinzip – Zum Gefahrengemeinschaftsmythos in Versicherungstheorie und -praxis, in: Rolf u.a. 1989, a.a.O., S. 129–146

Müller-Armack (1944): Genealogie der Wirtschaftsstile. Die geistesgeschichtlichen Ursprünge der Staats- und Wirtschaftsformen bis zum Ausgang des 18. Jahrhunderts, 3. Aufl., Stuttgart

Müller-Dietz, Heinz (1993): Strafvollzug, in: Kaiser u.a. 1993, a.a.O., S. 507–523

Naucke, Wolfgang (1999): Konturen eines nach-präventiven Strafrechts, in: Kritische Vierteljahrsschrift für Gesetzgebung und Rechtswissenschaft, 82. Jg., S. 336–354

Nelken, David (Ed.) (1994): The Futures of Criminology, London

Neumann, Ulfrid (1994): Das Risiko des Risikostrafrechts. Zur Funktion des Strafrechts bei der Bekämpfung von HIV-Infektionen, in: Saarbrücker Hochschulschriften, Bd. 23, S. 77–89

Nolte, Frank/Quensel, Stephan/Schulze, Anja (Hg.) (1996): Wider besseres Wissen. Die Scheinheiligkeit der Drogenpolitik, Bremen

Northoff, Robert (1997): Kosten und Nutzen, in: Ders. 1997, S. 1–20

Northoff, Robert (Hg.) (1997): Handbuch der Kriminalprävention, Baden-Baden

Nowotny, Helga (1993): Die reine Wissenschaft und die gefährliche Kernenergie: Der Fall der Risikoabschätzung, in: Bechmann 1993, a.a.O., S. 277–304

Nunner-Winkler, Gertrud (1988): Entwicklungslogik und Wertwandel: ein Erklärungsansatz und seine Grenzen, in: Luthe/Meulemann 1988, a.a.O., S. 235–256

O'Malley, Pat (1991): Legal Networks and Domestic Security, in: Studies in Law, Politics, and Society, Vol. 11, S. 171–190

O'Malley, Pat (1992): Risk, power and crime prevention, in: Economy and Society, Vol. 21, No 3, S. 252–275

O'Malley, Pat (1996): Risk and responsibility, in: Barry et al. 1996, a.a.O., S. 189–207

O'Malley, Pat/Mugford, Stephen (1992): Moral Technology: The Political Agenda of Random Drug Testing, in: Social Justice, Vol. 18, No. 4, S. 122–146

O'Malley, Pat/Palmer, Darren (1996): Post-Keynesian policing, in: Economy and Society, Vol. 25, No 2, S. 137–155

Oettingen, Alexander von (1874): Die Moralstatistik in ihrer Bedeutung für die Sozialethik, 2. Aufl., Erlangen

Ortmann, Rüdiger (2000): Eine experimentelle Studie zur Evaluation der Sozialtherapie in Gefängnissen, in: Bremer Institut für Krimionalpolitik 2000, a.a.O., S. 110–136

Ortner, Helmut (1983): Hinter Schloß und Riegel. Szenen aus dem Knast, Frankfurt a.M.

Ortner, Helmut (Hg.) (1981): Freiheit statt Strafe. Plädoyers für die Abschaffung der Gefängnisse, Frankfurt a.M.

Ortner, Helmut/Pilgram, Arno/Steinert, Heinz (Hg.) (1998): Die Null-Lösung. New Yorker »Zero-Tolerance«-Politik – das Ende der urbanen Toleranz?, Baden-Baden

Ostendorf, Heribert (1999): Vom Sinn und Zweck des Strafens, in: Kriminalität und Strafrecht, Informationen zur politischen Bildung, Nr. 248, hrg. v. der Bundeszentrale für politische Bildung, Bonn, S. 14–18

Ostendorf, Heribert (2000): Wieviel Strafe braucht die Gesellschaft? Plädoyer für eine soziale Strafrechtspflege, Baden-Baden

Otto, Hans-Uwe/Merten Roland (Hg.) (1993): Rechtsradikale Gewalt im vereinigten Deutschland, Bonn

Paasch, F.R. (1965): Grundprobleme der Viktimologie, Diss., Münster

Papendorf, Knut (1985): Gesellschaft ohne Gitter. Eine Absage an die traditionelle Kriminalpolitik, München

Papendorf, Knut (1988): Freiheit statt Strafe – Gründe für die Abschaffung der Freiheitsstrafe bei Jugendlichen, in: Schumann u.a. 1988, a.a.O., S. 123–137

Papendorf, Knut/Schumann, Karl F. (Hg.) (1993): Kein schärfer Schwert, denn das für Freiheit streitet! Eine Festschrift für Thomas Mathiesen, Bielefeld

Park, Robert/Burgess, Ernest/McKenzie, R.D. (Hg.) (1925): The City, Chicago

Paul, Bettina/Schmidt-Semisch, Henning (Hg.) (1998): Drogendealer. Ansichten eines verrufenen Gewerbes, Freiburg

Pelikan, Christa (1999a): Über Mediationsverfahren, in: Dies. 1999, a.a.O., S. 11–28

Pelikan, Christa (1999b): Die Mühen der Ebene: Aus der empirischen Forschung zur Familienmediation und zu Mediation in Strafrechtsangelegenheiten, in: Dies. 1999, a.a.O., S. 139–161

Pelikan, Christa (Hg.) (1999): Mediationsverfahren. Horizonte, Grenzen, Innensichten, Jahrbuch für Rechts- und Kriminalsoziologie '99, Baden-Baden

Pérouse de Montclos, Marc-Antoine (1996): Afrikas Oberschicht igelt sich ein, in: Le Monde Diplomatique, 3/96, S. 4

Peters, Helge (1995): Devianz und soziale Kontrolle. Eine Einführung in die Soziologie abweichenden Verhaltens, 2. Aufl., Weinheim und München

Peters, Helge (1996): Als Partisanenwissenschaft ausgedient, als Theorie aber nicht sterblich: der labeling approach, in: Kriminologisches Jornal, Jg. 28, S. 107–115

Peters, Helge (Hg.) (1993): Muß Strafe sein? Zur Analyse und Kritik strafrechtlicher Praxis, Opladen

Pfeiffer, Christian (1992): Täter-Opfer-Ausgleich – das Trojanische Pferd im Strafrecht?, in: Weißer Ring 1992, a.a.O., S. 119–138

Pfeiffer, Dietmar K./Scheerer, Sebastian (1979): Kriminalsoziologie. Eine Einführung in Theorien und Themen, Stuttgart u.a.

Piechowiak, Helmut (1999): Patienten und Kunden aus der Sicht des Medizinischen Dienstes der Krankenkassen, in: Dörries 1999, a.a.O., S. 51–63

Pilgram, Arno (1998): Freiheitsstrafe als Fangnetz für Arme, in: Neue Kriminalpolitik, Hf. 4, S. 21–26

Pilgram, Arno/Steinert, Heinz (1981): Plädoyer für bessere Gründe für die Abschaffung der Gefängnisse und für Besseres als die Abschaffung der Gefängnisse, in: Ortner 1881, a.a.O., S. 133–154

Pilgram, Arno/Steinert, Heinz (Hg.) (2000): Sozialer Ausschluß – Begriffe, Praktiken und Gegenwehr, Jahrbuch für Rechts- und Kriminalsoziologie 2000, Baden-Baden

Pogge, Thomas (1995): Three Problems with Contractarian-Consequentialist Ways of Assessing Social Institutions, in: Social Philosophy & Policy, Vol. 12, S. 241–266

Pongratz, Lieselotte/Bitscheidt-Peters, Dorothee (1998): Gespräch darüber, wie alles anfing und was es bewirkte, in: Kriminologisches Journal, Jg. 30, S. 7–14

Popitz, Heinrich (1968): Über die Präventivwirkung des Nichtwissens, Tübingen

Priddat, Birger P. (1996): Risiko, Ungewißheit und Neues: Epistemologische Probleme ökonomischer Entscheidungsbildung, in: Banse 1996, a.a.O., S. 105–124

Prince, Moussa (1964): Versicherung gegen Verbrechen! Weshalb nicht?, in: Mergen 1964, a.a.O., S. 149–157

Prittwitz, Cornelius (1992): Strafrecht und Risiko. Untersuchungen zur Krise von Strafrecht und Kriminalpolitik in der Risikogesellschaft, Franfurt a.M.

Prittwitz, Cornelius (1997): Risiken des Risikostrafrechts, in: Frehsee u.a. 1997, a.a.O., S. 47–65

Quensel, Stephan (1964): Sozialpsychologische Aspekte der Kriminologie – Handlung, Situation und Persönlichkeit, Stuttgart

Quensel, Stephan (1982): Drogenelend, Frankfurt a.M., New York

Quensel, Stephan (1985): Mit Drogen leben. Erlaubtes und Verbotenes, Frankfurt a.M. und New York

Quensel, Stephan (1989): Krise der Kriminologie. Chancen für eine interdisziplinäre Renaissance?, in: Monatsschrift für Kriminologie und Strafrechtsreform, Jg. 72, S. 391–412

Quensel, Stephan (1998): Kriminologie als gesellschaftspraktisches Vernunftsunternehmen. Aktuelle Nachbemerkungen zum Paradigmen-Streit, in: Kriminologisches Journal, Jg. 30, S. 15–41

Raspe, Heiner (1999): Patienten – Klienten – Kunden – Verbraucher. Sozialmedizinische Anmerkungen zu Beziehungsformen zwischen Kranken und Therapeuten, in: Dörries 1999, a.a.O., S. 9–19

Rauschenbach, Thomas (1992): Soziale Arbeit und soziales Risiko, in: ders./Gängler 1992, a.a.O., S. 25–60

Rauschenbach, Thomas (1994): Inszenierte Solidarität: Soziale Arbeit in der Risikogesellschaft, in: Beck/Beck-Gernsheim 1994, a.a.O., S. 89–111

Rauschenbach, Thomas/Gängler H. (Hg.) (1992): Soziale Arbeit und Erziehung in der Risikogesellschaft, Neuwied

Rayner, Steve (1993): Risikowahrnehmung, Technologieakzeptanz und institutionelle Kultur: Fallstudien für einige neue Definitionen, in: Bayerische Rückversicherung 1993, a.a.O., S. 213–244

Rehn, G. (1979): Behandlung im Strafvollzug. Ergebnisse einer vergleichenden Untersuchung der Rückfallquote bei entlassenen Strafgefangenen, Weinheim

Reichman, Nancy (1986): Managing Crime Risks: Toward an Insurance Based Model of Social Control, in: Research in Law, Deviance and Social Control, Vol. 8, S. 151–172

Reindl, Richard (Hg.) (1998): Effektivität, Effizienz und Ethik in Straffälligenhilfe und Kriminalpolitik, Freiburg i.B.

Reindl, Richard/Kawamura, Gabriele/Nickolai, Werner (Hg.) (1995): Prävention – Entkriminalisierung – Sozialarbeit. Alternativen zur Strafverschärfung, Freiburg i.B.

Reinfeld, Elke (1999): Der Kundenbegriff in einem Krankenhaus der Diakonie, in: Dörries 1999, a.a.O., S. 90–95

Reuband, Karl-Heinz (1992): Objektive und subjektive Bedrohung durch Kriminalität. Ein Vergleich der Kriminalitätsfurcht in der Bundesrepublik Deutschland und den USA 1965–1990, in: Kölner Zeitschrift für Soziologie und Sozialpsychologie, Jg. 44, S. 341–353

Reulecke, Jürgen (1999): Auf dem Weg zum modernen Sozialstaat – Vorläufer und Vorüberlegungen vom 19. Jahrhundert bis zum Beginn der Weimarer Republik, in: Calließ 1999, a.a.O., 10–29

Richard, Sabine (1999): Patienten als Kunden: Eine Chance für mehr Patientenorientierung im Gesundheitswesen, in: Dörries 1999, a.a.O., S. 42–50

Ritter, G.A. (1983): Sozialversicherung in Deutschland und England. Entstehung und Grundzüge im Vergleich, München

Roberts, Simon (1981): Ordnung und Konflikt. Eine Einführung in die Rechtsethnologie, Stuttgart

Rolf, Gabriele/Spahn, P. Bernd/Wagner, Gert (Hg.) (1989): Sozialvertrag und Sicherung. Zur ökonomischen Theorie staatlicher Versicherungs- und Umverteilungssysteme, Frankfurt/New York

Roll, Winfried (1996): Aktuelle Maßnahmen des Selbstschutzes von Opfern, in.: BKA 1996, a.a.O., S. 119–147

Ronneberger, Klaus (1997): Gefährliche Orte – unerwünschte Gruppen. Zur ordnungspolitischen Regulation städtischer Räume in den 90er Jahren, in: WeltTrends, Nr. 17, S. 31–46

Ronneberger, Klaus/Lanz, Stephan/Jahn, Walther (1999): Die Stadt als Beute, Bonn

Rose, Nikolas (2000): Tod des Sozialen? Eine Neubestimmung der Grenzen des Regierens, in: Bröckling u.a. 2000, a.a.O., S. 72–109

Rössner, Dieter (1990): Historische Aspekte des Opferschutzes und Opferorientierter Sanktionen, in: Schädler u.a. 1990, a.a.O., S. 7–20

Rössner, Dieter (1990a): Wiedergutmachen statt Übelvergelten. (Straf-)theoretische Begründung und Eingrenzung der kriminalpolitischen Idee, in: Marks/Rössner 1990, a.a.O., S. 7–37

Roxin, Claus (1987): Die Wiedergutmachung im System der Strafzwecke, in: Schöch 1987, a.a.O., S. 37–55

Ruggiero, Vincenzo/South, Nigel/Taylor, Ian (Hg.) (1998): The New European Criminology, Crime and Social Order in Europe, London und New York

Rühle, Walter (1996): Verfahrenshindernisse aus der Sicht der Versorgungsverwaltung, in: Weißer Ring 1996, a.a.O., S. 131–135

Sack, Fritz (1972): Definition von Kriminalität als politisches Handeln: Der labeling approach, in: Kriminologisches Journal, Jg. 4, S.3–31

Sack, Fritz (1978): Probleme der Kriminalsoziologie, in: König, Rene (Hg.), Handbuch der empirischen Sozialforschung, Bd 12, Stuttgart

Sack, Fritz (1979): Neue Perspektiven in der Kriminologie, in: Sack/König 1979, a.a.O:, S. 431–475

Sack, Fritz (1986): Kriminologische Forschungsperspektiven aus soziologischer Sicht, in: Kury 1986, a.a.O., S. 39–63

Sack, Fritz (1988): Wege und Umwege der deutschen Kriminologie in und aus dem Strafrecht, in: Jansen u.a. 1988, a.a.O., S. 9–34

Sack, Fritz (1993): Kritische Kriminologie, in: Kaiser u.a. 1993, a.a.O:, S. 329–338

Sack, Fritz (1995): Prävention – Ein alter Gedanke in neuem Gewand: Wer ist gefordert?, in: Reindl u.a. 1995, a.a.O., S. 27–63

Sack, Fritz (1996): Kriminologie – populär und populär gemacht, in: Kriminologisches Journal, Jg. 28, S. 116–120

Sack, Fritz (1997): Kriminologie als Wissenschaft – Kriminologie aus deutscher Sicht, in: Janssen/Peters 1997, a.a.O:, S. 14–39

Sack, Fritz (1998): Ökonomisierungsprozesse in der Kriminalpolitik. Marktlogik für staatliches Strafen?, in: Reindl 1998, a.a.O., S. 87–110

Sack, Fritz/König, Rene (Hg.) (1968): Kriminalsoziologie, 3. Aufl., Frankfurt a.M.

Sack, Fritz/Voß, Michael/Frehsee, Detlev/Funk, Albrecht/Reinke, Herbert (Hg.) (1996): Privatisierung staatlicher Kontrolle: Befunde, Konzepte, Tendenzen, Baden-Baden

Schädler, Wolfram/Baurmann, Michael C./Sievering, Ulrich O. (Hg.) (1990): Hilfe für Kriminalitätsopfer als internationale Bewegung, Bonn

Scheerer, Sebastian (1982): Die Genese des Betäubungsmittelgesetzes in der Bundesrepublik und in den Niederlanden, Göttingen

Scheerer, Sebastian (1983): Warum sollte das Strafrecht Funktionen haben? Gespräch mit Louk Hulsmann über den Entkriminalisierungsbericht des Europarates, in: Kriminologisches Journal, 15. Jg., S. 61–74

Scheerer, Sebastian (1984). Die abolitionistische Perspektive, in: Kriminologisches Journal, Jg. 16, S. 90–111

Scheerer, Sebastian (1986): Drogen und Strafrecht, in: Criminal Law in Action, S. 199–213

Scheerer, Sebastian (1986a): Atypische Moralunternehmer, in: Kriminologisches Journal, 1. Beiheft, S. 133–142

Scheerer, Sebastian (1991): Abolitionismus, in: Sieverts, R./Schneider (Hg.), R., Handwörterbuch der Kriminologie, Berlin und New York, S. 287–302

Scheerer, Sebastian (1993): Strafe muß sein! Muß Strafrecht sein?, in: Böllinger/Lautmann 1993, a.a.O., S. 69–78

Scheerer, Sebastian (1993a): Die soziale Aufgabe des Strafrechts, in: Peters 1993, a.a.O., S. 79–90

Scheerer, Sebastian (1993b): Kriminalität der Mächtigen, in: Kaiser u.a. 1993, a.a.O, S. 246–250

Scheerer, Sebastian (1996): Zwei Thesen zur Zukunft des Gefängnisses und acht über die Zukunft der sozialen Kontrolle, in: Throtha 1996, a.a.O., S. 321–334

Scheerer, Sebastian (1998): The Delinquent as a Fading Catagory of Knowledge, in: Ruggiero u.a. 1998, a.a.O., S. 425–442

Scheerer, Sebastian (1999): Three Trends into the New Millenium: The Managerial, The Populist, and the Road Towards Global Justice. Written version of a paper presented at the workshop: »*Criminal Policy in Transition: Criminal Policy Trends into the New Millenium*«, Onati, 15–16 May 1998

Scheerer, Sebastian (2001): Kritik der strafenden Vernunft, Manuskript erscheint in: Ethik und Sozialwissenschaften

Schimank, Uwe (1988): Biographie als Autopoiesis, in: Brose/Hildenbrand 1988, a.a.O., S. 55–72

Schimank, Uwe/Volkmann, Ute (Hg.) (2000): Soziologische Gegenwartsdiagnosen I. Eine Bestandaufnahme, Opladen

Schmidlin, Otmar (1982): Die Versicherbarkeit neuartiger Risiken im Bankenverkehr, in: Zeitschrift für Versicherungswesen, 33. Jg., S. 562–565

Schmidt, Rainer (1999): Alte Dogmen, neue Bündnisse – Vom Kampf um eine Idee, in: Dworsky/Schmidt 1999, a.a.O., S. 21–41

Schmidt, Reimer (1980): Wissenschaft und Praxis der Versicherung, in: Zeitschrift für die gesamte Versicherungswissenschaft, Bd. 69, S. 515–528

Schmidt, Reimer/Sieg, Karl (Hg.) (1972): Grundprobleme des Versicherungsrechts. Festgabe für Hans Möller zum 65. Geburtstag, Karlsruhe

Schmidt-Semisch, Henning (1990): Drogenpolitik. Zur Entkriminalisierung und Legalisierung von Heroin, München

Schmidt-Semisch, Henning (1992): Drogen als Genußmittel. Ein Modell zur Freigabe illegaler Drogen, München

Schmidt-Semisch, Henning (1994): Die prekäre Grenze der Legalität. DrogenKulturGenuß, München

Schmidt-Semisch, Henning (1998): Drogenfachhändler – Plädoyer für ein neues Berufsbild, in: Strathenwert/Alex 1998, a.a.O., S. 231–242

Schmidt-Semisch, Henning (1999): Palais des Drogues oder: Psychedelische Dienstleistungen aller Art, in: Legnaro/Schmieder 1999, a.a.O., S. 133–142

Schmidt-Semisch, Henning (2000): Selber schuld. Skizzen versicherungsmathematischer Gerechtigkeit, in: Bröckling u.a., a.a.O., S. 168–193

Schmidt-Semisch, Henning (2000a): Stichwort: Drogenpolitik, in: Stimmer, Franz (Hg.), Suchtlexikon, München und Wien, S. 144–149

Schmidt-Semisch, Henning/Lindenberg, Michael (Hg.) (1995): Gewaltwelten, München

Schmidt-Semisch, Henning/Nolte, Frank (2000): Drogen, München

Schmidt-Semisch, Henning/Paul, Bettina (1998): Sympathy for the Devil? Einleitung, in: Paul/Schmidt-Semisch 1998, a.a.O., S. 15–31

Schneider, Hans Joachim (1977): Kriminologie, Berlin

Schneider, Hans Joachim (1979): Das Opfer und sein Täter – Partner im Verbrechen, München

Schneider, Hans Joachim (1983): Das Opfer im Verursachungs- und Kontrollprozeß der Kriminalität, in: Ders. 1993, a.a.O., S. 79–104

Schneider, Hans Joachim (1998): Der gegenwärtige Stand der kriminologischen Opferforschung. Kongreß- und Literaturreferat über das letzte Jahrzehnt, in: Monatsschrift für Kriminologie und Strafrechtsreform, 81. Jg., S. 316–344

Schneider, Hans Joachim (Hg.) (1983): Kriminalität und abweichendes Verhalten, Bd. 2, Kindlers Psychologie des 20. Jahrhunderts, Weinheim und Basel

Schöch, Heinz (1985): Empirische Grundlagen der Generalprävention, in: Festschrift für Hans-Heinrich Jescheck, Berlin, S. 1081–1105

Schöch, Heinz (1990): Staatshaftung für Schäden durch Gefangene bei Vollzugslockerungen, in: Weißer Ring 1990, a.a.O., S. 30–42

Schöch, Heinz (Hg.) (1987): Wiedergutmachung und Strafrecht, Symposion aus Anlaß des 80. Geburtstages von Friedrich Schaffstein, München

Schuh, Hans (2000): Die Zukunftstechnik PID könnte viel Leid lindern, in: Die Zeit, Nr. 10, S. 34

Schulte, Bernd (1998): Wohlfahrtsregime im Prozeß der europäischen Integration, in: Lessenich/Ostner 1998, a.a.O., S. 255–270

Schulte-Altedorneburg, Manfred (1989): Zwölf Thesen über das Dilemma von Strafe und Behandlung, in: Ders./Stäven 1989, a.a.O., S. 76–95

Schulte-Altedorneburg, Manfred/Stäwen, Günter (Hg.) (1989): ... und noch mehr Kontrolle? Strafhaft und Behandlung in Wohngruppen, Hagen 1989

Schulze, Anja/Hartfiel, Susanne (2000): »Man lernt hier zwar warten, Geduld zu haben, daß alles ein bißchen länger dauert und so wird man nachher auch selber gleichgültig«. Substitutionspraxis und medizinische Versorgung in den Bremer Gefängnissen, Bremen

Schumann, Karl F. (1974): Gegenstand und Erkenntnisinteresse einer konflikttheoretischen Kriminologie, in: Arbeitskreis Junger Kriminologen 1974, a.a.O., S. 69–84

Schumann, Karl F. (1987): Kriminologie als Wissenschaft vom Strafrecht und seinen Alternativen, in: Monatsschrift für Kriminologie und Strafrechtsreform, Jg. 70, S. 81–88

Schumann, Karl F. (1988): Eine Gesellschaft ohne Gefängnisse, in: Schumann u.a. 1988, a.a.O., S. 16–34

Schumann, Karl F. (2000): Feldexperimente über Polizeiarbeit, Strafverfolgung und Sanktionsformen – was haben wir daraus gelernt?, in: Bremer Institut für Kriminalpolitik 2000, a.a.O., S. 34–54

Schumann, Karl F./Steinert, Heinz/Voß, Michael (Hg.) (1988): Vom Ende des Strafvollzugs. Ein Leitfaden für Abolitionisten, Bielefeld

Schütz, Alfred (1971): Über die mannigfaltigen Wirklichkeiten, in: Ders., Gesammelte Aufsätze, Bd. I, Das Problem der sozialen Wirklichkeit, Den Haag, S. 237–298

Schwind, Hans-Dieter (1990): Zur Neuordnung der Regelung der Vollzugslockerung i.S. einer Gesamtkonzeption, in: Weißer Ring 1990, a.a.O., S. 57–63

Scull, A. (1977): Decarceration. Community Treatment and the Deviant. A Radical View, Englewood Cliffs

Seelmann, Kurt (1989): Paradoxien der Opferorientierung im Strafrecht, in: Juristenzeitung, Jg. 14, S. 670–676

Seidel, Karen/Schäfer, Knut (1998): Trends in der Kfz-Tarifgestaltung. Ein Vergleich mit der Entwicklung in Großbritannien, in: Versicherungswirtschaft 1/1998, S. 20–22

Seifert, Jürgen (1997): Chaos-Tage: Modell Hannover. Aufenthaltsverbote als Instrumente zur Durchsetzung von Versammlungsverboten?, in: Kritische Justiz, 30. Jg., S. 356–361

Seiler, Hansjörg (1996): Aktuelle Tendenzen des Risikorechts, in: Banse 1996, a.a.O., S. 145–164

Sennett, Richard (2000): Der flexible Mensch. Die Kultur des neuen Kapitalismus, Berlin

Sessar, Klaus (1984): Das Verhältnis von Täter und Opfer in der Strafrechtspflege, in: Zeitschrift für Evangelische Ethik, 28. Jg., S. 167–185

Sessar, Klaus (1986): Neue Wege der Kriminologie aus dem Strafrecht, in: H.-J. Hirsch u.a. (Hg.), Gedächtnisschrift für H. Kaufmann, S. 373–398

Sessar, Klaus (1990): Strafbedürfnis und Konfliktregelung. Zur Akzeptanz der Wiedergutmachung im und statt dem Strafrecht, in: Marks/Rössner 1990, a.a.O., S. 39–52

Sessar, Klaus (1992): Wiedergutmachen oder strafen. Einstellungen in der Bevölkerung und der Justiz, Pfaffenweiler

Sessar, Klaus (1994): Wiedergutmachung vor, im oder statt dem Strafrecht, in: Hammerschick u.a 1994, a.a.O., S. 31–46

Sessar, Klaus (1995): Die Bevölkerung bleibt restitutiv eingestellt. Eine Replik auf Kurys Replikationsversuch zur Hamburger Untersuchung, in: Monatsschrift für Kriminologie und Strafrechtsreform, Jg. 78, S. 99–105

Shaw, Clifford/McKay, Henry (1936): Juvenile Delinquency and Urban Areas, 2. Aufl., Chicago

Shearing, Cliffort (1997): Gewalt und die neue Form des Regierens und Herrschens. Privatisierung und ihre Implikationen, in: Kölner Zeitschrift für Soziologie und Sozialpsychologie, Sonderheft 37, S. 263–278

Shearing, Cliffort D./Stenning, P.C. (1987): Say »Cheese«: The Disney World That Is Not So Mickey Mouse, in: dies. 1987, a.a.O., S. 317–323

Shearing, Cliffort D./Stenning, P.C. (Hg.) (1987): Private Policing, Newbury Park (CA)

Siegele, Ludwig (1996): Wohlstand hinter Mauern. Aus Angst vor Kriminellen ziehen immer mehr Amerikaner in umzäunte und bewachte Siedlungen, in: Die Zeit, Nr. 50, S. 28

Simon, Jonathan (1987): The Emergence of a Risk Society: Insurance, Law, and the state, in: Socialist Review, Vol. 17, S. 61–89

Simon, Jonathan (1988): The Ideological Effects of Actuarial Practices, in: Law & Society Review, Vol. 22, S. 771–800

Simon, Jonathan (1997): Gewalt, Rache und Risiko. Die Todesstrafe im neoliberalen Staat, in: Kölner Zeitschrift für Soziologie und Sozialpsychologie, Sonderheft 37, S. 277–301

Simon, Jonathan (1998): Managing the Monsters: Sex Offenders and the New Penology, in: Psychology, Public Policy, and Law, Vol. 4, S. 452–467

Smaus, Gerlinda (1986): Gesellschaftsmodelle in der abolitionistischen Bewegung, in: Kriminologisches Journal, Jg. 18, S. 1–18

Smettan, Rüdiger (1992): Kosten, Nutzen und Risiko des Straftäters, in: Monatsschrift für Kriminologie und Strafrechtsreform, Jg. 75, S. 19–31

Snare, Annika (Ed.) (1995): Beware of Punishment. On the Utility and Futility of Criminal Law, Scandinavian Studies in Criminology, Vol. 14, Oslo

Sömen, Hans Dieter (1993): Risikoerleben im motorisierten Straßenverkehr, in: Bayerische Rückversicherung 1993, a.a.O., S. 129–166

Spittler, Gerd (1980): Streitregelung im Schatten des Leviathan. Eine Darstellung und Kritik rechtsethnologischer Untersuchungen, in: Zeitschrift für Rechtssoziologie, 1/1980, S. 4–32

Spittler, Gerd (1980a): Konfliktaustragung in akephalen Gesellschaften: Selbsthilfe und Verhandlung, in: Blankenburg u.a. 1980, a.a.O., S. 142–164

Stadler, Martin (1998): Die Kfz-Versicherung, Karlsruhe

Stadlmayer, Tina (2000): Gesundheitstag 2000. Was ist schon gesund?, in: die tageszeitung, 5. Juni 2000, S. 6

Stangl, Wolfgang (1988): Wege in eine gefängnislose Gesellschaft. Über Verstaatlichung und Entstaatlichung der Strafjustiz, Wien

Stäwen, Günter (1989): Integration in den Strafvollzug oder in die Gesellschaft? Zwischenbilanz nach neun Jahren, in: Schulte-Altedorneburg/ Stäven 1989, a.a.O., S. 96–105

Stehr, Johannes (1993): Konfliktregelung ohne Strafe. Weshalb die Strafe in Alltagskonflikten keine Funktion hat und warum Gesellschaft nicht zusammenbricht, wenn staatliches Strafen verschwindet, in: Peters 1993, a.a.O., S. 115–134

Steinert, Heinz (1976): Über die Funktionen des Strafrechts, in: Neiber, B. (Hg.), Festschrift für Christian Broda, Wien, S. 335–371

Steinert, Heinz (1984): Kriminalpolitik jenseits von Schuld und Sühne, in: Kriminalsoziologische Bibliographie, Nr. 45, S. 16–26

Steinert, Heinz (1987): Zur Geschichte und möglichen Überwindung einiger Irrtümer in der Kriminalpolitik, in: Deichsel u.a. 1987, a.a.O., S. 92–116

Steinert, Heinz (1988): »Sicherlich ist Zweifel am Sinn von Strafe, von Freiheitsstrafe erlaubt«. Über Abolitionismus als intellektuelle Praxis, in: Schumann u.a. 1988, a.a.O., S. 1–15

Steinert, Heinz (1998): Buchbesprechung von Bussmann/Kreisl 1996, a.a.O., in: Kriminologisches Lournal, 30. Jg., S. 220–223

Steinert, Heinz (2000): Warum sich gerade jetzt mit »sozialer Ausschließung« befassen?, in: Pilgram/Steinert a.a.O. 2000, S. 13–20

Steinert, Heinz (Hg.) (1973): Der Prozeß der Kriminalisierung. Untersuchungen zur Kriminalsoziologie, München

Steinlin, Peter (1969): Die Ausbildung von »Versicherungskonsumenten«, in: Farny 1969, a.a.O., S. 251–257

Stern, Vivien (1998): A Sin Against the Future. Imprisonment in the World, Boston

Stiefel, Ernst/Hofmann, Edgar (1995) Kraftfahrtversicherung. Kommentar zu den Allgemeinen Bedingungen für die Kraftfahrtversicherung, München

Stollorz, Volker (2000): Die PID beschwört eine neue Eugenik herauf, in: Die Zeit, Nr. 10, S. 34

Stöver, Heino (1994): Drogenfreigabe. Plädoyer für eine integrative Drogenpolitik, Freiburg

Stöver, Heino (2000): Healthy Prisons: Strategien der Gesundheitsförderung im Justizvollzug, Oldenburg

Stöver, Heino (Hg.) (1999): Akzeptierende Drogenarbeit. Eine Zwischenbilanz, Freiburg

Strasser, Peter (1984): Verbrechermenschen. Zur kriminalwissenschaftlichen Erzeugung des Bösen, Frankfurt a.M./New York

Stratenwerth, Günter (1993): Zukunftssicherung mit den Mitteln des Strafrechts, in: Zeitschrift für die gesamte Strafrechtswissenschaft, Jg. 105, S. 679–695

Strathenwert, Irene/Alex, Michael (Hg.) (1998): Himmel und Hölle. Unerhörte Ansichten über verbotene Süchte, Neumünster

Sutherland, Edwin H. (1939): Principles of criminology, 3. Aufl., Philadelphia

Sutherland, Edwin H. (1979): Die Theorie der differenziellen Kontakte, in: Sack/König 1979, a.a.O., S. 395–399

Swaaningen, René van (1995): European Critical Criminologies. A Future for Social Justice, Rotterdam

Sykes, Gresham/Matza, David (1957): Techniques of Neutralization: A Theory of Delinquency, in: American Sociological Review, Jg. 22, S. 664–670

Takala, Hannu (1995): On Risks and Criminal Law, in: Snare 1995, a.a.O., S. 51–67

Tannenbaum, Frank (1938): Crime and Community, New York

Tenbrock, Christian (1997): Profite mit den Armut, in: Die Zeit, Nr. 20, S. 25

Teufel, Erwin (Hg.) (1996): Was hält die moderne Gesellschaft zusammen?, Frankfurt a.M.

Thiel, Knut (1995): Private Sicherheit und die Vermarktung sozialer Kontrolle, in: Widersprüche, Nr. 55, S. 71–82

Trotha, Trutz von (1983): »Limits to Pain«. Diskussionsbeitrag zur einer Abhandlung von Nils Christie, in: Kriminologisches Journal, Jg. 15, S. 34–53

Trotha, Trutz von (Hg.) (1996): Politischer Wandel, Gesellschaft und Kriminalitätsdiskurse. Festschrift für Fritz Sack zum 65. Geburtstag, Baden-Baden

Uchtenhagen, A./Ziegelgänsberger, H. (Hg.), Suchtmedizin. Konzepte, Strategien und therapeutisches Management, München u. a.

Ullrich, Carsten G. (1995): Moral Hazard und gesetzliche Krankenversicherung. Möglichkeiten zu Mehrentnahmen an Gesundheitsleistungen in der Wahrnehmung und Bewertung durch gesetzlich Versicherte, in: Kölner Zeitschrift für Soziologie und Sozialpsychologie, Jg. 47, S. 681–705

Ullrich, Carsten G. (1999): Reziprozität und die soziale Akzeptanz des »Sozialversicherungsstaates«, in: Soziale Welt, Jg. 50, S. 7–34

Vanberg, V. (1982): Verbrechen, Strafe und Abschreckung. Die Theorie der Generalprävention im Lichte der neueren sozialwissenschaftlichen Diskussion, Tübingen

Viano, Emilio (1979): Viktimologie – Die Erforschung des Opfers, in: Kirchhoff/Sessar 1979, a.a.O., S. 85–92

Vobruba, G. (1998): Grenz-Beobachtungen, in: Ästhetik & Kommunikation, Hf. 102, Jg. 29, S. 47–51

Volkmann, Ute (2000): Das schwierige Leben in der zweiten Moderne – Ulrich Becks »Risikogesellschaft«, in: Schimank/Volkmann 2000, a.a.O., S. 23–40

Vollmann, Jochen (1999): Patient Klient Besucher Kunde. Ethische Aspekte professioneller Beziehungen zum Kranken in der Psychiatrie, in: Dörries 1999, a.a.O., S. 20–26

Voß, Günter/Pongratz, Hans J. (1998): Der Arbeitskraftunternehmer. Eine neue Grundform der Ware Arbeitskraft? In: Kölner Zeitschrift für Soziologie und Sozialpsychologie, Jg. 50, S. 131–158

Voß, Michael (1989): Anzeigemotive, Verfahrenserwartungen und die Bereitschaft von Geschädigten zur informellen Konfliktregelung, in: Monatsschrift für Kriminologie und Strafrechtsreform, Jg. 72, S. 34–51

Voß, Michael (1993): Strafe muß nicht sein. Zu einer Inanspruchnahme des Strafrechts, die an Bestrafung nicht interessiert ist, in: Peters 1993, a.a.O., S. 135–150

Voß, Michael (1997): Private Sicherheitsdienste im öffentlichen Bereich, in: Widersprüche, Nr. 63, S. 37–50

Wacquant, Loic J.D. (1997): Vom wohltätigen Staat zum strafenden Staat. Über den politischen Umgang mit dem Elend in Amerika, in: Neue Kriminalpolitik, Jg. 9, Hf. 2, S. 16–23

Waechter, Kay (1996): Freizügigkeit und Aufenthaltsverbot. Heiliger St. Florian, verschon' mein Haus, zünd' andre an!, in: Niedersächsische Verwaltungsblätter, 3. Jg., 9/1996, S. 197–203

Wahrig, Gerhard (1997): Deutsches Wörterbuch, neu hrg. v. Renate Wahrig-Burfeind, Gütersloh

Wambach, Max (Hg.) (1983): Der Mensch als Risiko. Zur Logik von Prävention und Früherkennung, Frankfurt a. M.

Weber, Hartmut-Michael/Narr, Wolf-Dieter (1997): Zur aktuellen Debatte über Strafverschärfungen für Sexualstraftäter, in: Vorgänge, Nr. 137, S. 9–17

Wehrheim, Jan (1999a): Gefährliche Klassen – gefährliche Räume, in: analyse & kritik, Nr. 422, S. 18–19

Wehrheim, Jan (1999b): Von Urban Underclass zu Zero Tolerance – Über Armut und Polizei in US-amerikanischen Städten, in: Forum Wissenschaft, Nr. 2, S. 6–11

Wehrheim, Jan (1999c): Gated Communities – Sicherheit und Separation in den USA, in: RaumPlanung, Nr. 87, S. 248–253

Wehrheim, Jan (2000): Kontrolle durch Abgrenzung – Gated Communities in den USA, in: Kriminologisches Journal, 32. Jg., S. 102–128

Weigend, Thomas (1994): Zukunftsperspektiven der Opferforschung, in: Kaiser/Jehle 1994, a.a.O., S. 43–62

Weißer Ring (1990): Forderungen des Weißen Ringes zur Änderung des Opferentschädigungsgesetzes, in: Weißer Ring 1990, a.a.O., S 177–183

Weißer Ring (Hg.) (1990): Risikoverteilung zwischen Bürger und Staat. Dokumentation des 1. Mainzer Opferforums 1989. Mainzer Schriften zur Situation von Kriminalitätsopfern, Bd. 1, Mainz

Weißer Ring (Hg.) (1992): Kriminalitätsopfer im Spannungsfeld der Interessen. »Dasein für Opfer – Beruf oder Berufung«, »Täter-Opfer-Ausgleich – Chance oder Risiko?«, 2. Mainzer Opferforum vom 15.–16..1990, Mainzer Schriften zur Situation von Kriminalitätsopfern, Bd. 2, Mainz

Weißer Ring (Hg.) (1994): Das Opferschutzgesetz – Anspruch und Rechtswirklichkeit, 4. Mainzer Opferforum vom 17.–18. Oktober 1992, Mainzer Schriften zur Situation von Kriminalitätsopfern, Bd. 7, Mainz

Weißer Ring (Hg.) (1996): Opferentschädigungsgesetz. Intention und Praxis opfergerecht? 7. Mainzer Opferforum vom 7.–8. Oktober 1995, Mainzer Schriften zur Situation von Kriminalitätsopfern, Bd. 14, Mainz

Weißer Ring (Hg.) (1998): Vermeidbare und überflüssige Probleme bei der Opferentschädigung? 9. Mainzer Opferforum vom 18./19. Oktober 1997, Mainzer Schriften zur Situation von Kriminalitätsopfern, Bd. 20, Mainz

Welch, Michael (1999): Punishment in America. Social Control and the Ironies of Imprisonment, London, New Delhi

Wenner, Ulrich (1999): Der Patient/Kunde-Konflikt aus der Sicht der Rechtssprechung, in: Dörries 1999, a.a.O., S. 27–41

Wesel, Uwe (1985): Frühformen des Rechts in vorstaatlichen Gesellschaften. Umrisse einer Frühgeschichte des Rechts bei Sammlern und Jägern und akephalen Ackerbauern und Hirten, Frankfurt a.M.

Wildavsky, Aaron (1993): Vergleichende Untersuchung zur Risikowahrnehmung: Ein Anfang, in: Bayerische Rückversicherung 1993, a.a.O., S. 191–212

Willeke, Stefan (2000): Hoppla, jetzt kommt's Ich. Wie Lust und Zwang zur Selbstinszenierung die Gesellschaft verändern, in: Die Zeit, Nr. 43, S. 12–13

Wilson, James W./Kelling, George L (1996): Polizei und Nachbarschaftssicherheit: Zerbrochene Fenster, in: Kriminologisches Journal, Jg. 28, S. 121–137

Winter, Gerd (1998): Das Recht der Risikogesellschaft, in: Kritische Justiz, Jg. 31, S. 518–528

Wittkämper, Gerhard W./Wulff-Nienhüser, Marianne/Kammer, Klaus (1990): Versicherung und Kriminalität. Lagebild, Ursachen und Einflüsse, Karlsruhe

Wittmann, Klaus (1998): Dreiste Fälscher, in: Die Zeit, Nr.47, S. 44

Wolf, Rainer (1987): Zur Antiquiertheit des Rechts in der Risikogesellschaft, in: Leviathan, 15. Jg., Hf. 3, S. 357–391

Woynar, Ines (2000): Das Risiko von Gefährlichkeitsprognosen. Methodische und paradigmatische Probleme der Diagnose- und Prognosestellung bei psychisch gestörten Straffälligen nach Langzeitunterbringung, Herbolzheim

Zapf, Wolfgang (1994): Staat, Sicherheit und Individualisierung, in: Beck/Beck-Gernsheim 1994, a.a.O., S. 296–304

Zielcke, Andreas (1996): Der neue Doppelgänger. Die Wandlung des Arbeitnehmers zum Unternehmer – Eine zeitgemäße Physiognomie, in: Frankfurter Allgemeine Zeitung, 20. Juli 1996

Zipf, Heinz (1980): Kriminalpolitik. Ein Lehrbuch, 2., völlig neubearb. u. erw. Aufl., Heidelberg/Karlsruhe

Register

Danksagung

Dieses Buch hätte wohl kaum zustande kommen können, wenn ich nicht von unterschiedlichsten Seiten unterstützt worden wäre: In diesem Sinne danke ich zunächst der *Deutschen Forschungsgemeinschaft*, die dieses Projekt zwei Jahre großzügig unterstützte, sowie meinen Gesprächspartnern und -partnerinnen bei den verschiedenen Versicherungsunternehmen. Für Ermutigungen, vielfältige Anregungen und vor allem für kritische Lektüre möchte ich überdies Ulrich Bröckling, Birgitta Kolte, Susanne Krasmann, Michael Lindenberg und Stephan Quensel danken.

Bremen, im August 2001 Henning Schmidt-Semisch

Martin van Creveld

Aufstieg und Untergang
des Staates

520 Seiten. Gebunden
ISBN 3-932425-13-8

»Mutig und unbeirrbar zieht der israelische Militärhistoriker Martin van Creveld die großen Linien durch Zeiten und Räume. In schnörkelloser Sprache und Gedankenführung, anschaulich und ganz auf der Höhe der internationalen Forschung, bringt er die Entwicklung des Staates auf den Begriff – ein Standardwerk, an dem künftig niemand vorbeigehen kann.«
Süddeutsche Zeitung

Hans-Jochen Luhmann

Die Blindheit der Gesellschaft

Filter der
Risikowahrnehmung

215 Seiten. Gebunden

ISBN 3-932425-39-1

Hans-Jochen Luhmann hat die Entdeckung von Umweltrisiken als Geschichte einer verzögerten Wahrnehmung gedeutet. Die Auflösung von gesellschaftlicher Blindheit kann nur dann gelingen, wenn ein neuer Standort bezogen wird. Ein Standort, der auf Erfahrung beruht, der das Verhalten in der Vergangenheit als Blindheit gegenüber dem Raubbau am Ganzen erscheinen läßt. Eine neue, gesellschaftliche sphärenübergreifende »Sicherheitskultur« ist zu schaffen.

Peter Waldmann

Terrorismus

Provokation der Macht

224 Seiten. Gebunden

ISBN 3-932425-09-x

»Die terroristische Aktion hat einen symbolischen Stellenwert, ist Träger einer Botschaft, und diese soll eine Schockwirkung erzielen: Jeder kann zum Ziel eines tödlichen Anschlags werden, nicht nur – wenn auch bevorzugt – der, welcher dem Terroristen im Wege steht.
Peter Waldmann hat das derzeit wohl wichtigste und aktuellste Buch über Aktionsformen, Gründe und Hintergründe des heutigen Terrorismus in verschiedenen Teilen der Welt geschrieben.«
Frankfurter Allgemeine Zeitung